서른여덟 살의 나.

 애가 애를 키우고 있다.

이때도 알았다.
언제나 한 잔으로 시작한다.

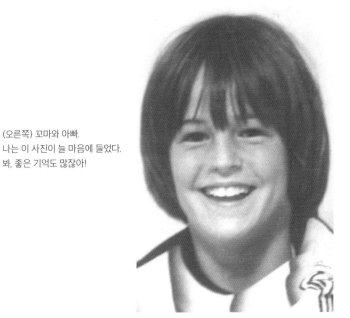

(오른쪽) 꼬마와 아빠.
나는 이 사진이 늘 마음에 들었다.
봐, 좋은 기억도 많잖아!

나는 언제나 애들을 잘 다뤘다. 아, 나도 아이가 있으면 좋겠다.

(위) 내 어린 시절 요약.

무언가를 잡으려는 나.

두 자녀의 엄마이자 정신과 의사로 성장한 멋진
동생 마리아와 함께. 이 스웨터는 이제 버렸겠지.

(아래) 막내 여동생 메이들린과 남동생 윌, 치아를
안 보여주려는 나.

(맨 아래) 이 꼬맹이들이 커서 내 인생을 구했다.

치명적으로 잘생긴 아빠와 왜 아빠가 다른 여자와 결혼하는지 매우 혼란스러운 소년. 열 살 때였다. 멋진 바가지 머리를 자랑스러워하며.

이 사진 속 나는 무슨 생각중일까. 엄마와 키스 모리슨의 결혼식에서.
(외조부모와 키스의 아들도 함께다.)

'엄마 손을 잡고 건네주려는' 나.

엄마와 캐나다 총리 피에르 트뤼도(보리스 스프레모/<토론토 스타>, 게티 이미지 제공).

(아래) 열네 살 생일에 아빠가 '폴리 다턴'이라는 댄서를 불러주었다. 놀랍지만 실화다.

시작됐다.

무섭게 성장한 여동생과 함께.
참고: 염소수염을 길렀다는 건 내가 바이코딘 혹은 다른 오피오이드를 하고 있다는 뜻.

(아래) 보스턴 가든에서 연예인 하키 게임에 참가한 아빠와 나. 아빠는 참 행복해했다. 나는 킹스 팬이었지만, 비밀로 해달라.

(위) 나와 멋진 할머니. 앞니 치열이 살짝 고르지 못해 언제나 치아를 가리고 웃었다. <사랑은 다 괜찮아>에서도 그렇게 나온다. 이후 어느 영화사의 작품에 들어가면서 치열을 교정했다.

동생 메이들린과 영화 <쓰리 투 탱고> 세트장에서. 둘 다 더 나은 영화가 되기를 바라고 있다.

(위) 메이들린과 나는 이렇게나 편한 사이다.

내 위에 누워 있지 않은 메이들린 사진 (스티브 그래니츠/와이어 이미지).

보이는가? 나는 댄서의 다리를 가졌다.

(왼쪽 위) 2002년 에미상 코미디 부문 남우주연상 후보에 올랐다. 시상식에 엄마를 초대했다(빈스 부치/게티 이미지).

(위) <론 클라크 스토리>로 후보에 오른 상을 모두 로버트 듀발에게 내주었다. 어이없어라(©TNT/에버렛 컬렉션 제공).

(왼쪽) 나의 첫 텔레비전 쇼 <세컨드 찬스>. 이보다 최악일 수 없었다(©20세기 폭스 라이선싱 및 머천다이징/에버렛 컬렉션 제공).

(아래) 하마터면 이 쇼 때문에 <프렌즈>를 놓칠 뻔했다(©유튜브).

(위) 아름다운 리버 피닉스와(에버렛 컬렉션 제공).

나와 전 여자친구 레이철. 아, 이보다 더 예쁠 순 없다
(그레그 디과이어/와이어 이미지).

(아래) 함께 찍힌 사진 중에 내가 레이철을 보고 있지
않은 사진(크리스 윅스/와이어 이미지).

(위) 나와 세상에서 제일 웃긴 여자(론 갈레라, Ltd./론 갈레라 컬렉션, 게티 이미지 제공).

(오른쪽 위) 나의 첫 주연작 <사랑은 다 괜찮아>에서 나와 샐마 하이에크[그리고 존 테니](게티 이미지 제공).

(오른쪽 가운데) 나와 세상에서 가장 쿨한 남자(ⓒ2000 워너 포토 피에르 비넷/MPTV이미지닷컴).

(오른쪽) <LA 타임스>는 영화 <17 어게인>에서 내가 '피곤한 연기'를 선보였다고 평했다. 그런데 그게 포인트였다. 나는 피곤해 보여야 했다고(ⓒ2009 뉴 라인 시네마/척 즐로트닉 촬영).

(위) 나와 아름다운 로런 그레이엄(AP 포토/댄 스타인버그).

밸러리 버티넬리에게 반하지 않은 척하는 나(짐 스밀/론 갈레라 컬렉션, 게티 이미지 제공).

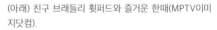

(아래) 친구 브래들리 휫퍼드와 즐거운 한때(MPTV이미지닷컴).

지상 최고의 직장(닐 문스/PA 와이어/기자협회 이미지).

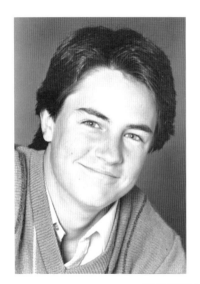 

처음과 마지막으로 찍은 8x10인치 사진.

친구와 연인,
그리고 무시무시한 그것

친구와 연인,
그리고 무시무시한 그것

매튜 페리 지음
송예슬 옮김

A MEMOIR

Friends, Lovers,
and the Big Terrible Thing

목목서가

일러두기

1. 주석은 모두 옮긴이 주다.

2. 원서의 이탤릭체는 고딕체로, 대문자는 굵은 글씨로 표시했다.

3. 인명, 지명 등 외국어의 우리말 표기는 대체로 국립국어원의 외래어 표기법을 따랐
   으나, 매튜 페리의 경우 예외적으로 국내 독자에게 익숙한 이름인 '매튜 페리'를 그대
   로 사용했다.

고통받고 있는 모두에게.

누군지 알잖아.

최고의 탈출구는 언제나 정면 돌파다.

―로버트 프로스트

또 하루를 살아내는 나를 지켜봐줘요.

―제임스 테일러

차례

"매튜 페리는 잘 지내?"

이 질문은 처음 받은 이후로 수년에 걸쳐 내가 가장 자주 듣는 질문이 됐다. 왜 다들 이 질문을 하는지 이해한다. 모두 매튜를 사랑하고, 그가 괜찮기를 바라니까. 나도 마찬가지다. 하지만 기자들에게 이 질문을 받으면 언제나 울컥했는데, 진짜 하고픈 말을 할 수 없었기 때문이다. "매튜의 이야기를 내가 해서는 안 되죠!"라고 말하고 싶었다. 혹은 이렇게도 말하고 싶었다. "이건 굉장히 사적인 문제고, 본인이 아닌 다른 사람에게서 그런 이야기를 듣는 건 험담을 나누는 일이나 마찬가지라고 생각해요. 나는 당신들 앞에서 매튜에 대한 험담을 할 생각이 없어요." 아예 상대하지 않는 게 더 낫다는 것을 알기에 그냥 "잘 지내는 것 같아요"라고 말하고 넘길 때도 있었다. 그러면 적어도 그에게 쏟아지는 관심이 더 커지지는 않을 테고, 병과 싸우고 있는 매튜가 아주 조금이나마 사생활을 지킬 수 있을 테니까. 하지만 솔직히 말하자면 나는 매튜가 어떻게 지내는지 정확히 알지 못했다. 이 책을 보면 알겠지만, 그건 매튜의 비밀이었다. 매튜가 자신이 겪고 있는 일의 일부분이나마 우리에게 담담히 꺼내놓기까지는 시간이 꽤 걸렸다. 그동안 나는 괜히 간섭하거나 부담을 주려 하지 않았다. 중독에 관해 잘 모르기는 해도 그가 중독에서 벗어나는 게 내 힘으로 할 수 있는 일이 아니란 것은 알았기 때문이다. 내가 뭔가를 더 해야 하나, 뭐라도 해야 하나, 고민하던 때도 있었다. 그러나 이 병은 끊임없이 스스로 허기를 채우며 깊어지고야 만다는 것을 이제는 이해한다.

그래서 나는 날마다 나를 웃게 하고 일주일에 한 번은 눈물이 쏙 빠지게 숨도 못 쉬고 웃게 만드는 매튜에게만 집중했다. 매튜는 언제나 한결같았다. 무척이나 영리하고… 매력적이고, 다정하고, 세심하고, 또 아주 온당하고 이성적인 매튜 페리. 여러 가지와 싸우고 있었지만, 그는 여전히 매튜였다. 오프닝 타이틀을 찍느라 분수대에 들어가 고생했던 야간 촬영 날 분위기를 끌어올리던, 그때 그 매튜의 모습 그대로 변함없이. "분수대 바깥에서 어떻게 살았는지 기억도 안 나!" "우리 지금, 젖은 거야?" "젖지 않은 날이 있긴 했는지!"(오프닝 타이틀에서 분수대 속 우리가 깔깔대고 있는 건 모두 매튜 덕분이다.)

〈프렌즈〉가 종영한 후로는 매일같이 매튜를 만나지 않았으므로 그가 어떻게 사는지 감히 추측할 수도 없었다.

이 책을 통해 중독과 함께하며 살아남은 그의 진짜 이야기를 처음 접했다. 매튜가 살짝 말해준 적은 있지만 이렇게 자세히는 아니었다. 이제 매튜가 우리에게 자기 생각과 감정을 솔직하게 아주 가감 없이 드러내려 한다. 드디어, 사람들이 매튜가 잘 지내는지 나나 다른 사람에게 물어볼 필요가 없어졌다. 매튜가 직접 말하고 있으니까.

기적처럼 살아남은 것은 알았지만, 이렇게나 많은 고비가 있었는지 몰랐다. 매티, 네가 살아 있어서 얼마나 기쁜지. 정말 다행한 일이야. 사랑해.

리사 커드로

프롤로그

안녕들 하신지. 아마 나를 다른 이름으로 알고 있겠지만,* 내 이름은 매튜다. 친구들 사이에서는 매티라고 불린다.

나는 죽었어야 한다.

원한다면 이 글을 저세상 너머에서 온 메시지로 생각해도 좋다.

고통의 날 7일째였다. 발가락을 찧는다거나 〈나인 야드 2〉가 실패해 맛본 고통과는 다르다. 굵게 강조한 이 **고통**은 평생 겪은 것 중 최악이고, 플라톤적 **고통**의 이데아이자 **고통**의 전형이었다. 아이를 낳는 게 최악의 고통이라던데, 내가 겪은 이 고통은 상상할 수 있는 가장 고약한 고통일 뿐 아니라 마지막에 아기를 품에 안는 기쁨조차 누릴 수 없다.

이날은 **고통**의 날 7일째이자 부동No Movement의 날 10일째이기도 했다. 내 말뜻을 이해할는지. 열흘 동안 똥을 누지 못했다. 이게

* 1994년부터 2004년까지 미국 NBC에서 방영된 시트콤 〈프렌즈〉에서 매튜 페리는 챈들러 빙 역할을 맡아 연기했다. 당시 무명에 가까운 배우였으나 이를 통해 일약 스타가 된다.

　　　　　　　　　　친구와 연인, 그리고 무시무시한 그것

내가 하고픈 말이다. 무언가 잘못되어도 단단히 잘못되었다. 두통처럼 은근히 욱신거리는 수준의 고통도, 서른 살에 앓았던 췌장염처럼 날카롭고 찌릿한 고통도 아니었다. 그런 것과 차원이 달랐다. 마치 몸이 폭발해버릴 것 같은 **고통**. 내장이 밖으로 튀어나올 것만 같은. 미치고 팔짝 뛸 수준의 **고통**이었다.

그리고 소리. 맙소사, 그 소리란. 평소에 나는 상당히 조용하고 말도 혼자 삼키는 편이다. 그러나 그날 밤에는 고래고래 악을 써댔다. 이따금 바람이 적당하고 차들이 모두 제자리로 돌아온 밤이면, 할리우드 힐스에서 어느 짐승이 코요테들에게 찢어발겨져 울부짖는 끔찍한 소리가 들려온다. 처음에는 아주 멀리서 애들이 웃는 소리 같지만, 이내 그게 아님을 깨닫게 된다. 그것은 죽음으로 가는 기슭에서 나는 소리다. 최악의 순간은 울부짖음이 멈출 때 찾아온다. 공격당하던 존재가 뭐든 간에 죽었다는 뜻이니까. 이곳은 지옥이다.

그래, 지옥은 존재한다. 아니라고 말하는 사람에게 속지 마시라. 나는 그곳에 가본 적도 있다. 지옥은 존재한다. 누가 뭐라든.

그날 밤 그 짐승은 나였다. 나는 악을 쓰며 살기 위해 필사적으로 싸웠다. 침묵은 끝을 의미했다. 끝에 얼마나 가까워졌는지 내가 알 리 없었다.

그 무렵에 나는 서던캘리포니아의 재활 시설에서 지내고 있었다. 놀랄 일은 아니다. 나는 반평생 이런저런 치료 센터와 재활 시설을 전전하며 살았다. 스물네 살이라면야 괜찮지만, 마흔두 살이라면 문제다. 나는 마흔아홉 살을 먹고도 여전히 약을 끊기 위해 아득바득 싸우는 중이었다.

이쯤 되니 시설에서 만난 마약 재활 강사와 의사보다도 약물중독과 알코올의존증에 관해 아는 게 많아졌다. 안타깝게도 이러한 자기 이해는 아무 쓸모가 없다. 노력과 배움으로 맨정신에 이를 수만 있다면, 이 괴물은 벌써 희미한 악몽으로 남았을 것이다. 내가 스스로 직업 환자가 된 것은 순전히 살아남기 위해서였다. 터놓고 말해 나는 마흔아홉 살이나 먹고도 혼자 남겨지는 게 두려웠다. 혼자가 되면 나사 풀린 정신이(참고로 이쪽으로만 나사가 풀려 있다) 차마 상상도 못할 일을 하려고, 그러니까 술과 약에 취하려고 어떤 구실이든 찾아내고야 말 것이다. 이렇게 수십 년을 망쳐왔는데 또 그런 짓을 반복할까봐 무섭다. 이만 명 앞에서 이야기하는 것은 하나도 두렵지 않지만, 혼자 소파에 앉아 텔레비전 앞에서 밤을 보낼 생각을 하면 덜컥 겁이 난다. 두려움의 근원은 내 마음과 생각, 이제껏 숱하게 그랬듯 내가 또다시 약을 갈망하리라는 데 있다. 내 마음이 나를 죽이려 든다는 것을 나는 안다. 내 안은 항상 외로움과 갈망으로 가득하고, 나는 내 존재 바깥의 무엇이 나를 제대로 고쳐주리라는 생각에 자꾸 집착한다. 이미 세상에서 받을 건 다 받았는데!

여자친구가 줄리아 로버츠다. 상관없어, 술은 마셔야 해.

드디어 꿈의 집을 장만했다. 도시가 한눈에 내다보이는 곳으로! 마약 딜러가 빠지면 섭섭하지.

　　　　　　　　　친구와 연인, 그리고 무시무시한 그것

일주일에 백만 달러를 번다. 이게 성공 아닐까? 한잔하겠냐고? 그럼, 물론이지. 고마워요.

나는 모든 걸 가졌었다. 그러나 모두 속임수였다. 무엇으로도 문제를 고칠 수 없었다. 해결책이라는 개념을 이해하기까지도 몇 년은 걸릴 터였다. 오해는 마시라. 줄리아, 꿈의 집, 주급 백만 달러, 모두 황홀했고, 나는 영원히 감사하며 살아갈 것이다. 나는 이 세상에서 가장 운이 좋은 사람 중 하나다. 그리고 정말이지 재밌게 살았다.

그것들은 그냥 정답이 아니었던 거다. 옛날로 돌아가도 〈프렌즈〉 오디션을 보겠느냐고? 물론이다. 또 술을 마시겠느냐고? 물론이다. 술을 마시며 긴장을 풀고 즐기지 못했더라면 이십대가 끝나기 전에 고층빌딩에서 뛰어내렸을 것이다. 나의 할아버지, 멋진 앨턴 L. 페리는 알코올의존증을 앓던 아버지 밑에서 컸고, 그 영향으로 평생 술을 입에도 대지 않았다. 놀랍게도 무려 구십육 년이라는 세월 동안.

나는 할아버지가 아니다.

누군가의 동정을 얻으려고 이 글을 쓰는 게 아니다. 이 글을 쓰는 이유는 진실이어서다. 술을 끊어야 한다는 것을 알고, 나처럼 모든 정보를 섭렵했으며 어떤 결과가 닥칠지 알고 있는데도 여전히 술을 끊지 못해 혼란스러운 이가 있을까봐 나는 이 글을 쓴다. 형제자매여, 여러분은 혼자가 아니다(사전 속 '중독자addict'라는 단어 밑에는 무척 혼란스러운 표정으로 두리번거리는 내 사진이 있어야 옳다).

서던캘리포니아의 재활 시설에서는 창밖으로 웨스트 LA가 내다보이고 퀸사이즈 침대가 2개 딸린 방을 썼다. 침대 하나는 나의 비서이자 절친한 친구인 에린의 것이었다. 레즈비언인 에린과의 우정은 이성애자 여성들과의 우정을 망쳐온 원흉인 듯한 연애적 긴장감 없이 여성과 함께하는 즐거움을 준다는 점에서 귀하다(물론 우리는 끌리는 여자들에 관해 같이 이야기할 수도 있다). 에린을 만난 건이 년 전, 에린이 일하던 중독치료시설에서였다. 나는 거기서 중독을 끊어내는 데는 실패했으나 모든 면에서 멋진 에린을 만났고, 그 길로 에린을 시설에서 빼내 나의 비서로 두었다. 그렇게 에린은 나와 가장 친한 친구가 되었다. 에린 역시 중독의 본질을 이해했고, 어느 의사보다도 나의 고충을 잘 헤아렸다.

에린과 함께하며 느낀 안정감에도 불구하고, 나는 여전히 서던캘리포니아에서 잠 못 이루는 나날을 보냈다. 나에게 수면은 원래부터 심각한 문제인데 이런 곳에서는 특히 더 엉망이 된다. 하긴, 살면서 네 시간 이상을 쭉 자본 적이 없는 것도 같다. 감옥 다큐멘터리만 내리 본 것도 도움이 되지 않았다. 게다가 나는 많은 양의 자낙스*를 끊는 중이었기에 머리가 터질 지경이었고, 급기야 내가 실제로 죄수이며 재활 시설이 진짜 감옥이라고 확신했다. "현실은 겪을수록 좋

---

* 벤조 계열 약물로 분류되며, 불안과 우울 증상, 공황장애, 수면장애의 치료를 위해 사용된다.

　　　　　　　　　　　친구와 연인, 그리고 무시무시한 그것

아지는 맛"이라는 말을 만트라처럼 떠받드는 심리 치료사를 하나 안
다. 그런데 이때쯤 나는 현실의 맛도 냄새도 모두 상실했다. 이해의
영역이 코로나19에 걸렸달까. 속수무책으로 망상에 빠져들었다.

하지만 내가 겪는 **고통**은 결코 망상이 아니었다. 심지어 담배마
저 못 피울 정도였다. 평소에 내가 얼마나 자주 흡연하는지 아는 사
람이라면 무언가 단단히 잘못되었음을 직감할 것이다. **꼴불견 간호
사**라는 명찰을 달아주고픈 시설 직원 하나가 '불편함'을 가라앉히고
싶으면 엡솜 소금* 목욕을 해보라고 추천했다. 그러나 교통사고를
당했는데 달랑 반창고를 붙일 수는 없다. 이 정도의 **고통**을 겪는 사
람더러 소금물에 들어가 몸이나 풀라고 할 수는 없는 거다. 그러나
현실은 겪을수록 좋아지는 맛이라는 말 기억하지? 그래서 나는 실
제로 엡솜 소금 목욕을 했다.

그날 밤 나는 발가벗은 채로 **고통**에 겨워 코요테들한테 갈가리
찢기는 개처럼 울부짖었다. 에린이, 그리고 제기랄, 샌디에이고에 사
는 모든 사람이 그 소리를 들었다. 에린이 욕실 문가로 다가와 **고통**
에 몸부림치는 나의 처량한 알몸을 내려다보다가 한마디 툭 던졌다.
"병원에 갈래?"

에린이 병원에 갈 상황이라고 판단한 거면 정말로 위급이었다.

---

* 황산마그네슘. 입욕제로 사용하면 혈액순환, 통증 완화, 스트레스 감소 등
건강에 도움이 된다고 알려져 있다.

게다가 에린은 내가 담배마저 피우지 못한다는 걸 이미 알고 있었다.

"그것참 망할 좋은 생각이네." 나는 울부짖는 와중에 대답했다.

에린이 겨우겨우 나를 욕조 밖으로 끄집어내 몸을 닦아주었다. 내가 막 옷을 입기 시작했을 때, 시설에서 개라도 잡나 싶어 나와보았을 상담사가 문가에 나타났다.

"병원에 데려가야겠어요." 에린이 말했다.

상담사 캐서린은 하필 아리따운 금발 여성이었으며, 전해듣기로는 내가 입소 날 그녀에게 청혼했다고 한다. 그랬으니 아마도 나의 굉장한 팬은 아니었을 거다(농담이 아니라, 입소할 때 나는 그녀에게 청혼한 뒤 곧장 계단에서 굴러떨어졌을 만큼 경황이 없었다).

"약물 추구 행동이에요." 내가 옷을 마저 입는 동안 캐서린이 에린에게 말했다. "병원에 가면 약을 달라고 할 텐데요."

이 결혼은 끝이다. 나는 생각했다.

어느새 나의 울부짖는 소리에 다른 사람들까지 나와 혹시 어디 욕실 바닥에 개의 내장이 낭자하거나 누군가 심히 **고통**스러워하고 있는 건 아닌지 살폈다. 아빠는 모델이고 엄마는 노숙자일 것 같은 책임 상담사 찰스가 캐서린에 가세해 우리가 빠져나가지 못하게 문가를 막았다.

길을 막아? 우리가 무슨 열두 살이야?

"이 사람은 우리 환자예요." 캐서린이 말했다. "당신한테는 병원에 데려갈 권한이 없어요."

친구와 연인, 그리고 무시무시한 그것

"매티는 내가 잘 알아요." 에린이 대꾸했다. "약을 얻으려는 게 아니라고요."

그리고 에린은 나를 돌아보았다.

"병원에 가야겠어, 매티?" 나는 고개를 끄덕인 뒤 다시 소리를 질렀다.

"내가 데리고 가겠어요." 에린이 말했다.

우리는 가까스로 캐서린과 찰스를 물리치고 건물 밖으로 빠져나가 주차장에 들어섰다. '가까스로'였던 것은 캐서린과 찰스가 심하게 훼방을 놓아서였다기보다 땅에 발을 디딜 때마다 내가 느끼는 극심한 **고통** 때문이었다.

밝고 노란 덩어리가 하늘에서 나를 경멸하듯 내려다보고 있었다. 내 고통에는 무심한 채로.

저게 뭐지? 고통스러워 몸이 비틀리는 와중에 생각했다. 참, 태양이지. 맞다… 나는 외출을 통 안 하고 있었다.

"복통이 심한 VIP 환자를 데려가고 있어요." 에린이 차문을 열면서 휴대전화에 대고 말했다. 자동차는 따분하고 평범한 물건이지만 내가 운전할 수 없게 되면 달라진다. 그때부터 자동차는 자유를 보장하는 마법 상자이자 잘나가던 과거의 증표나 다름없다. 에린이 나를 조수석에 태웠고, 나는 몸을 뒤로 기댔다. 배 속이 뒤틀려서 괴로웠다.

운전석에 앉은 에린이 나를 보며 말했다. "빨리 가는 게 좋겠어?

아니면 LA 포트 홀*을 피해서 살살 갈까?"

"그냥 좀 가자고, 이 여자야!" 내가 겨우 대답했다.

그런데 이때 찰스와 캐서린이 차 앞을 막아섰다. 찰스는 마치 '안 돼!' 하고 말하듯 우리 쪽을 향해 손바닥을 펼쳤다. 마치 자기 손으로 1300킬로그램은 족히 나가는 자동차를 막을 수 있다는 듯이.

이 와중에 에린은 차 시동을 못 걸고 있었다. 차에 시동을 걸려면 목소리로 명령해야 했다. 알다시피 나는 〈프렌즈〉 배우였으니까. 캐서린과 손바닥 씨는 끝까지 길을 터주지 않았다. 드디어 에린이 시동을 거는 데 성공했으나 난관이 하나 더 남아 있었다. 에린은 엔진의 회전 속도를 높여 차를 주행 모드로 놓은 뒤 방향을 홱 꺾어 경계석을 밟았다. 그때의 덜컹거림만으로도 온몸이 튕겨나갈 듯했고, 나는 하마터면 그 자리에서 죽을 뻔했다. 경계석에 바퀴 2개가 올라간 상태에서 에린은 캐서린과 찰스를 지나쳐 거리로 빠져나갔다. 두 사람은 멀어지는 우리를 지켜볼 수밖에 없었다. 더 늦어졌다면 아마 나는 그냥 두 사람을 밟고라도 가자고 애원했을 것이다. 비명을 멈출 수 없는 상태는 정말이지 공포다.

내가 약이나 얻으려고 이러고 있는 거라면 오스카상을 받아야 마땅했다.

* 도로에 움푹 팬 구멍. 로스앤젤레스 도로에는 부실시공으로 인한 포트 홀이 많다.

"과속방지턱만 골라서 밟는 건 아니지? 혹시 모를까봐 말하는데, 내가 지금 좀 힘들거든. 속도 낮춰." 내가 애원했다. 둘 다 눈물범벅이었다.

"빨리 가야 해." 연민 가득한 갈색 눈으로 나를 보는 에린의 표정에 걱정과 두려움이 서려 있었다. "곧 도착할 거야."

이쯤에서 나는 까무러쳤다(참고로 의식을 잃는 건 통증 등급 10에 해당한다).

[알림: 이어질 몇 문단은 회고록보다 전기에 가깝다. 내 기억에 없는 이야기이기 때문이다.]

재활 시설에서 가장 가까운 병원은 세인트존스였다. 다행히 에린이 VIP가 간다고 병원에 미리 알려둔 덕에 응급실 주차장에 직원이 나와 기다리고 있었다. 전화를 걸 때만 해도 에린은 내가 이 정도로 심각한 줄 몰랐기에 나의 프라이버시를 먼저 걱정했다. 그러나 병원 사람들은 보자마자 상태의 심각성을 알아챘고 신속히 나를 치료실로 데려갔다. 그때 내가 이렇게 말했다고 한다. "에린, 소파에 웬 탁구공이야?"

소파는 없었고, 탁구공도 없었다. 나는 망상에서 허우적대고 있었다(고통이 심해서 망상에 빠질 줄은 몰랐는데, 그랬다). 그때 (개인적으로 세상에서 가장 좋아하는 약인) 딜라우디드*가 두뇌에 퍼졌고,

---

* 양귀비에서 추출한 약물로 진통제나 마취제로 사용되는 오피오이드 계열

나는 잠깐 의식을 회복했다.

즉시 수술에 들어가야 한다고 했다. 순식간에 캘리포니아의 모든 간호사가 내 병실에 모였다. 그중 하나가 에린에게 말했다. "달릴 준비를 하세요!" 에린은 준비했고, 우리는 다 함께 달렸다. 아니, 달린 것은 그들이었고, 나는 빠르게 굴러가는 침대에 실려 수술실로 옮겨졌다. 내가 에린에게 "나를 떠나지 마"라고 말한 지 몇 초 만에 에린은 밖으로 내보내졌다. 나는 그대로 눈을 감았고, 이 주 동안 뜨지 않았다.

그렇다. 신사 숙녀 여러분, 바로 혼수상태!(이런데도 재활 시설의 후레자식들은 차를 막으려고 하다니?)

혼수상태에 빠지고 처음 일어난 일은 내가 산소호흡기를 단 채로 구토하는 바람에 열흘간 쌓인 독성 물질이 곧장 폐로 들어간 것이었다. 폐는 이걸 몹시 꺼렸고 결국 급성 폐렴에 이르렀다. 그리고 그때 결장이 터져버렸다. 혹시 못 봤을까봐 다시 말하자면, 나의 결장이 터져버렸다! 살면서 똥덩어리라는 욕을 들어본 적은 있지만, 이번엔 말 그대로 진짜 똥덩어리였다.

정신을 잃어서 얼마나 다행인지.

이때만 해도 내가 죽으리란 것은 거의 자명했다. 결장 파열은 불운한 일이었을까? 아니면 어떻게든 조치할 수 있는 서던캘리포니

의 마약성 진통제.

친구와 연인, 그리고 무시무시한 그것

아 병실에서 그런 일을 당했으니 행운이라고 해야 할까? 어느 쪽이건 나는 일곱 시간 동안 수술을 받아야 했다. 가족이 병원으로 달려오기까지는 충분한 시간이었다. 도착한 식구들은 저마다 이런 말을 들었다. "매튜가 오늘밤을 넘길 확률은 2퍼센트입니다."

다들 감정을 주체하지 못했고 몇몇은 병원 로비에 주저앉았다. 나는 죽는 날까지 엄마와 가족들이 그런 말을 들었다는 사실을 계속 곱씹을 것이다.

내가 일곱 시간이 걸리는 대수술을 받는 동안, 가족과 친구들은 할 수 있는 모든 걸 해보겠다는 병원의 말을 믿고 잠시나마 눈을 붙이러 집으로 돌아갔다. 그사이 의식이 없는 나는 피범벅이 된 채 메스와 온갖 튜브에 둘러싸여 살기 위해 분투했다.

스포일러 주의: 나는 무사히 밤을 넘겼다. 그러나 아직 고비를 넘긴 건 아니었다. 병원에서는 가족과 친구들에게 단기간 생명 연장을 위해 할 수 있는 방법은 에크모ECMO 장치뿐이라고 말했다(에크모는 체외막 산소 공급 Extracorporeal Membrane Oxygenation을 의미한다). 에크모 시술은 성모송*이라고도 불린다. 참고로 같은 주에 UCLA병원에서 환자 넷이 에크모 시술을 받았는데, 모두 사망했다.

설상가상으로 세인트존스에는 에크모 기계가 없었다. 연락을

---

* Hail Mary. 성모마리아에게 올리는 기도를 뜻하나, 풋볼에서는 패배가 거의 확실한 상황에서 성공 가능성이 희박하지만 시도해보는 장거리 패스를 의미한다. 이로부터 유래되어 보통 '최후의 수단'이라는 의미로 쓰인다.

받은 시더스-사이나이 병원은 내 차트를 확인하더니만 이렇게 말했다고 한다. "매튜 페리를 우리 병원에서 죽게 할 순 없어요."

고맙기도 해라.

UCLA도 나를 꺼렸다. 아마 같은 이유였겠지? 누가 알겠는가? 그래도 그들은 에크모 기계와 의료진을 기꺼이 보내주었다. 몇 시간 동안 기계를 달고 있었더니 정말로 효과가 나타나는 듯했다! 이후 나는 의사와 간호사가 가득 들어찬 구급차에 태워져 UCLA로 옮겨졌다(십오 분간 일반 자동차를 탔다면 살아남지 못했을 것이다. 에린이 모는 차라면 더더욱).

UCLA에서는 심폐질환 중환자실에 입원했다. 그곳은 육 주간 내 집이 되었다. 나는 줄곧 혼수상태였지만, 솔직히 말해 즐겼을 것이다. 누워만 있으면 다들 내 곁으로 모였고, 몸속에 약까지 부어주었으니, 이보다 더 좋은 팔자가 있을까?

혼수상태에 빠진 나는 절대 단 한 순간도 혼자 있어서는 안 되었다. 그래서 병실에는 언제나 가족이나 친구가 있었다. 나를 위한 촛불 모임과 기도회도 열렸다. 사방에 사랑이 넘쳐흘렀다.

마침내 기적처럼 내가 눈을 떴다.

[다시 회고록.]

처음 눈에 들어온 사람은 엄마였다.

"뭐예요?" 내가 갈라지는 목소리로 겨우 말했다. "여기 어디예요?"

친구와 연인, 그리고 무시무시한 그것

마지막 기억은 에린과 함께 차에 타고 있던 거였다.

"결장이 터졌대." 엄마가 말했다.

그 말을 들은 나는 누가 희극배우 아니랄까봐 눈을 굴리고는 그대로 다시 잠들어버렸다.

사람이 진짜로 아프면 일종의 단절이 일어난다고 들었다. '신은 인간에게 감당할 수 있는 시련만 준다'는 거지. 나는 혼수상태에서 깨어나고도 몇 주가 지나도록 나에게 정확히 무슨 일이 일어난 것인지 누구도 말을 꺼내지 못하게 했다. 내 실수일까봐, 스스로 이런 짓을 저지른 것일까봐 몹시 두려웠다. 그래서 이 일에 관해 말하는 대신 하고 싶은 일을 했다. 병원에 있는 동안 가족에게 온전히 곁을 내어주는 것이었다. 나는 예쁜 동생들, 에밀리, 마리아, 메이들린, 유쾌하고 다정하며 그 자리에 있어준 세 사람과 시간을 보냈다. 밤에는 에린과 함께였다. 이제는 결코 혼자가 아니었다.

하지만 결국은 페리 가문의 구심점인 마리아가(모리슨 가문의 구심점은 엄마다) 그동안의 일을 나에게 말해줄 때가 됐다고 결심했다. 로봇처럼 50개나 되는 줄을 주렁주렁 매단 채 누워 있는 나에게 마리아는 진실을 말해주었다. 내가 그토록 두려워하던 게 현실이 되었다. 나를 이렇게 만든 건 나였다. 내 실수였다.

나는 울었다. 정말로 엉엉 울었다. 마리아는 최선을 다해 위로해주었지만, 이건 위로받을 수 없는 문제였다. 나는 하마터면 스스로 목숨을 끊을 뻔했다. 평소에 나는 파티에 다니는 부류와 거리가 멀었다. 그 (많고 많은) 약을 먹은 건 소용없다는 것을 알면서도 기분이 좋아지고 싶어서였다. 기분이 좋아지고 싶어서 죽음의 문턱까지 갔던 거다. 그런데도 나는 지금 이곳에 여전히 살아 있었다. 왜지? 왜 살아남은 거야?

하지만 상황은 나아질 기미가 좀처럼 보이지 않았다.

아침마다 병실에 오는 의사들은 나날이 나쁜 소식을 전했다. 나쁜 일이 일어날 가능성은 번번이 현실이 되었다. 이미 나는 장루주머니*를 달고 있었는데—천만다행히도 나중에 복원할 수 있다고 들었다—지금은 장 어딘가에 누공, 그러니까 구멍이 하나 있다고 했다. 문제는 구멍의 위치를 찾을 수 없다는 거였다. 그래서 역겨운 녹색 체액을 따로 빼내는 주머니를 추가로 달게 되었다. 이 주머니를 달았다는 건 구멍을 찾기 전까지 음식을 먹을 수도 무언가를 마실 수도 없다는 뜻이었다. 의료진은 날마다 열심히 누공을 찾았고, 그러는 동안 나는 점점 굶주리고 목이 타들어갔다. 다이어트 콜라를 달라고 문자 그대로 빌었으며, 거대한 다이어트 스프라이트 캔에 쫓기는 꿈까지 꾸었다. 꼬박 한 달—한 달!—이 지난 후에야 결장 뒤쪽의 관 어딘가에서 누공이 발견되었다. 나는 생각했다. 이보세요, 의사 선생. 장에 뚫린 구멍을 찾는 거면 **망할 파열**이 일어난 곳 뒤쪽부터 뒤지지

---

* 몸밖으로 대변을 빼내기 위해 몸에 부착하는 인공 항문.

친구와 연인, 그리고 무시무시한 그것

그랬어요. 이제 구멍을 찾았으니 의료진이 치료를 시작할 수 있었고, 나는 걷는 법부터 다시 배웠다.

담당 치료사에게 끌리는 걸 보니 몸이 점점 회복되고 있는 듯했다. 배에는 큰 흉터가 남았지만, 어차피 나는 셔츠를 훌러덩 벗는 남자는 절대 못 되었다. 매슈 매코너헤이라면 또 모를까. 샤워할 때는 눈을 꼭 감으면 그만이다.

말했다시피 병원에 있는 동안은 한순간도 혼자였던 적이 없다. 단 한 순간도. 어둠 속에도 빛은 있다. 정말이다. 열심히 들여다보기만 한다면.

기나긴 다섯 달이 지나고, 나는 퇴원했다. 일 년 안에 장기가 다 회복할 테니 그때 장루주머니를 없애는 복원 수술을 받자고 했다. 당장은 다섯 달 치 야간 주머니를 함께 챙겨야 했다. 그리고 우리는 집으로 돌아갔다.

또, 나는 배트맨이다.

1장 전망

자신에게 진짜 나쁜 일이 닥치리라고 생각하는 사람은 없다. 그런 일이 실제로 일어나기 전까지는 말이다. 장에 구멍이 뚫리고, 흡인성 폐렴에 걸리고, 에크모 시술을 받고도 살아나는 사람은 없다. 누군가에게 그런 일이 일어나기 전까지는 말이다.

바로 나에게.

지금 나는 태평양이 내려다보이는 렌트하우스에서 글을 쓰고 있다(길 건너편 진짜 우리집은 공사중이다. 여섯 달이 걸린다길래 일년이겠거니 생각하고 있다). 퍼시픽 팰리세이즈가 바다와 만나는 저 아래 협곡에서 붉은꼬리매 한 쌍이 빙빙 돌고 있다. 로스앤젤레스의 멋진 봄날이다. 아침에는 벽에 미술작품을 거느라 바빴다(정확히는 작품을 걸라고 시키느라 바빴다. 나는 그런 집안일엔 영 서툴러서). 최근 몇 년 사이 미술에 푹 빠졌다. 눈썰미 있는 사람이면 뱅크시 작품 한두 점을 알아볼 수도 있을 것이다. 또 요즘 영화 시나리오의 두번째 초안을 다듬고 있다. 유리잔에는 갓 따른 다이어트 콜라가, 주머니에는 꽉 찬 말버러 한 갑이 있다. 가끔은 이런 것들로 충분하다.

가끔은.

나는 이상하고도 불가피한 하나의 사실로 번번이 되돌아온다. 내가 살아 있다는 사실. 가능성을 따져보면 상상하는 것 이상으로 기적 같은 말이다. 나에게는 머나먼 행성에서 온 운석처럼 기묘하고 반짝이는 의미로 다가온다. 누구도 선뜻 믿어주지 않겠지만. 나의 죽음이 사람들에게 충격은 줄지언정 놀라움은 주지 않을 세상에, 내가 계속 살아 있다는 사실은 무척이나 기묘하다.

내가 살아 있다. 이 세 어절을 생각하면 마음이 깊은 감사로 충만해진다. 나처럼 천국과 가까워진 적이 있는 사람에게 감사한 마음이란 선택하고 말고의 문제가 아니다. 말하자면 거실 테이블에 놓인 장식용 책과 같다. 좀처럼 눈길을 주지 않아도 언제나 그 자리에 있다. 하지만 감사함 뒤에는 다이어트 콜라의 희미한─아니스─어렴풋한─감초 향에 깊이 파묻힌, 한 모금씩 빨아들이는 담배 연기처럼 폐를 가득 채우는, 끈질긴 고통이 따라온다.

어째서? 왜 살아 있지? 나를 압도하는 이 질문을 떠올리지 않을 수 없다. 조금 알 것도 같으나 대답은 아직 완성되지 않았다. 그러니까 남들을 도우며 살라는 뜻일 텐데, 그걸 알면서도 방법을 모르겠다. 단연코 내가 남들보다 나은 부분이 있다면, 나 같은 알코올의존증 환자가 찾아와 술을 끊게 도와달라고 부탁했을 때 실제로 도움을 줄 수 있다는 것이다. 나는 절박한 사람이 중독을 끊어내도록 도울 수 있는 사람이다. '왜 살아 있지?'에 대한 대답은 아마 그 사실과 관

친구와 연인, 그리고 무시무시한 그것

련이 있는 것 같다. 더구나 그게 유일하게 나를 진심으로 기분좋게 하는 일이기도 하고. 그곳에 신이 존재한다는 걸 부인할 수 없다.

그러나 스스로 부족하다는 느낌이 들 때면 '왜?'라는 그 질문에 선뜻 응할 수가 없다. 가지지 않은 것을 내어줄 수는 없기 때문이다. 그리고 거의 언제나 이런 끈질긴 생각에 시달린다. 나는 부족해. 나는 중요한 사람이 아니야. 나는 도움이 절실해. 생각하면 마음이 불편해진다. 나는 사랑을 갈구하지만 신뢰하지는 않는다. 내가 나의 게임을, 나의 챈들러를 관두고 진짜 모습을 보여준다면, 당신은 나를 다시 보게 될 것이다. 더 최악은, 그런 나를 보고 내 곁을 떠나는 것이다. 그걸 견딜 자신이 없다. 나는 살아남지 못할 것이다. 더는 무리다. 그건 나를 한 줌의 먼지로 만들어 내 존재를 말살할 것이다.

그러니 내가 먼저 당신을 떠날 것이다. 당신과 무언가 틀어졌다고 마음속으로 날조한 뒤 그걸 사실이라고 믿겠다. 그리고 떠날 것이다. 하지만 세상 사람 모두하고 관계가 틀어질 리는 없잖아, 맷소.* 여기서 공통분모는 뭐겠어?

그리고 내 배에 남은 흉터들. 실패한 연애. 레이철과의 이별(아니, 〈프렌즈〉의 그 레이철이 아니라 진짜 레이철 얘기다. 꿈에 그리던 나의 전 애인 레이철 말이다). 새벽 네시에 퍼시픽 팰리세이즈가 보이는 집에서 잠 못 들고 누워 있으면 이 모든 게 나를 엄습한다. 나는

* Matso. 매튜 페리의 별명.

쉰두 살이다. 이런 꼴은 더이상 썩 매력적이지 않다.

지금껏 나는 전망 좋은 집들에서만 살았다. 나에게는 전망이 무엇보다 중요하다.

다섯 살 적에 엄마와 함께 살던 캐나다 몬트리올에서 비행기에 태워져 아빠가 있는 캘리포니아 로스앤젤레스로 보내졌다. 소위 (이 책의 가제이기도 했던) '동반자 없는 어린이unaccompanied minor'였다. 옛날에는 그 정도 나이의 꼬마를 혼자 비행기에 태워보내는 일이 왕왕 있었다. 옳은 행동은 아니었으나 많이들 그랬다. 나는 아주 잠시나마 흥미로운 모험을 기대했으나 혼자 있기에는 내가 너무 어리다는 사실을 금방 깨쳤다. 비행은 정말이지 무서웠다(그리고 말도 안 되는 일이었다). 누구든 나를 데리러 왔어야지! 나는 고작 다섯 살이었는데. 다들 정신이 나간 건가?

그때 당신들의 그 선택 때문에 내가 상담 치료에 수십만 달러를 쏟아부은 것을 알고 있는지? 혹시 보상해주시겠어요?

동반자 없는 어린이로 비행기에 타면 여러 특전을 받는다. **동반자 없는 어린이**라고 쓰인 명찰을 목에 거는 것도 그중 하나다. 또 일찍 탑승할 수 있고, 어린이 전용 라운지를 쓸 수 있으며, 간식을 실컷 먹을 수 있다. 기내까지 안내해주는 사람도 따로 있다. …어쩌면 정말로 근사한 경험이었어야 했다(훗날 유명해져서도 공항에서 갖은 특전을 누렸으나 그때마다 첫 비행이 떠올랐기 때문에 그런 것들을 끔

친구와 연인, 그리고 무시무시한 그것

찍이도 싫어했다). 승무원들은 나를 돌봐야 했으나 이코노미석에 샴페인을 나르느라 정신이 없었다(모든 게 허용되던 1970년대에는 그랬다). 음주를 최대 두 잔까지 제한하던 정책이 하필 얼마 전 폐기된 터라 여섯 시간 동안의 비행은 소돔과 고모라를 방불하게 했다. 사방에서 술냄새가 진동했다. 옆자리 아저씨는 올드패션드*를 열 잔쯤 마셨던 것 같다(두어 시간 후부터는 나도 세는 걸 포기했다). 왜 어른은 똑같은 맛의 음료를 마시고 또 마시려 하는지 그때의 나는 이해하지 못했다. …아, 순수하기도 해라.

어쩌다 한 번씩 큰맘먹고 서비스 버튼을 누르기도 했다. 그러면 1970년대풍의 핫한 부츠와 짧은 바지 차림의 승무원들이 찾아와 내 머리를 헝클어뜨린 뒤 지나갔다.

미칠 듯이 무서웠다. 어린이 잡지 『하이라이트』라도 읽으려 집어보았으나 공중에서 비행기가 덜컹거릴 때마다 죽을 것만 같았다. 괜찮다고 말해주는 사람도, 달래주는 사람도 없었다. 심지어 내 발은 바닥에 닿지도 않았다. 너무 무서워서 의자를 뒤로 눕히고 눈을 붙일 수조차 없었다. 그래서 말똥말똥하게 다음 덜컹거림을 기다리며, 10600여 미터 상공에서 추락하면 어떤 기분일지를 상상했다.

결과적으로 문자 그대로의 추락은 없었다. 마침내 비행기는 아름다운 캘리포니아 저녁 하늘에서 내려앉았다. 반짝이는 불빛, 커다

* 칵테일의 일종.

란 마법 양탄자처럼 찬란하게 펼쳐진 거리, 나중에 알고 보니 모두 언덕이었던 드넓은 어둠. 비행기 창문에 딱 달라붙은 내 조그만 얼굴로 도시가 돌진해왔다. 그 불빛과 아름다움을 보면서 곧 아빠를 만나게 되리라고 생각했던 것을, 나는 지금도 생생히 기억한다.

그때 그 비행기에 부모 중 누구도 곁에 없었다는 사실은 내가 일평생 버려졌다는 느낌을 받는 여러 이유 가운데 하나다. …내가 부족하지 않은 아이였다면 나를 그렇게 혼자 두지 않았겠지? 원래 다 그런 거 아니겠어? 다른 아이들은 부모와 함께였다. 나에게는 명찰과 잡지뿐이었다.

그래서 나는 집을 살 때―한두 채가 아니다(이사를 좀 많이 다녔어야지)―꼭 전망이 좋은지를 본다. 안전한 곳, 나를 생각하는 사람이 있는 곳, 사랑이 존재하는 곳을 내려다보는 감각을 원하기 때문이다. 저 아래, 저 골짜기 어딘가, 혹은 퍼시픽 코스트 하이웨이 너머에 펼쳐진 광대한 바닷속, 아니면 붉은꼬리매의 환한 칼깃에, 부모의 보살핌이 있다. 사랑이 있다. 집이 있다. 그제야 나는 안전하다고 느낀다.

왜 그 꼬맹이가 혼자 비행기에 타야 했죠? 캐나다로 날아가서 그애를 데려오는 게 당연하지 않아? 자주 생각했지만 차마 한 번도 묻지 못했다.

나는 갈등을 즐기는 사람이 아니다. 궁금한 건 많지만 입 밖으로 내뱉지 않을 뿐이다.

친구와 연인, 그리고 무시무시한 그것

내가 빠진 수렁을 파놓은 무언가, 또는 누군가를 찾아 오랫동안 헤매었다.

나는 내 삶의 꽤 많은 날을 병원에서 보냈다. 병원에 있으면 누구나 자기연민에 빠진다. 나 역시 누구 못지않게 자기연민에 빠져 살았다. 병상에 누워 있을 때면 마치 고고학 발굴 현장의 구덩이 속 알 수 없는 발견물처럼 지난날을 이리저리 돌려보면서 매 순간을 곱씹게 된다. 왜 이토록 거의 온 평생 불편함과 감정적 고통 속에 살아야 하는지 알고 싶었다. 나는 진정한 고통이 어디에서 비롯하는지 언제나 알고 있었다(그 시절 내가 왜 신체적 고통에 시달리는지도 똑똑히 알았다. 답은 간단했다. 아니, 술을 그렇게 마시니까 아프지, 등신아).

처음에는 참으로 다정하고 악의가 없는 부모 탓을 하고 싶었다. …다정하고 악의가 없으며, 덤으로 사람을 홀릴 만큼 매력적인 두 사람.

때는 1966년 1월 28일 금요일로 거슬러올라간다. 장소는 온타리오주의 위털루 루터교 대학교다.

("미모는 물론 지성, 적극적인 학생 활동, 인격을 평가 기준으로 보는") 제5회 미스 캐나다 대학 스노퀸Miss Canadian University Snow Queen(CUSQ) 선발대회가 열리는 날이다. 캐나다 사람들은 새로 탄생할 미스 CUSQ를 맞이하는 데 아낌이 없었다. "장식 차량과 악단, 참가자들이 행진하는 횃불 퍼레이드"에다 "야외 파티와 하키 게임"까지 준비했다.

참가자 중에 수잰 랭퍼드가 있다. 명단 열한번째에 이름이 오른 랭퍼드는 토론토대 대표다. 그녀와 겨룰 미인들은 브리티시컬럼비아대 대표 루스 셰이버, 오타와대 대표 마사 퀘일, 맥길대 대표 헬렌 '치키' 퓌러 등이다. 퓌러*는 제2차세계대전이 끝난 지 이십 년밖에 지나지 않은 시대에 다소 부적절할 수 있는 자기 성姓의 인상을 완화하려고 '치키'라는 중간 이름을 추가했다.

그러나 누구도 아름다운 랭퍼드 양의 적수가 되지 못했다. 살을 에듯 추운 1월의 저녁, 전년도 수상자가 다섯번째 미스 캐나다 대학 스노퀸에게 왕관을 수여했다. 그 명예와 함께 몸에 두르는 띠와 책임도 함께 주어졌다. 다음해에는 랭퍼드 양이 왕관을 물려주게 될 것이다.

1967년의 미인대회도 예년처럼 흥미진진했다. 이해에는 세렌디피티 싱어즈의 공연이 예정되었다. 마마스앤드파파스** 같은 느낌의 그룹으로, 리드 싱어가 다름 아닌 존 베넷 페리였다. 세렌디피티 싱어즈는 포크가 유행이던 1960년대에도 눈에 띄는 그룹이었다. 최대(이자 유일한) 히트곡 〈Don't Let the Rain Come Down〉은 영국 동요를 차용해 만든 노래였는데, 어덜트 컨템퍼러리 차트에서 최고 2위를 기록했고, 1964년 5월 빌보드 핫 100 차트에서 6위에 올

* '총통(Führer)'이라는 뜻으로 나치 독일 시기 히틀러의 칭호.
** 1960년대에 인기를 끈 혼성 포크 록 그룹.

랐다. 이 성과는 참작해서 볼 여지가 있다. 당시는 비틀스의 〈Can't Buy Me Love〉〈Twist and Shout〉〈She Loves You〉〈I Want to Hold Your Hand〉〈Please, Please Me〉가 1위부터 5위까지를 모조리 장악하던 시절이었다. 떠돌이였으며 생계형 음악가로 저녁값을 벌려고 노래를 부르던 존 페리에게 그런 건 어차피 중요하지 않았다. 더구나 온타리오주에서 열린 미스 캐나다 대학 스노퀸 대회에서 노래를 부르는 일보다 더 좋은 게 있었을까? 존 페리는 "구부정한 작은 남자, 구부정한 고양이와 쥐 한 마리, 모두 구부정한 작은 집에 산다네" 하고 신나게 노래를 부르면서 마이크 너머로 전년도 미스 캐나다 대학 스노퀸 수잰 랭퍼드에게 추파를 던졌다. 그 시절 두 사람은 세상에서 가장 반짝이는 사람들이었다. 결혼식 사진 속 조각 같은 얼굴들을 보고 있으면 한 대 때리고 싶을 만큼 질투가 난다. 그러니 두 사람도 어쩔 도리가 없었다. 그렇게 잘난 선남선녀는 서로 얽힐 수밖에 없다.

존이 던진 추파는 공연 이후 함께 춤을 추는 것으로 발전했다. 그걸로 끝이었을 수도 있지만, 하필 그날 저녁 운명처럼 거대한 눈보라가 몰아치는 바람에 세렌디피티 싱어즈가 마을을 빠져나가지 못했다. 로맨틱한 첫 만남의 시작이었다. 1967년 눈에 갇힌 캐나다의 어느 마을, 포크 가수와 미인대회 우승자가 사랑에 빠졌다. …세상에서 가장 잘생긴 남자가 세상에서 가장 아리따운 여자를 만난 날. 다른 사람들은 중요하지 않았다.

존 페리는 하룻밤을 묵었고, 수잰 랭퍼드는 행복했다. 둘이 함께하는 장면들이 차례차례 지나가고 일이 년이 흘렀을 무렵, 수잰은 존의 고향인 매사추세츠주 윌리엄스타운에 있었다. 몸속에서 세포의 분열과 정복이 일어나는 중이었다. 어쩌면 그 단순한 분열에서부터 어딘가 잘못됐던 건지도 모르겠다. 내가 알기로 중독은 질병이다. 부모의 만남이 그랬듯, 나 역시 어쩔 도리가 없었던 건지도.

1969년 8월 19일 화요일, 세렌디피티 싱어즈 출신의 존 베넷 페리와 미스 캐나다 대학 스노퀸 출신의 수잰 마리 랭퍼드의 아들로 내가 태어났다. 내가 세상에 나온 날, 큰 폭풍이 몰아쳤고(놀랍지도 않지), 사람들은 내가 나오기를 기다리며 모노폴리를 두었다(놀랍지도 않지). 나는 인류가 달에 착륙한 지 한 달 후, 우드스톡 축제가 끝난 다음날 세상과 만났다. 그러니까 천체들의 우주적 완벽함과 저 아래 야스거 농장의 대혼란 그 사이 어디쯤, 보드워크*에 호텔을 지어 올릴 누군가의 기회를 방해하며 내가 태어났다는 소리다.

나는 비명을 지르며 세상에 나와 이후로도 멈추지 않았다. 몇 주 동안이나. 배앓이 때문이었다. 시작부터 배가 말썽이었다. 엄마 아빠는 내가 하도 우는 통에 실성할 지경이었다. 혹시 애가 실성한 거면? 두 사람은 걱정스러운 마음에 나를 의사에게 데려갔다. 때는 1969년이었으니 지금과 비교하면 선사시대였다. 신의 공기를 마신

---

* 모노폴리 게임에서 가장 비싼 땅.

친구와 연인, 그리고 무시무시한 그것

지 고작 두 달밖에 되지 않은 아기에게 페노바르비탈을 주는 게 소아의학적으로 흥미로운 방법쯤으로 여겨지던 그 시절을 요즘의 선진 문명이 어떻게 이해할는지 모르겠다. 1960년대에는 배앓이를 하는 아이의 부모에게 바르비투르산 약물*을 주는 일이 왕왕 있었다. 나이가 지긋한 일부 의사들은 효능을 확신했다. "울음을 멈추지 않는 신생아에게 바르비투르산 약물을 처방하는 것"의 효능을 말이다.

여기서 확실히 해두고 싶은 게 있다. 나는 부모를 탓하려는 게 **아니다.** 아이가 계속 운다는 건 분명 뭔가가 잘못됐다는 뜻이고, 주치의가 어떤 약을 처방했는데 다른 의사들도 그 약의 효능을 믿고 있다면 당신은 아이에게 약을 줘서 울음을 그치게 할 것이다. 요즘 같은 시절이 아니었다.

그리하여 나는 지친 안색으로 나를 무릎에 앉힌 스물한 살 엄마의 어깨 너머로 까무러치게 울어댔고, 널찍한 오크나무 책상에 앉아 좀처럼 시선을 맞추지 않는 흰 가운 차림의 선사시대 늙은이는 입냄새를 풍기면서 "요즘 부모들이란" 하고 혀를 차며 독하고 중독성 있는 바르비투르산 약물의 처방전을 휘갈겼다.

나는 시끄러웠고, 도움이 간절했다. 그러자 돌아온 건 약이었다 (흠, 말하고 보니 망한 이십대 시절의 얘기 같기도 하군).

---

* 중추신경계를 억제하는 약물로 진정제, 수면제, 항경련제로 사용된다. 페노바르비탈은 대표적인 바르비투르산 계열 약물로 요즘은 독성과 내성 문제 때문에 드물게 처방된다.

듣기로 나는 생후 이 개월, 그러니까 태어난 지 삼십 일에서 육십 일 사이에 페노바르비탈을 처음 복용했다. 신생아 발달에 중요한 시기다. 특히 수면에 중요하다(나는 그로부터 오십 년이 흐른 지금도 쉽게 잠들지 못한다). 바르비투르산이 몸속에 퍼지면 나는 그대로 잠들어버렸다. 마구 울다가도 약을 먹으면 곯아떨어졌고, 아빠는 그 모습에 웃음을 터트리곤 했다고 한다. 그런 아빠를 비정하다고 말할 수는 없다. 약에 취한 아기는 당연히 우스울 테니. 아깃적 사진들을 보면 나는 그야말로 맛이 가 있다. 생후 칠 주밖에 되지 않은 아기가 중독자처럼 꾸벅꾸벅 졸고 있다. 우드스톡 축제 다음날에 태어난 아기답다고 해야 할까.

나는 손이 많이 갔다. 귀엽게 방긋방긋 웃는, 모두가 기대했을 그런 아기는 아니었다. 그냥 이거나 먹고 입 닥치고 있을게요.

아이러니하게도 이후로 나는 여러 해에 걸쳐 바르비투르산계 약들과 참으로 이상한 관계를 다졌다. 2001년부터 내가 거의 언제나 맨정신이었다는 걸 알면 아마 사람들은 놀랄 것이다. 육칠십 번 정도 소소한 사고가 있기는 했다. 그런 사고가 터졌을 때 언제나 그랬듯 약을 끊고 싶어지면 다른 약의 도움을 받았다. 어떤 약이냐고? 그렇다. 페노바르비탈! 바르비투르산계 약들은 몸속에서 더러운 것을 빼내려고 할 때 사람을 진정시켜준다. 그리고 알다시피 나는 생후 삼십 일째부터 그 약을 먹던 사람이니 어른이 되어서도 하던 대로 그 약에 의존했다. 해독 치료에 들어가면 나는 심하게 보채고 불안정해진다. 미안하게도 나는 이 세상 최악의 환자다.

해독 치료는 지옥이다. 해독 치료란, 전혀 괜찮지 않다는 사실을 인지한 채로 침대에 누워 시간을 보내는 과정을 말한다. 해독 치료 중에는 죽고 싶어진다. 영원히 끝날 것 같지 않아서다. 몸속 장기가 밖으로 기어나오려는 듯한 느낌이 든다. 몸이 떨리고 식은땀이 난다. 낫게 해주는 약을 먹지 못한 아이 같아진다. 일주일 동안 지옥에 다녀오리란 걸 알면서도 네 시간 동안 취해 있기를 선택한 건 나였다(내가 이쪽으로 나사가 풀렸다고 한 걸 기억하는지?). 가끔은 이 반복되는 중독과 해독의 사이클을 끊기 위해 몇 달씩 갇혀 지내야 한다.

해독 치료 중에 '괜찮다'라는 감각은 머나먼 기억, 혹은 기념일 카드에나 적힐 문구와 같다. 나는 뭐든 좋으니 증상을 완화해줄 약을 달라고 아이처럼 조른다. 『피플』 표지를 근사하게 장식하는 어른이지만, 동시에 고통을 덜어달라고 징징대는 인간이다. 고통을 멈출 수만 있다면 모든 것을, 차도 집도 전 재산도 다 포기하겠다. 그러다 해독 치료가 끝나면 안도감이 밀려오고, 다시는 이런 상황을 만들지 않으리라 거듭 맹세한다. 하지만 삼 주 후, 어김없이 똑같은 상황에 갇히고야 만다.

미쳤다. 나는 미쳤다.

오랫동안 내면의 문제를 해결하지 않으려고 어린애처럼 고집부린 건 알약 하나로 문제가 해결된다면야 그쪽이 더 수월하기 때문이다. 내가 배운 바로는 그랬다.

내가 생후 구 개월쯤 되었을 무렵, 서로에게 볼장을 다 봤다고 결론지은 나의 부모는 윌리엄스타운에서 나를 자동차 보조 의자에 태웠다. 그렇게 우리 셋은 다섯 시간 반 동안 차를 타고 캐나다 국경으로 갔다. 그때 그 차 안 침묵을 상상해본다. 나야 당연히 말을 할 수 없었지만, 한때 한 쌍의 잉꼬였던 앞자리의 두 사람은 이제 더이상 말도 섞지 않을 만큼 서로에게 질린 상태였다. 그 침묵의 소음이란 분명히 굉장했을 것이다. 큰일이 벌어지고 있었다. 저멀리서 나이아가라폭포 소리가 배경음처럼 울리는 가운데, 군인 같은 분위기를 풍기는 외할아버지 워런 랭퍼드가 우리를 기다리고 있었다. 언발을 녹이려는 듯, 혹은 초조함을 숨기려는 듯, 어쩌면 둘 다의 이유로 연신 서성대며. 우리가 차를 세울 때 외할아버지는 우리 쪽으로 손을 흔들었을 것이다. 마치 신나는 휴가가 막 시작된 것처럼. 나는 외할아버지를 봐서 신이 났을 것이다. 듣기로는 아빠가 나를 보조 의자에서 빼내 외할아버지 품에 안겼다고 한다. 그리고 그렇게, 아빠는 조용히 나와 엄마를 버렸다. 이윽고 드디어 엄마도 차에서 내렸다. 나, 엄마, 외할아버지는 폭포에서 와르르 떨어진 물이 나이아가라 협곡으로 돌진하는 소리를 들으면서, 아빠가 황급히, 그리고 영원히 떠나는 모습을 지켜보았다.

이제 우리가 구부정한 작은 집에서 함께 살 일은 없는 듯했다. 아마도 그때 나는 아빠가 곧 돌아오리라는 말을 들었을 거다.

"걱정하지 마." 엄마는 이렇게 말했겠지. "아빠는 일하러 가는 거야, 맷소. 곧 돌아올 거야."

"가자고, 꼬맹이." 외할아버지는 이렇게 말했을 것이다. "할머니를 보러 가자. 저녁으로 네가 좋아하는 파스게티*를 만들어놓았단다."

모든 부모는 일하러 떠나지만 언제나 되돌아온다. 그게 정상이다. 걱정할 필요가 없다. 무엇도 배앓이나 중독을, 일평생 버려졌다는 느낌을, 내가 부족하다는 생각을, 가시지 않는 불편함을, 사랑에 대한 절박한 갈구를, 하찮은 존재라는 감각을 초래하지 않는다.

아빠는 어디론가 떠나버렸다. 그날도, 그다음날도 돌아오지 않았다. 셋째 날에는, 아니면 일주일 후에는, 한 달 후에는 집에 돌아오기를 바랐다. 육 주가 지난 후부터는 기대를 접었다. 캘리포니아가 어떤 곳인지, "배우의 꿈을 좇으러 갔다"라는 말이 무슨 뜻인지 이해하기에 나는 너무 어렸다. 배우가 대체 뭔데? 아빠는 어디로 간 거야?

그래도 훗날엔 훌륭한 아버지 노릇을 한 나의 아빠는, 스물한 살밖에 되지 않은, 혼자 자식을 기르기에 너무나도 어렸던 여자에게 자식을 덜렁 맡기고 떠나갔다. 엄마는 멋지고 정이 많은, 그때는 어려도 너무 어린 사람이었다. 엄마도 나처럼 미국과 캐나다 접경지에

---

　　* 어린아이가 스파게티를 흔히 잘못 발음하는 말.

있는 주차장에서 버림받았다. 스무 살에 나를 임신해 스물한 살에는 초보 엄마이자 싱글이 되었다. 만약 내가 스물한 살에 아이를 가졌다면, 마서서 없애버리려 했을 것이다. 엄마는 최선을 다했다. 그게 엄마에 관해 많은 것을 말해준다. 하지만 짐을 떠안기에 준비가 되지 않았던 것도 사실이다. 나 역시 뭔가를 감당할 준비는 되어 있지 않았다. 막 태어났을 뿐이니까.

엄마와 나는 서로에게 익숙해지기도 전에 함께 버림받았다.

아빠가 떠난 후, 나는 집에서 내가 해야 할 역할을 금세 깨달았다. 내가 할 일은 재롱과 아첨을 떨고 기쁨과 웃음을 주는 것, 위로하고, 비위를 맞추고, 모두의 앞에서 바보처럼 구는 것이었다.

심지어 몸의 일부분을 잃었을 때조차. 아니, 그때는 더했다.

어느덧 페노바르비탈에 의지하던 기억은 아빠 얼굴처럼 희미해졌고, 나는 유아기를 전속력으로 헤쳐 나아가며 남을 돌보는 사람이 되어갔다.

유치원에 다닐 때 조심성 없는 아이가 쾅 닫은 문에 손이 끼인 적이 있다. 폭죽처럼 뿜어져나오던 피가 멎자 누군가 내 손에 붕대를 감아주고 병원에 데려갔다. 알고 보니 가운뎃손가락 첫 마디가 잘린 거였다. 엄마가 소식을 듣고 부랴부랴 병원으로 달려왔다. (당연하게도) 엄마는 눈물바람이었고, 나는 손에 붕대를 두껍게 칭칭 감고서 병원 침대 위에 서 있었다. 엄마가 뭐라 입을 열기도 전에 내

　　　　　　　　　친구와 연인, 그리고 무시무시한 그것

가 이렇게 말했다. "울지 마세요. 나도 안 울었어요."

이때부터 나는 연기자였고 남의 비위를 맞추는 사람이었다(대사를 잘 살리기 위해 챈들러 빙 특유의 더블 테이크*를 구사했을 수도?). 고작 세 살이었던 나는 집의 가장이 되어야 한다는 걸 잘 알았다. 조금 전 손가락이 잘렸어도 엄마를 돌봐야 했다. 울면 강제로 꿇아떨어진다는 것을 생후 삼십 일 만에 배웠으니 아마도 나는 울음을 참았을 것이다. 혹은 엄마를 비롯해 모두를 안심시키고 괜찮게 만들어야 한다고 생각했는지도. 아니면, 이제 막 걸음마를 뗀 애가 병원 침대 위에 두목처럼 우뚝 서서 끝내주게 멋진 대사를 내뱉고 싶었는지도 모르겠다.

지금이라고 크게 달라진 건 없다. 감당할 수 있는 만큼의 옥시콘틴**이 주어지면, 나는 보살핌받는 느낌이 든다. 그럴 때는 모두를 돌보고, 살피고, 위할 수 있다. 그러다 약이 없으면 허무의 바닷속으로 가라앉을 것 같은 느낌에 사로잡힌다. 당연하게도 그럴 때는 내가 쓸모 있거나 누군가와 관계를 맺을 수 있을 리 만무하다고 느낀다. 눈앞의 일 분, 한 시간, 하루를 견디는 데 사력을 다할 뿐이다. 두려움이라는 불편함 ^dis-ease^, 부족함이라는 감초를 견뎠다. 하지만 약기운이면, 아주 소량의 약만으로도, 나는 괜찮아진다. 무언가로 각성

---

  * 상대의 말이나 행동에 무덤덤하게 반응하다가 갑자기 본뜻을 깨닫고 깜짝 놀라는 연기.

상태에 접어들면 아무 맛도 느껴지지 않는다.

(9·11 이전에는 비행기에 탑승한 어린이들과 호기심 많은 어른들이 조종석을 둘러볼 수가 있었다. 나는 아홉 살 때 조종석을 구경한 적이 있는데, 버튼들과 조종사와 온갖 정보에 매료된 나머지 육 년 만에 처음으로 주머니에 손을 넣는 걸 깜빡하고 말았다. 나는 어디서든 절대 손을 내놓고 다니지 않았다. 부끄러웠기 때문이다. 조종사가 내 손을 보더니 말했다. "손을 좀 봐도 될까." 민망했지만, 손을 내밀었다. 조종사가 말했다. "자, 이걸 보렴." 그도 정확히 나와 똑같이 오른손의 가운뎃손가락 첫 마디가 없었다.

조종석에 앉아 비행기를 지휘하고 버튼의 기능을 전부 알고 있으며 매혹적인 정보를 한눈에 이해하는 이 사람도, 나처럼 손가락 일부분이 없었다. 그날 이후 쉰두 살이 된 지금까지, 나는 손을 일부러 감춘 적이 없다. 실은 하도 오래전부터 담배를 피우다보니 사람들이 먼저 내 손을 보고 무슨 사연인지 묻는 편이다.

유치원 문 사고의 소득이라면 괜찮은 개그 소재를 하나 얻었다는 거다. 가웃뎃손가락 첫 마디를 잃은 후로 '엿 먹一'까지만 할 수 있게 된 것이 나의 오랜 불만이다.)

** 오피오이드 계열 진통제로, 1990년대 후반부터 무분별하게 처방되어 미국 오피오이드 위기를 초래한 대표 약물로 알려져 있다.

친구와 연인, 그리고 무시무시한 그것

나는 아빠도 없고 열 손가락도 온전하지 않았지만, 어려서부터 머리와 말발은 좋았다. 거기에다 무척 바쁘고 대단한, 또 나와 같이 머리와 말발이 좋은 엄마를 두었으니… 나에게 무신경한 엄마에게 열심히 잔소리하던 때가 있기는 해도 딱히 효과는 없었다고만 말해두겠다. 참고로 나는 단 한 번도 바라던 만큼의 관심을 받지 못했다. 엄마가 어떻게 해도 나에겐 늘 부족했다. 물론 사랑하는 나의 아빠가 내면의 미련과 욕망을 포기하지 못해 LA에서 바쁘게 분투하는 동안 엄마가 두 사람 몫을 해야 했다는 것도 잊지 말아야겠지.

수잰 페리(엄마는 공식적으로 아빠 성을 계속 썼다)는 말하자면 〈웨스트 윙〉의 앨리슨 제니*, 그러니까 대변인이었다. 엄마는 여성 편력의 대가였던 캐나다 총리 피에르 트뤼도의 홍보 비서였다(〈토론토 스타〉는 엄마와 트뤼도가 나온 사진에 이런 설명을 덧붙였다. "홍보 비서관 수잰 페리는 캐나다에서 가장 유명한 피에르 트뤼도 총리를 위해 일하며, 그의 옆자리에 등장함으로써 본인 역시 순식간에 유명인이 되었다"). 상상해보라. 피에르 트뤼도 옆에 섰다는 이유만으로 유명인이 되다니. 피에르는 점잖고 사교성이 좋은 총리로 한때 바브라 스트라이샌드, 킴 캐트럴, 마고 키더 등과 데이트했다. …워싱턴 DC 주재 캐나다 대사는 총리가 전 애인을 한 명도 아니고 세 명이나 저

---

* 백악관을 배경으로 한 미국 정치 드라마 〈웨스트 윙〉에서 백악관 대변인 C.J. 크레그 역할을 맡은 배우.

넉 자리에 초대했다며 투덜대기도 했다. 여자에 빠져 사는 남자를 모시다보면 수습할 일이 많기 마련이다. 그 말인즉슨 나의 엄마가 그 많은 일을 처리하느라 집에 오지 않았다는 소리다. 나는 약간의 관심이라도 받을라치면 중대한 서양 민주주의 국가의 현안들, 카리스마 넘치는 난봉꾼 지도자와 경쟁해야 했다(그 시절에는 '열쇠를 갖고 다니는 아이'라는 표현을 썼던 것 같다. 혼자 남겨진 아이를 참 시시하게도 부르는 말이었다). 그리고 나는 그때부터 웃기는 법을 깨쳤다(알다시피 몸개그나 간단한 재담, 뭐 그런 것들). 그래야만 했다. 엄마는 강도 높은 일로 스트레스를 받았고, 안 그래도 굉장히 감정적이었다(게다가 버림받기까지 했고). 나는 그런 엄마를 웃겨서 달랬고, 그러면 엄마는 뭐라도 요리해서 나와 함께 저녁식사를 하며 내 말을 들어주고는 했다. 물론 엄마가 먼저 할말을 다 마친 후에야. 일하느라 바빴던 엄마를 탓하려는 게 아니다. 누군가는 돈을 벌어야 했다. 그냥 내가 아주 많은 시간을 홀로 보냈다는 소리다('외동아이only child'라고 잘못 듣는 사람들이 있으면 나는 그게 아니라 외로운 아이lonely child였다고 꼭 고쳐 말해준다).

그러니까 나는 좋은 머리와 그보다 더 좋은 말발을 지닌 아이였다. 하지만 말했다시피 엄마도 머리와 말발로 밀리지 않았다(내가 누구를 닮았는지 알 만하다). 우리는 자주 다퉜는데 마지막 말은 기어코 내가 해야 직성이 풀렸다. 한번은 엄마와 계단에서 말다툼이 붙었다. 나는 엄마 때문에 평생 느껴본 적 없는 분노를 느꼈다(그때 나

친구와 연인, 그리고 무시무시한 그것

는 열두 살이었고 엄마를 때릴 수는 없으니 분노는 나 자신에게로 향했다. 성인이 되어서도 그랬다. 다만 그때는 남을 탓하지 않고 술과 약물 중독에 빠지는 품위를 발휘했다).

나는 언제나 방치되었다. 오타와 집 상공에 비행기가 지나가면 할머니더러 "저 비행기에 엄마가 타고 있어요?" 묻기까지 했다. 아빠가 그랬듯 엄마도 사라져버릴까봐 늘 두려웠다(엄마는 절대 그러지 않았지만). 엄마는 미인이고 어딜 가든 스타였다. 그리고 내가 웃긴 사람인 것도 분명 엄마를 닮았다.

아빠가 캘리포니아로 떠난 후, 아름답고 똑똑하고 카리스마 넘치고 어디서든 스타인 나의 엄마는 여러 남자와 데이트했고, 그 남자들은 곧바로 다시 엄마에게 데이트를 신청했다. 그때마다 나는 그 남자들을 나의 아빠로 받아들였다. 그래서 집 상공에 비행기가 지나가면 할머니더러 "저기 [마이클] [빌] [존] [엄마가 요즘 만나는 애인 이름] 아저씨가 타 있어요?" 물었다. 나는 번번이 아빠를 잃었고 자꾸만 그때 그 접경지대에 떨궈졌다. 나이아가라 폭포의 굉음이 내 귓전을 영원히 떠나지 않았다. 그 소리는 페노바르비탈로도 소거되지 않았다. 할머니는 그런 나를 어르고 달래며 다이어트 콜라 캔을 따주었고, 그러면 희미한―아니스―어렴풋한―감초 향이 내 미뢰를 상실감으로 물들였다.

한편 나의 진짜 아빠는 일요일마다 전화를 걸어왔고, 나는 그게 좋았다. 세렌디피티 싱어즈로 짧게 활동한 아빠는 무대 경험을 살려

처음에는 뉴욕에서, 다음에는 할리우드에서 연기에 도전했다. 평범하다는 평을 이따금 받기는 했어도 제법 꾸준히 활동했고 나중에는 올드 스파이스* 광고 모델도 했다. 나는 현실에서보다 텔레비전이나 잡지에서 아빠 얼굴을 더 자주 봤다(그래서 나도 배우가 됐나보다). "올드 스파이스 광고에서 휘파람을 부는 사람이 누구냐고요?" "우리 아빠요!" 1986년 광고에는 이런 대사와 함께 금발의 바가지 머리 소년이 나의 진짜 아빠 목을 감싸안는 장면이 나온다. "우리 남편은 완벽에 가깝답니다." 웃음기 가득한 금발의 아내는 이렇게 속삭인다. 일종의 농담이었으나 나는 하나도 웃기지 않았다. "믿어도 좋아요. 이 사람은 친구죠"라는 말…

거짓말처럼 긴 시간이 흐른 후, 나는 **동반자 없는 어린이** 명찰을 목에 걸고 로스앤젤레스로 가기 위해 공항에 보내졌다. 그곳에 가 아빠를 만날 때마다 카리스마 넘치고, 웃기고, 매력적이고, 비현실적으로 잘생긴 사람이 나의 아빠라는 사실을 새삼 깨달았다.

아빠는 완벽했고, 나는 그 어린 나이에도 가질 수 없는 것들을 좋아했다.

그러니까 결론은, 아빠가 나의 영웅이었다는 거다. 아니, 아빠는 슈퍼히어로였다. 함께 산책할 때면 아빠에게 "아빠가 슈퍼맨이고 내가 배트맨이에요"라고 말하곤 했다(유능한 심리학자라면 아빠와 매튜

* 미국의 유명 남성용 화장품 브랜드.

친구와 연인, 그리고 무시무시한 그것

가 아니라 가상의 역할을 부여한 건 우리가 실제로 수행하는 역할이 나에게 너무 혼란스러웠기 때문이라고 지적할지도 모르겠다. 그 점에 대해서까지는 말하지 않으려 한다).

캐나다로 돌아오면 아빠의 얼굴과 아빠 집에서 나던 냄새가 서서히 희미해졌다. 그러다 내 생일이 돌아오면 엄마는 최선을 다해 아빠의 빈자리를 채워주었다. 가득 꽂힌 초가 녹아내리는, 지나치게 큰 케이크가 등장하면, 나는 매번 머릿속으로 단 한 가지 소원을 빌었다. 엄마 아빠가 다시 같이 살게 해주세요. 만약 우리집이 좀더 안정적이었다면, 아빠가 내 곁에 있었다면, 아빠가 슈퍼맨이 아니었다면, 나의 머리와 말발이 그렇게 좋지 않았다면, 피에르 트뤼도가 없었다면… 내가 매 순간 그런 불편함을 느낄 일은 없었을 것이다.

그리고 행복했을 것이다. 다이어트 콜라를 마시는 게 필요에 의해서가 아니라 순전히 맛있어서였을 것이다.

적당한 양의 약이 없는 내 인생은 매 순간 불편했고, 사랑에 있어서는 훠-어-어-얼-씬 더 엉망이었다. 위대한 랜디 뉴먼을 인용하자면 "다른 누군가인 척하려면 나한테는 아주 많은 약이 필요하다". 이런 사람이 나 혼자는 아니었던 모양이다.

"여보세요. 수잰 있습니까?"

"네. 엄마인데 누구라고 전할까요?"

"피에르…"

전화가 왔을 때 마침 엄마와 나는 최고의 하루를 함께 보내는 중이었다. 온종일 게임을 하며 놀았다. 모노폴리도 해보았지만 아무래도 둘이서는 무리였다. 그러다 날이 저물었고, 작은 텔레비전에서 〈애니 홀〉이 나오길래 롤러코스터 아래에 있는 우디 앨런의 집을 보며 배꼽 빠지게 웃었다(섹스와 관계를 비꼰 농담은 이해 못했지만 2천 달러쯤 되는 흰 가루를 재채기로 날려버리는 코미디는 여덟 살짜리에게도 통했다).

엄마 옆에서 그 영화를 본 날이 나에게는 단연 가장 소중한 유년기 기억이다. 그런데 캐나다 총리께서 연락해오는 바람에 나는 또다시 엄마를 잃기 직전이었다. 전화를 건네받은 엄마가 전문적인 대변인의 목소리로 말하는 게 들려왔다. 나의 엄마가 아닌 다른 사람, 수잰 페리의 목소리였다.

나는 텔레비전을 *끄고* 자러 갔다. 이불에 폭 파묻혔다. 그러나 아직 바르비투르산계 약들의 도움을 다시 받지 않을 때라 오타와 집의 침실 창가가 밝아올 때까지 쉽사리 잠을 이루지 못했다.

이 무렵 엄마가 주방에서 울던 날들을 기억한다. 그냥 술을 마시면 되지 않나? 생각했었다. 술을 진탕 마시면 울음을 그칠 수 있다는 걸 그 어린 내가 어떻게 알았는지는 모르겠다. 여덟 살인 나는 당연히 술을 마셔본 적이 없었다(육 년을 더 기다렸지!). 하지만 나를 둘러싼 환경이 술이란 웃음과 재미, 그리고 고통으로부터의 절실한 도피와 같다는 것을 일찍이 알려주었다. 엄마는 울고 있었다. 그러면 그냥 술을 마시면 되잖아? 취하면 덜 괴롭다며?

아마 엄마는 몬트리올로, 오타와로, 토론토로 자꾸 이사 다녀야 해서 울었을 것이다. 내 유년기 대부분은 오타와로 채워지기는 했지만 말이다. 나는 많은 시간을 혼자 보냈다. 유모들이 방문하기는 했으나 다들 오래가지 못했고, 그들 역시 나를 버린 사람 명단에 올랐다. …나는 계속해서 웃기고 영리하고 얄밉게 말하는 아이로 지냈다. 살아남기 위해서.

피에르 트뤼도 옆에 선 아리따운 나의 엄마는 순식간에 유명인이 되었고, 토론토에 있는 글로벌 텔레비전 방송국의 전국 뉴스 앵커 자리를 제안받기에 이르렀다.

굉장한 기회였으니 거절할 수 없었다. 게다가 엄마는 능력도 출중했다. 그러다 하루는 방송에서 미인대회를 홍보하게 되었다. 엄마는 "다들 저 물건에 시선을 고정해야겠는데요"라고 말했다. 재치 있는 말이었고, 미인대회 우승자 출신의 입에서 나왔다는 점에서 묘하기도 했다. 하지만 엄마는 그날 밤 해고당했다.

나는 처음부터 토론토로 이사하는 게 맘에 들지 않았다. 일단 내 의지와 무관한 결정이었다. 진짜 문제는 친구들과 헤어져야 한다는 거였다. 엄마는 〈캐나다 AM〉의 진행자 키스 모리슨—그래, NBC 〈데이트라인〉에 나오는 머리가 풍성한 그 사람—과 재혼해 임신 구 개월 차였다. 심지어 재혼식 날 내가 엄마 손을 잡고 입장했다. 아들에게 그런 역할을 맡긴 건 비유적으로나 문자 그대로나 참

이상한 선택이었다.

그래도 얼마 후 나에게는 예쁜 여동생이 생겼다! 케이틀린은 무지하게 귀여웠고, 나는 곧장 그애에게 푹 빠졌다. 하지만 내 주변으로 새 가족이 만들어지면서, 나는 소외감을 느꼈다. 이때부터 의식적으로 이렇게 마음을 먹었다. 됐다그래, 각자 사는 거다. 그리고 태도가 불량해졌다. 성적이 바닥을 쳤고, 담배를 피우기 시작했으며, 피에르의 아들(이자 나중에 역시 총리가 된) 쥐스탱 트뤼도를 두들겨팼다(트뤼도가 군대를 통솔할 수 있게 됐을 때 나는 그와 더는 다투지 않으리라 결심했다). 나는 마음이 아니라 머리로만 살기로 선택했다. 마음은 무너지더라도 머리는 그럴 일이 없으니 그게 더 안전했다. 아직은 말이다.

나는 달라졌다. 말은 더 많아졌지만, 누구도 마음에 들이지 않았다. 누구도.

나는 열 살이었다.

내가 7학년이 됐을 때 우리 가족은 고향 오타와로 돌아왔다. 나는 남을 웃기는 일의 재미에 눈을 떴다. 오타와의 남자 중등학교 애시버리 칼리지에서 수업의 맥을 끊는 재담꾼으로 활약하던 중, 연극부 교사 그레그 심프슨이 연출을 맡은 연극 〈스니키 피치의 죽음과 삶〉에서 "서부에서 가장 손이 빠른 총잡이" 래컴 역을 맡게 되었다. 큰 역할이었고, 마음에도 들었다. 사람들을 웃길 때 기분은 최고였다. 부모들은 자기 자식의 활약에 관심 있는 척하다가 페리라는 아이를 보고 실제로 빵! 터졌고, 관중 사이의 잔물결은 파도가 되었다(지금까지도 이것이 어느 약물보다도 효과가 좋다. 기쁨을 준다는 점에서 본다면). 〈스니키 피치의 죽음과 삶〉으로 스타가 된 경험은 나에게 특히나 뜻깊었다. 무언가에 두각을 드러낸 사건이었기 때문이다.

지금도 그렇지만 나는 남들의 시선에 대단히 연연했다. 실은 그게 내 인생의 핵심 가닥 중 하나다. 엄마한테 뒤뜰을 파란색 페인트로 칠하자고 조르던 것을 기억한다. 그래야 비행기를 타고 지나가는 사람들이 우리집에도 수영장이 있다고 생각할 테니까. 어쩌면 비행기를 탄 동반자 없는 어린이가 우리집을 내려다보면서 마음의 위안을 얻을지도 모르니까.

나는 어엿한 오빠였지만 답 없는 꼬마이기도 했다. 한번은 크리스마스를 앞두고 선물을 찾아내겠답시고 옷장을 전부 헤집었다. 돈을 훔쳤고, 담배를 점점 더 자주 피웠으며, 날이 갈수록 성적이 나빠졌다. 말이 너무 많고 늘 웃길 생각밖에 없어서, 담임선생이 내 책상을 교실 뒤쪽 벽면과 마주보게 한 적도 있다. 웹 선생은 이렇게 말했다. "태도를 고쳐먹지 않는 한 넌 글렀다."(『피플』 표지에 얼굴이 실렸을 때 "틀리신 것 같은데요?"라고 메모를 붙여 웹 선생에게 보냈다는 걸 실토해야 하나? 에이, 설마 그딴 못난 짓을 했을 리가?)

나는 그렇게 했다.

엉망인 성적의 변명이 되어준 것은 내가 연극마다 주연을 따내고 전국권 테니스 선수였다는 사실이다.

외할아버지는 내가 네 살 때부터 테니스를 가르쳤다. 나는 여덟 살 때 외할아버지를 이길 수 있다는 걸 알았지만 열 살이 될 때까지 기다렸다. 날마다 여덟 시간에서 열 시간씩 테니스를 쳤고, 백보드에 공을 던지는 연습도 몇 시간씩 했다. 마치 지미 코너스라도 되는 듯이. 나는 코너스처럼 공을 치고 백보드에 튕겨나오는 공을 존 매켄로의 것인 양 받으며 게임과 세트를 반복했다. 몸 앞의 공을 라켓으로 쓸어내리듯 쳐낸 다음 라켓을 배낭에 꽂듯이 등뒤로 가져갔다. 윔블던 선수권 대회에서 열광하는 팬들에게 다정하고 겸손하게 고개를 끄덕인 뒤 몸을 풀다가 매켄로와 5세트 경기를 시작해, 매켄로가 딱딱한 영국인 심판에게 항의하더라도 참을성 있게 기다려주고 코트를 가로지르는 백핸드 패싱샷을 성공시키며 토너먼트에서 우승하기까지는 시간문제인 듯했다. 황금 트로피에 입을 맞추고, 내가 진짜 좋아하는 닥터페퍼에 비할 바는 못 되지만 로빈슨스 발리 워터도 한 잔 홀짝일 것이다. 이 정도면 엄마도 관심을 가지겠지.

(1982년 윔블던 선수권 대회 결승전에서 지미 코너스가 강력한 우승 후보인 존 매켄로를 가까스로 이겼다. 나에게는 역대 최고의 매치였다. 우승 후 지미는 『스포츠 일러스트레이티드』 표지를 장식했다. 지금까지도 우리집 벽면에 액자로 걸려 있다. 내가 지미였고, 지미가 나였으니까. 그날의 승리는 우리 둘의 것이었다.)

현실세계에서 나의 매치는 오타와에 있는 록클리프 론 테니스 클럽에서 치러졌다. 클럽에서는 반드시 하얀색 옷만 입어야 했다.

그래서 한동안 클럽 정문에 **화이트만 입장 가능**WHITES ONLY이라는 간판이 내걸렸는데, 자칫 오해를 살 수 있다는 의견이 나왔다(이후 간판은 **흰옷만 입장 가능**WHITE DRESS ONLY으로 잽싸게 바뀌었고, 그제야 모두가 마음을 놓았다). 코트는 총 8개였는데 사용자는 대부분 노인들이었다. 나는 클럽하우스에 죽치고 있다가 일행 하나가 제때 나타나지 않아 네번째 선수가 필요해진 팀에 낄 수 있었다. 어르신들은 나를 무척이나 귀여워했다. 공을 족족 받아냈을 뿐 아니라 툭하면 성질을 가누지 못했기 때문이다. 라켓을 집어던지고, 욕을 하고, 씩씩댔다. 굴욕적으로 지면 급기야 질질 짰다. 보통 그러고 나면 다시 이기곤 했다. 1세트를 5 대 1로 내주고, 다음 세트를 40 대 러브*로 내주고, 질질 짜고, 그러다 3세트를 이기는 식이었다. 울 때마다 속으로 생각했다. 이길 거야. 나는 이길 거다. 다른 사람들에게는 그리 중요하지 않은 승리였다.

열네 살, 캐나다 전국 순위권에 내 이름이 올랐다. …그런데 같은 해, 또다른 일이 벌어졌다.

나는 열네 살에 처음 술을 마셨다. 그것도 최대한 참고 또 참은 거였다.

이 무렵에 나는 크리스, 브라이언 머리 형제와 자주 어울렸다.

* 테니스에서 러브(love)는 0을 의미한다.

어쩌다보니 우리는 3학년 이후로 "이보다 더 끝내줄 수 있을까?"랄지 "선생이 이보다 더 고약할 수 있을까?" 아니면 "우리가 이보다 더 자주 방과후에 남아 벌을 설 수 있을까?" 하는 식의 말버릇을 공유하게 됐다. 〈프렌즈〉의 팬이라면 아마 익숙할 말투일 거다. 지난 이십여 년간 미국인들의 말투에서도 발견할 수 있고(챈들러 빙이 미국인의 말투를 바꿔놓았다는 주장은 과장이 아니라고 본다). 여기서 확실히 짚고 가자면, 그 변화는 바로 1980년대 캐나다에서 모여 놀던 매튜 페리, 크리스 머리, 브라이언 머리에게서 시작됐다. 그걸로 부자가 된 건 나뿐이지만. 다행히 크리스와 브라이언은 이후로도 나와 멀어지지 않았고, 지금까지도 소중하고 웃긴 친구들로 남아 있다.

하루는 밤에 우리집 뒤뜰에서 셋이 모여 놀았다. 가족은 집에 없었다. 구름 사이로 달빛이 내리비쳤다. 머지않아 굉장히 중대한 사건이 벌어지리라고는 누구도 예상하지 못했다. 나는 잔디가 듬성듬성 깔린 캐나다 집 뒤뜰에 누워 있었다. 아무것도 모른 채로.

이보다 더 모를 수가 있을까?

우리는 술을 마시기로 했다. 누가 먼저 말했는지는 기억나지 않지만, 아무도 앞일을 몰랐던 것은 분명하다. 우리는 버드와이저 맥주 6개들이 팩과 앙드레 베이비 덕이라고 적힌 화이트와인 한 병을 챙겨 나왔다. 나는 와인을, 머리 형제는 맥주를 골랐다. 이 모든 일은 탁 트인 공간, 바로 우리집 뒤뜰에서 벌어졌다. 놀랄 것도 없이 엄마와 새아빠는 집에 없었고, 우리는 판을 벌였다.

친구와 연인, 그리고 무시무시한 그것

십오 분 만에 술이 동났다. 머리 형제가 옆에서 토를 해대는 동안 나는 뜰에 누워 있었다. 뭔가가 일어나고 있었다. 친구들에게 일어나고 있는 것과는 신체적으로나 정신적으로 다른 무언가가. 따끈따끈한 머리 형제의 토사물에 둘러싸인 채 잔디가 듬성듬성 깔린 뒤뜰에 누워 달을 올려다보던 나는, 살면서 처음으로 괴롭지 않았다. 이제야 세상이 제대로 돌아가고 있었다. 뒤틀리지도, 미치지도 않은 세상. 나는 온전했고, 평온했다. 그때만큼 행복한 순간은 없었다. 이게 정답이구나. 이게 빠져 있었어. 정상인은 늘 이런 기분이겠지. 나도 이제 문제가 없어. 다 사라졌어. 관심도 필요 없어. 보살핌받고 있으니까 괜찮아.

행복했다. 세 시간 동안 나에게는 아무런 문제도 없었다. 버림받지 않았고, 엄마와 다투지 않았고, 학교에서 말썽을 피우지도 않았다. 인생이 대체 뭔지, 내 자리는 어디인지 고민하지도 않았다. 모든 문제가 사라졌다.

중독이라는 질병에 내가 얼마나 취약한지를 지금 와서 생각해보면, 바로 다음날, 그리고 그다음날 밤에 다시 술을 마시지 않은 게 기특할 정도다. 나는 술을 마시지 않고 기다렸다. 그때까지는 알코올의존증이라는 재앙에 사로잡히기 전이었다. 그날 밤의 첫 음주가 주기적으로 이어지지는 않았지만, 씨를 뿌렸던 것 같기는 하다.

정신적 길잡이가 없고, 무엇도 즐길 줄 모른다는 것. 생각해보면 이게 문제의 핵심이었다. 동시에 나는 자극 중독자이기도 했다. 상상을 초월하게 해로운 조합이다.

당시에는 물론 알지 못했지만, 나는 자극을 추구하는 행동을 하지 않거나, 흥분하거나 취하지 않은 상태로는 무엇도 즐길 수 없는 사람이었다. 그런 걸 '무쾌감증 anhedonia'이라는 근사한 단어로 부른다. 이 단어와 감정을 비로소 발견하고 이해하기까지 상담과 치료 센터에 얼마나 많은 돈을 쏟아부었던지. 어쩌면 그래서 테니스를 칠 때도 세트를 내주고 패배 직전까지 갈 때에만 이겼던 건지도 모른다. 어쩌면 그래서 내가 이 모든 일을 저질렀는지도 모른다. 참고로 무쾌감증은 내가 가장 좋아하는 영화이자 엄마와 함께 보았던 〈애니홀〉의 원제다. 우디 앨런은 알고 있다. 우디는 나를 이해하고 있다.

가정생활은 갈수록 나빠졌다. 엄마는 키스와 함께 멋진 새 가족을 꾸렸다. 에밀리도 태어났다. 금발에 너무나도 귀여운 동생이었다. 케이틀린에게 그랬듯, 나는 곧장 에밀리도 사랑하게 되었다. 하지만 겉돌 때가 많았다. 여전히 어디론가 향하는 비행기에 동반자 없이 탄 어린이였다. 엄마와는 걸핏하면 다퉜다. 유일하게 테니스를 칠 때만큼은 행복했지만, 그때마저도 화가 났고 질질 짰다. 이길 때 조차도. 이제 어떡해야 하지?

여기서 나의 아빠가 등장한다. 나는 아빠가 궁금해졌다. 이제 삶의 반경을 넓힐 때였다.

그렇다. 로스앤젤레스와 아빠, 그리고 새로운 삶이 손짓하고 있었다. 그러나 나는 겨우 열다섯이었고, 이대로 집을 떠나면 이 가정을 망치는 것은 물론 엄마의 마음을 찢어놓을 터였다. 그렇지만 엄마도 키스와 결혼하고 토론토로 이사하고 두 동생을 낳아도 괜찮을지 나한테 물은 적이 없었다. …캐나다에서 나는 화가 났고, 질질 짰고, 술을 마셨고, 엄마와 다퉜고, 가족에 온전히 녹아들지 못했으며, 학교에서도 엉망이었다. 게다가 조만간 또다시 이사하게 될지 누가 알겠는가. 그리고 제길, 애가 자기 아빠를 만나고 싶다는데.

나는 떠나기로 결심했다. 엄마와 아빠가 이 문제를 상의했고, LA로 가는 게 나의 테니스 진로에 도움이 될지 고민했다(서던캘리포니아에 가면 기껏해야 클럽 수준의 선수밖에 될 수 없고, 영구 동토층이 모습을 드러내기 전 두어 달이라도 테니스를 칠 수 있으면 다행인 캐나다와 달리, 연중 365일 내내 테니스를 칠 수 있는 그곳의 수준이 훨씬 더 높다는 것을 나는 미처 몰랐다). 그러나 그 생각, 그러니까 내가 떠나기로 결심했다는 사실만으로 우리 가족은 발칵 뒤집혔다.

떠나기로 한 전날 밤, 나는 그날 하루만 지하실에서 자기로 했는데, 이윽고 인생 최악의 밤을 경험했다. 위층은 지옥이 되어가고 있었다. 문을 쾅 닫는 소리, 숨죽인 대화 소리, 이따금 터져나오는 고성, 서성거림, 동생의 울음소리. 누구도 멈출 수 없었다. 외조부모가 몇 차례 내려와 나에게 목소리를 높였다. 위층에서는 엄마가 소리를 지르고 흐느꼈다. 그러자 동생들이 한꺼번에 울음을 터트렸고, 외조부모가 소리를 지르고, 동생들도 소리를 질렀다. 나는 아래층에서 숨죽인 채, 버려진 채, 그러나 결심을 꺾지 않은 채, 기가 죽은 채 혼자였고 무서웠다. 이 대단한 어른 셋이 친히 내가 있는 곳으로 내려와 떠나려 한다니 자기들 마음이 찢어진다며 여러 번이나 말렸다. 하지만 나도 별수가 없었다. 상황이 점점 나빠지기만 했으니까. 나는 망가진 존재였으니까.

망가진 존재? 혹은 아직 다 망가지진 않은 존재.

다음날 이른아침, 엄마는 마음이 무척이나 무거웠을 테지만 다정하게도 나를 공항까지 데려다주고 자신의 인생에서 아들이 떠나가는 모습을 지켜보았다. 그 여행을 감행할 용기가 어디서 나왔는지 모르겠다. 옳은 선택이었는지 지금도 궁금하다.

나는 이번에도 동반자 없는 어린이였으나 제법 프로답게, 아빠라는 사람을 알고 싶어 LA로 날아갔다. 떠들썩한 할리우드조차 나를 달래주지 못할까봐 얼마나 무서웠는지 모른다. 그러나 얼마 후 도시 불빛을 보았고, 이번에도 역시나 한 명의 부모와만 살아갈 터였다.

뉴욕

다섯 달 동안 병원 신세를 지고 집에 돌아와 맨 처음 한 일은 담배 피우기였다. 오랜만에 담배를 빨아들여 폐 속을 연기로 뭉게뭉게 채우니 태어나 처음 담배를 피운 순간 같았다. 두번째 홈커밍 같았달까.

이제 **고통**은 사라지고 없었다. 큰 수술을 받느라 배에 흉터가 남았고, 그 때문에 하루 이십사 시간 내내 바닥에 누워 윗몸일으키기를 하는 듯한 느낌을 받았지만, 그건 진짜 고통 축에도 끼지 못했다. 그냥 성가심 정도였다.

하지만 굳이 내 입으로 알릴 필요는 없으니 나는 여전히 고통을 호소하며 옥시콘틴을 처방받았다. 얼마 지나지 않아 내가 거짓말로 얻어낸 하루 80밀리그램의 옥시콘틴만으로는 효과가 없어 더 많은 양이 필요해졌다. 양을 늘려달라고 하자 의사들은 거부했다. 마약 딜러에게 연락하니 알겠다고 했다. 이제 내가 할 일은 에린에게 들키지 않고 2천만 달러짜리 펜트하우스 아파트 40층에서 내려가는 방법을 찾아내는 거였다(거짓말 하나 안 보태고 내가 이 집을 산 이유는 〈다크 나이트〉에서 브루스 웨인이 딱 이렇게 생긴 아파트에 살기 때문이다).

이후 한 달간 총 네 번을 시도했다. 그리고 짐작 가다시피, 네 번 모두 들키고 말았다. 몰래 빠져나가는 데 영 소질이 없었다. 자연스럽게 이 사람은 다시 중독치료시설에 들어가야 한다는 결정이 내려졌다. 그렇게 결국—

나는 결장 파열로 첫번째 수술을 받은 후로 매력적인 장루주머니를 달고 살아야 했다. 나조차 소화할 수 없는 패션이었다. 그 주머니를 제거하는 두번째 수술을 앞두고 있었고, 그때까지는 담배를 피우면 안 되었다(흡연자는 협착 때문에 흉이 더 보기 싫게 질 위험이 크다). 거기에다 앞니 2개까지 없었다. 땅콩버터를 바른 토스트를 한입 베어 물었다가 치아가 나갔는데 아직 치료받지 못했다.

그러니까 약도 하지 말고 담배까지 피우지 말라고? 흉터야 뭣도 상관없었다. 골초인 나에게 담배를 끊으라니, 그건 과한 요구였다. 정리하자면 뉴욕의 중독치료시설에 들어가고, 옥시콘틴을 끊고, 담배까지 끊어야 한다는 뜻이었다. 겁이 났다.

중독치료시설에서는 해독 치료를 위해 수부텍스*를 처방해주어 그나마 다행이었다. 입소하고 시간이 흘러갔다. 나흘째 되던 날, 결국 끈을 놓고 말았다. 언제나 넷째 날이 고비였다. 시설은 정말로 흡

---

* 만성 통증 완화에 사용되는 마약성 진통제.

친구와 연인, 그리고 무시무시한 그것

연 문제에 엄격했다. 해독중에는 흡연이 허용되었으나 3층으로 옮기고부터는 담배를 피울 수 없었다.

그들은 빠져나갈 수 없게 나를 건물에 가둬놓을 만큼 완강했다. 내가 3층에서 생활하는 동안 뉴욕은 멀리서 온통 와글와글 분주하게 돌아갔다. 자신들이 열광하는 시트콤의 냉소적인 스타 하나가 또 한번 지옥에 갇혀 있는 동안에 말이다. 귀를 쫑긋 세우면 지하철 소리가 들렸을지도 모르겠다. 저 깊은 곳에서 울리는 F선, R선, 4호선, 5호선, 6호선 소리, 혹은 다른 무언가의 덜커덩 소리, 전혀 예상하지 못한, 무시무시하고도 멈출 수 없는 어떤 소리가.

나는 내가 갇힌 곳이 감옥이라고 확신하게 되었다. 과거에 내가 꾸며낸 상상한 것과 다르게 이곳은 진짜 감옥이었다. 빨간 벽돌과 검은 철창이 있는 감옥. 어쩌다 내가 감옥에 갇힌 거였다. 법을 어긴 적도 없는데, 아니, 어쨌든 걸린 적은 없는데, 이렇게 교도소에, 감방에, D하우스*에 갇힌 신세가 됐다. 앞니 2개까지 없으니 더더욱 재소자 같았고, 상담사는 교도관이었다. 빗장 걸린 문 구멍으로 배식까지 했다면 그야말로 완전한 감옥이었을 것이다.

이 공간이 끔찍이도 싫었다. 여기서 배울 건 아무것도 없었다. 나는 열여덟 살 때부터 치료받았으니 솔직히 더이상의 치료는 필요하지도 않았다. 필요한 건 앞니 2개와 터지지 않는 장루주머니였다.

* 구치소(House of Detention)를 말한다.

자다가 똥 범벅이 되어 깰 때마다 이 말을 오륙십 번쯤은 되풀이했다. 주머니가 터지지 않은 날 아침에는 새로운 증상이 반복되었다. 잠에서 깨어나 천천히 눈을 비비며 한 삼십 초쯤 자유를 만끽한 다음 현실로 돌아오면, 메릴 스트리프마저 질투할 정도로 빠르게 눈물이 터졌다.

참, 또 나에겐 담배도 필요했다. 내가 말했던가?

입원 나흘째 되던 날, 병실에 그냥 있는데 알 수 없는 충돌이 일었다. 내면에서부터 무언가 나를 때리는 느낌이 들었다. 치료 삼십 년 차였으니 새로운 일도 아니었으나 니코틴 생각을 뿌리치려면 뭐라도 해야 했고, 그래서 내 감방을 나와 복도를 걸었다. 무엇을 하려는 건지, 어디로 가는지 나조차 알지 못한 채 무작정 떠돌았다.

아마 몸밖으로 빠져나오고 싶었던 것 같다.

치료사들은 전부 아래층에 있을 테니 엘리베이터는 포기하고 계단으로 향했다. 무슨 일이 벌어지고 있는지 나조차 정확히 알지 못했다. 지금도 설명할 수는 없지만, 단 하나, 내가 일종의 공황 상태, 착란, 배회증에 빠졌었다는 사실만은 분명하다. 그리고 강렬한 고통이 다시 시작되고 있었다. 익숙한 그 **고통**은 아니었으나 거의 비슷한 수준이었다. 총체적인 혼란. 담배가 너무 고팠다. 나는 계단에 멈춰 서서 지금까지의 괴로움에 대해, 끝까지 파란색으로 칠해지지 않은 뒤뜰, 엿 같은 피에르 트뤼도, 그때나 지금이나 여전히 동반자 없는 어린이 신세인 나에 대해 생각했다.

갑자기 내 삶의 나쁜 부분들이 죄다 눈앞에 펼쳐지는 듯했다.

이후 일어난 일은 죽을 때까지 제대로 설명할 수 없을 것이다. 나는 인간이 낼 수 있는 최대한의 힘으로 난데없이 벽에다 머리를 찧기 시작했다. 15 대 러브. 쿵! 30 대 러브. 쿵! 40 대 러브. 쿵! 게임*. 잇따른 에이스**. 완벽한 발리***에 이은 또 한번의 발리. 내 머리가 공이었고, 벽이 시멘트 코트였다. 높고 짧게 던져진 고통을 내가 받아 머리를 벽에 박으니 시멘트에, 벽에, 온 얼굴에 피가 튀었다. 그랜드 슬램****을 완수하자 심판이 소리를 질렀다. "**게임, 세트, 매치, 동반자 없는 어린이, 6 대 러브, 사랑이 필요합니다, 6 대 러브, 사랑을 두려워합니다.**"

사방에 피가 튀었다.

멍하게 여덟 번 머리를 박을 때쯤, 누군가 소리를 듣고 와서 나를 뜯어말렸다. 그리고 지극히 논리적인 질문을 했다.

"왜 그래요?"

나는 얼이 빠진 채 눈앞의 여자를 바라보다가 영화 〈록키〉의 마

---

* 테니스에서 먼저 4점을 얻는 경우 혹은 듀스 후 상대편보다 2점을 더 얻는 경우를 말한다.

** 빠르고 강한 공을 리시버가 받지 못해 생기는 득점.

*** 공이 바닥에 닿기 전에 받아넘기는 샷.

**** 국제 테니스 연맹에서 관리하는 대회 중 권위와 역사를 인정받는 호주 오픈, 프랑스 오픈, 윔블던 선수권 대회, US 오픈 4개 대회를 말한다.

지막 장면들 속 록키 발보아 같은 모습으로 대답했다. "달리 할 게 없어서요."

계단에서 있었던 일.

친구와 연인, 그리고 무시무시한 그것

2장

또하나의 엉망진창 세대

그해 여름 로스앤젤레스 국제공항의 도착 라운지에는 그야말로 온 세상이 지나가는 듯했다.

세계적인 아마추어 체조 선수, 달리기 선수, 원반던지기 선수, 장대높이뛰기 선수, 농구 선수, 역도 선수, 장애물 뛰어넘기 선수와 그들이 타는 말 들, 수영 선수, 펜싱 선수, 축구 선수, 수중발레 선수, 각국의 취재진과 공무원, 후원사와 에이전트까지⋯ 참, 캐나다에서 온 열다섯 살 아마추어 테니스 선수도 하나. 모두가 1984년 여름의 로스앤젤레스로 떠밀려 들어왔다. 터전을 옮기려고 온 사람은 그중 한 명뿐이었지만.

로스앤젤레스 올림픽이 열린 해였다. 뜨거운 태양 아래서 잘 다져진 근육을 뽐내는 특별한 시간이 찾아왔다. 콜리세움과 로즈볼 경기장에 십만 관중이 들어찼다. 그곳에서 메리 루 레턴은 다른 체조 선수들을 이기려면 10점 만점을 받아야 했고, 정말로 그 점수를 따냈다. 칼 루이스는 아주 빠르게 달리고 아주 멀리 뛰어서 금메달 4개를 목에 걸었다.

같은 해에 나는 미국으로 이주했다. 방황중인, 그리고 아마 아랫도리가 제구실을 못하는 듯한 캐나다인 꼬마 하나가, 제 아빠와 살겠다며 틴셀타운*으로 향했다.

떠나오기 전, 나는 오타와에서 한 여자애와 잘 뻔한 적이 있었다. 그런데 떨리는 마음에 맥주 여섯 캔을 먼저 들이켜는 바람에 할 일을 하지 못했다. 술을 마신 지는 벌써 일 년도 넘었다. 엄마를 그 멋진 사람, 키스의 손에 건네준 다음부터였다.

멋지다는 말은 진심이다. 키스는 엄마에게 헌신했다. 짜증나는 점은 언제나 엄마 편만 든다는 거였다. 키스는 엄마의 보호자다. 내가 엄마의 어떤 행동을 문제삼았을 때 키스가 네 엄마는 그러지 않았다고 두둔한 적이 얼마나 많은지 모른다. 그걸 가스라이팅이라 말하는 사람도 있을 것이다. 누가 봐도 가스라이팅일 것이다. 왜냐면 가스라이팅이 맞으니까. 하지만 우리 가족을 하나로 묶어주는 건 결국 그 사람, 키스 모리슨이었다.

다시, 나의 아랫도리 얘기다.

나는 술을 마시는 것과 내 소중한 부위가 서지 않는 문제가 연관이 있다는 걸 몰랐다. 누구에게도 말할 수 없었다. 그 누구에게도. 그래서 나는 섹스란 나 아닌 다른 사람들을 위한 것이라 여기며 살

---

* 할리우드의 별칭으로, '반짝이는 도시'라는 뜻이나 화려한 겉모습의 허상을 부정적으로 암시하는 표현이기도 하다.

왔다. 오랫동안, 몇 년씩이나. 섹스는 참 재미있는 일 같았지만 내가 써먹을 무기는 아니었다. 그러니까, 적어도 내 머릿속과 바지 속에서 나는 (선천적) 불능이었다.

일단 로스앤젤레스로 가면 행복해질 거야. 나는 막연하게 생각했다. 알코올의존증 환자들이 내적인 문제는 무시한 채 일단 터전만 옮기면 증상이 나아질 거라 믿는 경향에 대해서 잘 알지도 못할 때였지만, 우선 터전을 옮기면 문제가 해결되리라고 진지하게 믿었다. 고도의 훈련으로 근육이 두드러진 운동선수들과 나란히 수하물 컨베이어 벨트 앞에 선 나는 제법 자연스러웠다. 우리 모두 이 정신 나간 도시에 정신 나간 꿈을 좇으려고 온 것 아닌가? 종목당 메달이 달랑 3개인데 달리기 선수만 백 명이라면, 이 사람들을 과연 나보다 제정신이라고 말할 수 있나? 따지고 보면 그들보다 내가 직업적으로 성공할 확률이 더 높은지도 몰랐다. 어쨌거나 아빠가 배우였고, 나도 배우가 되고 싶었으니까. 아빠는 이미 열려 있는 문을 내가 슬쩍 밀 수 있게 도와주기만 하면 되었다. 또 어차피 나는 중간만 가더라도 아쉬울 게 없었다. 메달을 따지 못하더라도 오타와, 그리고 제구실을 못하는 듯한 아랫도리에서 벗어날 수 있으니까. 소속감을 느낄 수 없는 가족과 그 밖에 많은 것으로부터도.

처음에는 스포츠 쪽으로도 진로를 생각했었다. 나를 플로리다에 있는 닉 볼리티에리 테니스 아카데미에 보낼지를 두고 가족이 진지하게 고민할 만큼, 나의 테니스 실력은 부쩍 늘어 있었다. 닉 볼리티에리는 일류급 테니스 코치로, 모니카 셀레스, 앤드리 애거시, 마리야 샤라포바, 비너스 윌리엄스와 세리나 윌리엄스 자매 등 수많은 사람을 가르쳤다. 그러나 LA에 도착하고 얼마 지나지 않아, 내가 기껏해야 클럽 수준의 선수일 뿐이라는 사실이 금세 판명났다. 새틀라이트 토너먼트*에 등록했을 때였다. 나는 아빠와 새 가족이(아빠는 1980년에 사랑스러운 세기의 미녀 데비와 재혼했고, 아주 어린 딸 마리아가 있었다) 전부 지켜보는 앞에서 첫 매치를 치렀고, 단 한 점도 따지 못했다.

서던캘리포니아의 수준은 훨씬 높았다. 날씨는 언제나 변함없이 22도를 유지하며 뒤뜰과 길모퉁이마다 테니스 코트가 있는 듯한 동네에서, 12월부터 3월까지 기온이 영하로 떨어지기 일쑤인 캐나다의 얼음 황무지 출신 꼬맹이가 존재감을 드러내기란 쉽지 않다. 그건 버뱅크에서 걸출한 하키 선수가 되는 것만큼이나 힘든 일이다. 결론은 내려졌다. 구릿빛 피부의 캘리포니아 신神이 시속 160킬로미터로 내리꽂는 서브를 만난 순간, 차세대 지미 코너스가 되겠다는 나의 꿈은 물거품이 되었다. 심지어 그 신은 열한 살이었고, 이름은 채드Chad로 쓸 때는 마지막 D를 대문자로 적었다.

이제 새 진로를 찾아 나서야 했다.

빠르게 현실의 벽에 부딪히긴 했어도, 나는 한눈에 LA와 사랑

* 미국 테니스 협회 주관 중급 수준의 청소년 대회.

친구와 연인, 그리고 무시무시한 그것

에 빠졌다. 이곳의 광활함과 가능성이, 새로운 것을 시작할 수 있는 기회가 좋았다. 날마다 22도인 것도 오타와와 다른 멋진 점이었다. 테니스로 먹고살 수 없다는 걸 깨달았을 때, 돈을 받고 연기하는 사람들이 있다는 말을 어쩌다 듣게 되었고, 그 길로 진로를 정했다. 아주 허무맹랑한 계획도 아니었다. 일단 아빠가 연예계에 종사하는데다 관심을 받으면 내가 크리스마스트리처럼 밝게 빛나리라는 예감이 들었기 때문이다. 또 나는 이미 집에서 열심히 연기를 훈련하고 있었다. 갈등이 터지거나 관심이 필요해지면 끝내주는 대사를 던지는 기술을 연마해왔다는 소리다. 성공하면 모든 것은 무사했고, 나는 바라던 보살핌을 받았다. 동반자 없는 어린이였을지 몰라도, 웃기는 데 성공하면 엄마부터 동생들, 머리 형제와 학교 아이들까지, 온 관객이 기립 박수를 보내주었다. 명성이 높고 등록금이 비싼 고등학교(고마워요, 아빠)에 2학년으로 입학한 지 삼 주 만에 교내 연극에서 주인공으로 발탁된 것도 도움이 됐다. 그렇다. 지금 여러분은 손턴 와일더 작 〈우리 읍내〉의 조지 기브스를 보고 계시다. 연기는 나에게 자연스러운 일이었다. 다른 사람인 척하기를 원하지 않을 이유가 있겠는가?

빌어먹을⋯

아빠는 이렇게 될 줄 미리 알았던 것 같다. 〈우리 읍내〉에 캐스팅된 날, 나는 이 엄청난 소식을 알리러 집으로 내달렸는데, 도착해보니 침대에 『스타일 연기Acting with Style』라는 책이 놓여 있었다. 표지

안쪽에 이런 문구와 함께.

또하나의 엉망진창 세대. 사랑을 담아, 아빠가

연기는 나에게 또다른 마약이었다. 이미 내 삶을 망치기 시작한 술과는 달랐다. 사실 이때부터 나는 밤에 술을 마시면 다음날 일어나기가 점점 힘들어졌다. 학교에 가는 평일에는 그러지 않았다. 아직 그 정도로 나빠진 건 아니었다. 주말은 어김없었지만.

하지만 당장은 정규 교육을 받는 게 중요했다.

나는 캐나다에서 온 말발 좋은 희멀건 남자애였다. 외부인은 십대 아이들의 호기심을 자극하기 마련이다. 우리 같은 존재는 낯설게 보인다. 캐나다 발음을 구사하고 토론토 메이플리프스*의 선수 명단을 줄줄 외울 줄 안다면 더더욱. 거기에다 우리 아빠는 올드 스파이스 광고 모델이었다. 학교 애들은 상륙 허가를 받은 선원으로 분장한 아빠를 오랫동안 텔레비전에서 봐왔다. 짧은 코트와 검은색 선원 모자 차림의 아빠는 말끔히 면도한 단역 배우들에게 그 유명한 흰색 병을 던지면서 이렇게 외친다. "올드 스파이스로 깔끔해지세요!" 셰익스피어 연극에 나온 건 아니었을지언정 아빠는 충분히 유명했고,

---

* 캐나다의 프로 아이스하키 팀.

친구와 연인, 그리고 무시무시한 그것

훤칠하고 잘생겼으며, 끝내주게 웃겼다. 나의 아빠는 그런 사람이었다.

아빠는 애주가이기도 했다. 세트장에 나간 날에도, 아닌 날에도, 저녁마다 집에 돌아오면 보드카 토닉을 가득 따라 홀짝이곤 했다. 그리고 꼭 이렇게 말했다. "오늘 하루 중 최고다."

술을 두고 하는 말이었다. 로스앤젤레스까지 온 아들이 소파 옆에 앉아 있는데도. 아빠는 네 잔을 더 마시고 한 잔은 침대로 가져갔다.

아빠는 나에게 좋은 것을 참 많이 알려주었지만, 술 마시는 법도 가르쳤다. 내가 더블 보드카 토닉을 마시는 건 우연이 아니다. 술을 마실 때마다 오늘 하루 중 최고네, 라고 생각하는 것도 우연이 아니다.

물론 아빠와 나 사이에 차이는 있다. 아주 큰 차이다. 다음날 아침 일곱시가 되면 아빠는 거뜬하고 개운하게 일어나 샤워하고 면도한 다음(올드 스파이스 제품은 절대 쓰지 않았다), 은행 일을 보러 가거나 에이전트를 만나러 외출했고, 아니면 세트장으로 출근했다. 언제나 그랬다. 말하자면 아빠는 고기능성 애주가의 전형이었다. 반면에 나는 이때부터 아침에 일어나는 데 애를 먹었고, 함께 술을 마신 사람들 사이에서 소문이 났다.

보드카 토닉을 여섯 잔씩 마시고도 아무 문제 없이 유능한 삶을 살아가는 아빠를 보며 자라서 그런지, 나는 그게 현실적으로 가능하다고 생각했다. 나도 그렇게 살 수 있을 줄 알았다. 그러나 나의 그림자와 유전자에는 다른 무언가가 도사리고 있었다. 어둑한 곳에 숨어 있는 으스스한 괴물 같은 무언가, 아빠에게 없는 무언가가 나에게만 있었다. 그게 무언지 알게 되기까지는 십 년이 더 흘러야 했다. 알코올의존증, 중독, 사람들이 뭐라고 부르든 간에, 나는 그걸 **무시무시한 것**이라고 부르기로 했다.

하지만 나는 조지 기브스이기도 했다.

희멀건 피부에 캐나다 말씨를 쓰는 전학생을 같은 반 애들이 어떻게 생각했었는지는 기억이 가물가물하다. 관심도 없었고, 『스파크노트』*는 기브스를 이렇게 소개한다. "전형적인 미국 소년. 지역에서 유명한 야구 선수이자 고등학교 졸업반 회장. 순수함과 예민함의 소유자. 착한 아들이며… [그러나] 조지[에게]는 감정을 억누른다는 게 불가능에 가까울 만큼 힘든 일이다."

꽤 정확한 분석이었다.

우리집에는 곳곳에 아빠의 보드카가 굴러다녔다. 아빠와 데비가 집을 비운 어느 날 오후, 나는 보드카를 제대로 마셔보기로 했다. 뜨거운 술맛이 목구멍과 내장을 타고 내려갔다. 행복, 편안함, 모든 게 괜찮아지리라는 감각이 깨어났다. 오타와 집 뒤뜰에서 보던 구름

---

* 유명 문학작품을 요약하고 해설해주는 참고서 시리즈.

이 보였다. LA 거리로 나가 이 더없는 행복 속에서 22도의 천국을 거닐기로 했다. 나는 취한 오디세우스처럼 별이 총총한 거리를 헤매는 교내 연극 스타였다. 클랜시 시걸*은 런던판 〈업저버〉에 1984년 LA 올림픽에 관한 글을 실으면서 로스앤젤레스에 방문할 때면 "고통스러운 현실세계와 그 도시를 차단해주는 연한 막을 통과하는" 느낌을 받는다고 했다. 나 역시, 보드카로 연해진 막을 미끄러지듯 통과해, 고통 없는 세상, 현실적이면서 동시에 비현실적인 세상으로 들어가고 있었다. …그러나 모퉁이를 돌자 생전 처음 보는 무언가가 나를 들이박았다. 죽음, 죽음에 대한 공포, "왜 다 여기 있지?" "이러는 목적이 뭔데?" "그래서 그게 다 무슨 의미가 있는데?" "어쩌다 여기까지 왔지?" "인간이란 뭐지?" "공기란?" 같은 질문들. 온갖 질문이 해일처럼 머릿속에 밀려들었다.

망할 모퉁이를 하나 돌았을 뿐인데!

술과 그날의 산책을 계기로 내 안에는 지금도 메워지지 않는 틈이 생겼다. 나는 몹시도 괴로웠고, 끔찍이도 망가진 사람이었다. 유리잔에 채워지는 술처럼 질문들이 쏟아졌다. 내가 한 일은 시걸과 다르지 않았다. 체조 선수, 달리기 선수, 말, 작가, 배우, 팬, 한물간 유명인, 올드 스파이스 배우 들과 섞여 로스앤젤레스에 도착한 게다였다. 그런데 지금 내 발밑에는 거대한 심연이 입을 벌리고 있었

---

* 미국 소설가이자 시나리오 작가.

다. 내가 서 있는 곳은 커다란 불구덩이 끄트머리였다. 투르크메니스탄 중부 카라쿰사막에 있는 '지옥의 문'과 같은 구멍. 술과 그날의 산책으로 사색가이자 추구자가 탄생했다. 그러나 불교같이 아리송한 헛소리를 중얼거리는 부류가 아니었다. 깊은 분화구 끝자락에 서서, 대답을 찾지 못해 괴로워하는 사람, 동반자 없는 처지여서, 사랑을 원하지만 버림받을까봐 두려워서, 신나는 것을 바라지만 누릴 줄을 몰라서, 아랫도리가 제구실을 못해서 괴로운 사람. 나는 최후의 네 가지, 죽음, 심판, 천국, 지옥과 마주해 있었다. 보드카에 젖은 숨결이 느껴질 만큼 종말의 얼굴에 바짝 다가선, 열다섯 살짜리 소년.

몇 년 후 아빠도 일생일대의 산책을 했다. 일진이 안 좋았던 날밤, 술에 진탕 취한 아빠는 덤불 같은 데 굴러떨어졌다. 다음날 아침에 그 이야기를 들은 데비가 핀잔을 줬다. "당신 진짜 이렇게 살 거야?" 아빠는 아니라고 대답했고, 산책을 다녀온 뒤 술을 끊었다. 그 이후로는 술을 한 방울도 입에 대지 않았다.

뭐? 산책을 다녀오고서 술을 끊었다? 나는 술을 끊는다고 7백만 달러를 넘게 날렸다. 익명의 알코올중독자들(AA)* 모임에도 육천 번은 나갔다(과장이 아니라 실제 경험에 기반한 추측이다). 중독치료 시설에도 열다섯 번이나 들어갔다 나왔다. 정신병원을 들락거렸고,

---

* Alcoholics Anonymous. 알코올의존증 환자들의 갱생과 치유, 자립을 위한 공동체.

　　　　　　　　　　친구와 연인, 그리고 무시무시한 그것

삼십 년간 일주일에 두 번씩 상담 치료도 받았다. 죽음의 문턱까지 갔던 적도 있다. 그런데 달랑 산책으로 술을 끊었다고?

산책이라면 나도 모르지 않는데.

하지만 아빠는 연극 대본을 쓸 수 없고, 〈프렌즈〉에 출연할 수 없으며, 도움이 필요한 사람을 도울 수도 없다. 어딘가에 7백만 달러를 쓸 재력도 없다. 삶은 이렇듯 반대급부가 있는 모양이다.

궁금해진다. 아빠와 바꾸라면 바꿀 수 있을까?

이건 나중에 대답하기로 할까?

주크박스에 동전 몇 개를 넣어 피터 게이브리얼과 케이트 부시의 〈Don't Give Up〉을 듣고 또 들었다. 가끔은 밥 시거의 〈Mainstreet〉 아니면 비틀스의 〈Here Comes the Sun〉을 골랐다. 그 시절 우리가 101 커피숍을 좋아했던 건 주크박스가 늘 최신이었기 때문이다. 게다가 거기에 있으면 옛날 할리우드에 온 것 같았다. 캐러멜 색깔의 가죽 소파, 유명해졌다고 달라진 건 하나도 없는 척하는 초특급 유명인이 언제든 걸어들어올 것 같은 분위기까지.

1986년의 나는 유명해지면 모든 게 달라지리라 굳게 믿었다. 그리고 지상 누구보다 유명해지기를 갈망했다. 나에게는 인기가 필요했다. 그것만이 나를 고쳐주리라 믿어 의심치 않았다. LA에서는 우연히 유명인을 마주칠 때가 있다. 즉흥극을 상연하는 극장에서 빌리 크리스털을 마주치기도, 바로 옆 좌석에서 니컬러스 케이지의 목소리를 듣기도 한다. 나는 그들에게 고민이 있을 리 없다고 생각했다. 정확히 말하자면, 모든 문제가 다 사라졌으리라고 생각했다. 유명하니까.

나는 꾸준히 오디션을 봤고 배역을 한두 개 따냈다. 그렇게 〈찰스 인 차지Charles in Charge〉 첫 시즌에 출연했다. 맡은 역은 에드였다. 비싼 사립학교에 다니는 학생으로 격자무늬 스웨터에 타이를 매고 등장해 주어진 단 하나의 대사 "우리 아빠는 프린스턴대 출신 의사야. 나도 아빠처럼 되려고!"를 자신 있게 외치는 샌님. 하지만 그건 일이었고, 텔레비전 속 모습에 불과했다. 어느덧 정신을 차리고 보니, 나는 내 억양과 말주변을, 연기 경력과 경청 능력을 좋아하는 여자들과 식당에서 노닥거리느라 학교를 빠지고 있었다. 캐나다에서 갈고 닦은 덕에, 나에게는 고민하는 여자들의 이야기를 들어주고 잘 도와주는 재주가 있었다(만일 당신이 난처한 상황에 처한 여자라면, 그리고 그에 관해 넋두리한다면, 나는 몇 번이고 들어줄 수 있다). 그렇게 나는 101 커피숍에서 재담과 우쭐한 미소와 열린 귀로 수다스러운 젊은 여자들을 한껏 재미나게 해주었다. 스튜디오 시티의 유니버설 부지를 나오면 곧장 〈찰스 인 차지〉의 부잣집 도련님 패션을 벗어던지고, 1980년대 중반의 평범한 멋쟁이 소년으로 변신했다. 격자무늬 셔츠에 청재킷을 걸치거나, 록밴드 킹크스가 그려진 티셔츠로 갈아입고서 집으로 가 에어 서플라이의 노래를 들었다.

열여섯 살에는 시간이 무한하게 느껴진다. 할리우드의 싸구려

식당에서 젊은 여자들을 휘어잡고 있으면 더더욱 그렇다. 그날도 마찬가지였다. 한창 농담을 던지고 있는데, 중년의 남자가 지나치며 내가 앉은 테이블에다 메모를 적은 냅킨을 두고는 식당을 빠져나갔다. 여자들이 일순간 입을 다물었다. 나는 가게를 나가는 남자의 뒷모습을 지켜보다가 챈들러의 전매특허인 더블 테이크로 왁자한 웃음을 이끌어냈다.

"어서 읽어봐!" 여자 하나가 말했다.

나는 독이라도 묻은 것처럼 조심히 냅킨을 집어 펼쳐보았다. 거미 다리 같은 글씨체로 이렇게 적혀 있었다.

다음 영화에 캐스팅하고 싶어요. 이 번호로 연락 바랍니다. … 윌리엄 리커트.

"뭐래?" 다른 여자가 물었다.

"'당신보다 더 잘생기고 재능 있는 사람이 있을까요?'라는데." 나는 웃음기 하나 없이 대답했다.

"설마, 그럴 리가 없잖아!" 처음 말을 건넨 여자가 말했다.

그녀의 못 믿겠다는 말투와 "아, 참 고맙네"라는 나의 대꾸에 또 한바탕 웃음이 터졌다. 웃음이 잦아들었을 때, 내가 소리 내어 메모를 읽었다. "다음 영화에 캐스팅하고 싶어요. 이 번호로 연락 바랍니다. … 윌리엄 리커트."

여자 하나가 말했다. "뭐, 제법 믿음이 가는데…"

"그렇지?" 내가 답했다. "아마 창문 없는 밴 뒷좌석에서 찍는 영화일 거야."

그날 저녁, 아빠에게 조언을 구했다. 아빠는 보드카 토닉을 석 잔째 마시는 중이었다. 아빠 머릿속에는 유용한 대답을 건네줄 정신이 아직 알맞게 남아 있었다. 아빠는 내 연기 경력이 슬슬 탄력받기 시작하자 조금 당황하기 시작했다. 질투는 아니었다. 그러나 내가 아빠보다 젊고, 눈앞에 탄탄대로가 열리고 있으며, 할일만 제대로 해낸다면 아빠보다 더 나은 경력을 갖게 되리란 것을 아빠는 모르지 않았다. 그런데도 변함없이 나를 지지해주었다. 〈위대한 산티니〉*와 같은 소동은 일어나지 않았다. 아빠는 나의 영웅이었고, 나는 아빠의 자랑이었다.

"매티, 연락해봐서 손해볼 건 없어." 아빠가 말했다.

사실 나는 아빠가 무슨 말을 하든지 연락했을 거다. 메모를 보자마자 그럴 생각이었다. 이곳은 할리우드였다. 원래 다 이런 거잖아?

알고 보니 윌리엄 리커트는 밴 뒷좌석에서 영화를 찍으려는 게

* 자식에게 지지 않으려 하고 가혹한 훈육을 일삼는 아버지가 주인공으로 나오는 영화.

친구와 연인, 그리고 무시무시한 그것

아니었다.

리커트는 그날 101 커피숍의 여자들 앞에서 내가 뽐을 내는 매튜 페리 쇼를 충분히 감상한 끝에, 자기 소설『지미 리어든 인생에서의 어느 하룻밤』을 바탕으로 한 영화에 나를 캐스팅하기로 마음먹었다. 소설과 영화는 1960년대 초 시카고가 배경이었다. 리어든은 여자친구가 사는 하와이로 가는 비행기표를 끊을 수 있게 돈을 벌고 싶은 마음뿐이지만 아버지의 강요에 못 이겨 경영대학원에 입학하게 된다. 나는 리어든의 절친한 친구 프레드 로버츠 역을 맡았다.〈찰스 인 차지〉의 에드처럼 유복한 집 출신에다 살짝 우쭐대지만, 동정남의 고질적 비애를 안고 사는 인물이었다(공감이 갔다). 이번에도 나는 평소라면 입지 않을 부잣집 도련님 옷을 입었다. 프레드는 펠트 천으로 만든 납작한 회색 모자를 쓰고 와이셔츠에 타이를 맨 뒤 그 위에 가죽 재킷을 입었으며, 참, 검은 가죽장갑까지 꼈다. 리어든은 작중 나의 여자친구와 자게 되지만, 그야 괜찮았다. 리어든 역할은 여자친구를 빼앗겨도 영광일 인물에게 돌아갔기 때문이다.

시대를 앞서간 천재의 명단은 너무 길어 여기에 다 적을 수 없지만, 그 영화〈지미의 사춘기〉에서 나와 함께 연기한 스타, 리버 피닉스가 그 명단 최상단에 자리하리라는 점은 짚고 넘어가야겠다. 이 영화는 나의 첫 직장이었다. 따라서 큰 성공을 거두었다면 더 좋았겠으나 진짜 수확은 이를 통해 영화 만드는 법을 알게 되었다는 것, 그리고 모든 방면에서 아름다움을 의인화한 리버를 알게 되었다는 것이다. 리버에게는 독특한 오라가 있었다. 하지만 질투를 느끼기도 힘들 만큼 사람을 편하게 대해주었다. 마침 그가 명연기를 보여준 〈스탠 바이 미〉가 막 개봉했을 때였다. 함께 다니면 그의 카리스마에 눌려 내 존재는 그냥 가만히 있는 가구나 마찬가지였다.

영화는 시카고에서 촬영했다. 그렇게 나는 열일곱 살에 윈디시티*로 떠났다. 부모도 뭣도 없이, 또다시 동반자 없는 어린이가 되어서. 그러나 이번에는 오히려 자유로웠다. 마치 이러려고 태어난 것처럼. 태어나 그렇게 신났던 적이 없었다. 시카고에서 리버 피닉스와 함께 영화를 촬영하면서 나는 연기에 푹 빠져들었다. 참으로 마법 같았던 이 시기에 단연 최고의 사건은 리버와 내가 친한 친구 사이가 됐다는 거다. 우리는 노스 러시 거리를 쏘다니며 맥주를 마셨고 당구를 쳤다(〈컬러 오브 머니〉가 개봉했을 때라 당구가 유행이었다). 우리는 일당을 받았고, 여자들에게 추파를 던졌다. 물론 나는 거기까지였다. 알다시피, 그 문제 때문에.

리버는 내면과 외면이 모두 아름다운 사람이었다. 이 세상에 계속 살기에는 지나치게 아름다웠다. 진정으로 재능 있는 사람들은 언제나 먼저 떠나버리는 듯하다. 리버는 나보다 탁월한 배우였다. 나는 웃기는 쪽이었고. 그래도 우리가 같이 나오는 장면에서 나도 내 몫을 했다. 수십 년이 지난 지금 돌이켜보면 그것도 제법 대단한 성

* 시카고의 별칭.

친구와 연인, 그리고 무시무시한 그것

취였다. 어쨌거나 중요한 것은, 리버는 우리와 다른 시선으로 세상을 바라봤다는 거다. 그래서 그는 매혹적이고 카리스마 있는 존재, 또 아름다운 존재였다. 갭 광고 모델(도 하긴 했지만) 같은 유형의 아름다움이 아니었다. 세상에 유일무이한 존재의 아름다움이었다. 그는 빠르게 스타 반열에 오르고 있었다. 이제 그 모습을 볼 길은 사라졌지만 말이다.

바로 그런 마법이 일어나던 순간에 리버 피닉스와 내가 함께 영화를 촬영했다.

나중에 듣자 하니 리버는 〈지미의 사춘기〉에서 선보인 연기에 만족하지 않는다고 했다. 자기가 그 배역에 어울리지 않는다는 거였다. 하지만 내가 보기에 그는 어느 역할이든지 어울렸다. 그는 뭐든 소화했다. 영화 〈스니커즈〉 속 그의 모습을 기억한다. 누구도 하지 않을 법한 연기를 했다. 로버트 레드퍼드, 대단한 시드니 포이티어 같은 전설적 인물들 사이에서 제 몫을 해낸 것은 물론이었다(이 영화를 보지 않았다면 찾아보기를 추천한다. 무척 재미있다).

우리가 찍은 영화는 박스오피스에서 참패했지만, 상관없었다. 우리는 아름답고도 마법 같은 순간을 살고 있었다. 비록 그곳이 살벌하게 추운 시카고의 노스 러시 거리였을지라도. 그때가 내 인생 최고의 순간임을 알 수 있었다. 내 촬영분은 삼 주 만에 끝났지만, 사람들이(아마도 리버가) 나를 무척이나 마음에 들어해 결국 영화 촬영이 끝날 때까지 함께했다. 이보다 더 좋을 수 없었다.

촬영이 슬슬 끝나가던 어느 날 밤, 나는 트레몬트호텔의 작은 방에서 무릎을 꿇고 우주를 향해 말했다. "이 순간을 절대 잊지 마."

정말 지금까지도 잊지 않았다.

하지만 마법은 오래가지 않았다. 구멍은 아무리 메워도 자꾸만 다시 벌어졌다(두더지 잡기 게임 같았다). 어쩌면 영혼에 난 구멍을 물질적인 것으로 메우려 했기 때문이 아닐까 싶다. …잘은 모르지만. 어쨌거나 촬영 마지막 날이 오자, 나는 시카고호텔 방 침대에 앉아 눈물을 훔쳤다. 다시는 이런 순간이 오지 않으리란 것을 알았기에 자꾸만 눈물이 났다. 나의 첫 영화, 집에서 멀리 떨어져 마음껏 추파를 던지고, 술을 마시고, 리버 피닉스처럼 천재적인 사람과 함께 노는 일은 다시는 없을 터였다.

그로부터 칠 년이 지난 1993년 핼러윈 날, 나는 또 울고 있었다. 리버는 웨스트 할리우드의 바이퍼 룸*에서 죽었다(그날 아파트에서 웬 비명이 터졌고, 나는 잠자리에 들었다가 나중에야 소식을 들었다). 리버가 세상을 떠난 후 그의 모친은 약물 문제를 언급하며 "[리버] 세대의 영혼이 닳아 없어지고 있다"고 경고했다. 그 무렵 나는 날마다 술을 마시고 있었다. 그분의 말뜻을 비로소 이해하기까지는 몇 년이 더 지나야 했다.

나는 〈지미의 사춘기〉 촬영을 마무리한 뒤 시카고에서 LA로, 고

---

* 할리우드에 있는 나이트클럽.

친구와 연인, 그리고 무시무시한 그것

등학교라는 지구로 되돌아갔다. 계속해서 오디션을 봤지만, 딱히 성과는 없었다. 나는 대부분 코미디 작품에 지원했고 닥치는 대로 단발성 출연을 했다. 성적은 여전히 바닥을 기었다. 정확히 2.0*으로 졸업했다. 졸업식 날 내가 한 요구는 엄마와 아빠가 둘 다 참석하는 것이었고, 두 사람은 친절하게도 내 부탁을 들어주었다. 졸업식 이후 굉장히 어색한 저녁 자리가 이어졌다. 그때 그 자리는 두 사람이 함께 낳은 애가 어딜 가든 웬만해서는 가장 웃긴 사람으로 통하지만 어째서 불편함을 기본으로 깔고 살 수밖에 없는 운명인지를 여실히 보여주었다. 그날 저녁 자리에서 나는 세번째로 웃긴 사람, 세번째로 외모가 출중한 사람일 뿐이었다. 엄마 아빠가 다시 결합하기를 바라던 나의 어릴 적 꿈은 단 하루일지언정 이뤄진 셈이었다. 비록 민망한 침묵이 이어지고, 마치 두 우주가 거칠게 부딪치기라도 하듯 서로 가시 돋친 말이 오갔지만 말이다.

그날 저녁을 함께해준 엄마 아빠에게 고맙다. 정말 사려 깊은 선택이었고, 두 사람만 생각한다면 결코 할 필요가 없는 일이었다. 그날 나는 뜻밖의 사실을 선명히 깨달았다. 잘 헤어진 거였다. 함께해서는 안 되는 사람들이었다. 둘은 떨어져 사는 게 옳았다. 결국 두 사람은 헤어지고 각자의 짝을 찾았다. 나는 진심으로 기쁘다. 이제

---

* 미국 고등학교 성적은 4.0 만점으로 매겨지며 2.0이면 대략 C등급에 해당한다.

매티는 더이상 부모가 함께 살기를 빌지 않아도 되었다.

두 사람이 다시 한 공간에 있게 된 것은 수십 년이 흐른 뒤였다. 만남의 이유는 전혀 달랐다.

배역들, 빠른 머리 회전과 말발, 리버와의 우정, 격자무늬 셔츠에 걸쳐 입은 청재킷이 함께 작용한 결과, 트리샤 피셔라는 예쁜 여자친구를 사귀게 되었다(에디 피셔와 코니 스티븐스의 딸, 그래, 캐리 피셔의 이복 여동생. 매력적인 게 당연했다).

트리샤는 이름의 운율부터 거부할 수 없는 존재였다. 더구나 나는 어느덧 열여덟 살이었고, 모든 게 잘 돌아간다고 제법 확신했다. 다른 인간 옆에 있을 때만 빼면. 나는 나의 발기불능을 거대하고 추악한 비밀인 양 의식하고 살았다. 트리샤 피셔와 관계가 깊어질수록 첫 관계를 생각하지 않을 수 없었다. 나는 로마가톨릭 신도처럼 꿋꿋하게, 좀더 기다리고 싶노라고 했다. 열여덟 살 남자애가 할 법한 말은 아니었다. 그래서도 안 되었고. 그래서 이 말은 트리샤의 흥미를 자극했다. 이유를 추궁하는 트리샤에게 나는 '약속'이니 '미래'니 '세태'니 '나의 커리어' 따위를 운운했다. 막상 그 상황이 닥치면 내가 101 커피숍의 캐러멜색 가죽 소파보다도 물러지고 만다는 걸 차마 말할 자신이 없었다. 내 비밀이 까발려질 상황을 만들어서는 안 되었다.

나의 확고한 의지, 기다리겠다는 신념은 두 달간 더 이어졌다.

친구와 연인, 그리고 무시무시한 그것

하지만 결국 댐은 터지기 마련이다. 어디로도 나가지 않는 진도는 두 사람 모두에게 과호흡만 일으켰다. 드디어 트리샤 피셔가 마음을 먹었다.

"매티." 트리샤가 말했다. "이제 더 못 기다려. 우리 하자."

웨스트우드에 있는 나의 작은 스튜디오에서 트리샤가 내 손을 잡고 침대로 이끌었다.

나는 겁에 질렸고, 동시에 흥분했다. 속에서는 겁에 질린 나와의 대화가 계속되었다.

— 이번에는 다를지도 몰라. 내가 진짜 좋아하는 사람이니까 과거의 무능은 녹아내릴지도… 녹아내린다니, 불길한 말일세.

— 독한 술을 미리 마실까? 아니지, 더 허둥댈 거라고, 친구.

— 생각만큼 딱딱한 분위기는 아닐지도 몰라. 딱딱하지 않아? 매티, 그만…

이 잠깐의 대화가 삼류 오페라로 치달으려는데, 트리샤가 우리 둘의 옷을 벗기고는 나와 함께 침대로 쓰러졌다. 섹스로 향하는 언덕길이 천국과 같다는 것은 생생히 기억하고 있지만, 나는 초보 등산가처럼 베이스캠프 하나를 넘기가 두려웠다. 산소가 충분하다 해도 더 높이 올라갈 자신이 없었다. 그리고 정말 오르지 못했다. 달리 뭐라 말할 수 있을까? 그냥 그걸 제대로 작동시킬 수가 없었다. 가뜩이나 혼란스러운 머릿속으로 온갖 복잡하고 야한 이미지들을 떠올렸다. 뭐라도 좋으니 다가올 행복에 집중할 수 있게 해줄 무언가가 걸리기를, 하나, 그거면 충분한데! 하지만 무엇도 소용없었다. 아무것도. 또 한번의 공포. 나는 트리샤 피셔의 다정한 손길을 뿌리치고 삐삐한 알몸으로 일어나 의자로 조용히 걸어갔다(몸을 절반으로 접을 수 있을 만큼 구부정하게). 맥없이 침울하게 의자에 앉은 나는 저녁 기도를 올리는 수녀처럼 두 손을 무릎 위로 모았다. 수치심과, 어쩌면 눈물 한두 방울을 감추기 위해 최선을 다하며.

트리샤 피셔는 이번에도 전혀 이해하지 못했다.

"매티! 대체 왜 그래? 내가 별로야?"

"아, 아냐, 당연히 넌 예쁘지." 신체적 문제도 심각했지만, 더 최악은 버림받으리라는 감각이 창문으로 스멀스멀 들어와 고조되기 시작했다는 거였다. 트리샤가 날 버리고 떠나면? 늘 그렇듯 이번에도 내가 부족해서? 또 동반자 없는 신세가 될 운명인가?

나는 절박했다. 트리샤를 향한 마음은 진심이었고, 사랑이 나를 구원하리라고 진심으로 믿고 싶었다.

할 수 있는 건 하나뿐이었다. 모든 걸 털어놓아야 했다.

"트리샤." 내가 입을 열었다. "오타와에 있을 때 어떤 여자애랑 자려다가 너무 긴장해서 맥주 여섯 캔을 마신 적이 있거든…" 나는 하나도 숨기지 않고 수치스러운 이야기를 모조리 고백했다. 급기야 내가 사실은 발기불능이며 앞으로 쭉 그럴 거라고, 다 소용없으며

친구와 연인, 그리고 무시무시한 그것

할 수 있는 건 없다고, 너를 원하는 내 마음은 그 어떤 순수하고 근사한 말로도 다 표현할 수 없을 거라고 고백하기에 이르렀다. 동시에 나는 버림받기 싫은 마음이 간절했기에 내가 너를 잡을 방법이 있다면 뭐든 말해달라고 했다. 봄날에 졸졸 흐르는 개울처럼, 계속 말을 지껄였다.

트리샤 피셔는 나의 지껄임을 묵묵히 받아주었다. 나는 트리샤가 얼마나 아름다운지는, 물론 눈부시게 아름답지만, 이 문제와 무관하다는 것을 열심히 설득했다. 나는 평생 오타와의 그날 밤을 반복할 운명이었다.

마침내 긴장이 풀린 내가 깊게 숨을 내쉬었다. 트리샤는 무척 차분하고 간단하게 말했다. "나랑 하자. 다시는 그런 일 없을 거야."

그러더니 내 곁으로 걸어와 손을 붙잡고는 다시 침대로 이끌어 나를 눕혔다. 그리고 아니나 다를까… 정확히 이 분 동안 찬란한 영광이! 그날 밤, 우주의 기적과 나에게 과분했던 아름답고 젊은 여자의 도움으로, 드디어 나는 갈 곳 없던 순결을 남김없이 잃었고, 트리샤가 약속한 대로, 내 사전에서 발기불능은 지워졌다. 적어도 신체적으로는, 나의 모든 것이 제구실하고 있다.

그나저나 페리 씨, 어마어마하게 의미 있는 방법으로 당신 인생을 구원한 여자에게 참 부담스러운 빚을 졌는데, 그걸 어떻게 다 갚았나요?

독자 여러분, 나는 트리샤에게 진 빚을 서던캘리포니아의 거의 모든 여자와 잠자리를 가지는 것으로 갚았답니다.

(한번은 나와 동갑인 열여덟 살 여자애와 데이트하는데, 그애가 저녁을 먹다 말고 이렇게 말했다. "너희 집으로 가서 너랑 잘래."

여전히 섹스를 알아가는 중이었던 나는 냉큼 동의했다. 함께 아파트로 돌아와 문턱을 넘으려는 순간, 여자애가 날 멈춰 세웠다. "잠깐, 잠깐, 기다려봐! 못하겠어! 그냥 집에 데려다줘."

당연히 나는 그애를 데려다주었다.

다음날, 이미 상담 치료를 받고 있던 나는 전날 밤 일이 신경쓰여 상담사에게 터놓았다.

"도움이 될 만한 이야기를 들려주죠." 그가 말했다. "여자가 당신 집에서 신발을 벗으면 그날은 자게 될 거예요. 신발을 벗지 않으면 아닐 거고요."

그때 나는 열여덟 살이었고, 지금은 쉰두 살이다. 상담사의 말은 여태껏 백 퍼센트 진실이었다. 가끔은 꼼수랍시고 문가에 신발 한 켤레를 두어 신발 벗는 위치를 넌지시 알려준 적도 있다. 그러나 상담사의 통찰은 한 번도 어긋나지 않았다. 여자가 신발을 벗지 않으면, 그날은 기껏해야 약간의 스킨십만 할 수 있다.)

몇 년이 흘러 〈프렌즈〉의 인기가 최절정일 무렵, 트리샤와 다시 만났다. 트리샤는 나를 버리지 않았지만, 옛 두려움이 되살아나 결국 내가 먼저 이별을 고했다. 트리샤가 나를 버리지 않았다고 진심으로 느끼고 믿을 수 있었다면 얼마나 좋았을까 생각해본다. 그러면 상황은 나았을 것이다. 보드카 토닉에 빠지는 일도 없었으려나.

친구와 연인, 그리고 무시무시한 그것

어쩌면 모든 게 달라졌을지도. 혹은 아니었을지도.

트리샤, 그리고 이후에 만난 여자들에게 고맙다. 버림받는 게 무서워 내가 먼저 떠나버린 모두에게 온 마음을 다해 깊이 사과하고 싶다. 지금 아는 것을 그때도 알았더라면…

매트맨

"지금부터 아이디어 영업을 해볼게요. 들을 준비 됐죠?"

애덤이 말했다. "물론이죠! 한번 해봐요!"

나는 말버러 한 대를 길게 빨아들인 다음 휴대전화를 볼에 바짝 댄 채로 타르와 니코틴과 고통을 길게 내뿜은 뒤, 아이디어를 팔기 시작한다.

"좋아요. 한 남자에 관한 얘기입니다. 누군지 알 거예요. 이름은 맷이고, 쉰 살쯤 먹었어요. 몇 년 전 대단한 인기를 끈 텔레비전 쇼에 나와 무지하게 유명해졌죠. 그 남자가 영화 초반에 등장하는데, 배불뚝이로 나와요. 아파트에는 빈 피자 상자가 쌓여 있어요. 〈미지와의 조우〉에 나오는 토템처럼 말이에요. 으깬 감자로 만든 그거… 어쨌거나 이 사람 인생은 좀 엉망입니다. 길을 잃었어요. 그러다 갑자기 먼 친척이 죽고 20억 달러를 유산으로 물려받게 돼요. 남자는 그 돈으로 슈퍼히어로가 됩니다."

"멋지네요!" 애덤이 말한다.

그리고 한마디를 덧붙인다. "진짜 20억 달러를 상속받았어요?"

애덤은 참 웃긴다니까.

"아뇨, 그럴 리가! 그냥 유산을 상속받은 주인공 얘기잖아요. 관심이 좀 가나요? 만약 그러면 이제 뭘 하면 좋을까요? 거물께서 한 말씀 해주시죠."

"내가 그 정도인지 잘 모르겠는데요." 애덤이 그 정도라는 것은 우리 둘 다 알고 있는 사실이다. 그의 겸손함은 높이 사겠으나 할리우드에서 겸손은 '꺼져' 수준의 반응조차 얻지 못한다.

"뭔 소리예요?" 내가 되묻는다. "당신 아니면 누가…"

애덤 매케이는 〈앵커맨〉 〈스텝 브라더스〉를 비롯해 여러 대작을 연출한 감독이 아니던가. 또 우리가 대화하는 지금은 〈돈 룩 업〉을 찍는 중이었다. 거대한 행성이 지구에 충돌한다는 내용의 영화인데, 알다시피 리어나도 디캐프리오, 제니퍼 로런스, 티모테 샬라메, 마크 라일런스, 케이트 블란쳇, 타일러 페리, 조나 힐, 심지어 아리아나 그란데와 메릴 스트리프까지 초호화 스타들이 대거 출연했다.

나도 〈돈 룩 업〉에 짧게 참여했다. 스위스의 중독치료시설에 있는 중에 짬을 내어 보스턴에서 내 분량을 촬영했다. 현장에서 내가 제안한 대사 하나를 애덤은 무척이나 마음에 들어했다. 그 대사는 언제나 모두가 기대하는 한 방이었고, 장면의 필살기가 될 만큼 훌륭했다(하지만 그 장면은 결국 영화에서 빠졌다. 나쁜 일은 언제나 일어나니까. 별일도 아니지). 중요한 건 나와 애덤 매케이가 죽이 잘 맞았으며, 지금 그가 나의 아이디어를 마음에 들어한다는 거였다.

수술 이후 흉터 조직으로 애를 먹던 때라 진통제를 달고 살았다. 당연히 진통제에도 중독되었고, 장기가 더 망가져갔다. …그래도 기분은 한결 나아졌고, 애덤에게서 전화를 받았을 때는 행복했다. 우리는 그냥 수다를 떨었다. 하지만 할리우드에서 그냥 수다를 떠는 일은 없다. 그래서 내심 머리를 굴렸다. 무슨 일로 나에게 전화를? 하지만 그가 도무지 본론을 꺼낼 것 같지 않길래 그 기회를 놓치지 않고 그에게 아이디어를 영업했던 거다.

"어쨌거나, 거물 양반." 나는 그의 가짜 겸손을 무시하며 말했다. "어떻게 생각해요?"

대화중에 깔리는 침묵을 나중에 곱씹어보면, 곧 듣게 될 말을 듣지 않아도 되게 침묵이 영원하면 얼마나 좋았을까, 아쉬워진다.

"아무래도 대화 상대를 착각하고 있는 것 같아요." '애덤'이 말했다.

"뭐라고요? 그러면 당신이 누군데요?"

"애덤 매클레인. 육 년 전에 만난 적이 있죠. 나는 컴퓨터 세일즈맨이에요."

〈돈 룩 업〉을 봤다면 다들 결말을 알고 있을 것이다… 대화 상대가 애덤 매케이가 아니라 애덤 매클레인이란 것을 깨달은 순간, 그 망할 거대 행성이 내 머리를 정면으로 들이박았다고만 말해두겠다.

이런 실수는 처음이 아니다. 수년 전, 브루스 윌리스가 피플스

친구와 연인, 그리고 무시무시한 그것

초이스 시상식에서 〈식스 센스〉로 최고의 배우상을 받았을 때 내가 시상자로 초대받았다. 그날 밤 백스테이지에서 헤일리 조엘 오스먼트와 M. 나이트 시아말란을 만나 십 분 정도 이야기를 나누었다.

그로부터 육 개월 후, 선셋 마르퀴스 호텔에 친구들과 있는데 M. 나이트 시아말란이 걸어들어왔다.

"안녕하세요, 매튜." 그가 말했다. "오랜만이군요! 앉아도 될까요?"

앉아도 되냐고? 〈식스 센스〉를 집필하고 연출한 사람이 아닌가. 차세대 스티븐 스필버그인데 당연히 앉아도 되지! 그때 나는 술을 몇 잔 걸치고 좋은 시간을 보내는 중이었다(이때까지만 해도 술이면 만족했다).

어느덧 친구들이 자리를 뜨고, M. 나이트와 나만 남았다. 그때 나는 연예계 이야기 말고, 사랑과 이별, 여자와 LA 같은, 사람들이 보통 술집에서 나누는 이야기만 하자고 혼자 명심했다. 나의 바보 같은 농담에 웃음을 터트렸던 걸 보면, 그도 무척 즐거운 눈치였다. 나는 생각했다. 와, 내가 맘에 들었나봐! <프렌즈>의 대단한 팬인 게 틀림없어. 내가 하는 말 하나하나에 굉장히 집중하고 있잖아.

이런 생각에 참 많이도 덴 터라 잘 그러지 않지만, 이 만남이 나의 연기 경력에 도움이 되리라는 거창한 환상이 피어나기 시작했다. 그가 근처에 얼마 전 개업한 술집이 있다며 함께 갈지 물었다. 함께 가겠냐고? 무려 M. 나이트 시아말란과 함께? 당연하지.

우리는 주차원에게 차를 다시 받은 뒤 함께 술집으로 향했다. 나는 그가 만들 다음 대작의 주인공이 되리라 확신했다. 그래, 참신하고 놀라운 반전 영화가 탄생할 거다. 마지막 반전은 내 차지가 되겠지!

머릿속에서는 이미 축제가 벌어졌다. 이유는 몰라도 그는 나와 내 연기를 무척 좋아하는 듯 보였다. 술에 취한 나는 바로 오늘이 내 인생을 바꿀 밤이 되리라고 생각했다. 새로 생긴 술집에 자리를 잡고서는 그만 편안해져서[해석: 술에 취해서] 나중에 언제 같이 작업하면 좋겠다고 말해버렸다. 그 순간 그의 표정이 묘해졌다. 나는 그말을 뱉은 걸 즉시 후회했다. 그가 잠시 화장실에 다녀오겠다며 자리를 떴다. 그때 지인 하나가 다가와 안부를 건네왔다.

내가 말했다. "M. 나이트 시아말란과 밤새워 놀고 있어. 이 사람이 나를 참 좋아하네." 친구도 놀란 눈치였다. …M. 나이트가 화장실에서 돌아오기 전까지는.

"매티." M. 나이트를 빤히 살피던 친구가 말했다. "잠깐 따로 이야기할 수 있을까?"

참 이상한 일이었지만 술에 취하면 뭐든 이상할 게 없으니, 나는 M. 나이트와 보내던 마법 같은 저녁에서 잠시 빠져나왔다.

"매티." 친구가 목소리를 낮췄다. "저 사람은 M. 나이트 시아말란이 아니야."

뜻밖의 말에 나는 보드카로 풀린 눈의 초점을 잠시 한데로 모아

친구와 연인, 그리고 무시무시한 그것

술집의 어둠을 뚫고 N. 나이트 시아말란을 유심히 살폈다.

전혀.

다른.

사람.

알고 보니 내가 만난 'M. 나이트'는 M. 나이트 시아말란을 닮은 구석이라곤 찾아보기 힘든 인도인 신사였다(N. 나이트 시아말란이었을까?). 실제로 그는 LA의 고급 레스토랑 미스터 차우 베벌리힐스의 지배인이었다. 나는 그곳의 단골이었으나… 그곳 지배인에게 언제 같이 작업하자고 말해버렸으니 더이상 단골일 수 없게 됐다. 그는 어떤 밤을 보내는 중이라고 생각한 걸까?

3장

수하물

나는 끊임없이 〈사랑의 블랙홀〉* 상태로 살았다. 내가 괜히 이 영화를 좋아하는 게 아니다.

날이 저물면 친구들과 웨스트 할리우드의 샌타모니카대로에 있는 포르모자 카페로 몰려갔다. 바에는 간판이 2개 걸려 있었다. 얼굴 사진들 밑에 '스타들이 다녀간 곳'이라는 간판이 있었고, 또다른 간판에는 '잔 와인 팝니다'라는 문구가 적혀 있었다. 그러나 우리는 잔으로 마시지 않았다. 파인트, 쿼트, 갤런 단위로 마셨으니까… 참고로 와인도 아니었다. 보드카였다.

여기서 '우리'라 함은, 행크 아자리아, 데이비드 프레스먼, 크레이그 비어코, 그리고 나를 지칭한다. 우리는 나름의 작은 랫 팩**을

* 주인공이 진정한 사랑을 깨닫기 전까지 계속 똑같은 날을 반복하는 무한 루프 설정의 영화. 작품의 원제인 'Groundhog Day'는 성촉절로, '변함없이 반복되는 일'이라는 의미로 쓰이기도 한다.

** Rat Pack. 1960년대 험프리 보가트, 프랭크 시나트라 등의 배우들이 형성한 사교 모임.

결성했다.

행크를 처음 만난 건 열여섯 살 때였다. 우리는 (〈흡혈 식물 대소
동〉의) 엘런 그린이 주연을 맡은 CBS 파일럿 프로그램의 현장 오디
션에 참가했다. 둘 다 배역을 따내 그가 나의 삼촌을 연기했다. 독립
을 앞두고 있던 나는 그와 무척 잘 지냈고, 그와 같은 건물의 스튜디
오로 이사까지 했다. 행크는 무척 유쾌한 사람이었다. 나와 알게 되
었을 무렵에는 성우 일을 많이 맡았다. 결국 그 일로 굉장한 부자가
되었으나 처음에 우리가 바란 것은 인기였다. 인기, 인기, 인기, 그거
면 되었다. 여자들, 그리고 음, 인기를 바랐다. 우리에게 중요한 건
그뿐이었다. 적어도 나는 그랬다. 유명해지기만 하면 끝없이 커지는
내면의 거대한 구멍을 메울 수 있을 것 같았다.

그러나 유명해지기도 전에 그 구멍에 술을 들이부었다.

나는 날마다 술을 마셨다. 남들이 대학을 다니는 동안 나는 포
르모자에서 술을 퍼마셨다. 전공인 술 마시기에서는 4.0의 학점을
자랑했으며, '알코올 베타 카파'*에 들어가고도 남았다. 술에 대한 애
정이 내 삶의 방향을 좌우했다. 나는 내가 술에 얼마나 지배당하고
있는지 모르다가 당시 사귀던 여자친구 개비와 데이트하던 어느 날
밤에야 그걸 깨달았다. 그날 밤 나는 훗날 드라마 〈부통령이 필요해〉

---

* 대학에서 성적이 우수한 재학생과 졸업생으로 조직된 사교 모임 '알파 베타
카파'에 빗댄 것.

를 비롯한 여러 작품을 집필하고 나와 평생 친구가 된 개비, 그리고 친구 무리와 함께 유니버설 시티에서 마술 쇼를 보기로 했다. 알코올이 부글부글 끓는 특별한 술을 시킨 기억이 난다. 우리는 술을 홀짝이면서 마술사가 모자에서 토끼인지 뭔지를 꺼내 보이는 것을 보았다. 마술사의 소매에서 끝없이 나오는 실크 스카프를 보는 것도 슬슬 지루해질 때쯤 우리는 개비의 아파트로 자리를 옮겼다. 개비의 집에는 술이 없었다. 물론 이상한 일은 아니었지만, 스물한 살의 나는 별안간 낯선 감정에 압도당했다. 술을 더 마시고 싶어서 피가 끓는 느낌이었다. 간절히 술을 더 마시고 싶었다. 다른 생각은 나지 않았다.

그날 밤 처음으로 알코올에 대한 집착을 느꼈다. 개비의 집에 술이 없어서 약간이라도 동요한 사람은 나뿐인 듯했다. 거대한 자석에 이끌리듯 굉장한 유혹이 느껴졌고, 나는 작은 쇳조각에 불과했다. 덜컥 겁이 났다. 더구나 이런 문제로 힘들어하는 사람은 나 하나뿐이었다. 그래서 그날 밤에는 술을 더 마시지 않기로 결심했다… 그러자 잠이 오지 않아 불편하게 뒤척이며 술 생각만 났다. 결국 안절부절못하며 신경이 곤두서고 불만에 찬 상태로 다음날 아침을 맞이했다.

무슨 일이 일어나고 있는 거지? 뭐가 문제야? 술을 못 마셔서 죽겠는 사람이 왜 나뿐인 거냐고? 나조차 이해할 수 없으니 누구에게도 내 안에서 일어나는 일을 털어놓을 수 없었다. 나는 오랫동안 나의 음주 문제를 쉬쉬했다. 적어도 문제의 심각성에 대해서는 감추고 살았다. 과거에는 말이다. 나는 술과 여자를 좇고 남자애들과 여자애들을 웃기는 재미로 대학 시절에 준하는 세월을 허비하는 대학생 또래의 어린애일 뿐이었다. 찔릴 게 뭐가 있겠나?

하지만 혼자 술을 마신다는 사실은 아무도 모르는 비밀이었다. 혼자 마시는 술의 양은 해를 거듭할수록 늘었다. 급기야 손잡이가 달린 파티용 술병을 이틀 만에 해치우는 지경에 이르렀다. 그러나 마술 쇼를 본 그날 밤에는 나조차도 당황스러웠다. 무슨 일이지? 생전 처음 겪는 느낌이었다. 도대체 술 말고 다른 생각은 왜 할 수가 없는 건데? 술집이면 그냥 술을 더 시키고 말 텐데… 한밤중에 술잔을 드는 모습을 상상하며 뜬눈으로 누워 있는 건 낯선 일이다. 낯선 감정. 다른 감정. 무서웠다. 그러니 이건 비밀이었다.

십 년 후 익명의 알코올중독자들이 펴낸 『빅 북』*에서 이런 문장을 읽었다. "음주자는 자신이 탈출하려 한다고 생각하지만, 실제로는 자각하지 못한 정신장애를 극복하려는 것이다."

유레카! 드디어 나를 이해하는 사람을 만났군. 이 문장을 읽는 경험은 경이로운 동시에 끔찍했다. 나는 혼자가 아니었다. 이 세상에 나처럼 생각하는 사람들이 있다니. 그러나 그렇다는 건 결국 내

---

* 1939년 처음 출간되어 AA의 기본 교본으로 자리잡은 책으로, 알코올의존증에서 벗어나는 방법을 담고 있다.

가 알코올의존증 환자이며, 언젠가는 평생 술을 끊어야만 한다는 뜻이었다.

그러면 무슨 재미로 살지?

내가 실제로 사람을 좋아하는 건지는 잘 모르겠다.

사람은 저마다 바라는 게 있고, 거짓말하고, 속이고, 훔치고, 그보다 더한 짓도 한다. 바로 자기 자신에 관해 이야기하고 싶어하는 것. 술이 나의 가장 친한 친구였던 것은 단 한 번도 자기 얘기를 하려 들지 않았기 때문이다. 술은 언제나 그 자리에 있었다. 언제든 산책하러 나갈 준비를 마치고 발치에서 말없이 나를 올려다보는 반려견처럼. 술은 내가 느끼는 고통을 참 많이 덜어내주었다. 내가 혼자라는 사실, 외롭다는 사실, 사람들과 함께여도 외롭다는 사실을 잊게 해주었다. 술을 마시면 영화가, 노래가, 그리고 내가 더 근사해졌다. 어디든 좋으니 떠나고 싶다는 생각이 잠잠해지고 제자리에 머물러도 편안했다. 다른 여자와 데이트하면 인생이 더 나아질 수 있지 않을까 하는 의구심을 버리고 그냥 내 앞의 여자와 시간을 보내는 것으로 만족했다. 가족 사이에서 겉돌지도 않았다. 잠시나마 사방의 벽이 허물어졌다. 그곳만 빼면. 술을 마시면 감정을 다스릴 수 있었고, 나의 세상을 다스릴 수 있었다. 술은 친구처럼 늘 곁에 있어주었다. 술이 없으면 제정신으로 살지 못하리라는 확신이 들었다.

그리고 그 확신은 엇나가지 않았다. 술이 없으면 나는 정말로 미쳐버렸을 것이다.

술을 마시면 아예 다른 사람이 되고 싶어졌다. 술을 포기한다는 건 불가능한 선택처럼 보였다. 나보고 술을 마시지 말라는 것은 숨 쉬지 말라는 요구와 맞먹었다. 그런 점에서 나는 평생 술에 고마워 할 것이다. 술은 기어코 나를 제정신의 상태로 욱여넣었다.

말콤 글래드웰에 따르면, 무엇이든지 일만 시간을 반복하면 전 문가가 된다고 한다. 그렇다면 1980년대의 나는 테니스와 술 마시 기, 두 분야에서 전문가였다. 그중 내 인생을 구원할 만큼 중요한 것 은 하나뿐이었지만.

그게 무엇인지는 여러분의 짐작에 맡기겠다.

사람들과 있으면서 덜 외롭고 싶을 때는 행크 아자리아, 데이비 드 프레스먼, 그리고 크레이그 비어코를 만났다.

공교롭게도 나는 〈베벌리힐스 아이들〉에서 아자리언이라는 성 씨를 지닌 인물을 연기했다. 총 스물두 편이 제작된 시즌 1의 19화 에 단발성으로 출연하게 된 것은 굉장한 성취였다. 내가 로저 아자 리언 역을 맡았을 때만 해도 〈베벌리힐스 아이들〉이 아직 엄청난 문 화적 반향을 불러일으키기 전이었지만 말이다. 로저는 베벌리힐스 고등학교의 테니스 스타이자 엄하고 무뚝뚝한 사업가를 아버지로 둔 소년이었는데, 에피소드의 주제(청소년 우울증, 자살, 학습 장애) 는 그런 특권층에게도 어김없는 현실을 적나라하게 보여주었다.

하고많은 사람 중에서도 T. S. 엘리엇의 시구("4월은 가장 잔인

친구와 연인, 그리고 무시무시한 그것

한 달")에서 제목을 따온 이 에피소드는 열심히 테니스공을 치는 나의 모습으로 시작된다. 나는 캐나다 전국권 선수 출신으로서 자세를 뽐내며 크게 포핸드를 휘두르고 공격적으로 백핸드 위너를 날렸다. 내가 실제로도 테니스를 칠 수 있다는 사실을 마음껏 과시하며. 심지어 구식 라켓까지 챙겨 갔다. 비에른 보리*가 들 법한 도네이 목제 라켓은 헤드가 아주 작았는데, 촬영중에 너무 세게 내려치는 바람에 부러져버렸다. 당시 브랜던 윌시 역을 맡은 제이슨 프리스틀리가 나의 은근한 분노를 눈치채고는 일주일에 라켓을 몇 개나 부숴먹는 거냐고 물었고, 삶의 모방으로서의 예술에 심취해 있던 나는 대답했다. "공에 어떤 얼굴이 떠오르냐에 따라 다르지."

나는 텔레비전 쇼에서 허구의 인물을 연기하면서도 계단이라는 공간을 벗어나지 못했다. 에피소드 막판에 나와 브랜던이 함께 등장한다. 나는 술에 취해 스스로 얼굴에 총을 겨눴다가 폐쇄병동에 입원하게 된다. 총만 제외하면, 나머지 부분은 사실상 메소드 연기였다.

나는 스물두 살이 되기도 전에 몇 년째 이런저런 시리즈에 단발성으로 출연하는 게스트 배우가 되어 있었다.

중요한 건 꾸준히 일하고 있다는 것이었다. 〈세컨드 찬스〉에 캐스팅된 사건이 나에게 찾아온 첫번째 기회였다. 캐스팅되지 않은 사

* Björn Borg. 스웨덴의 세계적인 테니스 선수.

람 때문에 내 캐스팅이 무색해지긴 했지만 말이다.

지금 생각해도 〈세컨드 찬스〉의 설정은 기가 막혔다. 마흔 살의 찰스 러셀이 공기부양선 사고로 사망해(그런 사건은 언제나 일어난다) 성 베드로를 만나게 된다. 심판을 받는 찰스 위로 황금빛이 내리비치면 천국행이고, 빨간빛이 비치면 지옥행이다. 그런데 찰스에게는 파란빛이 내리비친다. 파란빛을 받은 사람은 '블루 라이터'로 불리는데, 판정 보류라는 뜻이다. 성 베드로는 찰스를 지구로 돌려보내며 열다섯 살로 돌아가 더 나은 삶을 살 기회를 준다. 그렇게 마흔 살에 또 한번 공기부양선 사고로 사망한 찰스는 이전보다 더 나은 사람이 되어 있고, 애매하니-일단-파란빛에서-영생으로-갑시다-확신에-찬-황금빛을 받는다. 부자지간인 두 배우가 지원하기에 이보다 완벽한 설정이 또 있을까? 아빠와 나는 성실히 오디션을 봤다. 그런데 결과는 낭패였다. 나는 블루 라이터의 아들로 합류하라는 청신호를 받았지만, 아빠는 아무것도 받지 못했다.

"너를 원한대. 나는 아니고." 소식을 들은 아빠가 말했다. 그때 내 표정은 아마도 복잡미묘하지 않았을까 싶다. 나만 큰 배역을 따내고 아빠는 아니었으니, 분명 아빠에 대한 안타까움과 나에 대한 기쁨이 뒤섞였을 것이다. 아빠가 또 말했다. "다시 말해야 하나? 너를 원한대. 나는 아니고."

아빠가 받은 상처는 일단 그렇다 치고, 내가 드디어 첫 텔레비전 쇼의 주연을 따낸 거였다. 일주일에 5천 달러를 벌었다. 고작 열

일곱 살에. 자아가 한껏 부풀었다. 나는 내가 대단해진 줄 알았다. 〈세컨드 찬스〉가 전혀 다른 의미로 대단했듯이 말이다. 우리 작품은 같은 시즌에 방영된 93개 쇼 평가에서 93위를 기록했다. 초반 열세 편의 에피소드 이후 아홉 편의 에피소드에서는 성 베드로와 블루 라이터 이야기가 종적을 감췄고, 온갖 모험을 하는 나와 내 친구들만 조명되었다. 그러니 우리 작품이 93개 작품 가운데 93위를 했다는 건 중요하지 않았다. 나를 눈여겨본 어느 높으신 분이 나를 중심으로 쇼를 짰기 때문이다. 나의 자아는 더욱더 팽창했다. 어쩌면 이게 성공의 발판이 될지도 몰랐다.

아빠는 최종화 빼고는 단 한 번도 녹화 현장을 방청하지 않는 것으로 이 소식을 감내했다. 짐작하건대 아빠도 나름의 이유가 있었을 거다.

이후로도 나는 단발성 출연을 여럿 따냈으며 이 년 후에는 또 다른 시리즈에 캐스팅되었다. 밸러리 버티넬리가 주연을 맡은 쇼였다. 〈시드니〉는 사설탐정(!) 밸러리의 무용담을 담은 작품이었고, 나는 밸러리의 말 많은 남동생으로 출연했다. 열세 편으로 이뤄진 이 작품에 대해 알아야 할 것은 이게 전부다(〈시드니〉는 시즌 중반에 종영되었다). 비록 시청자들의 반응을 이끌어내는 데는 실패했으나, 나는 〈시드니〉에 관해 잊을 수 없는 게 두 가지 있다.

첫째, 밸러리의 변호사이자 애정 상대로 나온 배우가 크레이그 비어코였다. 나는 세트장에서 크레이그를 보자마자 행크 아자리아에

게 연락해 말했다. "말하는 게 우리 쪽이더군!" 내가 할 수 있는 최고의
칭찬이었다. 크레이그가 실제로 얼마나 재미있는 사람인지 말하기
전에 〈시드니〉에 관해 말해야 할 게 하나 더 남았다. 촬영하면서 나
는 밸러리 버티넬리를 열렬히 사랑하게 되었다. 당시 밸러리는 분명
히 순탄치 않은 결혼생활을 하고 있었으며, 지구에서 가장 웃긴 사람
들이자 자신에게 애정과 관심을 듬뿍 주는 두 남자 사이를 만끽했다.

밸러리 버티넬리, 이 일곱 음절이 내 영혼을 비롯한 구석구석을
뒤흔들었다.

1990년대 초엽에 밸러리만큼 매력적인 존재는 없었다. 밸러리
는 아름답고 쾌활했을 뿐 아니라 크게 웃음을 터트릴 때 유독 매력
적이고 사랑스러웠다. 크레이그와 나는 온종일 그 웃음을 기다렸다.
크레이그와 내가 캐스팅되었으니 밸러리는 함께 놀 광대가 둘이나
생긴 셈이었다. 우리는 신나서 그 역할을 충실히 수행했다. 우리 셋
은 참 재미있게 놀았다.

그러나 나에게는 〈시드니〉에 출연하고 밸러리 앞에서 광대 놀
음을 하는 게 단순한 재미를 넘어섰다. 내 마음은 진심이었다. 일하
는 동안은 밸러리를 향한 사랑을 감춰야 했는데(이런 경험이 이때가
마지막은 아니었다), 그게 지독하게도 힘들었다. 나의 짝사랑은 절망
적이었다. 밸러리는 감히 넘볼 수 없는 여자였을 뿐 아니라, 당대 지
구에서 손꼽히게 유명한 록스타, 에디 반 헤일런의 아내였다. 〈시드

친구와 연인, 그리고 무시무시한 그것

니)를 촬영할 무렵에는 에디의 밴드인 반 헤일런의 앨범 네 장이 연달아 1위를 기록하고 있었다. 그들은 누가 뭐래도 1980년대 말에서 1990년대 초를 대표하는 지상 최고의 밴드였다. 그리고 에디는 지상 최고의 록 기타리스트였다.

나는 여자들을 웃기는 남자였으므로 언제든 그들과 잘 수 있었지만, 웃긴 사람은 끝내 뮤지션을 이기지 못한다는 사실을 알고 있었다(음악의 세계에도 위계는 존재한다. 내가 생각하기에 일등은 베이시스트다. 그들은 무심하고 쿨한 매력이 있고 손가락을 부드럽지만 힘 있게 움직이니까. [폴 매카트니는 예외다. 그는 절대 일등일 수 없다.] 그다음이 힘과 투지를 갖춘 드러머이고, 화려한 솔로 연주를 하는 기타리스트가 세번째다. 의외로 리드 싱어는 마지막이다. 무대 전면에 나서기는 하지만 머리를 젖히고 고음을 지르느라 어금니를 다 드러내 보이는 게 썩 섹시하지만은 않기 때문이다). 실제 순서가 어떻든 간에, 내가 에디 반 헤일런의 한참 뒤라는 사실만큼은 변함이 없었다. 그는 뮤지션이었으니 웃긴 사람보다 더 쉽게 여자와 잘 수 있었고, 내가 갈망하는 대상과 이미 결혼까지 한 사람이었다.

여기서 다시 짚고 넘어가자면, 밸러리를 향한 나의 감정은 진심이었다. 나는 밸러리에게 홀딱 빠졌다. 그녀에게 집착하며 그녀가 에디 반 헤일런에게서 달아나 남은 평생을 나와 함께 사는 판타지를 정성껏 만들어냈다. 나는 열아홉 살이었고, 로럴캐니언과 버뱅크 도로변의 방 한 개짜리 아파트에 살고 있었다(참고로 아파트 이름이 클럽 캘리포니아였다). 하지만 판타지와 첫사랑은 부동산 사정을 봐주지 않는다. 사실은 어떤 현실도 봐주지 않는다.

당연히 나에게는 어떤 가능성도 없었다.

그러던 어느 날 밤… 밸러리와 에디가 사는 집에 놀러갔을 때였다. 나는 놀다가 밸러리를 물끄러미 봤다가 열심히 웃겨주었다가 했다. 내 말에 밸러리가 웃으면 아주 우쭐해졌다. 밤이 무르익을 때쯤 와인에 어지간히 취한 듯한 에디가 한 잔을 더 들이켜더니 나와 밸러리에게서 3미터도 채 떨어지지 않은 곳에서 쥐죽은듯 곯아떨어졌다. 드디어 기회가 온 것이다! 나에게 정말 가능성이 없었다고 생각한다면, 독자여, 오산이다. 밸러리와 나는 길고 조심스럽게 진도를 나갔다. 드디어 일이 일어나고 있었다. 아마 밸러리도 같은 마음이었으리라. 나는 이 순간을 오랫동안 기다려왔노라고 말했고, 밸러리 역시 그렇다고 대답했다. 마침내 '천국'이 닫혔을 때, 나는 검은색 혼다 CRX에 올라타 클럽 캘리포니아로 돌아갔다. 나의 그곳은 피사의 사탑을 받칠 수 있을 만큼 발기되어 있었고, 열아홉 살짜리 남자아이의 머릿속은 사랑 또는 집착의 대상과 평생을 함께하는 꿈으로 가득찼다.

다음날, 전날 있었던 일을 크레이그 비어코에게 말했다. 크레이그는 내가 반드시 새겨들어야 할 조언과 현실을 일깨워주었지만, 나는 받아들일 준비가 되어 있지 않았다.

"조심해." 그가 말했다. 질투하기는. 나는 촬영을 준비하며 생각했

친구와 연인, 그리고 무시무시한 그것

다. 이미 머릿속에서 밸러리는 내 새로운 여자친구였다.

그런데 상황이 예상과 다르게 흘러갔다. 밸러리는 전날 밤 일에 대해 아무 말도 하지 않았고, 당연히 그래야 했겠지만 평소와 다르지 않게 행동했다. 나도 얼른 눈치 빠르게 맡은 역할에 충실했다. 그러나 속은 참담했다. 나는 환상이 깨져 수심에 잠긴 십대 아이가 되어 숱한 밤 눈물을 흘렸고, 낮에는 대부분 작은 트레일러에서 술이 덜 깬 채 잠을 잤다. 밸러리의 애정 상대 역을 맡은 크레이그의 분량이 늘어나는 것을 지켜봐야 했던 기나긴 시간은 말할 것도 없다. 쇼는 엉망으로 전개되었다. 그 운명의 밤으로부터 사 주가 더 지나서야 〈시드니〉가 강제 종영됐을 때 얼마나 기뻤는지 모른다. 밸러리를 더 보지 않아도 되니까.

물론 밸러리의 잘못은 아니었다. 그러나 날마다 그녀를 보며 괜찮은 척하는 것은 캐나다 오타와에서 엄마와 지냈던 나날을 떠올리게 했다.

나는 평생 만나서는 안 되는 여자들에게 끌렸다. 나의 이런 성향이 엄마와의 관계와 관련이 있다는 것쯤은 심리학을 전공하지 않아도 알 수 있다. 엄마는 어딜 가든 눈에 띄는 사람이었다. 여섯 살 때쯤이었나, 화려한 무도회장에 엄마가 들어온 순간, 모두의 시선이 엄마에게 쏠렸던 장면을 생생히 기억한다. 그럴 때 나는 엄마가 나를 돌아봐주었으면 했다. 하지만 엄마는 일하는 중이었으니 그럴 수 없었다. 이 사실을 받아들이기까지 삼십칠 년이 걸렸다.

이후로 나는 '돌아봄'에 중독되었다. 나를 돌아보는 여자를 만나면, 그녀를 웃겨주고 유혹했다. 그러다 섹스가 끝나 현실로 돌아오면 데면데면해졌다. 언제든 만날 수 있는 여자는 필요하지 않았다. 나는 다시 밖으로 나가 나를 돌아봐줄 여자들을 노렸다. 내가 그토록 많은 여자와 잔 이유다. 어린 시절을 되살려내 이겨보고 싶어서.

당시에는 이런 걸 알지 못했기에 그저 여자들과 뭔가 틀어졌다고 생각했다. 예상이나 하셨는지, 마더 콤플렉스를 극복 못한 캐나다 출신의 젊은 배우라니.

그러나 나는 열아홉 살이었고, 삶은 누구에게나 그렇듯 빠르게 흘러갔다. 일 년 후 반 헤일런은 'For Unlawful Carnal Knowledge'*라는 공교로운 제목의 음반을 발표했다. 나는 포르모자에서 열심히 여자들에게 작업을 걸었다. 그러면서 할 수 있는 한 많이 '돌아봄'을 되살리려 노력했다.

가끔은 성공했다. 하지만 결국은 어김없이 새벽 한시 사십분에 보드카를 더 마시려고 가장 가까운 주류 판매점으로 달려갔고 늦게까지 과음했다. 술집에 앉아 (기어코 손잡이가 달린) 술병을 비우며 〈굿바이 걸〉을 보거나 마이클 키턴 주연의 영화 〈재생자〉(이제야

---

* 직역하면 '부정한 육체적 관계를 위해서'라는 의미로, 줄여서 F.U.C.K로 표기한다.

친구와 연인, 그리고 무시무시한 그것

그 의미를 알겠다)**를 보다가 에디 반 헤일런처럼 뻗어버렸다. 머릿속을 찔러대는 생각이 시작됐다. 대단한 건 아니지만 끈질긴 생각이었다. 너, 밤마다 술을 마시는 거 알지. 하지만 이 생각은 새 잔으로 금세 씻겨 사라졌다.

그리고 다음날이 되면 어김없이 몸을 일으켜 크레이그 비어코와 점심을 먹으러 나갔다. 지금까지도 그보다 웃긴 사람을 본 적이 없다. 나도 유머러스한 것으로는 빠지지 않는다고 생각했는데, 아니, 진짜는 크레이그 비어코였다. 우리 중 최고 부자는 1955년부터 〈심슨 가족〉 성우를 맡은 행크 아자리아였다.*** 가장 유명한 사람은 나였다. 데이비드 프레스먼은 아빠 로런스 프레스먼처럼 생계형 배우로 자리를 잡았으며 동시에 가장 미친 자였다. 데이비드는 옷을 벗고 슈퍼마켓에 뛰어들어가서 "끔찍한 문제가 생겼어요. 면도해주실 분!"이라고 외치고 달아나는 짓을 즐겼다(사십대가 되어서도 이 짓을 했다. 가끔은 나도 그와 함께 옷을 벗고 공공장소를 돌아다녔다. 하지만 삼십대 중반이 넘어서면서는 그러지 않았다. 다 큰 어른이니까).

지금까지도 크레이그 비어코만큼 나를 웃긴 사람은 없다. 행크, 데이비드, 나로 이뤄진 삼인방보다 웃긴 사람이 되기란 사실상 불

** 원제인 'Clean and Sober'는 '알코올과 약물을 끊은 상태'를 가리킨다. 마이클 키턴이 치료시설에 입소해 자신의 중독을 직시하는 인물로 나온다.

*** 원서의 오기로 보인다. 〈심슨 가족〉은 1989년에 처음 방영되었고, 행크 아자리아도 이때부터 성우 일을 시작했다.

가능에 가까웠는데, 크레이그가 그걸 해냈다. 데이비드는 빼고 나와 행크보다 웃긴 사람 또한 들어본 적이 없건만, 크레이그는 그 역시 해냈다. 함께 점심을 먹으러 가면 크레이그가 꼭 웃긴 말을 던졌다. 그러면 나는 점심 자리가 파하고 십오 분이 흐른 뒤 차를 몰고 집에 돌아가는 길에도 웃음을 멈추지 못해 잠깐 도로변에 차를 세워야 했다. 크레이그는 그런 나를 흐뭇한 표정으로 보며 지나쳤다. 크레이그보다 웃긴 사람은 없다. 세상 어디에도.

우리의 우정은 가장 기발하고 웃긴 사람이 되려는 노력 말고도 다른 것에 의해 더욱 단단해졌다. 바로 인기였다. 우리는 정말 처절하게 인기를 갈구했다. 행크는 〈심슨 가족〉의 목소리가 되어 우리 중에 돈을 가장 잘 벌었지만, 사실 그가 바라던 것은 알파치노 같은 배우의 길이었다. 나로 말하자면 텔레비전 작품에 제법 얼굴을 비췄으나 인기와는 한참 거리가 멀었다. 인기, 인기, 인기, 우리가 바라는 건 그뿐이었다. 탈락한 오디션, 영 별로였던 대본에 관해 이야기를 나누고 나면 웃다가 잠잠해지는 순간이 찾아왔고, 그 공백을 채우는 것은 깊은 걱정, 조용한 갈망, 영영 성공하지 못하리라는 두려움, 인기가 우리를 지나쳐버릴지 모른다는 공포였다. 우리 넷은 강한 자아와 유머로 뭉친 사람들이었고, 모이면 재치 넘치는 말들이 포탄 파편처럼 날아다녔지만, 진짜 전투는 인기를 얻기 위한 전투였다.

나는 유명해지기만 하면 내 안의 외딴 구멍이 채워지리라 굳게 확신했다. 밸러리는 그 구멍을 채워주려 하지 않았다. 이제는 나와

친구와 연인, 그리고 무시무시한 그것

보드카만이 남아 그 구멍을 채우고자 했으나 무용한 시도인 듯했다. 그러다 마침내 인기를 얻은 순간이 왔을 때는… 어떻게 되는지 이제 곧 볼 것이다.

한번은 데이비드 프레스먼과 진도를 나간 적이, 아니, 나갈 뻔한 적이 있다. 어느 쪽이든 의도한 건 아니지만 말이다.

이십대 초반에 나와 프레스먼, 그리고 다른 두 친구가 거하게 놀겠다며 라스베이거스로 향했다. 사실상 무일푼이었으나 그게 죄악의 도시*로 가려는 네 머저리를 막을 순 없었다. 내 수중에는 2백 달러쯤 있었을 것이다. 우리 넷은 번화가에서 떨어진 모텔 방을 한 칸 빌렸는데 침대가 2개뿐이었다. 나와 데이비드가 한 침대를 썼다. 한밤중 꿈에 전 애인 개비가 나왔다. 나는 조금씩 데이비드에게 몸을 밀착하면서 잠꼬대로 "오, 자기야" "냄새 너무 좋다" "빨리 끝낼게" 같은 말을 중얼댔다. 데이비드는 나처럼 잠에 취해 있었음에도 무의식중에 꿋꿋하게 **"싫어!" "뒤로 가!" "만지지 마!"** 같은 말을 반복했다. 기어이 내가 그의 목덜미에 입을 맞췄고, 그와 동시에 둘 다 화들짝 놀라 잠에서 깼다. 나는 그의 경악한 표정을 보며 말했다. "아, 없던 일로 쳐." 그리고 침대 *끄트머리*에 돌아누웠다.

분명히 우리에게는 무언가를 발산할 통로가 필요했다.

* Sin City. 라스베이거스의 별칭.

도박 테이블에 처음 앉은 날 밤, 운좋게도 블랙잭에서 2천6백 달러를 따냈다. 우리 중 누구도 평생 이렇게 많은 현금을 손에 넣은 적이 없었다.

그렇다면 흥청망청 쓸 차례였다.

나는 왕처럼 양팔을 벌리고 거드럭거리며 외쳤다. "모두에게 잠 자리를 하사하겠어!"

택시 기사가 시내 밖 도미니언즈라는 곳으로 우리를 안내했다. 그곳에 가면 우리가 만족할 거라나(추측하건대 기사는 멋모르는 젊은 이들을 사막에 있는 도미니언즈로 안내한 뒤 그 대가로 돈을 챙겼을 것 이다). 이 고급 시설에 들어갈 입장권을 얻으려면 최소 1천 달러를 써야 한다고 목이 짧은 남자 하나가 우리에게 알렸다. 그 거액을 지 를 특권은 테이블에서 성공을 맛본 나에게 주어졌다. 결국 내가 한 병에 1천6백 달러나 하는 샴페인을 구매한 뒤에야 우리는 한 명씩 넓은 방으로 안내되었다. 방에는 젊은 여자가 우리를 기다리고 있 었다.

이미 1천6백 달러나 썼으니 근사한 일이 일어나리라 기대했건 만, 착각이었다. 다음 단계로 넘어가려면 일단 3백 달러를 더 내야 했다. 나는 순순히 건넸다. 드디어 저녁의 마지막 거사로 넘어가려 는데, 데이비드 프레스먼과 다른 두 친구가 내 방을 찾아와 3백 달 러씩을 부탁했다. 나는 그들의 부탁을 들어준 후에야 눈앞의 일로 돌아갈 수 있었다(그때 나는 비용을 셈할 생각을 하지 않았지만, 혹시

　　　　　　　　　　친구와 연인, 그리고 무시무시한 그것

궁금해할 독자를 위해 써본다. 나는 2백 달러를 가지고서 2천6백 달러를 땄고, 샴페인을 사느라 1천6백 달러를 날렸고, 1인당 추가로 3백 달러씩을 냈으니 총 2천8백 달러를 지출했다. 나의 전 재산이었다).

돈을 다 치르고 나자 젊은 여자가 방 맞은편에 멀찌감치 서서 나를 보며 춤을 추기 시작했다. '록스베리 걸스'*처럼 살짝 삐거덕대기는 해도 그런대로 봐줄 만했고, 나는 다음 단계로 넘어갈 준비를 마쳤다.

"뭐하는 거죠?" 내가 에둘러 물었다.

"뭐가요?" 여자가 대답했다.

"뭐긴요? 이제 자야죠! 여기 들어오느라 돈을 제법 썼는데요!"

그러자 여자는 생뚱맞게 베개를 원하는 대로 두라고 했다.

"좋습니다. 베개 그거 좋죠. 진짜로요. 그런데 지금 다른 걸 해야 하지 않나요?" 나는 부탁 혹은 구걸했다.

"혹시 경찰이에요?" 여자가 물었다.

"아뇨!" 속으로는 사기죄로 경찰에 신고해야 하나 슬슬 고민하던 참이었다. "돈도 다 냈잖아요. 이건 엄연히 거래…"

"아!" 여자가 내 말을 끊으며 말했다. "그건 춤값인데…"

바로 그때 들려온 노크 소리는, 나의 친구들 역시 똑같이 실망

---

* 미국 SNL의 인기 코너 '록스베리 가이즈(Roxbury Guys)'를 바꾼 표현인 듯하다.

스러운 운명을 맞이했음을 알려주었다. 이제 우리는 땡전 한푼 없는 처지였기에 호구 잡힌(재미를 보지 못한) 네 명의 패배자가 되어 눈물을 머금고서 모하비사막의 시꺼먼 어둠으로 나와 모텔까지 한참을 걸었다.

그래도 친구 닉은 다음날 여자를 데리고 〈영 건 2〉를 보러 갔으니 나름의 성과는 있었다. 〈영 건 1〉에서 해결되지 않은 문제가 많기도 했고.

1994년, 그해 파일럿 시즌에서 크레이그 비어코의 인기는 굉장했다. 우리 모두 갓 편성된 시트콤과 드라마의 오디션을 보러 돌아다녔으나 다들 한 사람, 크레이그만을 원했다. 그는 나보다 재치 있었다. 나보다 훨씬 잘생기기까지 했지만, 더 깊이 들어가지는 않으련다. 저자의 눈물에 젖은 책은 아무래도 부담스러울 테니까. 내가 그를 시샘하더라도 이상할 게 없었지만, 결국 웃긴 사람이 이기는 법이다. 나는 여전히 그가 좋았다.

이제 나는 스물네 살이었고, 50퍼센트 확률로 오디션에서 떨어졌다. 배우로서 벌써 저물고 있었다. 천천히, 그러나 확실히, 오디션보다 술을 마시는 게 중요해지고 있었다. 어차피 나에게 진지한 관심을 보이는 사람도 없었다. 영화에는 얼씬도 못 했고, 텔레비전 작품에서 맡은 역할은 주목받지 못했다. 하루의 절반은 숙취에 시달렸고, 나머지 절반은 점심을 먹으러 가거나 포르모자에서 보냈다. 하

친구와 연인, 그리고 무시무시한 그것

루는 매니저가 앉아보라고 하더니 내가 되고 싶어하는 배우들, 그러니까 마이클 키턴이나 톰 행크스 같은 배우들의 태도를 보고 배우라고 충고했다. 그러나 그들은 잘생기기도 했는걸. 매니저는 캐스팅 담당자와 프로듀서에게서 내 꼴이 엉망이라는 피드백을 날마다 듣고 있었다.

행크 역시 인생을 허비하고 있는 것 같다고 슬슬 걱정하더니만 언젠가부터 포르모자와 농담 따먹기 점심 자리에 발길을 끊었다. 그는 언제나 자기 몸과 일에 대해 무척이나 진지했다.

이 무렵 당시 비즈니스 매니저에게서 놀랍지 않은 전화 한 통을 받았다.

"매튜, 당신 돈이 바닥났어요."

"경고라도 해주지 그랬어요?" 눈앞이 아득해졌다. "몇 달 전에 미리 경고해야겠다는 생각이 들지 않던가요? 대뜸 빈털터리가 됐다고 말하기 전에 '저기, 매튜, 잔고가 빈혈 상태예요'라고 전화를 걸면 됐잖아요?"

수화기 건너편이 침묵했다. 마치 비즈니스 매니저가 누군가의 소득 현황을 파산 이전에 미리 챙기는 게 전혀 낯선 개념이라는 듯이.

다행히 나에게는 형편없는 파일럿 작품에 들어갈 만큼의 재주는 남아 있었다. 이제 옛 비즈니스 매니저가 된 사람과 통화를 마친 뒤, 나는 에이전트들에게 연락을 돌려 돈이 떨어졌으니 일자리든 뭐든 당장 급하다는 말을 전했다.

너그러운 독자 여러분, 여기서 내가 〈프렌즈〉에 합류하게 되었다고 상상하고 있다면, 잠시 진정하시기를. 그때의 전화로 성사된 쇼 때문에 하마터면 〈프렌즈〉에 합류하는 길이 막힐 뻔했다.

〈L.A.X. 2194〉는 LA 국제공항의 수하물 담당자들이 나오는 '공상과학 코미디'였다. 이 정도만 알아도 충분하지만 이게 다가 아니다. 제목의 숫자에 뜻밖의 의미가 담겼다. 숫자가 가리키는 약 이백 년 후의 미래가 배경이어서 항공 여행객들이 전부 외계인이다. 이상한 말투를 쓰는 자동 기계 사무장 역할로 라이언 스타일스가 나오고 (물론 라이언은 웃긴 배우가 맞지만 그래도 그 말투는 대체 뭐였을까?), 정신없는 상황을 수습해 곧 도착할 외계인들의 수하물 문제를 해결하는 가엾은 주인공이 나였다. 심지어 외계인 역할은 우스꽝스러운 가발을 쓴 소인증 배우들이 맡았다.

이것만 듣고 대수롭지 않다고 여길지 모르겠으나, 실제로는 더 최악이었다. 나는 첫 장면부터 초현대적인 셔츠를 입고 나온다. 영 미심쩍었지만(다시 말하자면 이 작품은 수하물 담당자들이 주인공이며 소인증 사람들이 외계인으로 나오는 이백 년 후의 미래를 배경으로 한 '코미디'였다), 파일럿 출연만으로 2만 2천5백 달러를 벌었으니 그 돈으로 한동안은 포르모자에서 술과 음식을 실컷 즐길 생각이었다. …그러나 문제가 또 있었다. 내가 〈L.A.X. 2194〉에 묶여 있는 한, 다른 작품에 출연할 수 없다는 거였다.

그러다 불행이 닥쳤다. 〈L.A.X. 2194〉가 정규 시즌으로 편성되었다는 소리가 아니다. 그런 일은 일어나지 않았으니 천만다행이다. 그해에는 〈프렌즈 라이크 어스Friends Like Us〉라는 쇼 대본이 화제였다. 읽은 사람들은 전부 성공을 점쳤다. 나 역시 읽자마자 나에게 〈L.A.X. 2194〉를 권한 에이전트에게 연락했다.

"나를 〈프렌즈 라이크 어스〉에 꽂아줘요." 내가 말했다.

"그건 안 돼요." 에이전트가 말했다. "당신은 수하물 담당자 작품에 꼭 붙어 있어요. 제작진이 이미 당신이 입을 현대적인 의상을 만든다고 치수도 다 재갔잖아요."

나는 절망했다. 〈프렌즈 라이크 어스〉의 대본은 누군가 일 년 내내 나를 따라다니면서 내가 하는 농담을 훔치고, 버릇을 복제하고, 세상에 찌들었으나 여전히 재치를 간직한 내 시선을 따다 옮겨 놓은 듯했다. 그중에서도 특히 눈에 띄는 인물이 하나 있었다. 나는 내가 챈들러를 연기할 수 있겠다고 생각하지 않았다. 내가 바로 챈들러였으니까.

그러나 나는 〈L.A.X. 2194〉의 블레인이기도 했다. 염병, 장난하나? 세상에 나만큼 운 없는 놈이 또 있을까?

상황은 더 어이없이 흘러갔다. 〈프렌즈 라이크 어스〉는 그 시즌 최고의 기대작이었기에 모두가 대본을 읽고 오디션에 지원했다. 그리고 모두가 챈들러 역할이 나와 똑 닮았다고 생각한 모양인지 다들 우리집으로 찾아와 오디션 준비를 도와달라고 부탁했다. 몇몇은 내

덕에 오디션에서 꽤 오래 살아남았다. 행크 아자리아는 대본을 무척이나 마음에 들어해서 조이 역으로 오디션을 두 번이나 봤다. 그렇다. 그는 오디션을 보았고 탈락했으나 애걸복걸해 한번 더 기회를 얻었고 또 탈락했다(이후 행크는 피비의 연애 상대로 몇 에피소드에 출연했고, 그 연기로 에미상을 탔다.* 나는 이백서른일곱 편의 에피소드에 출연해 아무 상도 타지 못했다).

나는 친구들과 하도 연습한 통에 〈프렌즈 라이크 어스〉의 대본을 달달 외울 지경에 이르렀다. 가끔은 내가 직접 챈들러를 연기한 뒤 그대로 따라만 하라고 친구들에게 조언하기도 했다. 나처럼 연기하는 게 정답이라고 그만큼 확신했기 때문이다. 그러는 동안 사나흘이 멀다 하고 에이전트에게 연락해 자리를 만들어달라고 빌었다.

이제, 잠시 잊고 있던 크레이그 비어코, 그 시즌 최고로 잘나가던 배우 이야기를 할 차례다. 어느 날 아침 크레이그가 행크와 나에게 함께 식사하자며 연락해왔다. 우리가 도착했을 때 크레이그 앞 테이블에는 대본 2개가 놓여 있었다.

"얘들아." 크레이그가 입을 열었다. "내가 쇼 두 편을 제안받았어. 둘 다 할리우드에서 제일 잘나가는 감독인 짐 버로스가 연출한대. 하나는 〈베스트 프렌즈〉고, 다른 하나는…"

---

* 행크 아자리아가 2003년 에미상 시상식에서 코미디 시리즈 부문 최우수 남우 게스트상 후보에 오른 것은 맞지만, 수상하지는 않았다.

잠깐, 말하지 마. 제발 말하지 마…

"…〈프렌즈 라이크 어스〉야."

그는 챈들러 역할을 제안받았다고 했다. 머리가 떵해졌다.

"둘 중 뭐가 나을지 의견이 듣고 싶어서."

네 일은 네가 알아서 하라며 썩 꺼지라고 말하고픈 충동이 먼저 들었다. 그러나 나는 그의 절친한 친구이기도 했으므로 행크와 함께 친구로서 의무를 다했다. 우리 셋은 아침 내내 두 대본을 읽었다. 〈프렌즈 라이크 어스〉의 대본이야 이미 외우고 있었지만 말이다. 나는 크레이그가 어느 작품을 골라야 하는지도 똑똑히 알았다. 심장이 내려앉았다. 챈들러는 나였지만, 나는 못돼먹은 친구가 아니었다. 마음이 쓰렸다. 결국 나와 행크는 크레이그에게 〈프렌즈 라이크 어스〉를 추천했다.

(〈베벌리힐스 아이들〉에서 내 에피소드의 대화 한 대목이 떠올랐다).

브랜던: 친구는 어쩌고?

로저: 친구? 아버지 말씀이 유일하게 믿을 수 없는 존재가 바로 친구라던데.

브랜던: 아버지 말을 언제나 새겨듣냐?

로저: 아니.)

점심식사도 슬슬 마무리했겠다, 이제 크레이그가 자기 에이전 트에게 결정한 작품을 알릴 차례였다. 행크는 먼저 체육관으로 떠났 다. 그는 매일같이 체육관에 출석했다. 나는 크레이그와 함께 공중 전화로 갔다(휴대전화가 없던 때다. 1994년이었으니까). 가장 가까운 공중전화는 프레드 시걸* 가게 앞에 있었다(공교롭게도 〈베벌리힐스 아이들〉의 내 에피소드에 등장하는 가게이기도 하다). 크레이그가 동 전 몇 개를 넣은 뒤 전화번호를 눌렀고 잠시 기다렸다. 마침내 전화 가 연결되었다.

나는 두어 걸음 떨어진 자리에서 크레이그의 통화를 엿들었는 데, **다른 드라마**를 고르겠다는 게 아닌가! 귀를 의심했다. 그렇게 〈베스트 프렌즈〉의 주연배우와 헤어졌다. 나는 허겁지겁 집으로 달 려가 〈프렌즈 라이크 어스〉 오디션을 잡아달라고 다시 떼를 썼다.

몇 주 후에는 내가 〈베스트 프렌즈〉 파일럿 촬영장에 갔다. 재 미있었다. 크레이그도 웃겼고. 그는 그토록 바라던 주인공이 되 어 있었다. 흠잡을 데 없이 뛰어나고 매력적인 드라마였다. 하지만 1994년 파일럿 시즌을 통틀어 마지막 남은 한 자리, 〈프렌즈 라이 크 어스〉의 챈들러 역할은 아직도 캐스팅되지 않은 상태였다. 그리 고 나는 미래의 수하물 담당자가 나오는 지긋지긋한 쇼에 묶여 있 었다!

* 미국의 의류 및 액세서리 판매점.

　　　　　　　　　　　친구와 연인, 그리고 무시무시한 그것

가끔은 우주가 당신을 위해 믿기 힘든 계획을 꾸미고, 당신이 모든 통로를 다 막아놓았는데도 당신에게 무언가를 가져다줄 때가 있다는 걸 아시는지?

나의 1994년에 온 걸 환영한다.

NBC 프로듀서 제이미 타시스, 아, 다정하고 매혹적인, 너무나도 그리운 제이미 타시스가 〈프렌즈 라이크 어스〉를 기획하던 중, 당시 남편이던 폭스 TV 프로듀서 댄 맥더멋에게 잠들기 전 침대에서 말을 걸었다.

"저기, 〈L.A.X. 2194〉가 정규 편성될 것 같아?" 제이미는 이렇게 물었다고 한다.

댄이 말했다. "아니, 그건 쓰레기야. 2194년의 수하물 담당자들 얘기라고. 초현대적인 조끼를 입고 나오는데 글쎄…"

"그러면 매튜 페리가 남는 거네? 세이프 세컨드 포지션*?" 제이미가 되물었다(할리우드에서는 '섭외 가능성이 있다'라는 말을 이렇게 표현한다). (아이러니하게도 이로부터 시간이 한참 지나, 이혼한 제이미와 내가 몇 년 동안 교제했다.)

그리고 며칠 후, 나는 내 인생을 바꿀 전화 한 통을 받았다.

---

* safe second position. 배우가 1순위로 고른 작품이 엎어질 가능성이 커서 2순위 작품이 무난하게 선택될 것 같은 상황에 쓰는 표현.

"내일 마르타 카우프만과 〈프렌즈 라이크 어스〉 미팅이 잡혔어요."

과장이 아니라, 나는 그 말을 듣자마자 이게 얼마나 큰 기회가 될지 직감했다.

마르타 카우프만은 데이비드 크레인과 더불어 훗날 〈프렌즈〉로 제목이 확정된 쇼의 최고 책임자였다. 다음날인 수요일, 나는 마르타 앞에서 챈들러 대사를 읽었는데, 모든 규칙을 깨부쉈다. 일단 대본을 챙겨 가지 않았다(리딩 때는 대본을 보고 읽는다. 작가들에게 그저 검토중인 작품이라는 사실을 그런 식으로 알리는 것이다). 하지만 이미 나는 대본을 빠삭하게 숙지하고 있었다. 당연히 기가 막히게 해냈다. 목요일에는 제작사에서 대본을 읽었고, 역시나 기가 막히게 해냈다. 금요일에는 방송국 사람들 앞에서 읽었다. 이번에도 성공. 나는 예상 못한 방식으로, 누구와도 다른 어조로 대사를 읽었다. 오타와에서 머리 형제와 함께하던 시절로 돌아가, 누구도 생각 못한 지점에서 사람들을 웃겼다.

엄마를 기운 차리게 하던 나였다.

그렇게 챈들러가 탄생했다. 이제 그 역할은 나의 것이었고 무엇도 훼방을 놓을 수 없었다.

1994년 파일럿 시즌에 마지막으로 캐스팅된 배우, 바로 챈들러 빙 역에 매튜 페리.

프레드 시걸 가게 앞에서의 그 통화, 앙상블이 아니라 단 한 명의 주인공이 되고 싶었던 크레이그의 욕망이 내 인생을 구원했다. 그날의 그 통화가 아니었다면 내 인생은 어떻게 달라졌을까. LA 시내에서 팔뚝에 헤로인을 맞다가 급사하는 결말도 아예 불가능한 상상은 아니다.

아마 나는 헤로인을 사랑했을 것이다. 나의 오피오이드 중독을 어마어마하게 심화시켰을 테니까. 나는 옥시콘틴을 먹으면 피가 따뜻한 꿀이 되는 것 같다는 말을 자주 하곤 했다. 상상해보건대 헤로인을 맞으면 나 자신이 꿀이 된 것 같지 않을까. 오피오이드가 주는 느낌은 참 좋았지만 그중에서도 '헤로인'이라는 단어는 어쩐지 늘 무서운 구석이 있었다. 그리고 그 두려움이 지금껏 나를 살렸다. 약물중독자는 두 유형으로 나뉜다. 한쪽은 신나고 싶어하고, 다른 한쪽은 가라앉고 싶어한다. 나는 코카인을 하는 사람들이 전혀 이해가 가지 않았다. 왜 현재를 더 생생히 감각하고 더 부산해지고 싶은 거지? 나는 가라앉는 쪽이었다. 소파에 녹아내린 채로, 봤던 영화를 보고 또 보면서 감탄하고 싶었다. 나는 조용한 중독자였다. 고삐 풀린 망아지가 아니었다.

〈프렌즈〉가 아니었다면 나는 시트콤 작가로 커리어를 쌓았을 것 같기도 하다. 제법 솜씨를 뽐내보았으나 끝내 팔리지 않은 〈맥스웰 하우스〉라는 파일럿 작품도 이미 써둔 터였다. 그저 그런 생계형 배우로 남는 일은 절대 없었을 거다. 그러려고 술과 약을 끊지는 않았을 테니까. 고작 그걸 위해 헤로인을 멀리한 게 아니었다. 〈프렌즈〉는 한동안이나마 그 모든 걸 참게 할 만큼 멋지고 재미있는 작업이었다. 말하자면 나는 뉴욕 양키스의 2루수였다. 경기를 망칠 수는 없었다. 그랬다가는 나 자신을 용서 못했을 거다…

일주일에 백만 달러를 벌게 되면 술을 열일곱 잔씩 마실 배짱이 사라진다.

〈프렌즈〉 오디션을 보기 삼 주 전쯤, 선셋대로와 도헤니가 인근 10층 아파트에서 혼자 지낼 때였다. 비좁기는 해도 역시나 전망은 훌륭했다. 그날 나는 찰리 신에 관한 신문 기사를 읽었다. 그가 또 어떤 문제에 휘말렸다고 했다. 그때 이런 생각을 했던 게 기억난다. 그 사람이 신경이나 쓰겠어? 유명한데.

그러다 난데없이 무릎을 꿇고서 눈을 감고 기도했다. 생전 해본 적 없는 짓이었다.

"신이시여, 저를 어떻게 하셔도 좋아요. 제발 유명하게만 만들어줘요."

그리고 삼 주 후 〈프렌즈〉에 캐스팅되었다. 신은 이 거래에서 자신이 맡은 부분을 확실히 이뤄주었다. 하지만 전지전능한 신께서는, 전지전능하게도, 내 기도의 앞부분도 잊지 않았다.

세월이 지난 지금 생각해보면, 나는 유명해졌기에 유명해지려고 일평생을 낭비하지 않을 수 있었다는 확신이 든다. 유명해지는

친구와 연인, 그리고 무시무시한 그것

게 정답이 아님을 알려면 유명해져야 한다. 유명하지 않은 사람은 평생 이 말을 믿지 않겠지만.

죽음

혹시라도 그녀가 떠날까봐 필사적이었던 나는 반지를 선물했다. 코로나19 시기에 이렇게 아프고 외롭기는 싫었다.

그녀에게 결혼하자고 했을 때 나는 하이드로코돈* 1800밀리그램에 취해 있었다.

심지어 그녀 가족에게 축복을 빌어달라고까지 했다. 그리고 청혼했다. 심히 취한 상태로. 한쪽 무릎을 꿇고서. 그녀도 내가 취했다는 걸 알았다. 그럼에도 청혼을 승낙했다.

당시 나는 스위스에서 또다른 중독치료시설에 들어가 있었다. 제네바호수 주변의 저택에 자리한 이번 시설에는 전담 집사와 요리사도 있었다. 초호화 공간이었고 누구와도 절대 마주칠 일이 없다고 했다(그래서 여태껏 내가 알던 중독치료시설들의 목적이 이곳에서는 무의미했다). 그러나 동료 환자들을 만날 수 없는 대신 약물을 쉽게 처방받을 수 있었고, 따라서, 안타깝게도, 다른 고가의 시설들과 크

---

* 오피오이드 성분을 활용해 만든 마약성 진통제.

친구와 연인, 그리고 무시무시한 그것

게 다르지 않았다. 이런 시설들을 고소한다면 수백만 달러를 벌 수 있었을 테지만, 그러면 내가 처한 상황에 관심이 더 쏠릴 터였고, 그건 내가 원치 않았다.

나는 늘 쓰던 수법을 썼다. 사실 괜찮은데도 극심한 복통을 호소하는 것이다(계속 윗몸일으키기를 하는 듯한 느낌을 받았으니 무척 불편하기는 했다. 그러나 **고통**까지는 아니었다). 시설 의료진은 내가 체감할 수 있을 만큼의 하이드로코돈을 처방했는데, 나중에는 그 양이 하루 1800밀리그램에 이르렀다. 참고로 엄지손가락이 부러졌을 때 너그러운 의사가 처방해주는 약이 0.5밀리그램 정도 든 알약 5개쯤이다.

나는 그 정도로는 어림도 없었다.

또 날마다 케타민 주사를 맞았다. 케타민은 1980년대에 무척 유행하던 싸구려 길거리 마약이다. 요즘 쓰이는 합성 케타민의 목적은 두 가지다. 하나는 고통을 완화하는 것이고, 하나는 우울증을 개선하는 것이다. 나에게 딱 맞는 약이니 이름을 '매티'라 붙여도 이상하지 않을 것이다. 케타민은 한껏 깊이 내쉬는 날숨과도 같았다. 의료진은 나를 방으로 안내해 의자에 앉힌 다음 음악이 나오는 헤드폰과 안대를 씌우고 정맥주사를 맞혔다. 마지막이 힘든 부분이었다. 나는 언제나 약간 탈수증에 시달린다. (놀랍게도) 음수량이 부족해서다. 그래서 정맥을 발견하기가 고역이었다. 나중에는 바늘 쿠션 신세나 마찬가지였다. 먼저 내가 체감할 수 있는 극소량의 아티반*

이 몸속에 들어왔고, 그런 다음 한 시간 동안 케타민을 맞았다. 칠흑 같은 어둠 속에서 본 이베어의 노래를 들으며 누워 있으면, 세상과 단절되면서 환각이 보였다. 하도 오래 치료받다보니 이제 이런 일로는 기겁하지도 않았다. 저기 말이 지나가네? 그래, 그럴 수도 있지. …음악이 흐르고 케타민이 내 몸속에 흘러드는 순간에 중요한 것은 나의 자아, 그리고 그 자아의 죽음뿐이었다. 그런 순간에는 내가 죽는다는 생각을 자주 했었다. 아, 죽음이 이런 거구나. 그런데도 계속해서 이 뭣 같은 경험을 하고자 했다. 색다른 경험이었기 때문이다. 다른 거면 무엇이든 좋았다(마침 이 말은 〈사랑의 블랙홀〉의 마지막 대사 중 하나다). 케타민이 몸속에 들어오면 커다란 행복의 삽으로 머리를 맞는 느낌이었다. 그러나 약기운이 가시고 난 뒤의 심한 후유증이 삽의 충격을 압도했다. 케타민은 나와 맞지 않았다.

방에 돌아오면 집사가 갈아입을 옷을 펼쳐놓았지만 나는 입지 않았고, 요리사가 건강식을 준비해주었지만 손대지 않았다. 그저 한껏 취한 채로 제네바호수를 물끄러미 바라보곤 했다. 좋은 취기는 아니었다. 나는 어지럽게 취한 느낌을 좋아하지 않았다.

게다가 지금 나는 어쩌다보니 누군가와 약혼한 상태였다.

하루는 중독치료시설의 천재 의료진이 나의 복부 '고통'을 덜어주겠다며 허리에다 이상하게 생긴 의료 장비를 넣기로 했다. 그러

---

* 벤조 계열 약물로 진정과 안정에 효과가 있다.

　　　　　　　　친구와 연인, 그리고 무시무시한 그것

려면 일단 삽입 수술을 해야 했다. 나는 다음날 수술을 앞두고 하이드로코돈 1800밀리그램에 취한 채 뜬눈으로 밤을 보냈다. 수술실에서 의료진은 나에게 프로포폴을 투여했다. 마이클 잭슨의 목숨을 앗아간 바로 그 약물. 그때 나는 알았다. 마이클 잭슨은 취하고 싶었던 게 아니라 의식을 *끄고* 싶어했다는 것을. 의식 제로 상태. 결국 이 끔찍한 질병이 또 한 명의 위대한 예술가를 우리에게서 앗아갔다.

나는 오전 열한시에 주사를 맞았다. 그리고 열한 시간 후 다른 병원에서 눈을 떴다.

듣자 하니 프로포폴이 들어가자 심장이 멈췄다고 한다. 오 분 동안. 심장마비는 아니었다. 죽은 건 아니었지만 움직임이 멈춘 것은 분명했다.

이런 말을 해도 될지 모르겠지만, 지금부터 오 분 동안 독서를 멈춰보라. 휴대전화로 시간을 확인했으면, 지금부터 시작이다.

[오 분 후]

더럽게 긴 시간이지 않은가?

전해듣기로 덩치 큰 스위스 의사가 〈프렌즈〉 배우를 자기 수술대에서 죽게 둘 수 없어 오 분 동안 쉬지 않고 내 가슴을 압박하며 CPR을 했다고 한다. 만약 내가 〈프렌즈〉에 나오지 않았다면 삼 분 만에 포기했으려나? 〈프렌즈〉가 이번에도 내 목숨을 살린 건가?

의사는 내 목숨은 살렸지만 갈비뼈 8개를 부러트렸다. 다음날 괴로워하며 누워 있는데 정신과 의사가 힘차게 병실로 걸어들어왔다. 그러더니 당당하게 말했다. "여기서 더이상 케타민 처방은 해드리지 않을 겁니다. 중독치료시설로 가고 싶으면 연결해줄 수 있어요."

"씨발 이미 중독치료시설에 있다고!" 나는 소리치며 침대 옆 의약용품으로 빼곡한 테이블을 뒤엎는 것으로 흔치 않게 분노를 표출했다. 의사는 질겁하여 즉시 병실을 나갔다. 나는 난장판을 만든 것을 사과한 뒤, 서둘러 퇴원했다.

(내가 있던 중독치료시설은 앞서 나에게 급속 해독을 처치했는데, 엉뚱하게 이틀을 앞당겨 첫째 날과 둘째 날에 치료를 진행했다[원래는 사흘과 나흘째여야 했다]. 의식을 회복했을 즈음에는 해독이 다 진행된 후여서 1800밀리그램을 투약하던 내가 갑자기 아무것도 받지 못하게 되었다. 이런 상황에서는 집사와 요리사도 해줄 수 있는 게 많지 않다).

참고로 갈비뼈 8개가 부러진 것은 2021년 11월 열린 미식축구 경기에서 뉴올리언스 세인츠의 쿼터백 드루 브리스가 탬파베이 버커니어스와 맞붙은 경기 도중 당한 부상과 같다. 브리스는 나에게 지기 싫었는지 그다음주에 갈비뼈 3개가 더 부러졌고 폐에 구멍까지 뚫렸다. 하지만 그는 이후 네 경기에 나오지 않았으니 우리는 적어도 비긴 셈이라 하겠다. 그렇게 생각하면 강인해지는 기분이 든다.

친구와 연인, 그리고 무시무시한 그것

이렇게 미쳐 돌아가는 상황에서도 애덤 매케이와 〈돈 룩 업〉이라는 대형 영화를 두고 미팅을 진행했다(갈비뼈가 부러지기 전이기는 했다). 챈들러는 없었다. 그날 나는 챈들러가 될 수 없었다. 그럴 기력이 없었다. 한동안 이야기를 나누고 자리에서 일어날 때 내가 아주 차분하게 말을 건넸다. "뭐, 이 작품에 어떤 모양으로든 보탬이 된다면 좋겠군요."

그러자 애덤이 말했다. "이미 되었는걸요."

다음날 그에게서 나를 캐스팅하겠다는 연락이 왔다. 여태껏 내가 참여한 영화 중 가장 대작이었다. 이 소식은 폭풍 속 작은 평온을 약속했다. 나는 공화당을 지지하는 언론인으로 등장해 메릴 스트리프와 세 장면을 촬영하게 되었다. 정말이다. 영화를 촬영하는 보스턴에 가서 (조나 힐 등등과 함께) 단체 장면도 찍었다. 당시 나는 하이드로코돈을 1800밀리그램씩 투약하고 있었으나 누구도 눈치채지 못했다. 그러나 갈비뼈가 부러진 후로는 도무지 촬영을 강행할 수 없었고, 결국 메릴과의 촬영은 날아갔다. 마음이 쓰렸지만, 통증이 극심해 어쩔 수 없었다. 브리스는 어떻게 계속 공을 던질 수 있었던 건지 모르겠지만, 갈비뼈가 부러진 채로 메릴과 촬영은 할 수 없었다. 무엇보다 웃을 때 미칠 듯이 아팠다.

〈돈 룩 업〉에서 빠지게 된 이유는 내 인생이 막장으로 치닫고 있어서였지만, 그래도 중요한 사실을 하나 배웠다. 내가 괜히 있는 척하지 않아도 큰 작품에 캐스팅될 수 있는 사람이라는 것. 미팅 때 애덤과 나는 그냥 평범하게 이야기를 나눴다. 나는 그 순간, 그날, 그 사람과의 추억을 소중히 간직할 것이다. 정말 좋은 사람이다. 언젠가 우리의 길이 또 한번 교차하기를 진심으로 바란다(다음번에는 정말로 애덤이 맞는지 꼭 확인할 거다).

스위스를 떠날 때가 되어서도 나는 빌어먹을 날마다 하이드로코돈 1800밀리그램을 투약하고 있었다. 로스앤젤레스로 돌아가서도 그만큼의 약을 받을 수 있을 것이며, 안정을 유지하려면 그렇게 해야 한다고 했다. 늘 그랬듯, 이건 내가 취하기 위해서가 아니라 극한의 고통에 시달리지 않게 순전히 현상태를 유지하기 위한 거였다. 나는 개인 제트기로 돌아갔다. 일반 여객기를 탈 수는 없었다. 세상 모두가 빌어먹을 내 얼굴을 알고 있으니. 비용은 17만 5천 달러였다. LA로 돌아온 나는 의사를 보러 갔다.

"하루에 1800밀리그램이 필요해요." 내가 말했다. 괜히 빙빙 돌려 말해봤자 소용없었다.

"오, 안 돼요." 의사가 잘라 말했다. "그렇게 처방할 순 없습니다. 암환자들도 100밀리그램밖에 받지 못해요." 암에 걸리지 않아 어찌나 감사하던지.

"하지만 스위스 의사들이 미국에 돌아가더라도 그만큼 받을 수 있다고 했는데요."

"아, 그렇다고 했겠죠. 이제 책임자는 접니다. 30밀리그램을 처방하죠."

이럴 순 없었다. 이러다가는 된통 앓을 판이었다.

그렇다면 방법은 하나뿐이었다. 바로 그날 밤, 나는 17만 5천 달러짜리 개인 제트기를 예약해 곧장 스위스로 되돌아갔다.

"아침과 저녁 복용량을 한꺼번에 주세요."

"이히 페어슈테허 카인 엥글리슈Ich verstehe kein Englisch." 스위스 간호사가 말했다.

이거 난감한데. 간절히 규칙을 바꾸고 싶은 나와 영어를 못하는 간호사라니. 모든 대화는 독일어와 영어를 오가는 제스처 놀이로 이뤄졌다.

오전 여섯시에 먹는 약은 필요하지 않다. 나에게는 밤에 무서워지면 먹는 약이 필요하다. 두려움의 근원은 찾을 수 없다. 두려움은 총체적이다. 또 나는 잠들지 못해 매일 밤 나 자신과 협상을 벌인다. 정신이 바쁘게 돌아간다. 생각이 끊임없이 몰아친다. 환청도 들린다. 목소리와 대화 소리, 가끔은 대답도 해본다. 또 가끔은 누군가가 나에게 뭔가를 건네려 하는 것 같다. 그러면 아무것도 없는데 괜히 손을 뻗는다. 취했을 때든 아니든 이런 게 나를 조금씩 괴롭혔다. 이젠 하다못해 실성까지 했나? 조현병은 아니었다. 그냥 빌어먹을 목소리들이었다. 목소리들이 들린다고 미친 사람은 아니라고 한다. 그런 증상은 환청이라고 불리며, 사람들에게 언제든 일어나는 일이다.

목소리들에서 벗어날 방법은 없다. 당연하다. 사실, 방법을 하나 떠올리기는 했다. '다른 누군가가 되는 것'이다.

어느 쪽을 선택하든지 나에게는 아침 몫을 남기지 않고 밤에 한 꺼번에 삼킬 알약이 필요했다.

"아침. 저녁. 한꺼번에." 나는 알약 하나가 아니라 8개를 열심히 손으로 그려가며 말했다.

"니, 카이네 아눙 Nee, keine Ahnung." 간호사가 말했다.

"내일 아침. 약 없고. 지금 주세요." 내가 아주 느리게 말했다.

"이히 하베 카이네 아눙, 바스 지 브라우헨 Ich habe keine Ahnung, was Sie brauchen."

당신도, 누구도, 나에게 필요한 게 뭔지 모른다.

다시 LA로 돌아와 중독을 끊어내려 노력하는데 이런 생각이 들 었다. 잠깐… 내가 어쩌다 약혼했더라? 집에 개들이 살고 있잖아. 왜 이렇게 됐지?

나는 취한 상태에서 그녀 부모님에게 허락을 구하고, 그녀에게 결혼해달라고 청하고, 개들도 받아들인 거였다. 버림받는 게 그렇게 나 무서워서.

　　　　　　　　　　　친구와 연인, 그리고 무시무시한 그것

4장

다 겪어보니까

우리는 전생에서도 함께였던 것처럼 정말 각별했다. 환생해도 그럴 것 같았다. 하지만 이건 현실이었고 진짜였다. 꿈이 이뤄진 날.

　나는 한동안 〈프렌즈〉 이야기를 삼갔다. 다른 작품을 꽤 많이 하기도 했거니와 다들 챈들러 이야기만 듣고 싶어했기 때문이다. 그건 마치 제임스 테일러가 〈Fire and Rain〉 이야기를 하는 것 같달까(그 사연을 들어보았다면 얼마나 비극적인지 알 것이다)*. 마치 어느 밴드가 굉장한 신보를 발표했는데 다들 이전 히트곡을 언제쯤 연주해줄지 기다리는 것 같기도 하다. 나는 커트 코베인이 〈Smells Like Teen Sprit〉 연주를 거부하고 레드제플린이 〈Stairway to Heaven〉 연주를 거부했다는 사실이 늘 존경스러웠다. 〈뉴욕 타임스〉는 이렇게 평한 적도 있다. "〈프렌즈〉는… 땀에 젖은 셔츠처럼 [페리에게] 딱 달라붙어 있다." 그들은 틀렸다. 아니, 그리고 말이 너무 심

* 제임스 테일러가 어린 시절 친구의 자살과 마약 중독 치료 경험을 바탕으로 가사를 썼다. 리버 피닉스의 대표작 〈허공에의 질주〉 주제가로도 유명하다.

하잖아. 하지만 그렇게 생각하는 사람이 한둘이 아니었다. 나는 무언가를 아주 잘해내고도 벌을 받고 있었다. 나는 금요일 밤마다 무대 위에서 피, 땀, 눈물을 쏟아냈다. 우리 모두 그랬다. 그리고 그건 칭찬받아야 할 일이었다. 잘하는 게 그것뿐이라는 말을 들을 게 아니라.

불평하는 건 아니다. 고정 배역을 맡으면 누구에게나 그런 일이 일어난다.

나는 최근에서야 사람들에게 〈프렌즈〉가 어떤 의미인가를 이해했다. 물론 그 작품이 아주, 엄청나게 특별하다는 것은 우리 모두 처음부터 알고 있었다.

나는 1994년 파일럿 시즌을 통틀어 맨 마지막으로 캐스팅된 배우였다. 정확히 말하면 파일럿 시즌의 마지막 날에 배역을 따냈다.

〈L.A.X. 2194〉는 감사히 뒤로하고, 나는 드디어 챈들러 빙 역할을 맡게 되었다. 캐스팅이 확정된 금요일이 지나 찾아온 월요일은 새 인생의 첫날이었다. 뜻깊은 순간이었고, 아마 다들 똑같이 느꼈던지 늦지 않게 모였다. 맷 르블랑은 하루도 빠짐없이 일등이었고, 제니퍼 애니스턴은 하루도 빠짐없이 꼴등이었다. 차들이 점점 근사해져도 도착 순서는 변함이 없었다.

우리는 테이블에 둘러앉아 난생처음 서로를 마주했다. 나와 제니퍼 애니스턴은 예외였다.

제니퍼와 나는 삼 년 전쯤 겹치는 지인을 통해 처음 봤다. 나는 한눈에 반해(어떻게 안 그러겠는가?) 제니퍼를 좋아하게 됐고, 상대도 마찬가지라는 느낌을 받았다. 어쩌면 뭔가 될지도 몰랐다. 그러다 내가 하루에 두 편의 작품에 캐스팅되는 일이 일어났다. 하나는 〈아메리카 퍼니스트 홈 비디오〉 유형의 쇼 〈헤이와이어Haywire〉였고, 다른 하나는 시트콤이었다. 나는 제니퍼에게 연락해 이렇게 말했다. "이 소식을 너한테 처음 알리고 싶었어!"

아뿔싸, 수화기 너머로 냉기가 느껴졌다. 지금 와 생각하면 그때 그 전화를 받은 제니퍼는 내가 자신을 과하게, 어딘가 잘못된 방식으로 좋아한다고 판단했던 것 같다. …거기에다 나는 데이트를 신청하는 더 큰 실수를 저질렀다. 제니퍼는 거절했지만(이로써 그녀와 사귈 가능성은 정말로 희박해졌다) 나와 친구가 되고 싶다고 했고, 나는 불쑥 내뱉은 한마디로 실수를 더 키웠다. "우리는 친구friends가 될 수 없어!"

몇 년이 흘러 우리는 아이러니하게도 친구가 되어 있었다. 나는 여전히 제니퍼에게 끌렸고 그녀를 멋진 사람이라고 생각했지만, 다행히 우리는 지나간 일은 지나간 일로 묻고 할리우드에서 제안받을 수 있는 최고의 배역을 따냈다는 사실에 집중할 수 있었다.

나머지는 다 처음 보는 사람들이었다.

코트니 콕스는 노란 원피스를 입고 있었는데 말문이 막히게 아름다웠다. 리사 커드로는 겹치는 친구가 해준 말마따나 멋있고 유쾌하며 매우 영리했다. 맷 르블랑은 근사하고 쿨했다. 데이비드 슈위머는 바짝 깎은 머리에(시카고 극단 작품에서 폰티우스 필라투스 역을 맡고 있었다) 특유의 처량한 표정을 짓고 있었는데, 무척 재미있고, 다정했으며, 똑똑하고, 기발했다. 데이비드는 나 다음으로 웃긴 대사를 많이 제안하는 사람이었다. 나는 하루에 농담을 10개쯤 제안했고 그중 2개 정도가 받아들여졌다. 내 대사뿐만 아니라 다른 사람의 대사도 제안했다. 리사에게 다가가 "있잖아, 이런 말을 하면 재미있을 것 같아…"라고 말하면 리사가 정말로 그 대사를 시도하곤 했다.

〈택시〉와 〈치어스〉 시리즈를 연출한 지미 버로스는 업계 최고의 감독이었다. 그는 일단 우리가 서로 친해져 좋은 호흡을 만들어내는 게 첫번째 할일이라는 사실을 본능적으로 알았다.

우리는 만나자마자 통하는 게 있었다.

나는 언제나 무리에서 유일하게 웃긴 사람이 되고 싶었다. 그런데 스물네 살이나 먹어서야 비로소, 모두 다 웃긴 사람인 게 더 낫다는 사실을 순식간에 깨쳤다. 벌써부터 성공의 기운이 느껴졌다. 시작부터 알고 있었지만, 소리 내어 말하진 않았다. 대본 리딩을 망쳐서 촬영 직전에 정중히 잘리는 배우가 있더라는 소문을 들어본 적이 있어서이기도 했고. 그러나 대본 리딩은 내일이었고, 오늘은 지미가 우리 여섯 명을 모니카 집 세트장으로 불러서 그냥 이야기나 나누라고 주문했다. 그래서 우리는 연애와 일, 사랑과 실연 따위에 관해 이야기하고 농담했다. 지미가 관건이라 생각했던 유대감이 그때부터 생겨나기 시작했다.

우리 여섯은 아름다운 봄날 야외에서 함께 점심을 먹었다. 당시 우리 중 유일하게 이름이 알려졌던 코트니가 식사중에 말했다. "우리 중 스타는 없어. 이건 앙상블 쇼야. 우리는 모두 친구가 되어야 해."

코트니는 〈사랑의 가족〉 〈에이스 벤투라〉에 나왔고 〈사인펠드〉에 게스트로 출연했으며 〈Dancing in the Dark〉 뮤직비디오에서 브루스 스프링스틴과 함께 춤까지 췄으니, 아쉬울 게 없었다. '나는 스타야'라고 해도 되었다. 딴 데서 따로 점심을 먹겠다고 했어도 우리는 그러라고 했을 것이다. 그런데도 코트니는 이렇게 말했다. "우리 진짜 잘해보자. 서로 진짜 친해지자"라고. 〈사인펠드〉가 그렇게 해서 성공한 것을 보았다며 〈프렌즈〉도 그랬으면 좋겠다고 했다.

그리고 우리는 코트니의 말을 따랐다. 그 첫날 아침부터, 우리는 떼어놓을 수 없는 사이가 됐다. 날마다 함께 식사했고 포커를 쳤으니… 처음에 나는 그저 농담꾼이었다. 코미디 기계처럼 틈만 나면 개그를 던졌고(아마 다들 귀찮았을 것이다), 모두가 웃긴 나를 좋아해줬으면 하고 노력했다.

그게 아니면 누가 날 좋아한단 말인가? 내가 농담 기계가 될 필요가 없다는 사실을 깨우치기까지는 십오 년이 더 걸렸다.

우리는 첫날 오후에 한 명씩 분장실을 배정받았다. 하지만 누구도 거기 박혀 있지 않았으니 결과적으로 의미는 없었다. 우리는 늘 함께였다. 그날 저녁 각자 차로 걸어가며 작별을 고하던 순간에 이런 생각이 들었다. 행복하다.

나에게는 낯설기만 한 감정이었다.

그날 밤 친구들에게 연락을 돌려(앞선 일이 있었으니 크레이그 비어코에게는 연락하지 못했다) 내가 얼마나 멋진 하루를 보냈는지 들려주었다. 그리고 늘 그렇듯 '대학에서(포르모자에서)' 나머지 밤을 보냈다. 그날 밤에 나는 나 같은 사람은 죽었다 깨어나도 집필할 수 없을 훌륭한 쇼에 들어가게 됐다고 자랑했다. …친구들 모두 축하해주었지만, 나는 이미 묘한 변화를 감지할 수 있었다.

이제 포르모자를 졸업할 때가 왔나? 내 인생을 바꿀 일을 시작하러 당장 아침에 출근해야 했고 나 역시 얼른 출근하고 싶어서 몸이 근질거렸다. 그래서 평소보다 술을 훨씬 덜 마셨다. 집에다 라이프사이클에서 나온 실내용 자전거 한 대를 장만해 매일 탄 결과 파일럿과 첫 에피소드 촬영 사이에 젖살과 술살 5킬로그램 정도를 감량하기도 했다.

그날 밤 침대에 누우며 생각했다. 얼른 내일이 왔으면. 다음날 아침, 선셋대로와 도헤니가에서 출발해 카후엔가 패스를 지나 버뱅크에 있는 워너브로스 부지로 가는 길, 나는 문득 내가 전면 유리창 쪽으로 몸을 잔뜩 기울이고 있다는 걸 깨달았다. 얼른 그곳에 가고 싶었다.

친구와 연인, 그리고 무시무시한 그것

이후 십 년간 똑같은 마음이었다.

둘째 날도 굉장했다. 우리는 새로 지은 건물인 빌딩 40호에 모여 첫 대본 리딩을 했다. 나는 떨리고 긴장됐지만, 자신 있었다. 나는 언제나 대본 리딩에 강한 편이었다. 하지만 누구든 잘려 교체될 수 있다는 생각이 어렴풋이 고개를 들었다(리사 커드로만 해도 〈프레이저〉의 로즈 역으로 캐스팅되었다가 리허설 도중 잘렸는데, 그때 리사를 해고한 사람이 다름 아닌… 〈프렌즈〉 감독 지미 버로스다). 농담이 실패하거나 뭔가 틀어지기만 해도 누구든 분장실에 도착하기도 전에 교체당할 수 있었다.

하지만 나는 챈들러를 잘 알았다. 챈들러와 악수도 하는 사이였다. 내가 챈들러였으니까.

(게다가 생김새도 영락없이 챈들러였다.)

그날 회의실은 더 앉을 자리가 없이 북적였다. 작가진, 제작진, 방송국 사람들까지, 족히 백 명은 됐을 거다. 하지만 나는 광대였고 이곳은 내가 뛰놀 무대였다. 우리는 이 작품을 총괄하며 우리를 고용한 마르타 카우프만, 데이비드 크레인, 케빈 브라이트와 다시 인사를 나눴다. 그러면서 그들이 우리에게 부모와 같은 존재라는 걸 거의 직감적으로 느꼈다.

대본 리딩에 들어가기 전, 우리는 회의실을 돌아다니며 자기소개를 하고 작품에서 맡은 역할을 설명했다. 이제 진짜로 대본을 읽을 차례였다. 어떻게 되려나? 막 끓어오르기 시작한 우리 사이의 분위기가 곧바로 눈에 보일까? 아니면, 우리는 그저 이 작품이 잘되기를 바라며 희망에 부푼 여섯 젊은이였으려나?

걱정할 필요는 없었다. 우리는 준비가 되어 있었고, 우주도 준비가 되어 있었다. 우리는 프로였다. 대사가 입 밖으로 술술 흘러나왔다. 아무도 실수하지 않았다. 모든 농담이 터졌다. 대본 리딩은 우레와 같은 박수로 끝이 났다.

모두가 돈 냄새를 맡았다.

배우들은 인기의 냄새를 맡았다.

리딩이 끝나고 우리 여섯은 밴에 우르르 태워져 실제 세트장인 스테이지 24호로 가서 리허설을 시작했다. 최종 마무리는 런스루 리허설이었다. 농담, 배우들 간 호흡, 대본, 연출, 모든 것이 환상적이었다. 요소 하나하나가 유쾌하고 설득력 있고 강력한 총체로 융화되는 듯했다. 모두가 같은 생각이었다.

이 쇼는 성공할 수밖에 없고, 모두의 인생을 영원히 바꿔놓을 터였다. 맹세하건대, 그날 나는 폭죽 소리를 들었다. 귀기울이면 들을 수 있었다. 사람들의 꿈이 이뤄지는 소리였다.

나는 이게 내가 바라던 전부라 생각했다. 〈프렌즈 라이크 어스〉로 드디어 모든 구멍이 채워질 줄 알았다. 한심한 찰리 신 같으니. 이제 나는 햇빛에 서리가 녹아내리듯, 그동안 떠안고 산 모든 고통이 녹아 사라질 만큼 유명해지리라. 이 쇼는 나를 보호해주는 힘이 작용

친구와 연인, 그리고 무시무시한 그것

하는 특별한 장소가 되어 어떤 위협도 족족 튕겨낼 것이다.

연예계에는 암묵적인 규칙이 하나 있는데, 웃기려면 생김새가 웃기거나 나이가 많아야 한다는 거다. 하지만 이십대의 미남 미녀인 우리는 보란듯 웃겼다.

그날 저녁, 나는 득의양양하여 집으로 돌아갔다. 도로는 뻥 뚫려 있었고, 신호등마다 파란불이 켜졌다. 평소 삼십 분이 걸리는 길을 십오 분 만에 도착했다. 매번 나를 비껴가는 듯했던 관심이 실내를 환히 밝히는 번개처럼 내 인생을 구석구석 채우려 하고 있었다. 이제 사람들도 나를 좋아할 것이다. 나는 부족함 없는 사람이 될 것이다. 중요한 사람. 도움이 절실하지 않은 사람. 나는 스타였다.

우리를 막을 수 있는 건 없었다. 이제 누구든 파티장에서 나를 찾으려 기웃거릴 필요가 없었다. 모두의 눈이 내 앞을 걸어가는 미녀가 아니라 나를 향해 있을 테니까.

리허설은 그주 내내 계속되었다. 그 과정에서 우리가 깨달은 게 하나 더 있었다. 나는 1985년부터 배우로 일해왔으나 그 이전과 이후에도 그렇게 아름다운 경험은 해본 적이 없다. 전혀 위압적이지 않은 보스들을 만난 것이다. 진정으로 창의적인 작업환경이었다. 우리는 마음껏 재미있는 대사를 제안할 수 있었고, 누구의 의견이건 최고의 대사가 쓰였다. 식사 담당 아주머니가 재미있는 말을 했다? 그러면 그게 대사가 되었다. 그러니까 나는 배우로 현장에 참여하면서 창의력도 뽐낼 수 있었다.

작가들은 우리와 돌아가면서 점심을 먹으며 우리가 어떤 사람인가를 파악했다. 우리의 진짜 성격을 작품에 녹여내기 위해서였다. 내가 점심을 먹으며 했던 말은 두 가지였다. 하나는 스스로 매력이 없다고 생각하지는 않지만, 여자 복이 지지리도 없고 연애는 보통 파국으로 치닫는 편이라는 것. 또하나는 침묵을 못 견뎌서 농담으로 무조건 그 순간을 깨트려야 한다는 것. 이로써 챈들러 빙은 시트콤에 딱 맞게 웃긴 인물로 설정되었다. 챈들러는 여자에 서툴렀다(챈들러는 자기 집을 나서는 재니스를 향해 이렇게 소리친다. "나 때문에 놀랐지. 내가 말이 너무 많았어. 나는 서툴고 구제 불능에다가 사랑에 목마른 놈이야!").

하지만 시트콤에 더 어울리는 인물상은 침묵이 불편해 농담으로 그걸 깨트려야 하는 인물이었다.

챈들러도 나도 바로 그런 인물이었다. 나는 〈프렌즈〉 촬영에 들어가서도 한동안 제니퍼 애니스턴에게 빠져 있었다. 주고받는 인사는 점점 어색해졌다. 나는 속으로 고민했다. 오래 쳐다봐도 될까? 삼 초면 너무 긴가?

그러나 내가 품은 마음은 쇼의 뜨거운 빛에 가려졌다(제니퍼의 확고한 무관심 덕택이기도 했고).

촬영 날에는 누구도 실수하지 않았다. 농담이 터지지 않아 작가들이 머리를 싸매고 대사를 수정한 뒤 재촬영하는 경우는 있었어도,

　　　　　　　친구와 연인, 그리고 무시무시한 그것

실수라니? 절대 없었다. NG 모음이 따로 있는 쇼도 많지만, 〈프렌즈〉의 NG 모음은 얼마 되지 않는다. 파일럿 때부터 그랬다. …사실 파일럿에는 단 하나의 오류도 없었다. 우리는 뉴욕 양키스였다. 시작부터 능수능란했으며 최고의 기량을 보였다. 우리는 준비가 되어 있었다.

나는 이상한 데 강조점을 두고, 보통은 그냥 지나갈 법한 문장 속 단어를 귀신같이 골라내고, 머리-페리 말투를 활용하여 시트콤에서 누구도 시도하지 않은 방식으로 대사를 쳤다. 당시에는 몰랐지만, 나의 말투는 이후 수십 년 동안 미국 문화에 스며들었다. 어쨌거나 그때는 안 그래도 기발한 대사를 더 재미있게 만들려고만 노력했다. 제대로 해낼 자신이 있었다(마르타 카우프만이 나중에 말해주기로는, 내가 어떻게 대사를 처리할지 궁금했던 작가들이 보통은 강조하지 않는 곳에 밑줄을 그어놓곤 했다고 한다).

캐릭터에 문제가 생기면 우리는 직접 해법을 고민했고, 그렇게 나온 해법이 명장면들을 만들어냈다.

나는 대본을 처음 읽자마자 확실히 다르다는 느낌을 받았다. 캐릭터의 힘이 대단하고 기발했다. 하지만 초반에 맷 르블랑에 대해서는 걱정되는 부분이 있었다. 대본상 그는 쿨한 마초이자 난봉꾼이었다. 그래서 레이철, 모니카, 피비가 그와 어울리지도, 그를 좋아하지도 않았으며, 결과적으로 그다지 신뢰가 가지 않는 인물로 그려졌다.

하필 맷이 무척이나 잘생기고 주연 같은 외모를 지녔다는 점도 도움이 되지 않았다. 그를 처음 봤을 때 살짝 질투가 날 정도였다. 워낙 성격이 좋고 웃긴 친구여서 질투심이 금방 잦아들기는 했지만 말이다. 하지만 여전히 맷은 캐릭터에 녹아들지 못했다. 그의 캐릭터는 우리 쇼에서 유일하게 모호했다. 조이는 쿨하고 알파치노 같은 유형의 일거리가 떨어진 배우였고, 맷은 그 설정대로 연기했으나 어딘가 딱 맞아떨어지지 않았다. 한번은 맷이 의상을 입어보던 중 갈색 가죽 바지를 입었는데 천만다행히 모두가 뜯어말리는 일도 있었다. 책임자인 마르타의 반대가 특히나 거셌다.

그러다 초반에 맷이 코트니와 요즘 만나는 여자 이야기를 하다가 섹스가 잘 풀리지 않는다는 대화를 나누는 장면을 찍게 되었다. 코트니가 그냥 곁에 있어주는 건 어떠냐고 묻는데, 조이는 그 개념 자체를 이해 못한다. 바로 그 순간, 조이는 그냥 난봉꾼을 뛰어넘어 사랑스럽고, 쓸모없고, 바보 같은 남자애로 변신했다. 이후 그는 반복되는 농담을 혼자 이해 못하는 설정으로 이 면모를 강화했다. 그렇게 맷은 우리 쇼에서 자기 자리를 찾아갔다. 그 자리란, 레이철, 모니카, 피비의 덩치 큰 바보 남동생 역할이었다. 이제 모두가 딱 맞는 자리를 찾은 거였다.

맷은 이따금, 특히 시즌 1 촬영중에 나의 분장실로 와서 대사 처리를 도와달라고 부탁하곤 했다. 내가 의견을 주면 그는 아래층으로 내려가 끝내주게 성공시켰다. …하지만 시즌 10에 이르러서는 내가 그의 분장실로 가서 나의 대사를 어떻게 처리해야 할지 그에게 조언을 구하게 되었으니, 최고 발전상Most Improved Player이 있다면 그에게 주어야 한다.

이 모든 미래가 우리 앞에 있었다. 지금 우리는 1994년 가을 방영을 앞두고 쇼를 촬영중이었다. 아직은 누구도 우리를 알지 못했다.

편집까지 마치고 이제 남은 일은 편성이었다. NBC도 우리 쇼가 특별하다고 직감했는지 〈매드 어바웃 유〉와 〈사인펠드〉 사이에 넣어주었다. 아주 완벽한 알짜 자리에. 그때는 스트리밍이 없던 시절이라 방영 시간대가 관건이었다. 실시간 방송을 놓치면 볼 수 없었기 때문에 사람들은 여덟시, 아홉시 쇼를 챙겨 보려고 서둘러 집에 들어가곤 했다. 또 그런 프로를 중심으로 생활 계획을 짰다. 자투리 시간에 보는 게 아니라. 그러니 2개의 대형 쇼를 앞뒤로 끼고 목요일 저녁 여덟시 삼십분에 방영된다는 건 굉장한 일이었다.

우리는 워너브로스 제트기를 타고 뉴욕으로 건너가 '광고 판매 설명회'에 참석했다. 제휴 회사들에 쇼를 소개하는 자리를 말한다. 그 자리에서 우리는 쇼의 제목이 〈프렌즈〉라는 말을 들었다(나는 바뀐 제목이 끔찍하다고 생각했다. 물론 내가 옳았다는 소리는 아니고). 어쨌거나 제휴 회사들 사이에서도 〈프렌즈〉는 폭발적 반응을 얻었다. 이제 모든 게 갖춰졌다. 뉴욕으로 돌아온 우리는 자축하며 술을 마시고 파티를 즐겼다. 이후 시카고로 건너가서 더 많은 광고 판매 설명회와 파티를 다녔다.

그리고 여름 내내 쇼가 방영되기를 기다려야 했다. 그해 여름 내가 한 일은 크게 세 가지다. 지미 버로스가 시킨 대로 라스베이거스에서 도박하기, 혼자 멕시코 여행하기, 그리고 귀네스 팰트로와 벽장에서 애정 행각 벌이기.

귀네스를 만난 건 매사추세츠주 윌리엄스타운에서였다. 귀네스는 연극중이었고, 나는 할아버지를 보러 온 터였다. 큰 파티장에서 만난 우리는 청소용품을 넣는 벽장에 슬그머니 들어가 스킨십을 했다. 그때는 둘 다 무명이어서 타블로이드 신문에 실릴 일은 없었다. 그러던 나에게 현실을 일깨워준 사람이 지미 버로스였다.

광고 판매 설명회가 끝나고, 우리 쇼가 히트작이 되리란 것은 자명해졌다. 지미는 우리 여섯 명을 제트기에 태우고 라스베이거스로 향했다. 가는 길에 함께 〈프렌즈〉 파일럿을 시청했다. 도착하자 그가 우리에게 백 달러씩을 주며 도박도 해보고 재밌게 놀라고 했다. 가을에 쇼가 방영되고 나면 다시는 이런 날이 오지 않을 것이라면서.

지미는 말했다. "인생이 송두리째 달라질 거야. 그러니 사람 많은 데서 놀고 싶으면 지금 놀도록 해. 조만간 유명해지면 다시는 그럴 수 없을 테니까." 그래서 우리는 놀았다. 친구가 된 여섯 명이 취하도록 술을 마시고 도박을 하고 카지노를 돌아다녔다. 주말여행을

친구와 연인, 그리고 무시무시한 그것

즐기는 여섯 명의 친밀한 이방인들, 누구도 알아보지 않고 사인이나 사진을 요청하지도 않는, 파파라치에게 쫓기지도 않는, 머지않아 삶의 모든 순간이 누구나 영원히 볼 수 있게 박제될 테지만, 지금은 곧 다가올 그런 미래와 백만 킬로미터 떨어진 사람들이었다.

나는 여전히 인기를 갈망했지만, 공중에 떠다니는 거칠고 기묘한 맛을 이미 조금씩 느끼고 있었다. 잡히지 않는 연인 같은 인기가, 일평생 내 안에 있던 구멍들을 정말로 다 채워줄 수 있을까? 눈을 찌르는 조명을 밝힌 카지노에서 한 손에 보드카 토닉을 들고 블랙에 20달러를 걸었을 때 누군가 "매튜 페리가 블랙에 20달러를 걸었군요. 여러분, 다들 와서 구경해요!"라고 외치는 기분은 어떤 것일까? 그해 여름은 내가 귀네스라는 아름다운 여자와 파티에서 노닥거려도 귀네스와 나 말고는 누구도 신경쓰지 않는 마지막 여름이었다.

과연 그만한 가치가 있으려나? 사람들이 내 쓰레기통을 뒤지고 망원렌즈로 나의 최악의 순간과 최고의 순간, 그리고 보통의 순간들을 일일이 사진으로 찍는 것을 감내하면서까지 '평범한' 삶을 포기할 가치가 있는 걸까?

베벌리 센터 건너편의 소피텔호텔에서 세븐 앤 세븐 칵테일을 일곱 잔 들이켠 뒤, 팁 통으로 피아노 위에 올려둔 커다란 브랜디 잔에 와인을 따르고, 택시를 불러 브랜디 잔과 함께 택시 뒷좌석에 올라타고, 와인을 계속 홀짝이고, 'L' 발음만 겨우 제대로 하면서 열심히 집으로 가는 방향을 설명하고, 결국 앞좌석에 앉은 사람한테서

"당신 지금 뭐하는 짓이야?"라는 소리를 들었던—왜냐면 그는 택시 기사가 아니었고 내가 아무 차에나 올라탄 거였으니까— 스물한 번째 생일을 세상이 모르게 되풀이할 날은 이제 영영 오지 않으려나?

과연 이 구멍들이 채워지기는 할까? 과연 나는 데이비드 프레스먼 아니면 크레이그 비어코와 자리를 바꾸고 싶을까? 그들은 어떨까? 스탠드업 코미디언과 심야 토크쇼 진행자들이 내 이름을 줄여 말하게 되는 날이 오고 그 줄임말의 의미가 '중독자'라면, 나는 그들에게 뭐라 설명할 수 있을까? 생판 모르는 사람이 나를 증오하고, 사랑하고, 그 외에도 온갖 감정을 느끼게 되는 날이 오면 뭐라 설명해야 하지?

대체 무슨 말을 할 수 있을까?

그리고 신께서 〈프렌즈〉에 합류하기 삼 주 전 내가 속삭인 기도를 떠올린다면, 나는 뭐라 말해야 할까?

신이시여, 저를 어떻게 하셔도 좋아요. 제발 유명하게만 만들어줘요.

신은 이제 그 약속의 절반을 들어주려 하고 있었다. 그렇다면 앞 절반도 듣고 나를 어떻게 할 수도 있다는 뜻이었다. 내 운명은 한편으론 자비롭지만 다른 한편으로는 망할 십자가에 자기 친아들을 못박아도 태연한 신의 손에 전적으로 달려 있었다.

신은 나를 위해 어느 길을 선택하려나? 성 베드로라면? 황금빛, 빨간빛, 파란빛 중 무엇을?

이제 곧 알게 되리라.

친구와 연인, 그리고 무시무시한 그것

곧 찾아올 유명세에 관한 지미 버로스의 말이 귀에서 떠나지 않아, 나는 익명의 한 사람으로서 진짜 마지막 여행을 다녀오기로 했다.

1994년 늦여름, 홀로 멕시코에 갔다. 여자친구 개비와는 얼마 전 헤어진 터였기에 혼자 크루즈에 타 놀고 마실 작정이었다. 카보에서 나는 여기저기 쏘다니며 술에 취했고, 방에 들어가 LA에 있는 여자들에게 전화를 걸었다. 밤이면 크루즈에서 열리는 이상한 파티에 참석했다. 다들 뻘쭘해하다가 술병을 꺼내면 그제야 파티가 시작되었다. 나는 외로웠고, 여자와의 만남은 성사되지 않았다. 카보는 더웠으나 내 안은 싸늘했다. 신이 나를 지켜보며 때를 기다리는 게 느껴졌다. 가장 께름칙한 부분은 내 앞에 무슨 일이 펼쳐질지 전지전능한 신은 이미 다 알고 있다는 거였다.

〈프렌즈〉는 1994년 9월 22일 목요일에 처음 방영되었다. 바로 17위에 올랐으니 첫 방송을 한 쇼치고는 매우 성적이 좋았다. 평가도 호평 일색이었다.

<프렌즈>는 (…) 색다르고 유혹적이다. (…) 매력적인 출연진에 정확히 1994년을 담고 있는 대사들. (…) <프렌즈>는 모든 것을 갖춘 새로운 시리즈로서 손색이 없다.

_〈뉴욕 타임스〉

<프렌즈>는 좋은 장면이 너무 많아 싫어할 수가 없다. 모든 게 가볍고 산뜻해서 에피소드가 끝날 때마다 왕창 웃었던 것 말고 무슨 일이 있었는지 생각나지 않을 정도다.

_〈로스앤젤레스 타임스〉

출연자들이 마치 X세대 닐 사이먼 연극 무대에 오른 것처럼 수줍어하면서도 농담 공세를 퍼붓는다.

_『피플』

<매드 어바웃 유>와 <사인펠드>를 보며 약간의 세대 차이를 느꼈던 팬이라면, 이 여섯 명이 앉아서 인생, 사랑, 연애, 일자리, 서로의 관계에 대해 떠드는 모습에 편안함을 느낄 것이다.

_〈볼티모어 선〉

혹평도 2개쯤 나오긴 했다.

등장인물 하나가 꿈에서 성기가 수화기로 변했는데, 벨이 울려 "받아보니 엄마더라"라고 말한다. 이게 초반 오 분 안에 나온다. [이건] 처참한 작품이고 (…) 형편없다. (…) 깜찍한 코트니 콕스, 한때 웃겼던 데이비드 슈위머, 리사 커드로, 맷 르블랑, 매튜 페리가 주연이다. 다들 근사하긴 한데, 이렇게 자신들의 가치를 스스로 깎아먹으니 안타깝다.

친구와 연인, 그리고 무시무시한 그것

_〈워싱턴 포스트〉

목요일 밤에 편성되기에는 맥없고 쓸모도 없다.

_〈하트퍼드 쿠란트〉

데카 레코드사의 A&R 담당자였던 딕 로우는 1961년 비틀스를 거절하면서 브라이언 엡스타인에게 "기타를 든 그룹들은 이제 내리막길이죠"라고 말했다고 한다. 역사상 최고로 사랑받은 쇼를 비난한 위 평론가들의 심정은 지금쯤 어떨지 궁금하다. 그들은 기회를 놓쳤다. 〈사인펠드〉 〈매시M*A*S*H〉 〈치어스〉 〈세인트 엘스웨어 St. Elsewhere〉도 그렇게 욕했을까?

우리는 내리막길에 있지 않았다. 황금 시간대가 여전히 의미 있던 시절 그 중심에 있었다. 텔레비전이 금광이던 시절이었다. 호평보다 더 중요한 성과는 〈매드 어바웃 유〉 시청률에 겨우 20퍼센트 뒤진다는 사실이었다. 신생 쇼로는 괄목할 만한 성과였다. 6화는 무려 〈매드 어바웃 유〉의 시청자 수를 앞질렀다. 대단한 성공이었다. 얼마 안 있어 우리는 상위 10위권 쇼가 되었고, 그다음에는 5위권 안으로 들어섰다. 그리고 십 년간 아래로 떨어지지 않았다. 지금까지도 마찬가지다.

이게 바로 인기였다. 우리가 예상한 대로 〈프렌즈〉의 인기는 어마어마했고, 나는 차마 내 손으로 그걸 망칠 엄두가 나지 않았다. 함께하는 배우들을 사랑했고 대본을 사랑했으며 우리 쇼에 관한 모든 것을 사랑했으니까… 그러나 여전히 중독 문제와 싸웠고, 수치심은 커져만 갔다. 나에게는 누구에게도 말 못할 비밀이 있었다. 어떤 때는 쇼를 촬영하는 것조차 고통스러웠다. 2020년 리유니언 때, 나는 이렇게 털어놓았다. "[현장의 관객들을] 웃기지 못하면 죽을 것 같았어요. 건강한 일은 아니죠. 내가 대사를 던졌는데 관객들이 웃지 않으면 식은땀이 났고, 그러면, 뭐랄까, 발작 상태에 빠져들었어요. 웃겨야 하는데 웃기지 못하면 정신이 나가버렸습니다. 매일 밤 그랬어요."

이런 압박감이 나를 궁지로 몰아넣었다. 쇼를 만드는 사람은 여섯이었으나 그중 병든 사람은 나 하나뿐이었다. 어쨌거나 그토록 갈망하던 인기를 드디어 얻었다. 런던에 가면 마치 우리가 비틀스 같았다. 호텔방 바깥에서 사람들의 환호성이 들렸다. 쇼는 세계를 휩쓸었다.

1995년 10월 말, 시즌 2의 5화가 나오고 6화가 방영되기 전, 처음으로 〈레이트 쇼〉에 출연하기 위해 뉴욕으로 날아갔다. 당시 데이비드 레터먼을 만난다는 건 대중문화에서 인기의 정점에 있음을 의미했다. 나는 어두운색 정장을 입고 나갔는데, 레터먼이 내 옷깃을 가리키면서 "1960년대 말 브리티시 인베이전* 시대의 모드족**" 같다

---

* '영국의 침공'이라는 뜻으로, 영국 음악이 미국에서 폭발적 인기를 누린 현

　　　　　　　　　친구와 연인, 그리고 무시무시한 그것

고 표현했다.

"여러분, 이번 손님은 미국 최고의 쇼에 출연중이죠. 매튜 페리를 환영해주세요."

나는 스타처럼 어슬렁거리며 등장했다. 드디어 내가 해낸 것이다. 그러나 실은 똑바로 서 있기도 힘들 만큼 떨렸기에 앉을 수 있어 다행이었다.

나는 레터먼과 악수한 뒤 숱하게 연습한 루틴에 냅다 뛰어들었다. 〈길리건스 아일랜드Gilligan's Island〉*** 에피소드에 대해 길게 설명하는 거였다. 반응은 좋았고, 이후에 나는 같은 호텔에 체류중이던 야세르 아라파트****에게도 똑같은 이야기를 들려주었다(유엔 50주년 행사가 열리던 때라 온 동네가 북적였다). 이 어이없고 장황한 이야기를 레터먼은 무척 맘에 들어했다. 객석에서 웃음이 터져나왔다. 심지어 데이브도 몇 차례 웃었다. 벌벌 떨릴 만큼 어마어마하던 나의 공포심은 그렇게 잘 감춰졌다.

모든 게 잘 풀리고 있었다. 최고의 순간. 나는 고작 스물다섯 살

상을 일컫는 말.
** 맞춤 정장을 차려입고 재즈, 로큰롤, 예술영화를 향유하고 스쿠터를 몰며 반항적인 문화를 추구한 노동자계급 청년들. 초기 비틀스 스타일이 전형적이다.
*** 실제로는 미국 TV 시트콤 〈사랑의 유람선(Love boat)〉에 대해 이야기했다.
**** 팔레스타인 자치 정부의 초대 수반이자 1994년 노벨평화상 수상자.

이었고, 지상 최고의 시트콤에 출연중이었다. 뉴욕 호텔에서 보안
인력을 대동한 세계 정상들이 엘리베이터에 타는 모습을 지켜보았
고, 천 달러짜리 정장을 입고서 데이비드 레터먼과 농담 따먹기를
했다.

이게 바로 인기였다. 하지만 도시의 환한 불빛 너머, 고층빌딩
너머, 맨해튼 미드타운의 하늘 저멀리서 희미하게 반짝이는 별들 너
머, 신이 나를 내려다보며 때를 기다리고 있었다. 신은 세상의 모든
시간을 관장하는 존재였다. 제기랄, 시간을 창조한 게 신이었으니까.

신은 잊지 않았을 것이다. 무언가 어렴풋이 모습을 드러냈다.
뭔지 알 것도 같은데, 확신이 서지 않았다. 매일 밤 술을 마시는 것
과 관련이 있을 텐데… 뭐 그래 봤자 얼마나 나쁜 일이겠어?

막강한 힘이 생겨나고 있었다. 우리 쇼는 문화의 시금석이었다.
우리가 가는 곳마다 사람이 몰렸다(데이비드 슈위머는 거리에서 자신
에게 접근하려고 여자친구를 물리적으로 밀친 뒤 말을 건네오는 젊은
여자들을 마주친 적도 있다고 나중에 밝혔다). 1995년 말, 레터먼 쇼
에 출연할 무렵, 나는 새로운, 그리고 무척이나 유명한 여자친구를
사귀고 있었다. 그 이야기로 넘어가기 전에 '다른' 챈들러와 끝나지
않은 이야기를 매듭지어야겠다.

챈들러 역할을 맡고 이 년 동안 크레이그 비어코의 소식은 들을
수 없었다. 그는 뉴욕으로 이사했고, 우리는 연락이 끊겼다.

친구와 연인, 그리고 무시무시한 그것

그가 〈프렌즈〉 대신 선택한 〈베스트 프렌드〉는 성공하지 못했다. (NBC 방송국 사장이었던 워런 리틀필드는 크레이그가 〈프렌즈〉를 고르지 않은 것을 두고 훗날 회고록에 이렇게 적었다. "신이시여, 감사합니다! 크레이그 비어코에게는 스나이들리 위플래시* 같은 구석이 있었다. 내면에 분노가 잔뜩 쌓여 있는 듯했다. 매력적이면서 코미디도 할 줄 아는 주연배우는 매우 희귀한 법이다.") 크레이그는 이후로도 꾸준히 연기해 브로드웨이에서 〈뮤직 맨〉으로 스타 반열에 올랐고 지나 데이비스, 새뮤얼 잭슨이 나온 〈롱 키스 굿나잇〉과 같이 여러 멋진 작품에 출연했다. 그러나 재산 격차가 벌어지면서 우리 둘의 사이도 멀어졌다.

나는 그가 그리웠다. 지금껏 그보다 재기 발랄한 희극인은 본 적이 없다. 나는 그런 그가 좋았고 그 밖에도 그의 많은 부분을 좋아했다. 이제는 포르모자에 맘 편히 놀러 갈 수 없었고, 그 시절이 그립기도 했다. 이제 나는 집에서 혼자 술을 마셨다. 그게 가장 안전했기 때문이다. 병이 깊어지고 있었으나 그때는 미처 알아차리지 못했다. 내가 술을 얼마나 많이 마시는지 누군가 보았더라면 기겁하며 말렸을 거다. 물론, 멈추기란 불가능했지만.

그러다 어느 날, 크레이그 비어코에게서 갑자기 연락이 왔다. 나를 보러 오겠다고 했다. 기뻤으나 불안하기도 했다. 가장 친한 친

---

* 〈폭소 기마 특공대〉에 나오는 전형적인 악당 캐릭터.

구의 짝사랑 상대와 사귀게 된 자의 심정이었달까? 딱 그런 기분이었다. 그가 맡을 뻔했던, 또 그래야 했던 역할이 나에게 왔고, 이후 내 세상은 금이 되었다가, 백금이 되었다가, 아직 발견된 적도 없는 희금속이 되어가고 있었다.

옛 친구와의 만남이 어떻게 흘러갈지 감이 잡히지 않았다. 마르타 카우프만은 훗날 이렇게 말했다. "[챈들러 역할로] 무수히 많은 배우를 검토했으나 결국 제 주인을 찾아갔다"라고. 차마 크레이그에게 그렇게 말할 수는 없었다. 제 주인을 찾아간 기적은 나한테 일어난 것이었지 그에게는 아니었기 때문이다(그리고 그건 내가 아닌 그의 선택이었다).

그가 나의 아파트에 왔을 때 긴장감은 엄청났다. 크레이그가 먼저 말을 꺼냈다.

"이 년간 연락을 끊어서 진심으로 미안하다. 내가 거절한 역할로 네가 이렇게나 부자가 되고 유명해졌다는 사실을 감당하기 버거웠거든. 우리 둘 다 그 역할을 맡기엔 충분했잖아. 그래서 좀 힘들었어…"

나는 묵묵히 그의 말을 들어주었고, 이내 침묵이 흘렀다. 선셋 대로부터 라시에네가대로의 프레드 시걸 가게까지 차가 꽉 막혀 있었다.

프레드 시걸 얘기는 입 밖에 내지 않기로 했다.

실제로 내가 하게 될 말은 정말 끔찍이도 피하고 싶었으나 해야만 하는 말이었다.

나는 이렇게 말했다. "크레이그, 있잖아. 생각했던 것과는 다르더라. 아무것도 고쳐주지 않아." (바라는 건 인기뿐이었으나 그걸로도 구멍을 채울 수 없음을 막 깨달은 스물여섯 살의 냉혹한 자각이었다. 아니, 그 구멍을 채운 건 보드카였다.)

크레이그는 나를 빤히 봤다. 내 말을 믿지 않았던 것 같다. 나는 지금도 그가 내 말을 믿지 않으리라 생각한다. 이 모든 게 헛된 꿈임을 깨치기 위해서는 모든 걸 이뤄보아야만 한다.

〈스튜디오 60〉 홍보를 돌던 때 〈가디언〉과의 인터뷰에서 이런 말을 한 적이 있다. "나는 텔레비전 역사상 가장 적게 시청된 작품 [1987년의 〈세컨드 찬스〉]도 해보고 가장 많이 시청된 작품[〈프렌즈〉]도 해보았으나 무엇도 기대만큼 인생을 바꿔주지 않았다"라고.

모든 걸 고려해봐도 할 수만 있다면 나는 크레이그나 데이비드 프레스먼뿐만 아니라 한 블록 아래 주유소 직원과도 운명을 바꿀 것이다. 불타는 수레바퀴에 매인 나라는 존재, 나 자신이 아닐 수만 있다면, 나는 당장, 그리고 영원히 그들과 운명을 바꾸겠다. 그들은 죽음을 갈망하진 않을 테니까. 밤에 편히 잠들 테니까. 그런다고 그들이 자신들의 선택과 그후의 삶을 생각했을 때 기분이 더 나아지리라고는 생각하지 않지만.

나는 이런 감정을 느끼지 않을 수만 있다면 모든 걸 포기하겠다. 늘 그런 생각을 한다. 공연히 하는 생각이 아니라, 냉혹한 사실이다. 파우스트 같은 나의 기도는 어리석은 선택, 한낱 어린애 같은 행동이었다. 현실에 기반한 것이 아니었다.

그런데 현실이 되었다.

이제 나에게는 기도가 이루어졌다는 것을 증명할 돈과 인지도, 그리고 죽음에 가까운 경험들이 있다.

친구와 연인, 그리고 무시무시한 그것

줌

마침내 스위스에서 LA로 돌아왔다. 코로나19의 시대였다. 모든 곳의 모든 것이 문을 닫았다. 우리는 저마다 작은 방에 갇혀 죽음을 두려워했다. 그래도 내 머리는 맑아지고 있었고, 나는 또다시 맨정신을 되찾기 위한 싸움중이었다.

나는 두 가지 이유로 팬데믹을 비교적 쉽게 견딜 수 있었다. (1) 내 머리 밖에서 일어나는 일이었다. (2)센추리시티의 센추리 빌딩 40층을 통으로 쓰는 300평짜리 집에 틀어박혀 있기에 아주 훌륭한 구실이 되어주었다.

다행히 갈비뼈 통증은 조금씩 덜해졌고 나는 맨정신을 되찾고 있었다. 내가 약혼했으며, 한 여자, 두 강아지와 함께 살고 있는 현실을 차츰 깨쳤다는 소리다. 나는 당연히 이런 현실을 마주할 준비가 되어 있지 않았다. 당신이 나와 산다고? 우리가 함께? 자식 이름부터 내가 출연한 영화 제목이기도 한 '나인 야드'*를 다 정해놓았다

---

* 원제인 'The Whole Nine Yards'는 '모든 것'을 의미한다.

고?

　　당신이 청혼할 때 한쪽 무릎을 꿇어서 배가 무지 아팠다고 했잖아, 기억 안 나?

　　나는 기억하지 못했고, 당연히 우리는 헤어졌다.

　　　　　　　　　　　친구와 연인, 그리고 무시무시한 그것

5장

제4의 벽은 없다

코로나19 시대에 어떤 사람들은 똑같은 날을 반복해 살아간다고 느꼈단 것을 아시는지?

나에게는 반복해 살아가고픈 날이 하루 있다(내가 날마다 돌아가고픈 성촉절이랄까). 마음 같아서는 평생 그날만 살고 싶다. 하지만 그럴 수는 없지. 그러니 그날과 잘 작별하기 위해 한 편의 이야기처럼 써보려 한다.

(물론 그렇다고 그날을 되살릴 수는 없겠지만.)

때는 1995년 새해 전야, 뉴멕시코 타오스에서 있었던 일이다. 우리는 오후 내내 눈밭에서 풋볼을 했다. 나와 여자친구 줄리아 로버츠, 그리고 친구 한 무리가 함께였다. 줄리아는 세계에서 가장 유명한 영화 스타였고, 나는 최고의 텔레비전 쇼에 출연중이었다.

우리의 연애는 팩스로 시작되었다. 이 세상 어딘가에는 시구절과 상상의 나래로 채워진 60센티미터 길이의 팩스 무더기가, 정확히 그 길이만큼의 연애가 존재한다. 그렇게 두 명의 대스타가 아름답고 낭만적인 방식으로 서로에게 빠져 얽혀들었다.

당시 나는 구름 위를 걷는 기분이었다. 모든 것의 중심에 내가 있었고, 무엇도 나를 건드릴 수 없었다. 하얗게 작열하는 인기가 바로 나의 것이다. 나는 그 불꽃에 연신 손을 갖다대보았으나 아직 멀쩡했다. 불꽃의 한가운데는 잠잠했다. 이때는 인기가 공허함을 채워주지 못하리란 것을 미처 모를 때였고, 참 고맙게도 그 구멍을 말끔히 메워주었다고 생각했다.

〈프렌즈〉시즌 1은 굉장한 성과를 냈다. 나는 그야말로 둥둥 떠서 시즌 2를 준비했다. 레터먼 쇼에 나갔고, 레노 쇼*에도 나갈 예정이었다. 『피플』과 『롤링 스톤』 표지에 우리의 얼굴이 실렸다. 엄청난 일이었다. 영화 출연 제안이 들어오기 시작했다. 왜 아니겠는가? 원하던 모든 것이 이뤄지고 있었다. 백만 달러짜리 영화 제의가 이곳저곳에서 들어왔다. 물론 내가 줄리아 로버츠였다는 건 아니다. 그런 사람은 한 명뿐이니까.

그러다 유명인들에게만 일어나는 일이 나에게도 일어났다. 하루는 마르타 카우프만이 내게 와서는 줄리아 로버츠에게 꽃을 보내보라고 했다.

그러니까, 우주 최고 스타 줄리아 로버츠한테?

"그러죠, 좋아요. 근데 왜요?" 내가 물었다.

듣자 하니 줄리아 로버츠가 슈퍼볼 직후에 방영되는 시즌 2 에

---

* 제이 레노가 진행하는 〈투나잇 쇼〉를 말한다.

　　　　　　　　　　　　　　친구와 연인, 그리고 무시무시한 그것

피소드에 출연 섭외를 받았는데, 내 스토리 라인에 들어갈 경우에만 출연하겠다고 말했다는 것이다. 다시 말하겠다. 줄리아 로버츠가 내 스토리 라인에 들어갈 경우에만 출연하겠다고 했단다(운이 좋은 해였을까?). 일단 내가 할 일은 줄리아에게 구애하는 것이었다.

나는 카드에 무슨 말을 쓸지 오랫동안, 그리고 진지하게 고민했다. 프로처럼 보이고 싶었다. 스타 대 스타로 말이다(뭐, 스타 대 훨씬 대단한 스타였지만). 한편으로는 줄리아가 한 말에 맞춰 약간은 수작을 거는 느낌을 내고 싶었다. 나는 지금까지도 그때 내가 고른 문구에 자부심을 느낀다. 나는 빨간 장미 삼십여 송이와 함께 이렇게 적힌 카드를 보냈다.

당신이 우리 쇼에 출연한다는 소식보다 더 신나는 일은 단 하나, 드디어 당신에게 꽃을 보낼 구실이 생겼다는 거예요.

괜찮지 않은가? 나는 밤에 잠들기도 무서워하는 사람이었으나 필요할 때면 매력을 철철 발산할 줄도 알았다. 그러나 임무는 여기서 끝이 아니었다. 줄리아는 양자물리학을 제대로 알려준다면 쇼에 출연하겠노라고 답장을 보내왔다. 맙소사. 내가 립스틱이 발명된 이유인 여자와 편지를 주고받고 있다니. 이제는 벼락치기 공부를 시작할 때였다.

다음날 나는 파동 입자 이중성과 불확정성 원리, 얽힘 현상에 관한 논문을 써 보냈다. 그중 일부는 다소 은유적인 표현이었다. 여러 해가 지난 뒤 〈프렌즈〉의 전속 작가 알렉사 연지는 〈할리우드 리포터〉에 이렇게 말했다. "[줄리아가] 멀리서 [매튜에게] 관심을 보인 것은 매튜가 그만큼 매력적이기 때문이었어요. 팩스로 참 많은 추파가 오갔답니다. 줄리아는 '내가 왜 당신과 만나야 할까요?' 같은 질문들을 보내왔어요. 그러면 작가실의 작가들이 죄다 달라붙어 매튜가 그 질문에 대답하도록 도왔죠. 혼자서도 어련히 잘했겠지만, 그때 우리는 뭐라 해도 팀 매튜였고, 다들 그를 도왔답니다."

결국 우리 모두의 노력이 통했다. 줄리아는 쇼에 출연하기로 했고, 나에게 선물까지 보내왔다. 베이글, 아주 많은 베이글. 뭐가 문제겠는가? 줄리아 퍼킹 로버츠인데.

이렇게 날마다 팩스가 오가는 석 달간의 연애가 시작되었다. 인터넷도 휴대전화도 없을 때였으니 연락은 팩스로만 이뤄졌다. 아주 많이, 수백 번은 주고받았다. 처음에는 로맨스인지 아닌지 모호한 경계에 머물렀다. 나는 시를 보냈고, 로스앤젤레스 킹스의 트리플 크라운 라인* 이름을 대보라고 묻고는 했다. 딱히 할일이 없어서 그랬던 것도 아니었다. 나는 지구에서 가장 인기 있는 쇼를 촬영중이었고, 줄리아는 프랑스에서 우디 앨런 영화 〈에브리원 세즈 아이 러

---

* 미국 아이스하키 역사상 손꼽히게 강력했던 선수 조합을 일컫는 말로, 경기장에 투입되는 공격수 세 명과 수비수 두 명을 '라인'이라고 통칭한다.

친구와 연인, 그리고 무시무시한 그것

브 유)를 찍고 있었다(줄리아 로버츠니까). 그런데도 나는 하루에 서너 번씩 팩스 기계 앞에 서서 줄리아의 다음 편지가 종이 위에 천천히 모습을 드러내는 모습을 지켜보았다. 어떤 날 밤에는 너무 들뜬 나머지 파티장에서 매력적인 여자와 간질거리는 대화를 주고받다가도 서둘러 대화를 끊고 집으로 달려가 새로운 팩스가 와 있는지를 확인했다. 열에 아홉 번꼴로 팩스는 와 있었다. 내용도 참 기발했다. 줄리아가 문장을 이어나가는 방식이나 세상을 바라보는 시선, 독특한 생각을 언어로 표현하는 능력 모두 다 대단히 매력적이었다. 팩스를 서너 번, 어떤 때는 다섯 번씩 반복해 읽으면서 바보처럼 헤벌쭉 웃는 날도 제법 많았다. 마치 줄리아라는 존재가 세상을, 지금은 나를 웃게 만들기 위해 지구에 내려온 존재라도 되는 듯이. 나는 첫 데이트를 앞둔 열다섯 살짜리처럼 실실 웃고 다녔다.

아직 우리는 만나기는커녕 목소리로 대화해본 적도 없는 사이였다.

그러다 어느 이른아침, 상황이 달라졌다. 줄리아의 팩스가 로맨스로 방향을 확 튼 것이다. 나는 친구에게 전화를 걸었다. "큰일이다. 지금 당장 와줘야겠어. 내가 잘못 본 건지 알려주라."

도착한 친구에게 팩스를 내밀었다. 친구는 말했다. "그래, 착각이 아니군. 큰일이 맞아."

"뭐라고 답장하지?"

"글쎄, 네 감정이 어떤데?"

"아, 됐고. 뭐라 답해야 할지만 말해."

'시라노'와 나는 로맨스로 방향을 홱 튼 편지를 써서 보냈다. 우리는 팩스 기계 앞에 우두커니 서서 서로를 쳐다보다가 또 뚫어지게 기계를 보았다.

십 분쯤 지났을까, 달그락, 윙윙, 쉿쉿 하는 팩스 기계의 거슬리는 소리가 바깥에서부터 도착한 메시지와 함께 집안을 가득 채웠다.

"전화해요." 종이 맨 아래에는 줄리아의 전화번호가 적혀 있었다.

나는 수화기를 들어 줄리아 로버츠에게 전화를 걸었다. 죽을 만큼 떨렸다. 레터먼 쇼에 처음 나갔을 때만큼. 하지만 대화는 순탄하게 이어졌다. 내 말에 그녀가 웃었다. 세상에, 그 웃음소리란… 줄리아는 정말로 똑똑했고, 굉장한 지성인이었다. 여태껏 만나본 사람 중 이야기꾼으로는 세 손가락 안에 꼽히리란 것을 바로 알 수 있었다. 줄리아의 이야기 솜씨는 정말로 훌륭해서 한번은 혹시 미리 이야기를 써둔 거냐고 물은 적도 있다.

다섯 시간 하고도 삼십 분이 더 지나서야 우리의 통화는 끝났다. 이제는 더이상 떨리지 않았다. 이후로 우리는 시도 때도 없이 대화했다. 한번 대화를 시작하면 네다섯 시간씩 이어졌다. 그렇게 우리는 빠져들었다. 무엇을 향해서인지는 정확히 알 수 없었지만, 아무튼 빠져들고 있었다.

우리가 서로에게 홀딱 반했다는 건 분명했다.

목요일, 전화가 또 울렸다.

친구와 연인, 그리고 무시무시한 그것

"토요일 오후 두시에 당신 집에 갈게요."

딸깍.

그렇게 우리는 만났다.

내가 사는 곳은 어떻게 알았지? 날 마음에 들어하지 않으면 어떡하지? 팩스와 전화 통화까지는 참 좋았는데, 현실에서 만난 줄리아가 더이상 날 원치 않으면?

그나저나 술은 왜 계속 들어가는 거야?

마침내 토요일 오후 두시, 현관문을 두드리는 소리가 났다. 침착해, 매티. 문을 여니 그녀가 있었다. 맞은편에 활짝 웃는 줄리아 로버츠가 서 있었다.

아마 나는 이런 말을 했던 것 같다.

"아, 그 줄리아 로버츠이시군요."

이런 순간에조차 농담이 나왔다. 크레이그라면 더 웃긴 말을 했을 텐데, 그는 여기 없었다. 내 앞의 여자는 그 유명한 줄리아 로버츠의 웃음을 짓고 있었다. 그걸 보기 위해서라면 전쟁도 불사할 아름다운 웃음. 모든 긴장이 녹아 사라지는 것만 같았다.

줄리아가 나에게 인사했다.

"최고의 행운아가 된 기분인데요. 그쪽은요?"

"이제 나 좀 들여보내줘요."

나는 비유적으로도 문자 그대로도 그녀를 안으로 들였다. 그렇게 연애를 시작했다. 〈프렌즈〉 슈퍼볼 에피소드를 촬영할 때는 이미 커플이 되어 있었다.

우리는 촬영을 앞두고 타오스에서 새해 전야를 보냈다. 곧 1996
년이었다. 나는 줄리아 로버츠와 사귀고 있었다. 줄리아의 가족도
만났다. 줄리아는 나를 위해 전세기를 띄워주었고 오렌지색 폴크스
바겐 비틀을 몰고 직접 마중나왔다. 나는 내가 부자가 된 줄 알았지
만, 진짜 부자는 줄리아였다.

우리는 온종일 눈밭에서 풋볼을 했다. 이후 줄리아가 나를 보더
니 시계를 봤고—열한시 사십오분이었다—손을 잡아끌며 말했다.
"같이 가자."

우리는 커다란 파란색 트럭에 올라타 눈을 헤치고 산을 올랐다.
어디로 가는지 알 수 없었다. 마치 별 무리 안으로 들어가는 듯했
다. 마침내 산 정상에 다다랐고, 잠시 날씨가 개었다. 뉴멕시코와 그
너머 캐나다까지 한눈에 보였다. 줄리아와 함께 앉아 있으니 세상
의 왕이 된 기분이었다. 눈이 나풀나풀 내렸다. 그렇게 1996년이 밝
았다.

2월, 줄리아가 레터먼 쇼에 나갔다. 레터먼은 우리 둘이 데이트
하는 사이인지를 캐물었다. 마침 줄리아가 〈프렌즈〉의 '슈퍼볼 다음
에피소드'에 특별 출연한 직후였다. 줄리아부터 장클로드 반담, 브
룩 실즈, 크리스 아이작까지, 스타들이 대거 나온 이 에피소드는 무
려 5290만 명이 보았고, 슈퍼볼 이후 방영된 프로 중 시청자 수가
가장 많았다. 광고 수익만 따져도 어마어마했다. 삼십 초간 송출되

친구와 연인, 그리고 무시무시한 그것

는 광고 자리가 50만 달러가 넘는 가격에 팔렸다. 이제 우리 쇼는 누가 뭐래도 NBC의 대표 프로그램이었다.

(그러나 이때까지도 나는 한밤중에 두어 번 이런 생각을 했다. '〈프렌즈〉 대신 〈ER〉*에 출연하면 좋았을걸.' 나는 더 많은 관심을 원했다. 문제는 내 지문과 눈동자 색깔처럼, 변함없이 그대로였다.)

두 편에 걸쳐 등장한 줄리아의 분량은 새해가 밝고 며칠 후인 1월 6일부터 8일 사이에 촬영되었다. 작가들은 나를 위해 "한때는 유머가 내 방어기제였지만, 다행히 이제는 아니야" "완벽한 여자를 만났거든" 같은 대사를 써주었다. 소파에서 우리 둘이 나눈 키스는 무척이나 현실적이어서 다들 실제 상황이라고 생각했다.

실제 상황이기는 했다. 쇼에 나온 줄리아는 멋졌고, 우리 둘의 케미스트리는 미국 전역의 텔레비전을 통해 퍼져나갔다.

줄리아는 레터먼의 질문에 답하면서 모두를 엿 먹이는 방식으로 또 한번 똑똑함을 증명했다.

"맞아요. 매튜 페리와 만나고 있어요. 왜인지 모르겠지만, 아마 슈퍼볼 에피소드에 내가 출연해서 그런가본데, 다들 〈프렌즈〉의 매튜 페리라고 생각하더군요. 실은 호보컨에서 만난 남성복점 직원인데 말이에요. 그렇지만 〈프렌즈〉의 매튜 페리도 멋진 사람이죠. 오해하셔도 상관 안 해요."

---

* 1994년부터 2009년까지 장기 방영한 의학 드라마.

또 줄리아는 나를 가리켜 "말도 못하게 영리하고 웃기고 잘생긴 사람"이라고 표현했다.

그때는 모든 게 술술 풀렸다.

시즌 2를 마무리짓고 4월이 되었을 때 나는 첫 주연을 맡은 영화를 찍으러 라스베이거스로 넘어갔다. 나는 백만 달러를 받고 샐마 하이에크와 함께 〈사랑은 다 괜찮아〉를 찍게 되었다. 지금까지도 내 출연작 중 최고의 영화일 것이다.

지금 그 영화를 찍는다면 세 사람을 데리고 갈 것이다. 혼자 있는 게 무섭기 때문이다. 하지만 그때는 나 혼자였다. 지금 나를 가득 채우고 있는 두려움이 그때는 없었다. 젊은 사람들을 전쟁터에 내보내는 것도 그래서가 아닌가 싶다. 젊으니 겁이 없고, 꺾일 줄 모르니까.

오해하지 마시라. 나는 〈사랑은 다 괜찮아〉 촬영 때문에 긴장했던 거다. 라스베이거스에서 촬영하는 3천만 달러짜리 영화가 나한테 달려 있었다. 첫날 집으로 돌아가던 중 나는 기사에게 "잠시 멈춰달라"고 부탁해야 했다. 차가 멈추고, 나는 도로변에다가 두려움을 토해냈다.

영화 촬영은 속도가 좀더 느릴 뿐 아니라 표현하려는 감정을 정말로 느껴야만 성공한다. 이 심오한 작업에 몰입하기란 쉽지 않으며, 특히 영화는 순서대로 촬영하지 않으니 더 어렵게 느껴졌다.

친구와 연인, 그리고 무시무시한 그것

〈사랑은 다 괜찮아〉 촬영 둘째 날에는 산부인과에서 아이의 심장박동 소리를 처음 듣는 장면을 찍었다. 샐마를 알게 된 지도 얼마 안 됐는데, 그런 감정을 표현하려니 막막했다. 이후에는 우는 장면도 찍어야 했다. 그 역시 무척이나 걱정이었다. 온종일 그 장면을 고민했고 밤새도록 걱정했다. 그래도 무사히 해내기는 했다. 비결은 간단하다. 무지하게 슬픈 무언가를 떠올리면 된다. 하지만 타이밍이 문제다. 정확히 필요한 순간에 울어야 하고, 그걸 여러 번 반복해야 한다.

그날 나는 〈사랑은 다 괜찮아〉 세트장에서 하루 내내 울고 또 울었다. 급기야 감독 앤디 테넌트에게 가서 이렇게 따졌다. "열 시간째 이러고 있어요. 더 쥐어짤 것도 없다고요."

앤디가 말했다. "두 번만 더 가자고, 친구."

그 말에 망연자실해 눈물이 왈칵 났다. 우리 둘은 탱크에 물이 약간 남아 있었던 모양이라며 웃었다(사실 나는 코미디보다 드라마 연기가 쉽게 느껴진다. 어떤 장면에서 웃길 필요가 없다고? 그러면 식은 죽 먹기지. 나는 지금껏 에미상 후보에 네 번 올랐다. 한 작품은 코미디였고, 나머지 세 작품은 드라마였다).

한편 나는 진짜 감정을 끄집어내고 그냥 웃긴 시트콤 배우를 넘어 어엿한 주연배우가 되고자 몇 가지 재미난 방법을 시도하고 있었다. 라스베이거스의 스트라토스피어호텔은 정오에 대형 불꽃 쇼를 연다. 나는 샐마에게 저 호텔의 불꽃 쇼를 잘 봐두라고 말했다. 저게 내 캐릭터가 당신 캐릭터를 처음 만났을 때 느낌이었을 테니까.

샐마도 열심이었다. 샐마는 첫 촬영을 앞두고 나의 트레일러를 찾아와 이렇게 말했다. "조금 안아보죠."

나는 챈들러답게, 그러니까 더블 테이크와 냉소적인 시선을 구사하며 "아, 그래요! 진짜 조금만 안는 겁니다!" 하고 받아쳤다.

샐마는 장면을 어떻게 만들어갈지 언제나 무척이나 섬세하고 장황한 아이디어를 제시했다. 그 기나긴 아이디어가 매번 유용했던 건 아니다. 내가 샐마에게 사랑을 고백하는 장면을 찍을 때였다. 샐마는 우리가 서로를 바라보는 게 아니라 함께 그릴 미래를 바라보면 어떨지 의견을 냈다. 이 말도 안 되는 의견을 이십 분째 듣던 나는 결국 못 참고 이렇게 말했다. "저기, 샐마. 내가 당신한테 사랑한다고 말하는 장면이잖아요. 당신은 아무데나 시선을 둬도 좋아요. 하지만 나는 당신을 봐야겠어요."

나는 영화를 찍는 내내 대본 곳곳을 살피며 앤디 테넌트에게 재치 있는 대사를 제안했다. 그러나 무척이나 똑똑하고 대단히 친절한 앤디는 반응하지 않았다. 내가 웃기려고 이리저리 궁리하고 있으면 오히려 나를 한쪽으로 데리고 가서 이렇게 말해주곤 했다. "안 그래도 돼. 그러지 않아도 자네는 충분히 매력이 있어."

내가 연기 경력을 통틀어 그때 최고의 기량을 뽐낼 수 있었던 건 그의 이런 믿음 덕분이었다. 어쩌면 이게 내가 평생 듣고 싶었던 말, 매티, 넌 그 자체로 충분해라는 말의 다른 표현 아니었을까?(이후 앤

친구와 연인, 그리고 무시무시한 그것

디는 열몇 편의 영화를 더 연출했고, 그중에는 윌 스미스가 주연을 맡은 〈미스터 히치〉도 있다. 좋은 사람이 손해만 보는 세상은 아닌가보다.)

앤디는 남의 의견을 안 듣는 꽉 막힌 사람도 아니었다. 하루는 내 친구 앤드루 힐 뉴먼이 세트장에 놀러왔다가 대사 하나를 제안했다. "몰랐는데 내가 항상 바라던 건 당신뿐이었어"라는 대사였다. 나는 이 대사를 적어 앤디 테넌트에게 전달했다. 앤디는 무척 마음에 들어했고, 결국 이는 우리 영화에서 가장 유명한 명대사가 되었다. 그리고 내가 영화에서 뱉은 대사 중에서도 아마 최고의 대사이리라.

하루는 촬영하는데 뒤쪽 미드호에서 사람들이 제트스키를 타고 있었다. 나는 점심시간에 제트스키를 타고 와도 될지 물었다. 그러나 때는 영화 작업 초반부였고, 사람들은 너무 위험하다고 했다.

그러나 모든 게 술술 풀리던 때였으므로… 나는 그냥 이렇게 말했다. "흠, 그냥 허락해주세요."

그렇게 나는 미드호로 갔다. 해가 중천이었다. 푸른 물방울이 불꽃처럼 사방으로 튀었다. 제트스키를 타고 주변을 둘러보니 저멀리 후버댐이 보였다. 바로 저기서 영화의 클라이맥스를 촬영할 예정이었다. 풍경 너머 월슨산이 마치 경고하듯 나를 굽어보고 있었다. 그러나 내 인생은 모든 게 완벽했다. 세상에서 가장 아름답고 유명한 여자와 연애중이었고, 미국 최고의 텔레비전 쇼에 출연중이었다. 박스오피스 1위에 등극할 영화를 찍으며 돈도 많이 벌고 있었다.

제트스키의 속도를 높였다. 느슨하고 부드럽게 물과 닿는 감각을 느끼며 방향을 이리저리 바꾸면 물살이 철썩였다. 나는 오른손을 계속 꺾어가며 속도를 최대한 끌어올렸다.

그러다 제트스키를 오른쪽으로 홱 꺾었는데, 웬일인지 내 몸은 계속 직진했다. 나는 공중에 붕 떴고, 이윽고 추락했다. 수면 위로 올라와 출발 지점을 돌아보니 물가에 사십 명쯤 되는 영화 스태프 전원이 영화를 통으로 망치려 드는 나를 구하려고 허겁지겁 미드호로 뛰어들고 있었다.

물가로 나왔을 때 몸 상태가 심상치 않다는 걸 직감했다. 하지만 당장 그날 밤 중요한 장면을 촬영해야 했다. 아이가 태어나는 장면이니 결정적 순간이었다. 반드시 잘해내야 했다. 그런데 온몸이 아팠다. 특히 목이 말썽이었다. 스태프들은 내 상태를 보고 의사를 불렀다. 의사가 내 트레일러로 찾아와 비닐 포장된 알약을 하나 건넸다.

"촬영이 다 끝나면 드세요." 의사가 말했다. "그러면 문제없을 겁니다."

나는 약을 주머니에 쑤셔넣었다. 맹세하건대, 그때 그 약을 먹지 않았다면 이후 삼십 년이 그렇게 흘러가지는 않았을 거다. 그걸 어떻게 아느냐고? 아무튼, 이후 삼십 년이 정말 안 좋았던 것만은 잘 안다.

〈사랑은 다 괜찮아〉에서 내가 맡은 인물은 부동산 개발자로, 빨간색 머스탱을 몬다. 야간 촬영은 계속 이어지다 동틀 무렵에야 마무리되었다. 지평선 끝자락에서 해가 떠오르려는 게 보였다.

"저기, 라스베이거스 숙소까지 머스탱을 몰고 가도 될까요?" 내가 물었다.

제트스키 사고를 겪고도 스태프들이 나를 말리지 않았다는 게 지금도 놀랍다. 그들은 나를 말리지 않았다.

촬영장을 떠날 무렵, 윌슨산 위로 네바다주의 첫 여명이 스멀스멀 밝아오고 있었다. 나는 머스탱의 지붕을 열고 알약을 삼켰다. 줄리아에 대해 생각했다. 미드호를 가로질러 날았던 사고에 대해서도. 세상사에는 관심이 없었다. 어린 시절도 생각났으나 마음이 아프거나 그러지는 않았다. 그때는 그랬다. 약효가 퍼지면서 내면의 무언가를 건드렸다. 평생 내가 좇아온 무언가였다. 나는 인기와 크레이그 비어코와 머리 형제와 〈프렌즈〉를 생각했다. 곧 여름이었다. 분홍빛 새털구름과 부드럽고 건조한 공기. 이곳이 내가 있을 분홍빛 하늘이었다. 기분이 어찌나 좋은지 기관차가 나를 치고 가더라도 기관사를 보며 "그럴 수 있죠"라고 말할 수 있을 것 같았다. 나는 캐나다 집 뒤뜰에 누워서 또 한번 머리 형제의 토사물에 둘러싸여 있었다. 믿기지 않을 만큼 기분이 좋았다. 완전하고 순수한 희열. 알약 하나가 내 몸속 피를 따뜻한 꿀로 바꾼 듯했다. 나는 세상의 꼭대기에 있었다. 난생처음 느껴본 최고의 감정이었다. 어떤 것도 잘못될 리 없었다. 빨간색 컨버터블 머스탱을 몰고 라스베이거스의 숙소로 가는 길, 이런 생각을 했던 기억이 난다. 이번에 이 약을 먹고 죽지 않으면 다시 시도하리라. 이후 일어난 일을 생각하면 이건 분명 나쁜 기억이지만 동시에 좋은 기억이기도 했다. 그날 아침에 나는 신을 만날 뻔했다. 천국을 느꼈다는 소리다. 이런 경험을 하는 사람은 많지 않다. 그날 아침, 나는 신과 악수했다.

신, 혹은 다른 존재였으려나?

그날 아침 숙소로 돌아오자마자 나는 의사에게 연락해 처방해준 약이 진통에 효과가 있더라고 전했다(신을 만났다는 이야기는 굳이 하지 않았다). 잠들었다가 일어나보니 그 알약이 40여 알 도착해 있었다. 유레카!

조심해, 매티. 이렇게 기분을 좋게 해주는 건 다 대가가 있기 마련이라고. 지금에야 그 대가가 무언지 잘 안다. 너무나도 잘. 하지만 그때는 정말로 몰랐다. 〈사랑은 다 괜찮아〉에 관해 말할 수 있는 게 영화가 어떻게 만들어지는가에 관한 재미있는 이야기, 내부자만 아는 그런 이야기들만 있다면 참 좋겠다. 연예 산업의 거품을 꺼트리기는 정말 싫지만, 화려함과 마티니 숏*과 메인 카메라 이면에도 진짜 사람들이 산다. 아무도 몰랐던 사실이 하나 있다. 누군가의 인생이, 그것도 가장 그럴 것 같지 않은 사람의 인생이, 이제 막 지옥문으로 추락하려 하고 있었다.

* 그날의 마지막 촬영을 의미하는 영화 용어.

친구와 연인, 그리고 무시무시한 그것

일 년 반 정도가 지났을 때 나는 그 알약을 하루에 55알씩 먹고 있었다. 미네소타주의 헤이즐던 중독치료시설에 입소했을 때, 내 몸무게는 58킬로그램이었다. 삶은 엉망이 됐다. 나는 도대체 나에게 무슨 일이 일어난 것인지 갈피를 잡지 못한 채, 곧 죽으리라는 날것의 공포에 사로잡혔다. 나는 죽으려 했던 게 아닌데. 그냥 기분이 좋아지고 싶었을 뿐.

'매튜 페리가 중독치료시설에 입소했다'는 소식은 당연히 큰 화젯거리가 되었다. 나는 문제를 조용히 해결할 기회조차 얻지 못했다. 모든 게 까발려져 잡지 표지를 장식했다. 모두가 보장받는 익명성조차 나에게는 주어지지 않았다. 무서웠다. 그래도 젊을 때라 빠르게 회복했다. 이십팔 일 만에 원래 상태로 돌아가 건강한 모습을 되찾았다.

이 역시 큰 화젯거리였다. 물론 앞선 소식만큼은 아니었지만.

영화 작업은 텔레비전 드라마와 전혀 다르다. 〈프렌즈〉에서는 슬픔을 표현해야 하면 세상에서 가장 슬픈 사람인 양 연기한다. 그래야 맨 뒷줄에 앉은 현장 관객도 볼 수 있기 때문이다. 연기하다가 관객들을 향해 윙크 같은 것을 하기도 한다. '자, 여러분, 잘 보세요. 재미있는 거 갑니다'라고 예고하는 것이다. 시트콤은 매주 단막극을 한 편씩 올리는 것과 같다. 관객 삼백 명이 앞에 있고, 그들을 향해 나 자신을 발산해야 한다.

영화 작업은 그보다 훨씬, 훨씬 더 느리다. 마스터 숏을 찍었다가 클로즈업을 찍고, 그다음에는 더 밀착해 클로즈업을 찍는다. 캐릭터가 슬퍼하면 그냥 슬픔을 연기한다. 윙크 따위는 없다. 프로들의 무대니까. 〈프렌즈〉에서는 리허설도 빠르게 했다. 알렉 볼드윈이 게스트로 나와 이렇게 말했던 기억이 난다. "여긴 속도가 진짜 빠르네요!"

게스트 출연자는 늘 있었다. 따라서 그때그때 상황에 맞추는 순발력이 필요했다. 내가 가장 좋아한 게스트는 숀 펜이었다. 그는 시즌 8의 두 에피소드에 출연해 끝내주는 연기를 선보였다. 그의 스토리 라인에서 나는 분홍색 토끼 탈을 쓰고 등장했다(핼러윈 철이었다). 대본 리딩을 마치면서 이렇게 실토했었다. "숀 펜과 작업하기를 늘 꿈꿨는데, 분홍색 토끼 탈을 쓰게 될 줄은 꿈에도 몰랐다"고.

아파트 세트장에 제4의 벽*은 존재하지 않기도 했지만, 〈프렌즈〉는 비유적인 의미에서도 그 벽을 부순 적이 없다. 그러나 숀이 나온 에피소드에서 내가 태그 신(이야기가 끝난 뒤 나오는 짤막한 엔딩 장면)을 제안해 그걸 부술 뻔한 적이 있기는 하다. 무대 뒤편에서 토끼 탈을 쓴 내 앞으로 숀이 지나간다. 내가 그에게 말을 건다. "숀, 잠시 대화할 수 있을까요?"

---

* 무대 밖 현실세계와 무대 위에서 펼쳐지는 극 중 세계를 구분하는 가상의 벽을 의미한다.

친구와 연인, 그리고 무시무시한 그것

"물론이죠, 매튜. 무슨 일이죠?"

"아, 많이 고민해봤는데요. 당신이랑 대화하면 도움이 될 것 같아서요." 담배를 피우던 나는 커다란 토끼 발로 꽁초를 비벼 끈 뒤 이렇게 말한다. "드라마 연기 쪽으로 전환할까봐요."

숀 펜이 나를 다섯 번쯤 위아래로 훑어보다가 이렇게 대꾸한다. "행운을 빕니다."

나의 이 제안은 대본 리딩에서 큰 웃음을 선사했다. 그러나 이건 우리가 십 년간 지켜온 규칙을 어기는 장면이었다. 숀 펜처럼 힘 있는 사람도, 커다란 분홍색 토끼 탈을 우스꽝스럽게 뒤집어쓴 나도, 제4의 벽을 부숴도 된다는 허락을 받지 못했다. 그건 그 자리에 그대로 있었다. 있어야 하는 자리에 그대로.

우리는 〈프렌즈〉에 출연하면서 저마다 온 세상이 자기 캐릭터에 관해 이야기하는 해를 맞이했다. 시즌 1은 데이비드 슈위머가, 시즌 2는 리사가 주목받았고, 시즌 5와 6은 코트니와 내가, 시즌 7과 8은 제니퍼가 주목받았다. 그리고 (프렌즈 최고 발전상을 받아야 할) 맷은 시즌 9와 10에서 활약했다. 몇몇은 그 시즌에 에미상을 받았다. 실은 누구 할 것 없이 우리 모두 상을 더 많이 받을 자격이 있었다. 우리에 대한 평가에는 실제 뉴욕의 현실보다 지나치게 큰 아파트에 사는 매력적이고 부유한 사람들에 대한 편견이 작용했다고 본다… 물론 내가 늘 말하듯, 그 아파트에 제4의 벽은 없었지만.

첫해, 그러니까 데이비드의 해에 그가 나의 분장실로 찾아온 적이 있다. 데이비드는 평소에 짓던 특유의 처량한 표정을 캐릭터에 적용했는데, 그게 무지하게 웃겼다. 우리 중 처음으로 광고를 찍고 〈투나잇 쇼〉에 나가고 집을 사고 영화 주연을 따낸 것도 그였다. 첫해에 그는 가히 스타였고, 그럴 만했다. 그만큼 웃겼으니까.

그날 나의 분장실로 찾아온 데이비드는 맞은편에 앉더니 용건을 꺼냈다. "매티. 생각해봤어. 계약을 재협상할 때 우리는 팀이어야 해. 같은 액수를 받아야 한다는 말이야." 우리 중 협상에서 가장 유리한 자리에 있는 사람은 단연 그였다. 나는 그가 한 말을 믿기 힘들었다. 당연히 짜릿했고. 너그러운 그의 덕을 볼 수 있다니 더없이 행복했다.

결과적으로 이 판단은 수익 면에서 굉장히 훌륭한 선택이 됐다. 데이비드는 당연히 돈을 제일 많이 받을 수 있는 위치였으나 그러지 않았다. 나라도 그랬으리라고 생각하고 싶지만, 욕심 많은 스물다섯 살짜리가 정말 그랬을지는 장담 못하겠다. 데이비드의 선택 덕에 우리는 지난하고 스트레스가 심한 방송국과의 협상 과정 동안 서로만 신경쓸 수 있었고, 어마어마한 권한을 누렸다. 시즌 8 때 우리는 에피소드당 백만 달러를 받았고, 시즌 10에 이르러서는 그 액수를 초월해 110만 40달러를 받았다. 나중에는 에피소드 횟수를 줄이자고 요구했다. 바보들. 우리가 감사히 받은 것들은 데이비드의 선량함과 영민한 비즈니스 감각 덕분이었다. 데이비드, 덕분에 3천만 달러를 벌었어(우리는 여전히 바보들이었다).

〈프렌즈〉에 출연한다는 것은 갈수록 좋은 소식만 들려오는 아주 드문 상황에 놓였다는 뜻이었다. 그러나 화면 바깥의 상황은 그리 순탄하지 않았다. 1996년 4월, 나는 제이 레노 쇼에 나가서 싱글임을 밝혔다. 줄리아 로버츠와 데이트하는 것은 나에게 너무나도 버거운 일이었다. 언제든 줄리아가 나와 헤어지리라는 확신에 갇혀 살았다. 왜 아니겠는가? 나는 부족했다. 절대 충분한 사람이 못 되었다. 나는 망가졌고, 무너졌고, 사랑받을 자격이 없었다. 따라서 그녀를 잃는 불가피한 고통을 마주하느니, 차라리 내가 먼저 아름답고 눈부신 줄리아 로버츠에게 이별을 통보하는 편을 택했다. 줄리아에게는 텔레비전 배우와 만나는 것 자체가 손해를 보는 일이었을 텐데, 심지어 그 텔레비전 배우가 자신을 차버리기까지 했다. 혼란스러워하던 그녀의 표정은 차마 말로 표현할 수 없다.

나는 머리 형제와 함께 케이프 코드에서 파티를 즐기기로 했다. 왜 케이프 코드였는지, 왜 머리 형제가 함께였는지 모르겠다. 그냥 술을 퍼마실 새로운 장소쯤이라고 생각했다. 그런데 거기서 나는 무언가 달라졌음을 체감했다. 새로운 역학 관계가 작동하고 있었다. 여자들이 먼저 다가와 나에게 말을 걸었다. 시시한 작업 멘트로 여자들에게 접근하던 시절은 이제 끝이었다. 구석에 서서 보드카 토닉잔을 들고 있으면 여자들이 알아서 다가왔다.

물론 그중 줄리아 로버츠는 없었지만.

나는 살면서 육십다섯 번 넘게 해독 치료를 받았다. 처음 받았을 때 나이는 스물여섯 살이었다.

바이코딘* 중독은 어느덧 심각해졌다. 〈프렌즈〉 시즌 3이 끝나갈 때쯤에 내가 얼마나 말랐는지를 보면 아마 놀랄 것이다(오피오이드는 식욕을 떨어트리고 상습적 구토를 유발한다). 마지막 에피소드에서 나는 흰 셔츠에 황갈색 바지를 입고 있는데, 옷이 최소 세 치수는 커 보인다(챈들러가 모니카에게 청혼하는 시즌 6 마지막 화와 시즌 7 첫 화 사이에 내가 얼마나 달라졌는가도 비교해보길. 시즌 6 마지막 화와 시즌 7 첫 화에 나는 똑같은 옷을 입고 나온다[설정상 같은 날이어야 했다]. 그런데 휴식기에 몸무게가 22킬로그램이나 빠져버렸다. 〈프렌즈〉를 찍는 동안 내 몸무게는 58킬로그램에서 102킬로그램 사이를 오갔다).

시즌마다 내 몸무게를 가늠하는 것으로 중독 궤적을 추적해볼 수도 있다. 살이 붙었다 싶으면 술에 중독된 것이고, 말랐다 싶으면 약에 중독된 것이다. 염소수염을 길렀다면, 그건 약을 무지 많이 했다는 뜻이다.

시즌 3을 종영할 때쯤엔 거의 하루종일 어떻게 하면 바이코딘

---

* 오피오이드 계열의 하이드로코돈에 아세트아미노펜을 혼합해 만든 마약성 진통제.

친구와 연인, 그리고 무시무시한 그것

55알을 구할 수 있을지 궁리했다. 날마다 55알을 먹어야만 했다. 그러지 못하면 심하게 앓았다. 쉬지 않고 약 구하기에 매진했다. 전화를 돌리고, 의사를 만나고, 편두통이 있는 척하고, 내가 원하는 걸 줄 양심 없는 간호사를 찾아다녀야 했다.

내 상태가 심상치 않다는 건 그러고도 한참 지나서야 깨달았다. 나는 하루에 약을 12알 먹다가, 또다른 날에는 일제히 끊었다가, 끔찍한 불쾌감에 시달리곤 했다. 뭔가 단단히 잘못됐어. 이렇게 생각하면서도 약을 끊지는 못했다. <프렌즈> 이번 시즌만 끝나면 치료받아야지.

그랬다가 자칫 목숨을 잃을 뻔했다. 만약 시즌이 한 달 더 이어졌다면, 나는 지금 이 자리에 없을 것이다.

그래도 취한 채로 일한 적은 없다. 함께 일하는 사람들을 사랑했기 때문이다. 그들을 위해서라면 언제나 더 분발하고 싶었다. 나는 뉴욕 양키스의 2루수였다. 그러나 중독은 언제나 선수를 치고, 사람을 외롭게 한다. 알코올의존증이 언제나 승리한다. 내가 손을 들고 "문제가 생겼는데"라고 하면, 알코올은 도리어 콧방귀를 뀐다. 그런 말을 하시겠다? 좋아, 당분간 사라져주지. 하지만 다시 돌아오마.

절대 영원히 사라지지 않는다.

나는 금세 또다른 영화를 계약했다. 〈덤 앤 더머 서부시대로 가다〉는 크리스 팔리가 나오고 크리스토퍼 게스트가 감독한 코미디 영화다. 나는 출연료로 2백만 달러를 받았다. 우리는 노던캘리포니아 유리카 인근의 웬 시궁창 같은 곳에서 영화를 찍었다. 팔리는 역시

나 웃긴 사람이었다. 다만 그의 중독과 나의 중독이 합쳐지는 바람에 하마터면 영화를 완성도 못할 뻔했다. 그때 나는 〈프렌즈〉와 〈덤 앤 더머 서부시대로 가다〉를 동시에 촬영하느라 지쳐 있었다. 그래서 약발도 평소와 같지 않았다. 내내 앓지 않으려면 일정량 이상의 약이 필요했다.

뭔가를 먹으면 약기운이 약해져서 나는 아무것도 먹지 않았다. 늘 몸이 아팠기 때문에 먹고 싶은 맘도 없었다. 그리고 시도 때도 없이 구토했다. 혼자일 때는 상관없었지만, 숲속에서 크리스토퍼 게스트와 대화중일 때면 곤란했다. 삼십 초 안에 토할 거다. 서둘러 자리를 피할 구실을 찾아내는 게 좋을걸. 나는 나무 뒤에서, 바위 뒤에서, 여자 화장실에서 토했다. 어떤 사람들은 내뱉은 약을 다시 먹으려고 토사물을 헤집기도 한다던데, 나는 차마 그 짓까지는 할 자신이 없었다. 어차피 약을 구하려고 아주 많은 의사를 고용해둔 터라 그럴 필요도 없었고, 대신 나는 변기 옆에 수건을 꼭 2개 두었다. 하나는 토사물을 닦기 위해, 하나는 눈물을 닦기 위해서였다. 나는 죽어가고 있었지만, 누구에게도 말할 수 없었다.

그러다 크리스 팔리가 죽었다. 그의 병은 나의 병보다 더 빠르게 진행되었다(참고로 나는 건강상의 이유로 '헤로인'이라는 단어를 무서워했으나 그에게는 그런 두려움이 없었다). 소식을 들은 내가 벽에 주먹을 날리는 바람에 제니퍼 애니스턴의 분장실에 구멍이 났다. 나는 크리스 팔리가 사망하고 이 주 후부터 〈덤 앤 더머 서부시대로

친구와 연인, 그리고 무시무시한 그것

가다〉의 홍보 일정을 소화해야 했다. 어느새 나는 그가 약과 술 중독으로 사망했다는 사실을 공개적으로 이야기하고 있었다.

나는 내내 취해 있었다.

하지만 누구도 알지 못했다. 가족도, 친구들도, 아무도 몰랐다. 나는 언제나 상상을 초월하게 아픈 상태였다. 약을 끊으려고 주기적으로, 어떤 때는 사흘씩, 어떤 때는 나흘씩 노력도 해보았으나 그때마다 너무 슬퍼지고 아파져 노력을 지속할 수가 없었다.

하루는 밤에 집에서 이 상황을 이해하려 애쓰고 있는데 전에 만나던 여자에게서 전화가 왔다.

"당신, 어딘가 잘못됐다는 거 알고 있어. 의사한테 가자."

나는 끝내 무너졌다. 그리고 모든 걸 털어놓았다. 살면서 그렇게 많이 울어본 적이 없었다. 비밀이 까발려진 순간. 드디어 누군가 알아챈 순간.

다음날 의사를 만났다. 의사가 미네소타에 있는 헤이즐던을 추천했다.

"거기 큰 호수도 있어요." 의사가 말했다. 나는 생각했다. 미네소타면 캐나다랑 가깝지. 적어도 날씨가 뭣 같은 고향 느낌은 받을 수 있겠군.

하지만 미칠 듯이 무서웠다. 이게 나의 현실이었다. 중독치료시설행. 스물여섯 나이에.

나는 약을 끊으려 헤이즐던에 입소했으나 사실상 아무것도 배우지 못했다.

계획은 미네소타로 가기 전에 급속 해독을 받는 것이었다. 급속 해독을 시작하면 이틀 또는 사흘 동안 약을 끊은 채 오피오이드 길항제를 투여받는다. 끝났을 때는 약기운 없이 말짱한 상태가 된다 (참고로 이 치료법은 요즘도 쓰이고 있으나 효과가 없다는 것을 나는 안다).

나는 급속 해독을 받은 다음 헤이즐던으로 갔는데, 도착했을 때는 흡사 초주검 상태였다. 오피오이드 해독은 사람을 진짜로 죽이지는 않으나 차라리 죽었으면 좋겠다는 생각이 들게 한다(알코올과 벤조) 해독 치료는 정말 사망에 이를 가능성이 있다). 헤이즐던 병실에 있는 동안 죽을 듯이 아팠다. 나는 개새끼처럼 발버둥쳤다. 극한의 공포에 사로잡혀 팔다리를 배배 꼬았다. 제발 살려달라고 빌고 또 빌었지만 돌아오는 답변은 하나였다. "환자분은 해독된 상태이니 진정하세요."

그러나 나는 해독된 게 아니었다. 하루 55알의 바이코딘을 먹다가 한 번에 뚝 끊었을 뿐이었다. 나는 소위 말하는 '벽에 붙어 있는 인간'이 되었다. 몇 걸음 뗄 때마다 바로 옆 벽을 붙들어야 했다.

이제 와 하는 생각이지만, 차라리 급속 해독을 받지 않았더라면 고통을 완화해줄 무언가를 처방받았을 것이다. 그러나 시설 사람들은 해독된 상태라고 생각해 나를 그대로 두었다. 55알에서 0알로의 변화는 적어도 내가 생각보다 훨씬 더 강인한 사람임을 보여주었지

친구와 연인, 그리고 무시무시한 그것

만, 현실은 순수한 지옥 그 자체였다.

입소하고 열흘 정도가 지나 그룹 세션에 들어갔는데 갑자기 사방이 흐려졌다. 듣기로는 내가 계속 "괜찮아요, 정말 괜찮아요"라는 말을 반복했다고 한다. 하지만 전혀 괜찮지 않았다. 절대 엇나가서는 안 되었던 어린 시절에 받은 교육이 얼마나 강력했던지, 대발작을 겪는 와중에도 소란을 일으키지 않으려고 애썼던 것 같다.

발작에서 깨어났을 때는 다시 병실이었고, 시설의 모든 직원이 질겁해 모여 있었다. 상황 파악은 안 되지만 대단히 혼란스러웠던 내가 말했다. "맙소사, 저를 보러 캘리포니아로 이렇게 다들 와주다니요. 고마워라!"

"캘리포니아가 아니에요." 누군가 말했다. "당신은 미네소타에 있어요. 대발작을 일으켰고요."

나는 시설에 이 주 더 머물렀다. 마지막에는 마치 내가 그곳의 지배자이자 왕이 된 기분이었다. 그래서 내가 한 일은 〈재생자〉의 마이클 키턴을 흉내내는 것이었다.

젊었던 나는 살을 조금 찌웠고, 테니스를 열심히 쳤으며, 약을 끊는 데도 성공했다. 그러나 속으로는 다시 술을 마시게 되리란 걸 알았다. 상태가 나아진 후 캘리포니아로 돌아갔고, 아직 정상으로 되돌아오진 못했어도 기분은 괜찮았다. 하지만 앞에서 말했듯, 뭐가 잘못된 것인지 사실상 아무것도 배운 게 없었다. 익명의 알코올중독자들이라는 모임에 관해서도 몰랐고, 맨정신으로 어떻게 살라는 건지도 배우지 못했다. 그냥 바이코딘만 끊은 상태였다. 우리 쇼의 시청자들을 위해 말하자면, 시즌 4를 앞두고 있던 때였다. 내가 쇼에서 가장 멋지게 나온 시즌이었다. 제니퍼 애니스턴만큼은 물론 아니었지만, 그래도 꽤 봐줄 만했다.

캘리포니아로 돌아온 후, 육십팔 일을 버티다가 결국 술에 입을 댔다. 나를 죽일 뻔한 게 술은 아니었다는 것이 나의 이론이었다. 나를 죽일 뻔한 건 오피오이드였다. 보드카는 구멍을 채워줄 뿐이었다. 여전히 남아 있는 구멍을 무언가로 틀어막아야 했다.

나는 2001년까지 밤마다 술을 마셨다.

헤이즐던에 입소했던 그해는 내 인생 최고의 해, 모두가 꿈에 그리던 최고의 해였다. 인기를 모두 만끽하기도 전이었다. 물론 그때 내가 죽었더라면 묘비에는 이런 문구가 적혔을 거다. **여기 매튜 페리가 묻히다—그는 줄리아 로버츠와 결별했다.** 아니면 **이보다 더 어리석고 죽은 자일 수 있을까?**

1999년, 영화를 촬영하며 만난 한 여자를 열렬히 사랑하게 되었다(나는 캐나다 시절의 엄마처럼 유명한 여자들에게 반하는 전적을 쌓아가는 중이었다). 사방의 벽을 허물고 무방비 상태나 다름없었는데… 결국 그 여자는 다른 누군가를 골라 사랑에 빠졌다.

그동안 나는 누구든 원하면 만날 수 있었지만, 이때의 실연은 지금까지도 마음이 아프다. 예외가 있다는 것은 규칙이 존재한다는

친구와 연인, 그리고 무시무시한 그것

증거다. 누군가와 만날 때, 나는 버림받기 전에 먼저 떠나야 한다. 왜냐면 나는 부족한 사람이고, 계속 만나다가는 그 사실을 들키고 말테니까. 그런데 내가 원한 사람이 나를 만나주지 않으면, 그건 내가 부족한 사람이며 그 사실을 이미 들켰음을 증명해준다. 이 규칙은 어떻게 보든지 나에게 불리했다. 어느 쪽이 되었건, 지금까지도 어디선가 그녀의 이름을 듣기만 해도 마음 한구석이 찌릿하다. 내가 깨어 있는 모든 순간에 나를 헤집어놓는 두려움이 되살아나기 때문이다. 심지어 그녀는 나의 음주가 문제라고 했다. 이렇게 중독의 대가를 또하나 치렀다. 이런 경험을 계기로 술을 끊는 사람도 있겠으나, 나의 경우는 더 심각해졌다. 나는 집안 곳곳에 촛불을 켜놓은 채 술을 마셨고, 우리가 함께 나온 영화를 보며 혼자 상심하여 자학했다. 극복하려 해보았으나, 여지없이 실패하고 있었다.

툭툭 부은 내 모습은 형편없었다. 또 위험했다.

오타와에 살던 9학년 때, 마이클 J. 폭스는 영화와 드라마 모두에서 1위에 등극했다. 열네 살밖에 안 됐던 나는 그때도 질투심에 씩씩댔다. 이후 나는 〈뉴욕 타임스〉에 이런 말을 했다. "관심을 바라고, 돈을 바라고, 레스토랑에서 가장 좋은 자리도 바란다"고. 〈프렌즈〉 시즌 5와 6 중간 휴식기에 나는 영화 〈나인 야드〉를 촬영했다. 그리고 아니나 다를까, 2000년 초 영화가 개봉했을 때, 마침내 영화와 드라마에서 동시에 1위를 찍었다.

그때 나는 뭘 하고 있었느냐고? 침실 밖으로 나오지 못할 만큼 많은 약을 먹고 있었다. 다들 어디선가 매튜 페리가 자축하며 찬사를 만끽하고 있겠거니 생각했겠지만, 정작 나는 마약 딜러들과 내통하며 어두운 방과 비참함 속에 갇혀 있었다.

자연에서는 펭귄이 다치면 주변 펭귄들이 다친 펭귄이 나을 때까지 몸을 지탱해준다고 한다. 〈프렌즈〉 배우들이 나를 위해 그렇게 해주었다. 나는 이따금 촬영장에서도 극심한 숙취에 시달렸는데, 마침 유산소운동을 만병통치약으로 신봉하던 제니퍼와 코트니 덕에 무대 뒤편에 라이프사이클 실내용 자전거가 있었다. 나는 리허설과 촬영 중간에 틈틈이 자전거에 올라타 지옥 불에 쫓기는 것처럼 부리나케 페달을 밟곤 했다. 제정신을 차리기 위해 뭐든 했다. 비록 나는 다친 펭귄이었지만, 이 멋진 사람들과 쇼에 폐를 끼칠 수 없다는 의지만큼은 강했다.

그러나 중독은 계속해서 나를 짓밟았다. 한번은 정장을 차려입고 카페에 있는 장면을 찍다가 소파에서 그대로 잠들어버린 적이 있다. 다행히 맷 르블랑이 내가 대사를 해야 할 때 옆구리를 찔러 깨워준 덕에 참사는 면할 수 있었다. 누구에게도 들키지는 않았지만, 아슬아슬했다.

어쨌거나 나는 빠지지 않고 나타나 계속 연기했다.

그러다 췌장염에 걸렸다. 서른 살 때였다.

휴식기에 일어난 일이었다. 나는 또다시 혼자였고, 이렇다 할

친구와 연인, 그리고 무시무시한 그것

일도 없었다. 촬영할 영화가 있던 것도 아니고 그냥 아무것도 없이, 그저 느리고 끈적한 시간을 끝없는 바다로 이어지는 LA 협곡에 흘려보내고 있었다. 몇 달간 집에 틀어박혀 술을 마셨다. 술을 마시기 위해 혼자였고, 술을 마시니 혼자였다(말했듯이 알코올의존증은 사람을 지독히도 고립시킨다). 영화 〈조 블랙의 사랑〉을 연거푸 봤다. 하필 저승사자(나)가 사랑이 무언지를 찾으려 하는 내용이었다. 이렇게 어울릴 수가. 나는 마치 내가 조 블랙인 양 "이제 어쩌죠?"라는 질문에 시달렸다. 나는 죽음을 닮아 있었다. 술을 마시고, 영화를 보고, 까무러쳤다가, 다시 일어나 술을 마시고, 또 같은 영화를 보고, 까무러쳤다.

그러다 갑자기 배를 칼로 푹 찔리는 느낌이 났다. 정확히 그 느낌이었다. 칼이 세포막을 뚫고 방향을 살짝 비틀어 톱니 같은 칼날로 정맥을 찢었다. 몸속 피가 끓는다는 말이 부족할 정도로 뜨거워졌다. 칼은 점점 더 깊숙이 들어왔다. 나는 협곡에서 몸이 갈기갈기 찢긴 짐승처럼 괴로워하며 소리를 질렀다.

당시 사귄다고 할 수 있었던, 멋진 제이미 타시스에게 전화를 걸어 힘겹게 말을 뱉었다. "나 뭔가 잘못됐어."

신이 나에게 보낸 천사였던 제이미는 부랴부랴 우리집으로 와서 나를 차에 싣고 가장 가까운 병원으로 데려갔다.

응급실에서도 나는 계속 악을 썼다. "위세척해줘요! 위세척해달라고!"

의사는 그런 나를 빤히 보았다.

"위세척은 필요 없습니다. 식중독이 아니니까요."

"그러면 왜 이 지랄인데요?" 내가 울부짖었다.

"췌장염이에요." 의사가 말했다. "과음으로만 생기는 병이죠."

사실 췌장염의 원인은 여러 가지다. 자가면역질환 때문일 수도, 감염 때문일 수도, 혹은 담석이 원인일 수도 있다. 그러나 가장 흔한 원인은 술을 지랄맞게 많이 마시는 것이다. 서른 살에 췌장염은 듣도 보도 못했는데. 대단해라! 내가 기록을 하나 더 세웠다.

"웃기지 마세요. 내가 술을 그렇게 많이 마시지는 않거든요…" 수치심이었을 수도, 현실 부정이었을 수도 있다. 둘을 떼어놓기는 힘들다고 생각한다. 무엇이 되었건, 나는 제이미에게 부탁해 집으로 돌아갔다.

집에 돌아와 한 시간이 지나서도, 여전히 어딘가 단단히 잘못된 느낌이었다. 그래서 다른 병원에 갔으나 이번에도 같은 진단을 받았다.

나는 한 달 동안 병원에 입원해 정맥주사로 수액을 맞았다(췌장염을 고치는 유일한 방법은 췌장을 온전히 내버려두는 것이다. 그 말인즉슨 한 달 동안 무언가를 먹지도 마시지도 못한다는 뜻이었다). 그리고 매일 밤 제이미 타시스 곁에서 잠들었다. 제이미는 무엇을 하든 내 곁을 지켰기에 나는 자다 깨서도 언제든 제이미를 볼 수 있었다(지금 생각해도 제이미는 자비로운 신이 보낸 천사였다. 제이미 같은 사

친구와 연인, 그리고 무시무시한 그것

람은 누구에게나 과분하다. 나에게는 물론). 〈웨스트 윙〉을 같이 보고 또 보는 동안 나는 담배를 피웠다. 그렇다. 병실에서 담배를 피웠다. 요즘 같은 시절이 아니었거니와 그때는 하도 잘나가던 때라 그런 걸 신경쓰지 않았던 것 같기도 하다. 그러다 결국은 발각되어 주의를 들었다. 하지만 나는 간절했기에 매번 퇴원 절차를 밟고 담배를 피운 다음 다시 입원하기를 반복했다.

다시 입원하는 절차에만 일곱 시간이 걸렸으나 후회는 없었다.

병원에서는 고통 완화를 위해 딜라우디드라는 약물을 주기적으로 체내에 투입하는 기계를 내 몸에 달아두었다. 딜라우디드는 오피오이드계 약물로, 몸속에 들어오면 두뇌와 고통의 관계를 바꿔놓는다. 나는 딜라우디드가 좋았다. 딜라우디드는 새롭게 내가 가장 좋아하는 약물이 되었다. 계속 그걸 주기만 한다면 나는 백 일이라도 병원에 있을 자신이 있었다. 입원해 있는 한 달 동안 제이미가 내 곁을 지켰고, 나는 해롱거리며 행복해했다. 시즌 6과 시즌 7 계약을 했을 때는 더욱더 행복했다. 욕심을 내려놓은 데이비드 슈위머의 천재적인 제안 덕분에, 우리는 5천만 달러를 받았다. 나는 팔에 급식 튜브를 달고 뇌에는 딜라우디드가 흘러들어오는 상태에서 계약서에 사인했다.

그러나 결국은 들키고 말았다. 아무래도 내가 그 기적의 약을 과하게 요구한 게 분명했다.

"이제 다 나았습니다." 의사가 말했다. "췌장염이 완치되었어요.

퇴원하셔도 좋아요. 내일 퇴원하세요."

"오늘밤에 딜라우디드를 안 주겠다는 말인가요?"

"맞아요. 주지 않을 겁니다."

그날 밤은 어떻게 무사히 지나갔으나, 다들 나를 두고 막막해했다.

단락이 바뀌고, 무대 왼쪽에서, 아빠 등장. 아빠는 참 고맙게도 자신이 가족들과 함께 사는 LA 북서부의 오하이로 와서 같이 지내자고 했다.

"와서 함께 있자꾸나." 아빠가 말했다. "익명의 알코올중독자들 모임도 나가고. 정신 차려야지."

나쁘지 않은 제안이었고 딱히 할 것도 없었던 나는 짐을 챙기러 할리우드 힐스 첼랜 웨이에 있는 집으로 갔다. 취한 상태는 아니었지만, 한 달 동안 딜라우디드를 투여한 탓에 정신이 살짝 몽롱했다. 밖에서 제이미가 기다리는 동안 나는 짐을 쌌고 이후 녹색 포르셰를 타고 제이미 차를 따라 힐스의 구불구불한 도로를 지났다. 첼랜 드라이브로 막 좌회전하는데 도로 정중앙에서 웬 택배 차가 나를 향해 돌진했다. 나는 방향을 틀며 브레이크를 밟았으나 차가 길가 잔디밭을 넘어 계속 미끄러지더니 주택의 현관 계단을 들이받고 부숴버린 것도 모자라 그 집 거실까지 뚫고 들어갔다. 다행히 집에는 아무도 없었지만, 차와 계단은 만신창이가 되었다.

또 빌어먹을 계단이었다.

친구와 연인, 그리고 무시무시한 그것

나는 당연히 자수한 뒤 경찰을 기다렸다. 그러면서 연신 하늘을 힐끔거렸다. 만화에서처럼 무거운 쇠모루가 내 머리 위로 떨어지지는 않을까 싶어서. 한참을 기다리는 사이 누군가 사진을 찍어 『피플』에 팔았다. 집으로 돌진한 나의 차, 그리고 오하이에 있는 아빠 집에 얹혀살러 가는 나.

캘리포니아에서 아빠와 살게 되니 열다섯 살로 돌아간 기분이었다. 날마다 〈프렌즈〉 촬영장으로 나를 데려다줄 차가 도착했다. 그러나 얼마 안 있어 나는 다시 바이코딘에 손댔고, 술을 마셨으며, 약과 술을 즐기기 시작했다. 내 심리 치료사의 말을 인용하자면 "현실은 겪을수록 좋아지는 맛"이건만, 나는 끝내 그 맛을 느끼는 데 실패했다. 나는 아빠 집에 몰래 약과 술을 들였다. 결국 아빠의 아내가 머리 꼭대기까지 화가 나는 바람에 아빠가 아주 조심스럽게 나에게 그만 나가줘야겠다고 통보하기에 이르렀다.

아, 나가드리죠. 대신 두 분 다 앞으로 내 돈은 구경할 생각도 마세요. 이렇게 생각했지만, 차마 입 밖으로 꺼내지는 않았다.

〈프렌즈〉 새 시즌 촬영에 들어갈 때 내 상태는 심각했다. 이대로는 안 된다는 걸 모두가 알았다.

메타돈*에 관해서는 이전에도 들어본 적이 있었다. 소량의 메타

---

* 합성 오피오이드 약물로 마약성 진통제에 해당하지만 상대적으로 중독성이 약하고 효과가 오래 지속되기 때문에 오피오이드 중독자가 점진적으로 약을 끊을 때 치료제로 쓰이기도 한다.

돈 한 모금이면 바이코딘을 하루에 55알씩 먹어야 하는 중독도 끊을 수 있다고 했다. 함정은 하루도 빠짐없이 마셔야 하며, 그러지 않으면 심한 금단증상에 빠진다는 거였다. 괜찮아 보이는데. 절박한 나는 그렇게 생각했다. 나는 즉시 메타돈을 구해 마셨고, 다음날 아주 맑아진 정신으로 〈프렌즈〉 촬영장에 갔다.

듣기로 메타돈은 부작용이 없다고 했다. 그러나 그건 거짓말이었다. 오히려 메타돈은 막장의 시작이었다.

이것만 빼면, 나머지는 아주 잘 돌아가고 있었다. 〈프렌즈〉는 여전히 더할 나위 없는 성공을 거두고 있었다. 그러다 또다른 배우가 나의 분장실로 찾아왔다. 이번에는 데이비드가 아니었다. 그리고 좋은 소식도 아니었다.

"너 술 마시는 거 알아." 그녀가 말했다.

그녀가 브래드 피트와 사귀기 시작한 후로 나는 그녀를 한참 잊고 지냈다. 아무렇지 않았다. 어색해지지 않으려면 정확히 몇 초 동안만 그녀를 바라봐야 하는지도 이미 터득한 후였다. 그러나 이렇게 제니퍼 애니스턴을 마주하는 기분은 참담했다. 또 혼란스러웠다.

"어떻게 알았어?" 내가 대답했다. 절대 술에 취한 상태에서 일한 적은 없었다. "숨기려고 했는데…"

"우리 다 냄새를 맡거든." 이상하지만 사랑스러운 방식으로 그녀가 말했다. '우리'라는 복수형을 들으니 커다란 망치로 머리를 얻

친구와 연인, 그리고 무시무시한 그것

어맞은 듯했다.

"나도 내가 술을 너무 많이 마신다는 거 알아. 그런데 뭘 어떻게 해야 할지 모르겠어."

가끔 세트장까지 차를 몰고 갈 상태가 아니면(취한 상태로 촬영한 적은 절대 없지만 숙취에 시달렸던 건 사실이다) 리무진을 불러서 출근하곤 했다. 참고로 그렇게 등장하면 사람들의 수상쩍은 시선을 받게 된다. 다들 내가 괜찮은지를 물었지만, 막대한 돈을 벌어다주는 〈프렌즈〉 열차를 누구도 선뜻 멈추지 못했다. 내가 느낀 감정은 공포였다. 가장 큰 기쁨이 가장 큰 악몽이기도 했다. 이 기적을 내 손으로 망치기 직전이었으니까.

결국 중독 치료 동반자sober companion를 고용했으나 크게 도움이 되지는 않았다. 하루는 전날 술을 마시고 약을 먹었는데, 하필 모두가 모인 리허설 때 약기운이 올라왔다. 그런데 이 이야기에는 흥미로운 반전이 있다. 나는 인사불성으로 취해 있었으나 그 사실을 자각하지 못해 떳떳하다고 생각했다. 맛이 간 것도 모른 채 혀 꼬부라진 소리를 냈다. 사람들은 내 입에서 나오는 소리를 한마디도 알아듣지 못했다. 난 정말 아무것도 몰랐다.

그리고 다시, 분장실로 돌아오니 모두가 모여 있었다.

"어쩌려고 그래, 매티?" 모두들 말했다.

"치료제 때문이야. 고칠게. 미안."

나는 그날 밤 술을 입에 대지 않고 다음날 일하러 갔지만, 살얼음을 밟듯 아슬아슬했다.

매니저에게 연락했다.

"맞아. 다들 알고 있어." 그가 말했다.

작가진, 배우들—제길, 모두가—다 알고 있었다. 내가 말했다. "영화를 잡아줘요. 지금 당장. 여기서 빠져나가야겠으니까."

이번에도 내가 떠올린 생각은 달아나는 것이었다. 여전히 내가 처한 상황에서 나 자신을 빼내면 약과 술을 몽땅 끊고 맞서 싸울 수 있으리라 생각했다(실제로는 일이 세 배로 늘어나고 그러는 동안 약과 술을 더 많이 하게 되었지만). 문제는 어딜 가든 나는 나라는 사실이었다. 파일럿을 잡아달라고 졸라 〈L.A.X. 2194〉에 들어갔을 때가 떠올랐다. 그때 나는 파일럿에 들어가 포르모자에서 술을 마실 만큼 돈을 벌 깜냥은 되었다. 그리고 새로운 세기가 밝아오는 지금, 여전히 나는 마음만 먹으면 영화를 따낼 깜냥은 되었다. 〈엘리자베스 헐리의 못 말리는 이혼녀〉는 댈러스에서 촬영했다. 나는 왜 그곳이 술과 약을 끊기에 완벽한 장소라고 생각했을까…

〈엘리자베스 헐리의 못 말리는 이혼녀〉는 형편없는 영화였지만, 형편없는 나 때문에 더더욱 형편없어졌다.

나는 최악의 컨디션으로 무리해서 일했다. 일주일 중 나흘간 영화를 찍다가 전용기를 타고 로스앤젤레스로 넘어가 〈프렌즈〉를 찍었다. 비행기에서는 대본을 외우며 물병에 보드카를 채워 연신 홀짝

친구와 연인, 그리고 무시무시한 그것

였다(정확한 정보를 알고 싶은 독자를 위해 고백하자면, 나는 메타돈, 자낙스, 코카인을 했고, 날마다 보드카를 거의 1리터 꽉 채워 마셨다). 하루는 댈러스에서 어떤 장면을 찍으려고 현장에 나갔는데, 며칠 전 이미 그 장면을 촬영했었다는 사실을 알게 된 적도 있다. 상황이 점점 더 꼬여갔다.

제이미 타시스, 아름답고 놀라우며 다정하고 특별한 제이미 타시스가 텍사스로 날아와 돌보미 노릇을 해주었다. 나는 여전히 술을 마시고 온갖 약에 손대면서도 그 사실을 제이미에게 감추기 급급했다. 하루는 밤늦게 함께 텔레비전을 보는데 제이미가 내 쪽으로 몸을 돌리더니 말했다. "자기가 사라지고 있는 것 같아."

그 순간 창문이 열렸다. 가는 금이 갔을 뿐인데 활짝 열려버렸다.

"사라지기 싫어." 내가 속삭였다. "다 그만할래."

나는 매니저와 아빠에게, 아는 사람 모두에게 연락을 돌렸다.

"나는 망가졌어요." 나는 말했다. "도움이 필요해요. 중독치료시설에 가야겠어요."

〈엘리자베스 헐리의 못 말리는 이혼녀〉 촬영은 중단되었다. 이후 나는 65만 달러를 배상해야 했다. 목숨값이라 생각하면 적은 돈이었다. 〈프렌즈〉는 내가 나오는 장면의 촬영을 뒤로 미뤘다. 이번에 간 곳은 LA 서부 마리나 델 레이에 있는 해독 센터였다. 나는 시속 320킬로미터로 달리다가 벽돌 담장을 들이받은 자동차였다. 계단을 들이받은 녹색 포르세(망할, 빌어먹을 계단).

첫날에 직원들은 이렇게 말했다. "병실로 가세요. 약은 더이상 없습니다." 그러나 내 귀에는 이렇게 들리는 것 같기도 했다.

"병실로 가세요. 그리고 더이상 숨도 쉬지 마십시오."

"하지만 숨을 쉬어야 사는데요."

"아뇨. 다들 이렇게 했습니다. 병실에 들어가서 더이상 숨을 쉬지 않았어요."

내가 느낀 기분은 정확히 이랬다.

나는 시설에서 한 달을 살았다. 하루는 밤에 담배를 피우는데 비가 추적추적 내렸고 흡연 구역의 전구가 흔들렸다. 나는 큰 소리로 말했다. "여기가 지옥이구나. 내가 지옥에 왔어."

내가 마침내 익명의 알코올중독자들이 펴낸 『빅 북』을 접한 것도 마리나 델 레이에서였다. 삼십 페이지쯤 넘겼을 때 이런 문장이 눈에 들어왔다. "이들은 탈출하려고 술을 마시는 게 아니라 정신적으로 통제할 수 있는 수준을 넘어서는 갈망을 극복하려고 술을 마시는 것이다."

나는 책을 덮고 흐느끼기 시작했다. 그때를 생각하며 지금도 흐느끼고 있다. 내가 혼자가 아니었다니. 나처럼 생각하는 사람들이 나 말고도 존재했다(심지어 윌리엄 실크워스는 1938년 7월 27일에 이런 문장을 썼다). 경이로우면서도 끔찍했다. 이 문장은 내가 다시는 혼자일 리 없다는 뜻이었다. 동시에 내가 알코올의존증 환자이며 당

친구와 연인, 그리고 무시무시한 그것

장, 매일, 언젠가, 남은 평생 내내 술과 약을 하지 말아야 한다는 뜻이었다.

마리나 델 레이 사람들은 말했다. "이 환자는 심각합니다. 삼십일로는 부족해요. 더 오래 치료받아야 합니다."

나는 말리부 중독치료시설로 보내졌다. 그곳에 입소하고 처음 십이 일 동안은 한숨도 못 잤다. 간 효소가 기준치 이상으로 높았다. 그러다 대략 석 달이 지나서부터 나아지기 시작했다. 그룹 활동에 참여했고, 시설 사람들 말로는 "사람 구실을 했다".

모니카와 챈들러가 결혼했을 때 나는 중독치료시설에 있었다. 2001년 5월 17일이었다.

두 달 전인 2001년 3월 25일, 해독 치료를 받고 있던 그날 밤은 특별히 아카데미 시상식을 보라고 모두에게 자유 시간이 허락되었다. 두려움을 잔뜩 느끼며 땀을 흘리고 몸을 비틀며 누워 있는데, 케빈 스페이시가 단에 올라 낭독하는 소리가 희미하게 들렸다.

"여우주연상 후보를 발표하겠습니다.

〈컨텐더〉의 조앤 앨런,

〈초콜릿〉의 쥘리에트 비노슈,

〈레퀴엠〉의 엘런 버스틴,

〈유 캔 카운트 온 미〉의 로라 린니,

그리고

〈에린 브로코비치〉의 줄리아 로버츠."

그러고는 결과를 발표했다.

"(오스카) 수상자는… 줄리아 로버츠입니다!"

나는 줄리아가 당시 사귀던 배우 벤저민 브랫과 입맞춤한 뒤 상을 받으러 걸어나가는 것을 바라보았다.

"고맙습니다. 고마워요, 정말로요." 줄리아가 말했다. "정말 행복하네요…" 그녀가 수상 소감을 이어가는 동안, 중독치료시설의 그 방 안에서는 다급하고 슬프고 나지막한, 분노하고 애원하는, 갈망과 울음이 뒤섞인 목소리가 점점 더 커져갔다. 신이 야박하고 차가운 세상을 지팡이로 찬찬히 두드리며 지켜보는 와중에, 그 목소리는 우주와 다투고 있었다.

내가 농을 쳤다.

"돌아가자. 우리 다시 돌아가자고."

방안의 모두가 웃었지만, 이건 시트콤의 웃긴 대사가 아니었다.

친구와 연인, 그리고 무시무시한 그것

바로 지금의 현실이었다. 텔레비전 속 사람들은 더이상 나와 관련이 없었다. 이불을 뒤집어쓴 채 떨고 있는 내 앞의 사람들, 이자들이 이제 나의 사람들이었다. 이들이 있어 다행이었다. 이들이 나를 살리고 있었다.

할리우드에서 줄리아가 최고의 밤을 보내는 동안, 나는 침대에 웅크리고 누워 천장을 물끄러미 봤다. 그날 밤은 잠들 수 없었다. 누군가가 쏜 총알에 구멍이 뚫린 깡통처럼, 머릿속으로 온갖 생각이 쏟아졌다. 그때 그 파란색 트럭, 그때 그 산꼭대기. 그 모든 파란색 트럭과 산꼭대기가, 두려움이라는 진공에 빨려들어가 에테르처럼 증발하듯 사라졌다. 줄리아를 생각하면 진심으로 기뻤다. 나로 말하자면, 하루를 더 살아낸 것에 감사할 따름이었다. 밑바닥에 있을 때는 하루하루가 길다.

나는 오스카상이 필요한 게 아니었다. 필요한 건 그저 또다른 하루였다.

구멍

중독은 조커와 같다. 온 세상이 불타는 걸 보고 싶어한다.

친구와 연인, 그리고 무시무시한 그것

6장   브루스 윌리스

중독치료시설에서 석 달을 보내고 나오니 한결 나았다.

건강을 되찾은 나는 약물중독에 휘둘리지 않는 일상을 살게 되어 매우 들떠 있었다. 술도 약도 끊은 후였다. 그런 것들에 대한 갈망도 없었다. 이제 주도권은 나보다 훨씬, 훨씬 더 큰 무언가가 쥐고 있었다. 기적이 일어난 것이다.

제일 처음 한 일은 차를 몰고 제이미 타시스의 집으로 간 것이다.

"맨정신 상태에 적응할 시간이 필요해." 내가 제이미에게 말했다. "다른 데 쓸 시간이 없어. 그동안 나를 위해 애써줘서 정말로 고마워."

제이미의 얼굴에서 혈색이 가시는 게 보였다.

"하지만… 당장은 계속 만날 수가 없어." 내가 말했다.

정리하자면, 안 그래도 바쁘고 중요한 시기에 많은 것을 포기해가며 지난 이 년간 사실상 나의 돌보미 노릇을 해준 다정하고 놀라운 제이미에게, 이별 통보라는 참으로 적절한 보답을 한 셈이었다. 제이미 타시스는 누구보다 매력 있고 아름답고 현명한… 아, 참으로 지혜로운 여자였다. 나는 제이미의 사고방식을 사랑했다. 하지만 그녀와 헤어졌다. 맨정신이라고 내가 더 현명하진 못했다는 증거다. 오히려 굉장한 바보가 되었다. 제이미는 여태껏 내가 만나본 사람 중에 아마도 가장 멋졌다. 그리고 나를 사랑해주었다. 하지만 내가 준비되어 있지 않았다.

그날 제이미에게 한 말은 물론 죄다 헛소리였다. 막 맨정신으로 돌아온 나는 굉장한 스타였고, 서던캘리포니아의 모든 여자와 잘 생각이었다.

그리고 정말 그렇게 했다. [만화 속 쇠모루가 내 머리 위로 떨어지는 장면을 여기 삽입할 것.]

굉장한 스타가 된 덕에 나는 데이트하는 데 아무런 문제가 없었다. 시작은 매번 어김없이 이렇게 물꼬를 튼다.

"안녕하세요, 늦어서 미안해요."

"그나저나 정말 미인이시네요. 드디어 만나 기뻐요." [으레 나오는 긍정적인 반응을 기다리며 멈춤.]

"시작부터 오해가 없었으면 해요." 나는 말을 잇는다. "최대한 솔직하고 싶어요. 숨기는 것도 없고. 뭐든 물으면 솔직히 답할게요."

훈훈한 대화가 몇 마디 더 오간다. 괜찮은 날에는 여자가 연신 고개를 끄덕이며 나의 솔직함과 산뜻함을, 점잖은 분위기를 마음에 들어한다.

친구와 연인, 그리고 무시무시한 그것

그렇다면 이제 본론을 꺼낼 차례다.

"어떤 걸 기대하는지 모르겠지만 정서적 애착 같은 걸 바란다면 나는 아니에요." [말뜻이 전달될 때까지 멈춤.]

"매일 연락하지도 않을 거고." 나는 계속 말한다. "남자친구가 될 일도 없을 거예요. 하지만 재밌게 놀 사람을 찾는 거라면, 내가 당신이 찾는 사람이에요."

위대한 20세기 철학자 신디 로퍼의 말이 옳았다. 여자들도 그저 재미를 바랄 뿐이었다. 행여 메시지가 분명히 전달된 것 같지 않다 싶으면 나는 퍼 담고 있던 자극적인 스튜에다 소금을 가미했다.

"나는 굉장히 열정적인 사람이에요." 과한 긍정은 의심스러울 수 있으니 조금은 수줍어하며. "약간은 낭만적이기도 하죠. 일립티컬 머신을 탈 때도 위태로운 여자들의 노래만 듣는답니다."

"하지만 지금은 정서적인 관계를 바라지도, 바랄 형편도 못돼요." 나는 혹시나 메시지가 모호하게 들렸을까봐 똑같은 말을 반복했다. "장기 연애를 막 끝냈고, 중독을 끊은 지도 얼마 안 됐고, 당장 누군가와 만나고픈 마음도 없어요."

이제는 자연스럽게 화제를 바꿀 차례.

"참, 메뉴는 좀 봤나요? 여기 음식이 무지 맛있다던데요."

이런 말을 듣고도 데이트에 응한 여자가 많았다는 게 놀랍다. 아마 다들 나를 바꿀 수 있으리라 생각했던 것 같다. 그런 거였어? 깨닫고는 중간에 나가는 여자도 더러 있었다. 몇몇은 "글쎄요, 그런 거라면 전혀 관심이 없어서요"라고 말한 뒤 자리를 떴다(당연하게도 그 여자들이 내가 진짜로 관심이 가는 여자들이었다).

그러나 나의 멘트는 거의 언제나 성공이었다.

여기서 '성공'이라는 말은 조금 막연하다. 왜냐면, 굳이 말하지 않아도 이 시절의 나는 머리를 당나귀 엉덩이와 맞바꿔도 이상할 게 없었기 때문이다. 나는 지구에서 최고로 멋진 여자와 막 헤어졌고, 다른 여자들에게 한 제안은 사실상 아무짝에도 쓸모없는 시간 낭비였다. 물론 섹스란 위대하고 중요한 것이지만, 이때 내가 다른 무언가를 찾아다녔다면 지금의 나는 훨씬 더 충만한 사람이 되었을 것이다.

실수로 점철된 인생에서 이게 나의 가장 큰 실수인지도 모르겠다. 그리고 실수는 주워 담기 힘들다.

이때 나는 결혼에 골인해 애를 낳을 수도 있었을 여자를 적어도 다섯 명은 만났다. 한 번의 결혼이라도 성공했더라면 지금쯤 내가 바다가 내려다보이는 저택에서 중독 치료 동반자와 간호사, 그리고 일주일에 두 번 방문하는 정원사 말고는 누구와도 교류하지 않는 인생을 살고 있지는 않을 것이다. 나는 종종 집밖으로 뛰쳐나가 정원사에게 망할 낙엽 청소기를 끄는 대가로 백 달러를 건네곤 했다(인간을 달까지 보낼 수 있는 세상인데 왜 무소음 낙엽 청소기는 발명되지 않는 걸까?).

너태샤 와그너도 그중 하나였다. 너태샤는 아름답고 똑똑하고

친구와 연인, 그리고 무시무시한 그것

다정하고 섹시했으며, 내털리 우드와 리처드 그레그슨의 딸이었다(의붓아버지 로버트 와그너 손에 자랐으며, 친모가 비극적으로 세상을 떠난 후로는 로버트 와그너와 질 스튜어트 존의 보살핌을 받으며 컸다). 너태샤는 모든 걸 가진 사람이었다. 완벽한 사람! 그러나 나는 완벽함을 찾는 게 아니었다. 나는 그 이상을 바랐다. 더, 더, 더 많은 것을. 그래서 내가 너태샤에게 멘트를 날리고 데이트에 똑바로 임하지 않았기 때문에, 우리는 각자 갈 길을 갔으며, 나는 이미 완벽한 여자들을 만나놓고도 더 완벽한 여자를 찾으려고 혼자 남았다.

몇 년 후, 모두의-기를-죽이는 타입의 차를 끌고 퍼시픽 코스트 하이웨이를 달리는 중이었다. 그 차는 정말로 근사했는데 지금은 아무리 생각해도 제조사가 기억나지 않는다. 차 지붕을 내리고 달렸다. 반짝이는 태양빛에 파도의 윤곽이 매끈한 은빛으로 빛났다. 서프보드를 타는 사람들은 큰 파도가 오기만을 기다렸지만, 아무리 기다려도 오지 않았다. 나는 그 심정을 잘 알았다.

그때 휴대전화가 울렸다. 너태샤였다. 너태샤는 몇 번의 데이트 후 나에게 감정을 느꼈기 때문에 나와 더이상 만날 수 없었다. 그게 규칙이야, 매티. 규칙이라고! 내가 그녀를 찬 셈이었으나 그녀는 여전히 내 친구로 남았다.

"안녕, 매티!" 너태샤가 누구도 흉내 못 낼 명랑한 목소리로 인사했다. 너태샤는 언제나 바다에 뜬 태양처럼 밝았다. 가끔은 정신을 차리기 위해 외면해야 할 만큼.

"안녕, 너태샤! 잘 지냈어?" 내가 말했다. 목소리를 들으니 참 좋았다. "무슨 일이야?"

혹시, 나한테 전화를 건 것을 보니, 어쩌면 우리에게 가능성이…?

"나 엄마가 됐어!" 너태샤가 말했다. "딸을 낳았어. 클로버!"

"아…" 나는 서둘러 정신을 가다듬었다. 아니, 그렇다고 생각했다. "그거참 좋은 소식이네. 이름도 멋지다!"

우리는 몇 마디 더 나누다가 전화를 끊었다. 그리고 난데없이, 모두의-기를-죽이는 타입의 차가 멈춰 섰다. 왜냐면 내가 멈춰 세웠으니까. 나는 덜덜 떨면서 길가에 차를 세웠다. 해가 중천에 떠 있고 서퍼들이 보드에 올라타 있는 이 순간, 나는 벼락이라도 맞은 것처럼 감정에 휩싸였다. 모두가 기다리고 있는 큰 파도가 지금 내 머릿속에서 몰아치고 있었다.

"나랑 애를 낳았을 수도 있어." 나는 혼잣말한 뒤 갓난애처럼 울었다.

너무 슬프고 외로웠다. 사십오 분쯤 울었을 때, 바다 위 하늘에 구름이 모여들듯 머릿속에 새로운 생각이 서서히 자리를 틀었다.

맙소사, 이게 무슨 청승이야…

내가 왜 이렇게까지 망가졌는지 따져볼 필요가 있었다. 자리에 앉아 고민하고 또 고민하던 나는 그간 뭘 짓을 했었던 건지 비로소 깨달았다. 세상 모든 여자와 한두 시간 노닥거리겠다고 인생에서 너

친구와 연인, 그리고 무시무시한 그것

무 많은 것을 놓치고 있었다. 이러려고 중독을 끊은 거야? 여자랑 자려고? 틀림없이 신은 나를 위해 더 좋은 계획을 준비해뒀을 텐데.

그 계획이 뭔지 서둘러 알아내야 했다. 너태샤의 인생이 꽃피는 동안, 내 인생은 하나의 거대한 실수가 되어가고 있었다.

맨정신과 중독이 나에게 어떻게 작용하는가를 따져볼 때마다 결국 나는 이 문장으로 돌아가게 된다. 나는 어떤 일도 일어나지 않아야 맨정신을 유지할 수 있구나.

맨정신으로 잠잠한 날들을 보내다보면, 최근의 일들을 곱씹으면서 왜 잘 끊어놓고도 다시 약에 손을 댔을까 생각하곤 했다. 맨정신에 안정적이고 정상적인 사람처럼 느껴질 때면 가끔 이런 상상을 한다. 야구모자를 눌러쓰고 선글라스를 끼고 밖으로 나가 라브레아 타르 웅덩이에서 인파 사이를 쏘다니거나, 명예의 거리에 있는 어느 유명인의 별 모양 명판 옆에 서보는 상상. 그냥 어떤 기분인지 알고 싶어서. '나도 스타고 이 사람들보다 더 낫답니다'라는 걸 느끼기 위해서가 아니라, '아, 맨정신은 이런 기분이구나'라는 걸 느끼고 싶어서.

그러나 아직 나는 맨정신을 제 집으로 삼지 않은 관광객일 때가 많았다. 맨정신에 진득이 뿌리를 내리기란 너무나도 힘들었다. 주변 사람들은 다들 가뿐하게 해내던데, 왜 나만 이렇게 힘든 거지?

나는 말 그대로 LA의 모두와, 아무하고나 데이트했다. 뉴욕에서는 진짜 좋아하는 여자를 만나기도 했다. 관계에 충실하지는 못했으나 진심으로 좋아했다. 술과 약을 막 끊었으며 유명인인 나는 로스앤젤레스 카운티의 모두와 자려 했고, 많은 여자가 내 욕망에 화답했다. 나의 멘트는 과분할 정도로 먹혀들었다. 하지만 뉴욕에서 내가 사랑에 빠진 여자는 좋은 엄마, 좋은 보호자 같은 사람이었고, 무척이나 아름다웠기에, 나는 당연히 반했고, 또 당연하게 관계를 말아먹었다. 그러나 모든 게 형편없던 건 아니었다. 나는 LA에서 알코올의존증 환자들의 재활을 돕고 있었다. 사람들을 후원하고, 필요하면 전화에 응답하고, 조언을 전하곤 했다. 〈프렌즈〉는 거대한 산업이 되어 있었다. 내가 그것까지 말아먹을까봐 걱정할 필요는 없었다. 이제 나는 완치되었고, 드디어 나의 시즌, 즉 모두가 챈들러에 관해 이야기할 시즌을 앞두고 있었다(〈프렌즈〉 시즌 9는 내가 유일하게 처음부터 끝까지 맨정신으로 임한 시즌이다. 내가 에미상에서 코미디 주연상 후보에 오른 유일한 시즌이 언제인지 맞혀보실 분? 그렇다. 시즌 9다. 이보다 확실한 교훈은 없으리라. 그 시즌에서 내가 달라진 점이 뭐였냐고? 경청이었다. 나는 멀뚱히 서서 대사의 차례를 기다리지 않았다. 가끔 연기에서는 말하기보다 듣기가 더 큰 힘을 발휘한다. 나는 이 원칙을 현실에도 적용하려 노력했다. 앎은 많게, 말은 적게. 나의 새로운 좌우명이다).

그렇게 이 년이 훌쩍 지났다. 아마도 이런 게 정상적인 사람의 삶일 터였다. 어쩌면 내 소명을 찾은 것도 같았다. 〈프렌즈〉와 영화

친구와 연인, 그리고 무시무시한 그것

의 인기, 그 모든 것을 뛰어넘어서, 결국 내가 이곳에 존재하는 이유는 사람들이 중독에서 헤어 나오는 것을 돕기 위해서인지도 몰랐다.

그러다 일이 일어나고야 말았다. 나는 어떤 일도 일어나지 않아야 맨정신을 유지할 수 있는데.

내가 작업을 건 여자 중 하나가 나에게 애정을 느끼기 시작한 것이다. 나의 독자들은 이제 어련히 아시겠지만, 그런 일이 일어나면 나는 페달을 거꾸로 밟아야 한다.

그래서 그렇게 했다. 나는 말했다. "당신을 사랑하지 않아. 처음부터 경고했잖아… 메뉴 이야기 할 때 내가 했던 말 기억하지?"

그러나 때는 너무 늦었다. 이를테면 고통의 갈고리 같은 것이 그녀의 내면을 낚아챘다. 그리고 그건 내 잘못이었다. 이러려고 중독을 끊은 거야? 여자랑 자려고? 그리고 상처 주려고? 틀림없이 신은 나를 위해 더 좋은 계획을 준비해뒀을 텐데.

그때 그녀는 베벌리힐스호텔에 머물고 있었다. 나는 그곳에 가서 그녀를 만났으나 마음을 달래는 데 실패했다. 문득 엄마가 떠올랐다. 아무리 매력을 발산하고 웃긴 말을 해도 나는 엄마의 고통을 덜 수 없었다.

결국 그녀가 박차고 일어나더니 나를 혼자 두고 욕실로 들어갔다. 협탁에 바이코딘 약병이 엎어져 있었다. 침대 옆 조명을 받아 약 3알이 반짝였다. 그녀는 욕실 문을 잠그고 소리를 질러댔다. 더는 감당할 수 없었다. 어떤 일이 벌어지고 있었다. 나는 약 3알을 집어삼켰고, 덕분에 그날 밤은 보낼 수 있었으나, 그렇게 이 년간 끊었던 중독이 재발했다.

나는 또다시 깊고 깊은 수렁에 빠졌다. 맨정신을 둘러싼 막에 구멍이 한 번 뚫리면, 갈망이 생겨나고, 다시 빠져든다.

내 힘으로 돌이킬 수 없는 일이었다. 나는 순식간에 다시 약을 구하고 다니기 시작했다. 그리고 다시 술을 마셨다. 긴 내리막을 타고 인사불성의 상태로 빠져들고 있음을 나 스스로도 모르지 않았다. 그러나 이건 나보다 큰 무언가였다. 말 그대로 내가 할 수 있는 게 없었다.

돌이켜보면, 그때 내가 해야 했던 일은 누군가에게 사실대로 털어놓는 것이었다. 그 말은 곧 멈춰야 한다는 뜻이었다. 하지만 멈추는 건 선택이 될 수 없었다.

1999년의 어느 날, 나는 카를라 리지 꼭대기에 자리한, 지나치게 큰 집에 혼자 있었다. 역시나 전망이 참 아름다운 집이었는데, 다른 점이 있다면 로스앤젤레스 분지가 내다보인다는 것이었다. 그 아래 어디선가는 로스앤젤레스의 평범한 일상이 굴러가고 있었다(타르 웅덩이나 명예의 거리 같은 곳에서는 말이다). 꼭대기의 나는 그저 기다리고 있었다. 한 손에는 술잔을, 다른 한 손에는 말버러 라이트 담배를 쥐고 연달아 마시고 피우면서. 〈프렌즈〉는 다섯번째 시즌에 접어들었다. 로스와 레이철이 어쩌다가 챈들러와 모니카보다 먼

　　　　　　　　　　　　친구와 연인, 그리고 무시무시한 그것

저 교회에서 결혼식을 올리게 되었다. 〈프렌즈〉는 문화의 시금석이 되어 있었다. 밀레니엄의 상징이자 지상 최고의 쇼이자 모두가 가장 좋아하는 프로였다.

그리고 그 말투! "이보다 더 뜨거울 수 있을까?" 하는 말투가 전국을 휩쓸어 누구나 그렇게 말했다. 당시 백악관에는 클린턴이 있었다. 이때만 해도 9월 11일은 자기 생일이나 결혼기념일이 아닌 이상 하나도 특별하지 않은 날이었다. 세상의 모든 물이 언덕을 타고 내려가 반짝이는 호수에 모였다. 그 위로 가장 아름다운 이름 모를 새들이 끝없이 날아다녔다.

나를 몽상에서 깨운 건 문가에 찾아온 배달원이었다. 아편을 피우며 내면의 속삭임을 듣던 중 그 유명한 '폴록에서 온 손님'의 방해를 받은 낭만파 시인 콜리지에게 벌어진 일이 지금 나에게 일어나고 있었다. 그때 콜리지는 아편으로 어지러운 머릿속에서 「쿠블라 칸 Kubla Kahn」이라는 시 전체를 외우고 있었는데, 1797년의 그날 문가에 찾아온 배달원 때문에 기억이 흐트러져 결국 54연에 그친 시만을 후대에 남겼다.

나는 콜리지가 아니었지만, 내 안의 속삭임 역시 소중하기는 마찬가지였다. 창밖 풍경과 보드카 토닉과 달콤한 말버러 내음이 나를 안전한 장소로 데려갔다. 그곳에서 나는 더이상 혼자가 아니었다. 뒤편의 집안에는 아리따운 아내와 종알대는 아이들이 놀이방에서 놀고, 아빠인 나는 스크린 룸에서 혼자만의 여유로운 시간을 즐긴다

(고독을 원한다? 스크린 룸에서 혼자 영화를 보면 된다). 의식이 가장 몽롱해지는 이런 순간에 나는 구멍이 마구 뚫리지 않은 삶을 비로소 그려볼 수 있었고, 나의 과거였던 지뢰밭은 방호복을 입고 금속을 탐지하는 사람들에 의해 보드랍고 무해한 안전지대로 바뀌었다.

그런데 하필 그때 초인종이 울려 내 안의 속삭임이 꺼졌다. 이제 아내도 아이들도 없어졌으니, 싫어도 응답해야 하는 건 나의 몫이었다. '폴록에서 온 손님'이 나에게 소포를 건넸다. 안에는 '나인 야드'라는 제목이 붙은 대본이 들어 있었다. 표지에 매니저가 이런 메모를 붙여놓았다. '대박일 듯.'

「쿠블라 칸」까지는 아니었지만, 나는 성공을 직감했다.

사실 나는 대본을 읽는 데 흥미가 없었다. 그때는 수백만 달러짜리 영화를 제안받아도 대본을 끽해야 몇 장 읽다 말았다. 이제 와 하는 부끄러운 소리지만, 직접 대본을 쓰는 요즘에는 배우들의 답변을 기다리는 게 얼마나 고역인지 모른다. 아마 그들도 과거의 나와 같은 심정이리라. 온갖 놀거리와 인기와 넘쳐나는 돈에 둘러싸여 있을 때는 얼마나 큰 돈이 걸렸든지 간에 대본 읽는 게 심히 따분하게 느껴진다.

그래도 결국은 우주가 교훈을 줄 것이다. 그동안 나는 이래서, 또 저래서 대본 읽기를 피했다. 그러다 작년에 나를 염두에 두고 영화 시나리오를 한 편 썼다. 잘해보려고 애를 써보았으나 배역을 맡기에는 내가 너무 늙었다는 사실을 깨달았다. 대체로 쉰두 살이면

자기 앞가림은 하고 사니까. 서른 살 배우를 섭외해야 했다. 그런데 내가 고른 배우가 세월아 네월아 답변을 주지 않았다. 그의 무례함은 믿기 힘들 정도였다.

"어떻게 독립영화라도 만들 기회가 없을까?" 나는 낙심하여 매니저 더그에게 물었다.

"어려울 것 같은데." 더그가 말했다.

1999년에 나를 찾아온 '폴록에서 온 손님'은 그 시절 내가 읽어도 가능성이 보일 만큼 걸출한 대본을 가져다주었다. 그리고 무려 브루스 윌리스와 함께할 기회였다.

2000년대로 넘어갈 무렵에 브루스 윌리스는 최고의 영화 스타였다. 이때 브루스는 이미 〈마이키 이야기〉와 그 속편, 〈다이하드〉 시리즈, 〈펄프 픽션〉에 출연한 몸이었다… 이 사람보다 더 성공한 배우는 없었다. 줄곧 로맨틱 코미디만 찍던 나에게 그와 함께할 작품이 반가운 기회가 되리란 것은 당연했다. 미첼 카프너의 각본은 재미있고 반전으로 가득했으며 술술 읽혔다. 이건 무조건 좋은 징조였다. 무엇보다 브루스 윌리스가 참여했고, 내가 주연이었다. 나는 찬사받는 성공한 텔레비전 스타였으나 아직 목표를 이루지 못해 좌절한 영화 스타이기도 했다.

'대박일 듯'이라고? 무조건이었다. 하지만 일단은 감독과 브루스의 형제를 만나 저녁을 먹는 게 순서였다.

다음날 밤, 멜로즈 애비뉴에 있는 시트러스로 갔다. 당시 그곳은 할리우드 레스토랑의 상징이었다. 비싸고, 보안이 철저하고, 재킷을 입어야 했으며, 출입하는 사람을 한 명도 놓치지 않으려 광적으로 셔터를 눌러대는 파파라치 무리가 문가에 상주했다. 그날 밤 그곳에 출입한 사람은 나, 〈나의 사촌 비니〉를 만들었으며 알고 보니 올리버 색스의 사촌이었던 아담하고 둥그런 인상의 영국인 영화감독 조너선 린, 영화 프로듀서이자 브루스의 동생인 데이비드였다(참고로 데이비드에게는 머리털이 있고, 브루스에게는 멋진 턱선이 있다).

나는 영화 스타답게 저녁 자리에 검은 정장을 차려입고 갔다. 그리고 일이 분쯤 느지막하게 나타났다. 영화 스타란 그런 법이니까. 저녁 자리는 순탄하게 이어졌다. 비록 할리우드답게 누구도 음식에 손대지 않았지만. 조너선은 무척이나 똑똑했고 유머감각도 뛰어났다. 영국인답게 진지한 얼굴로 유머를 구사했는데, 언뜻 보아서는 진지하게 말하는 것 같아도 눈은 장난기로 반짝였다. 상대를 골리려는 의지가 충분히 읽혔다. 데이비드는 배려심이 많고 매력적이었으며 역시나 똑똑했다. 나는 이미 일찍이 영화에 출연하기로 마음먹은 터였다. 원래 각본에는 몸개그가 포함되어 있지 않았다. 그래서 내가 의견을 냈다. "몸개그를 넣으면 좋을 것 같아요. 브루스 윌리스와 함께라면 계단에서 떨어지거나 산 정상에서 뛰어내리는 것도 마다하지 않겠어요."

조너선과 데이비드는 웃음을 터트렸고, 안심한 눈치였다. 마침

친구와 연인, 그리고 무시무시한 그것

내 '저녁 자리'가 파했다. 조녀선은 말했다. "자, 지금부터 당신은 우리 사람이에요. 이 역을 꼭 맡아주면 좋겠어요." 나는 악수한 뒤 파파라치를 무시하고 곧장 녹색 포르세에 올라타 도로로 나갔다.

브루스 윌리스 영화의 주연을 맡게 되다니. 이렇게 또 한번, 선셋대로의 신호등마다 파란불이 켜졌다. 카를라 리지의 집으로 돌아왔을 때는 외롭고 처량한 달이 하늘에 떠올라 내가 보는 풍경에 이상하고도 묘한 그림자를 드리우고 있었다. 나는 텔레비전을 켜고 보드카 토닉을 따른 뒤 기다렸다.

또 한번, 별들의 기운이 모이고 있었다. 매튜 페리의 성공 가도가 또 한번 크게 펼쳐지는 것인가? 나는 맑고 어두운 밤하늘에 진짜 별들이 떠오르는 것을 보면서 생각했다. 백번째 별을 세면 죽는다는 미신을 알았지만, 별들을 하나하나 세어갔다.

그러다 구십구번째에서 관뒀다. 혹시 모르니까.

다음날 아침, 자동응답기에 메시지가 하나 와 있었다.

"매튜, 브루스 윌리스예요. 다시 전화를 걸지 않으면 당신 집을 불태울 거고 팔다리를 부러트려서 남은 평생 기어다니게 만들 줄 아쇼."

뚝, 뚜뚜.

아무래도 전화를 걸어야 할 것 같았다.

며칠 후 우리는 할리우드의 또다른 고급 이탈리안 레스토랑인

아고에서 만났다. 우리가 잡은 특실은 윌리스 정도 되는 유명인만 드나들 수 있었다. 이번에도 나는 포르세를 몰고 등장해 주차 모드로 바꾸자마자 발레파킹 직원에게 키를 건넸다.

다른 점이 있다면 이날은 약속에 늦지 않았다는 것이다.

브루스 윌리스는 기대를 저버리지 않았다. 그는 일류의 냄새를 풀풀 풍겼다. 공간을 사로잡는 것을 넘어 사람 자체가 공간이었다. 나는 브루스가 다짜고짜 바텐더에게 완벽한 보드카 토닉 마는 법을 가르치는 것을 본 순간, 이 사람이야말로 진정한 영화 스타임을 알았다.

"삼 초간 따라요." 브루스가 얼어붙은 바텐더에게 말했다.

브루스는 마흔네 살이었고, 싱글이었다(나와 만났을 때는 데미 무어와 결별한 후였다). 그리고 완벽한 술을 어떻게 마시는지 제대로 아는 사람이었다. 사람 자체가 파티여서 가까이 가기만 해도 흥이 났다. 얼마 후 우리가 있는 특실에 조녀선 린의 영화 〈나의 사촌 비니〉에 출연한 조 페시가 들어왔다. 매력적인 여자 몇 명도 함께였다. 브루스는 내가 던지는 멍청한 농담에도 족족 웃음을 터뜨렸다. 자기보다 젊고 웃긴 남자가 자기를 향해 존경심을 드러내고, (몰랐을 수도 있지만) 질세라 속도를 맞춰 술을 들이켜는 모습을 즐기는 듯 보였다. 브루스 곁에서 나는 황홀했다. 그는 삶을 제대로 살 줄 아는 사람이었다.

역시나 누구도 손대지 않은 음식을 뒤로하고, 갓 절친한 친구가 된 두 사람이 멀홀랜드 드라이브에 있는 브루스의 저택으로 향했다. 브루스 또한 전망을 중요하게 생각하는 듯했다. 그날 밤은 브루스 윌리스와 매튜 페리가 각자 술잔을 들고 발아래 펼쳐진 샌프란시스코 밸리를 향해 골프공을 날리는 것으로 마무리되었다.

공들이 어딘가에는 떨어질 텐데. 잘 조준된 5번 아이언 샷이 일으킬 피해를 상상하거나 우리가 하는 행동의 은유적인 성격을 따져보기도 전에, 나는 그냥 생각하기를 관두고 술을 퍼마셨다.

"프로의 세계에 온 걸 환영해요." 도중에 브루스가 이런 말을 했다. 추측하건대 영화 스타의 세계를 말했던 것 같다. 골프 게임 얘기는 아니었을 것이다. 우리는 함께 술을 마시며 웃어대고 서로의 스윙 자세를 칭찬하며 우정을 다졌다.

어김없이 동이 텄고, 우리는 게슴츠레한 눈으로 작별을 고했다. 집으로 돌아가는 길, 나는 생각했다. 이 사람을 보라고. 이게 행복한 삶이지. 브루스를 괴롭히는 건 없는 듯했다. 누구도 그에게 안 된다고 하지 않았다. 바로 이게 일류의 삶이었다.

점심 무렵에 브루스가 전화를 걸어와 집에서 차기작 영화의 상영회를 연다며 또 나를 초대했다. 하지만 나는 심히 아팠고 숙취가 심해서 거기까지 갈 엄두조차 나지 않았다. 나는 그에게 나중에 챙겨 볼 테니 영화의 제목을 알려달라고 했다.

"〈식스 센스〉." 그가 말했다.

나는 이렇게 〈나인 야드〉에 출연하게 되었고, 지상에서 가장 유명한 영화 스타와 우정도 쌓았지만, 이 일을 잘해내기에는 술을 너무 많이 마시고 있었다. 특단의 조치가 필요했다. 어떤 사람들은 파티를 실컷 즐기고도 멀쩡하게 일어나 일하러 나갈 수 있었지만, 나 같은 중독자는 예외였다.

계속 파티를 다니면서 브루스와 어울리고, 호텔방으로 돌아가 혼자 술을 더 마시지 않으려면, 신경을 안정시켜 다음날 촬영장에 나갈 수 있게 해줄 무언가가 필요했다.

나는 자낙스를 파는 친구에게 전화를 걸었다. 참고로 나는 친구라는 말을 넓게 쓴다.

"얼마나 사려고?" 그가 음흉하게 물었다.

"100개." 내가 말했다.

약이 도착하자 나는 침대에다 모두 늘어놓고 세어보았다. 브루스나 다른 사람들과 술을 마시고 혼자가 됐을 때 이걸 하나씩 꺼내 먹고 바로 잠들면 돼. 어쩌면 나는 계획적인 사람이었는지도 모르지만, 이 조합이 얼마나 치명적인지는 외면하고 있었다.

우리는 (당연하게도) 브루스의 전용기를 타고서 〈나인 야드〉를 촬영할 몬트리올로 떠났고, 흡사 도시를 접수하러 온 승리의 영웅들처럼 상륙했다. 캐나다의 탕아인 내가 드디어 돌아온 것이다. 파티를 즐길 마음가짐과 함께.

우리는 인터콘티넨털호텔에 머물렀다. 나는 일반 객실을, 브루

친구와 연인, 그리고 무시무시한 그것

스는 한 층을 통째로 썼는데, 그는 즉시 그곳을 '클럽 Z'로 명명했다. 이유는 딱히 없었다. 그리고 몇 시간 만에 디스코 볼을 설치했다.

글로브 레스토랑은 집을 떠나온 우리에게 또다른 집이 되었다. 돈과 술이 끊임없이 건네졌고, 종업원들은 하나같이 섹시했다.

나는 몇 달 전부터 르네라는 여자와 데이트중이었다. 그녀를 만난 곳은 로스앤젤레스에 있는 레스토랑 레드였다. 〈프렌즈〉의 제1 조감독이자 나의 친구인 벤 바이스와 저녁을 먹는 자리였는데, 담당 종업원이 다가와 내 옆에 앉더니만 말을 걸기 시작했다. 보통 종업원이 할 법한 행동은 아닌 듯했다. 그녀가 주문을 받고 자리를 떴을 때 내가 벤에게 말했다. "저 여자, 이름이 서맨사일 것 같아."

"아니." 벤이 말했다. "제니퍼가 분명해."

우리 음식을 들고 온 그녀에게 내가 말을 걸었다. "우리가 그쪽 이름을 두고 내기했어요. 나는 서맨사일 거라고 했고 친구는 제니퍼에 돈을 걸었어요."

"안녕하세요." 그녀가 말했다. "저는 르네예요." 그리고 취기가 오른 몇 번의 파티 끝에, 우리는 커플이 되었다.

자세히 밝히지는 않겠지만, 르네는 이전번 영화에서 내 마음을 아프게 한 여자의 자리를 대신한 것이었으므로 처음부터 불리한 위치였다. …그리고 내가 몬트리올로 떠났을 때는 이미 관계가 소원해진 후였다. 어쨌거나 그 시기의 나는 여자라면 가리지 않고 잠을 잤을 거다. 자랑은 아니지만. 그러니까 캐나다에서도 말이다.

내가 맡은 배역은 식은 죽 먹기였다. 브루스를 두려워하기만 하면 됐는데 그야 쉬웠다. 너태샤 헨스트리지와 사랑에 빠지는 연기는 더더욱 쉬웠다. 알 수 없는 이유로 내가 '새미'라고 불렀던 감독 조 너선이 이끄는 현장도 마음에 쏙 들었다. 무척 창의적인 현장이었다. 〈프렌즈〉에서처럼 누구의 제안이건 간에 가장 웃긴 농담이 대사로 채택되었다.

배우 중에는 어맨다 피트도 있었다. 어맨다는 웃기고 똑똑하고 무척이나 매력적이었다. 당시 만나던 남자가 있었지만 아랑곳하지 않고 추파도 잘 던졌다. 심지어 브루스와 나에게 동시에 여지를 주길래 한번은 브루스가 이렇게 소리친 적도 있다. "둘 중 하나를 택일하란 말이야!"

밤이면 브루스의 클럽 Z 디스코 볼 아래서 파티가 열렸다. 그런데도 용하게 모두가 새벽 여섯시에 늦지 않게 현장에 나왔다. '용하게'인 것은 사실이었지만 나에게는 방법이 따로 있었다. 자낙스의 효과는 마법과도 같았다. 다만 술과 합쳐지면 내 머리를 스폴딩 농구공으로 만들곤 했다. 한편 미스터 일류인 윌리스는 편지 칼처럼 날렵한 턱선을 유지했다.

나는 날마다 죽을 듯한 숙취에 시달리면서도 그럭저럭 견딜 만큼 젊었고, 우리는 함께 모여 사이드를 검토했다(텔레비전과 영화 업계에서 사이드란, 그날 예정된 촬영분을 가리킨다). 여기서 '우리'는

친구와 연인, 그리고 무시무시한 그것

나, 조너선 린, 브루스 윌리스, 그리고 영화 속 또다른 갱 두목인 자니 고골랙 역을 맡은 유쾌한 케빈 폴랙이다. 우리의 모임은 흡사 작가실 회의 같았다. 우리는 어떻게 해야 웃길지, 이 장면에서 뭘 하고 저 장면에서 뭘 할지 논의했다. 내 연기에 몸개그를 추가하는 데도 심혈을 기울였다. 나는 창문에 달려들었고, 문을 들이박았다. 어떤 장면에서는 범죄자를 보고 방향을 꺾다가 누군가와 부딪쳐 나자빠진 다음 부랴부랴 전등을 집어들어 나를 방어하려 하는 연기를 선보였다. 내가 제안한 아이디어였고, 반응도 좋았다.

한번은 케빈이 이런 대사를 했다. "그 자식 막아야 하는데, 콧구멍을."

나는 "콧구멍을"이라고 말하기 전에 어색하리만치 길게 대사를 멈춰보라고 제안했다. 케빈은 그 대사를 배꼽 빠지게 처리했고, 테이크를 거듭할수록 콧구멍 전의 침묵은 길어졌다. 일하면서 웃음을 주체 못한 건 그때가 유일했다. 결국 그와 내가 함께 등장하는 장면은 각자 다른 장소에서 촬영해야 했다.

브루스 윌리스의 베일이 벗겨졌을 때 내가 바란 것은 그저 친구가 되는 것이었다. 다들 그러듯이 그에게 빨대를 꽂고 싶지 않았다. 한번은 〈나인 야드〉를 촬영하다가 주말을 끼고 사흘간 휴가를 받았다. 브루스는 나와 르네, 그리고 자기 여자친구를 터크스 케이커스 제도에 있는 별장으로 데려갔다. 바다 풍경이 끝내주게 아름다운 곳이었다. 심지어 브루스는 파파라치가 사진을 찍지 못하게 별장 주변의 땅을 모조리 사들이는 것까지 고려했다. 주말 내내 우리는 피부가 타서 영화 촬영에 차질이 생기지 않도록 양산을 갖고 다니며 태양빛을 가렸다. 내가 윌리스 씨에게서 배운 영화 스타의 요령 중 하나였다.

그러나 브루스와 나 사이에는 커다란 차이가 있었다. 브루스는 파티를 즐기는 사람이었고, 나는 중독자였다. 브루스에게는 차단 버튼이란 게 있었다. 미친듯이 파티를 즐기다가도 〈식스 센스〉 같은 대본이 들어오면 다 관두고 맨정신으로 보란듯 일을 마무리지었다. 그에게는 중독의 유전자가 없었다. 그는 중독자가 아니었다. 할리우드에는 파티에 다니면서도 제구실을 하는 사람들이 아주 많지만, 나는 그런 유형이 못 되었다. 술을 마시며 하루하루를 허비하고 있는데 대뜸 경찰이 들이닥쳐 "오늘밤에도 술을 마시면 내일 감옥에 갈 줄 알라"고 말한다면, 아마 나는 감옥에 들어가려고 짐을 싸기 시작했을 것이다. 한번 술을 마시기 시작하면 멈출 수 없기 때문이다. 내가 통제할 수 있는 건 첫 잔뿐이었다. 이후부터는 모든 게 원점으로 돌아갔다(술은 인간이 마시지만 그 이후로는 술이 모든 걸 잡아먹는다). 딱 한 잔만 마시자는 거짓말에 넘어가버리면, 이후 이어지는 내 행동에 내 책임은 없다. 나에게는 나를 도와줄 사람들과 치료 센터가, 병원과 간호사들이 필요하다.

나도 나를 멈출 수가 없다. 그리고 이 문제를 조만간 바로잡지

친구와 연인, 그리고 무시무시한 그것

못한다면 술이 나를 죽이고 말 것이다. 내 머릿속에는 괴물이 살았다. 그 괴물은 나를 외롭게 만들고 싶어했고 딱 한 잔, 딱 한 알만 삼키라고 나를 유혹했다. 그런 다음 나를 집어삼켰다.

파티에 빠져 살면서도 우리는 모두 프로답게 영화를 만들었고 관객들에게 크나큰 재미를 선사했다. 초기에 나온 평도 긍정적이었다. 『버라이어티』에는 이런 글이 실렸다.

브루스 윌리스가 관객을 끌어모으겠지만 몸개그로 가득한 분량으로 시선을 끄는 건 단연 매튜 페리. 그는 십이 년에서 십오 년 전 톰 행크스와 비견될 만하다.

톰을 존경하는 나에게 이러한 상찬은 뜻깊었다. 브루스는 우리 영화가 성공할지 반신반의했으나, 나는 의심하지 않았다. 만약 그의 예측이 엇나가면 그가 〈프렌즈〉에 게스트로 나오기로 했다(시즌 6 에피소드 세 편에 그가 등장한다).

〈나인 야드〉는 미국 박스오피스에서 삼 주 연속 1위를 기록했다.

드디어 내가 해낸 것이다. 9학년 때부터 꿈꾸던 것이 마침내 현실이 되었다. 〈나인 야드〉는 〈백 투 더 퓨처〉가 아니었으나, 결과적으로 영화와 드라마에서 동시에 1위를 찍은 배우는 마이클 J. 폭스와 나, 둘뿐이다.

찬사를 만끽해도 모자라건만, LA로 돌아왔을 때 나의 중독 상태가 위험한 수준에 이르렀다는 사실을 적어도 나는 확실히 알았다. 그 무렵 나는 약과 술에 빠져서 아예 집밖으로 나오지 못할 정도였다. 약에 절어 있었고, 마약 딜러들과 연락하느라 방밖으로 나오기조차 버거웠다. 인기가 무르익어 정점에 달해 있었으나, 정작 내가 한 일이라고는 마약 딜러들을 상대하는 것뿐이었다. 당연히 영화 시사회에 참석했고 매튜 페리 쇼를 열기도 했으나, 나는 퉁퉁 부은 얼굴을 하고서, 스스로조차 이해할 수 없는 무언가에 대한 두려움에 압도되어 있었다.

나에게는 언제나 토크쇼에 출연해 솔직하게 고백하고픈 꿈이 있었다.

제이 레노: 요즘 어때요, 매튜?

나: 방향감각을 잃었어요. 대차게 망했습니다. 아주 비참해요. 침대 밖으로도 못 나온다니까요.

솔직해져야 한다면 지금만큼 완벽한 타이밍은 없었다.

사 년 후, 브루스, 나, 케빈이 〈나인 야드〉 속편을 촬영했다(감독은 다른 사람이었다). 나는 〈나인 야드〉를 통해 영화계 스타 반열에

친구와 연인, 그리고 무시무시한 그것

오르고 〈나인 야드 2〉를 통해 거기서 내려왔다고 할 수 있다.

영화는 로스앤젤레스에서 촬영했다. 우리에게 너무 많은 자유가 주어졌고, 결과는 엉망이었다. 좋은 작품을 재창조하기란 어려운 법이다. 우리 영화도 마찬가지였다. 농담은 진부했고, 파티는 더 진부해졌다. 분위기가 심히 안 좋았던지라 얼마 후 에이전트에게 연락해 이렇게 묻기까지 했다. "나 영화 보러 나가도 괜찮은 거 맞아?"

〈나인 야드〉가 개봉했을 때 나는 중독의 수렁에 빠져서 방밖으로 나오기조차 버거웠다. 절망과 혼란의 구렁텅이를 헤맸고 엉망으로 흐트러진 정신이 서서히 몸까지 끌어내렸다. 그런데 최근 들어 이런 생각이 들었다. 그런 감정은 〈나인 야드 2〉가 개봉했을 때 느꼈어야 했다고. 누구든 제정신이 박힌 사람이면 그 영화를 보고 암울함 이상의 감정을 느꼈을 것이다.

밤이 다 저물어 태양이 조금씩 고개를 내밀고, 파티가 파해 모두가 떠나고 나면, 브루스와 나는 가끔 가만히 앉아 대화를 나누곤 했다. 그럴 때 브루스 윌리스의 진짜 모습이 나왔다. 따뜻하고 다정하며 이타적인 사람. 훌륭한 부모. 그리고 놀라운 배우. 무엇보다, 좋은 사람. 브루스만 괜찮다면 나는 평생 그의 친구로 남고 싶다. 그러나 숱한 인연이 그러하듯, 우리의 길은 이후로 거의 겹치지 않았다.

물론 나는 지금도 매일 밤 그를 위해 기도한다.

천국이 열리다

기어코 일은 일어났고, 나는 예전으로 되돌아갔다. 말했다시피 어떤 일이든 간에 일어나기만 하면 모든 게 원점이었다. 좋은 일이건, 나쁜 일이건.

나는 이번에도 한동안 맨정신을 유지하다가 다 날려버렸다. 이유는 기억도 나지 않는다. 나는 잘 살고 있었다. 이 년 동안이나. 그런데 남들의 중독 치료를 돕다가 나조차 기억도 나지 않을 만큼 사소한 일로 인해 모든 걸 날렸다. 기억나는 것은, 아주 많은 술과 약, 그리고 심한 외로움이다. 약이나 술을 삼킬 때 나는 언제나 혼자였다. 내가 얼마나 많이 마시고 삼키는지를 누가 보기라도 하면 경악하여 나를 말리려 들까봐 무서웠다. 이미 시작했으니 멈추는 건 선택지에 없었다.

그나마 여러 차례 내 목숨을 살린 건 두려움이었다. 상황이 통제 불능으로 치닫는다 싶으면 나는 패닉 상태에 빠졌고, 수화기를 들어 도움을 요청했다. 그때는 중독 치료 동반자와 나의 멋진 아빠가 나를 구원하러 와주었다. 두 사람은 곧장 우리집으로 거처를 옮겼다. 그리고 나는 그날 바로 해독 치료에 돌입했다.

몸이 아예 망가진 것만 같았지만… 해독 치료는 문제없이 진행되었다. 적어도 아빠와 중독 치료 동반자의 생각은 그랬다. 그러나 두 사람은 내가 침실에다 자낙스 한 병을 몰래 숨겨두었다는 사실을 몰랐다. 중독자란 이런 거다. 자기도 상상 못할 일을 저지르고야 만다. 너무나 멋진 우리 아빠는 모든 걸 내려놓고 내 곁에 와주었고, 내가 또다시 자처한 재앙을 견디는 동안 사랑과 응원을 아끼지 않았다. 그런 아빠에게 나는 침실 탁자에 약을 숨기는 것으로 보답한 것이다.

하루는 잠들기 위해 처절히 싸웠다. 잔인한 해독 치료로부터 어떤 식으로든 달아나고 싶었다. 그때 자낙스 통이 나에게 신호를 보냈다. 어둠 속 악마의 봉화처럼. 그게 마치 등대같이 느껴졌고, 이번 만큼은 암초에서 밀어지는 게 아니라 더 가까이 배를 몰고 갔다. 아이들이 열지 못하게 만들어진 병마개는 지금 이 아이에게는 장애물이 못 되었다. 다른 방에서는 그 아이의 아빠가 〈택시〉 재방송을 틀어놓고 꾸벅꾸벅 졸고 있었다. 나는 마치 죽음의 절벽처럼 느껴지는 내 방에서 자낙스 병으로 투신해 4알을 집어삼켰다(하나도 너무 많은데 4알을?).

하지만 소용없었다. 여전히 달아나는 데 실패했다. 자낙스 4알로는 날뛰는 생각들을 다잡기에 부족했다. 잠은 역시나 오지 않았다. 수치심과 두려움, 강렬한 자기혐오에 잠이 다 달아났기 때문이다. 그렇다면 다음에 해야 할 일은? 이 약물중독자의 선택은 4알을 더 삼키는 것이었다(8알이면 그냥 많은 정도가 아니라 안 죽는 게 이상한 양이다). 처음 4알에다 4알이 또 더해지면서, 나는 드디어 눈을 붙일 수 있었다. 자낙스가 가져다주는 수면은 깊지 않다. 이 약은 숙면에 영 효과가 없는 것으로 유명하다. 하지만 상관없었다. 나는 이 머리가, 나를 졸졸 쫓아다니는 이것이, 단 몇 시간이라도 좋으니 잠잠해져서… 미칠 듯이 괴로운 해독 치료로부터 잠시나마 달아나고 싶었다.

다행히도 잠에서 깨어날 수는 있었지만, 자낙스는 숙면 방해보다 더 나쁜 짓을 저질렀다. 뇌를 망가트려 나를 정신 나간 사람으로 만들어놓은 것이다. 환각이 보였다. 괴상한 환영들과 생전 처음 보는 색깔들, 존재하는지도 몰랐던 색깔들이 펼쳐졌다. 침실의 회색빛 커튼이 짙은 보라색으로 보였다. 마치 망막의 막대세포와 원뿔세포가 시신경을 통해 새롭고 낯선 정보를 이미 바삭하게 타버린 뇌간에 보내는 것 같았다. 평범한 파란색이 짙은 청색으로, 빨간색이 자홍색으로, 검은색이 밴타블랙 또는 검은색 중에서도 가장 시꺼먼 블랙 3.0으로 보이기 시작했다.

게다가 자낙스를 그만큼이나 먹어버렸으니 빠르게 조치하지 않으면 목숨이 위험했다(다시 말하지만, 오피오이드 해독은 차라리 죽었으면 좋겠다는 생각이 들게 하고, 술과 자낙스 해독은 정말로 사람을 죽음에 이르게 할 수 있다). 하지만 나는 해독을 시작한 상태였다. 유일

친구와 연인, 그리고 무시무시한 그것

한 선택지는 어떻게든 자낙스를 더 구하는 것이었는데, 지금 집 상황상 불가능했다. 도중에 들킬 게 뻔했다. 결국 사실을 직고한 다음 제대로 해독 치료를 받는 수밖에 없었다.

나는 침실을 나와 총천연색 만화경처럼 보이는 거실로 나갔다. 여기가 천국인가? 생각이 들었다. 어젯밤 자낙스를 먹고 죽어서 지금 천국에 와 있는 건가? 나는 아빠와 중독 치료 동반자에게 내가 저지른 일을 담담히 고백했다. 둘은 당연히 충격에 빠졌다. 중독 치료 동반자가 먼저 나서서 의사에게 연락했다.

제정신이 아니었던 나는 내가 느끼고 있는 두려움을 아빠와 나누기로 했다.

"아빠." 내가 아주 진지하게 말했다. "미친 소리처럼 들리겠지만요. 당장이라도 커다란 뱀이 나타나서 나를 잡아갈 것 같아요."

아빠의 반응은?

"매티, 커다란 뱀이 나타나서 너를 잡아가면 아빠는 바지에 지릴지도 몰라." 나는 지금까지도 미친 아들을 의연하게 받아준 아빠가 참 대단하다고 생각한다.

중독 치료 동반자가 거실로 돌아와 적잖이 실망한 내색을 표하면서도 여전히 나를 돕겠다고 했다. 당장은 의사를 만나야 했다. 우리는 병원으로 갔다. 나는 상담을 마무리하면서 의사에게 사과와 함께 악수를 청했고, 다시는 이러지 않겠다고 약속했다. 진심이었다. 이미 벼랑 끝이었다. 의사는 새로운 해독약과 항경련제를 처방했다

(자낙스 해독이 발작을 일으킬 수 있기 때문이다). 우리는 집으로 돌아왔다. 나 때문에 참 오래 고생한 비서 모이라가 약을 받아오기로 했고, 우리는 기다렸다. 계속 기다렸다. 어찌된 영문인지, 모이라가 새 임무를 완수하기까지는 시간이 제법 걸렸다.

그러나 상황은 촉박했다. 얼른 해독약을 먹지 못하면 매우 좋지 않은 일이 벌어질 터였다. 발작을 일으킬 수도, 목숨을 잃을 수도 있었다. 어느 쪽도 좋은 결말 같지 않았다. 다 큰 어른 셋이 현관을 응시하며 문이 열리기만을 기다렸다. 그중 둘은 겁먹은 매티도 지켜보아야 했다.

얼마 후, 감시의 시선을 견디지 못한 내가 작은 소파에서 일어나 주방 구석으로 몸을 피했다. 겨울수록 좋아지는 맛이라던 현실이 이렇게 또 한번 존재감을 드러내고 있었다. 렌즈가 초점을 맞추듯 천천히, 또렷하게. 몸도 마음도 참담했다. 수치심과 죄책감이 나를 들쑤셨다. 또 이런 짓을 했다는 게 믿기지 않았다. 내가 후원하는 중독 환자들이 도리어 나보다 더 오래 맨정신을 견뎠다. 가진 게 있어야 나눌 수 있는 법이다. 나는 가진 게 아무것도 없었다.

스스로가 혐오스러웠다.

나는 밑바닥을 경신했다. 이제 더 떨어질 곳도 없다고 생각했건만, 내가 기어코 그걸 해냈다. 심지어 딱 봐도 겁에 잔뜩 질린 아빠 앞에서. 교활하고 종잡을 수 없는 강력한 중독이 한번 더 나를 이겨먹었다.

친구와 연인, 그리고 무시무시한 그것

현관문은 여전히 열리지 않았다. 문제가 심각했다. 나는 한시가 급했다. 몸속에 약과 술 기운이 가득 흘렀다. 너무 심각해 울음조차 나지 않았다. 운다는 것은 적어도 어딘가에 정상적인 부분이 남아 있다는 뜻인데, 이 상황에는 어디에도 정상적인 구석이 없었다.

밑바닥, 인생의 최저점. 중독자라면 누구나 겪는 순간이다. 이 순간이 닥치고 나면 장기적인 도움을 요청하게 된다. …잠깐, 이게 뭐람? 주방 구석을 보며 앉아 있는데 허공에 웬 잔주름 같은 게 보였다. 밑바닥에 있는 사람이 아니면 그냥 무시하고 말았겠지만, 나는 너무나도 흥미가 동해 시선을 뗄 수가 없었다. 작은 파동 같은 것이 대기에 떠다니는 듯했다. 살면서 이런 건 본 적이 없는데. 이건 진짜이자 진실이었고, 감각할 수 있는 실체였다. 최후의 순간에 보게 되는 게 이런 것인가? 나 지금 죽고 있는 거야? 그렇다면…

나는 물에 빠진 사람의 절박한 심정으로 미친듯이 기도하기 시작했다. 마지막으로 기도했을 때, 그러니까 〈프렌즈〉에 들어가기 전에, 나는 긴 호흡을 가다듬으며 때를 기다리는 신과 파우스트의 거래를 맺었다. 그로부터 십 년도 더 지난 지금, 나는 또 기도에 매달리고 있었다.

"신이시여, 제발 도와주세요." 내가 속삭였다. "당신이 여기 존재한다는 걸 보여주세요. 신이시여, 제발 도와주세요."

기도하는 동안 대기의 자그마한 파동이 작은 황금빛 조각으로 변했다. 무릎을 꿇은 내 앞에서 그 빛은 천천히 몸집을 불렸고, 급기야 실내를 전부 장악할 만큼 커졌다. 태양 언저리에 서 있는 것 같았다. 태양의 표면을 밟고 있는 듯한 기분. 무슨 일이지? 왜 기분이 조금씩 나아지는 거지? 왜 무섭지 않지? 빛은 내가 이제껏 집어삼킨 완벽한 양의 약보다도 더 완벽한 느낌을 불러일으켰다. 극한의 희열이 느껴지자 덜컥 겁이 나서 떨쳐내려 했으나 그럴 수가 없었다. 나보다 훨씬, 훨씬 더 큰 존재였기 때문이다. 할 수 있는 유일한 선택은 항복이었다. 아주 행복했으므로 어려운 선택도 아니었다. 극한의 희열이 내 머리 꼭대기에서부터 천천히 전신으로 퍼졌다. 나는 충만한 상태에서 오륙 분, 아마 칠 분쯤 가만히 앉아 있었을 것이다.

몸속 피가 따뜻한 꿀로 바뀐 게 아니라 바로 내가 따뜻한 꿀이었다. 나는 태어나 처음으로 사랑과 포용의 존재 안에 들어갔고, 모든 게 괜찮아지리라는 감정에 싸여 충만함을 느꼈다. 나의 기도가 드디어 응답받은 것이다. 신의 존재가 나를 품고 있었다. AA를 세운 빌 윌슨은 창문을 뚫고 들어온 번개를 통해 신을 만났으며 구원받았다고 했다.

나에게는 지금이 바로 그 순간이었다.

하지만 너무 행복해지니 무서워졌다. 한번은 살면서 행복했던 적이 있긴 하냐는 질문을 받고 그 자식 머리를 날릴 뻔한 적도 있다(중독치료시설 프로미시스에 있을 때 나는 상담사에게 재활중인 사람들이 다들 행복해 보여서 겁이 난다고 말했었다. "나는 힘들어 죽겠는데 다들 언덕 위에서 행복하게 살아가는 것 같아요." 그러자 상담사는 무슨

친구와 연인, 그리고 무시무시한 그것

일이 벌어지고 있는지 정확히 이해하지 못한 채 지내다가 결국 시설로 되돌아오고 상태가 더 나빠지는 사람도 많다고 했다).

칠 분쯤 지나자['칠 분간의 천국'* 농담을 삽입할 것] 빛이 희미해졌다. 극한의 희열도 잠잠해졌다. 신이 할일을 마치고 다른 사람을 도우러 떠난 것이다.

나는 울기 시작했다. 정말로 엉엉 울었다. 흐느낌을 주체 못해 어깨까지 들썩이며 울었다. 슬퍼서 운 게 아니었다. 난생처음으로 괜찮다는 기분을 느껴서였다. 안전하고, 보살핌받는 느낌. 신과 싸우고 삶과 씨름하고 슬픔에 잠겨 지낸 세월이 모두 씻겨 내려갔다. 고통의 강물이 망각의 강물에 섞여 흘러가듯.

그날 나는 신을 만났다. 그렇다고 확신했다. 그리고 이번에는 옳은 것을 달라고 기도했다. 도움을 달라고.

마침내 울음이 잦아들었다. 그런데 모든 게 달라져 있었다. 색깔이 다르게 보였고, 사물의 각도들이 이전과 달랐고, 벽은 더 튼튼하게, 천장은 더 높게 변해 있었다. 창문을 두드리는 나무들도 어느 때보다 완벽했다. 나무의 뿌리들이 흙을 뚫고 내려가 지구로, 그리고 다시 나에게로 이어졌다. 무조건적 사랑을 주는 신이 만들어놓은 위대한 연결 고리였다. 이론적으로 무한했던 머리 위 하늘은 이제

---

* 두 사람이 어둡고 밀폐된 공간에서 칠 분간 하고 싶은 것을 하고 나오는 술자리 게임.

이론으로도 다 헤아릴 수 없을 만큼 끝없이 펼쳐졌다. 나는 이제껏 경험해본 적 없는 방식으로 우주와 연결되었다. 예전에는 눈길도 주지 않았던 집안 식물들조차 선명하게 시야에 들어왔고, 더없이 사랑스럽고, 완벽하고, 생생해 보였다.

나는 오로지 그 순간의 힘으로 이 년 동안 맨정신을 유지했다. 신은 나에게 삶의 가능성을 슬몃 보여주었다. 아무런 조건도 없이 그날, 그리고 이어질 모든 날의 나를 구원했다. 이후 나는 추구자가 되었다. 맨정신과 진실을, 나아가 신을 추구하게 되었다. 신은 창문을 열었다가 이내 닫았다. 마치 '이제 가서 이걸 취하라'라고 말하듯.

요즘도 어떤 어둠이 엄습할 때면 그날의 경험이 자낙스로 인한 착란 때문인지 의심이 든다. 당장이라도 나를 덮칠 것 같던 뱀의 연장선상이었던 건 아닐까. 미국국립보건원의 표현을 빌리자면, 자낙스는 "되돌릴 수 있는 단발적 정신증 삽화"를 유발할 수 있다고 한다 (나중에는 아빠 앞에서 큰 발작을 일으킨 적도 있는데, 그리 유쾌한 경험은 아니었다. UCLA 의료 센터에 실려가놓고 천국으로 가는 정류장인 줄 알았던 경험 또한 유쾌하지 않았다). 하지만 그러다가도 금세 황금빛 진실 앞으로 되돌아온다. 맨정신일 때도 여전히 그것을 볼 수 있으며, 그것이 나에게 무엇을 해주었는지 기억할 수 있다. 누군가는 임사 체험 아니냐고 하겠지만, 나는 분명 신을 만났다. 그리고 신은 연결되는 순간, 사소한 단서들을 통해 그날의 경험이 진짜였음을 보여준다. 이를테면 햇빛이 바다와 만나 찬란한 황금빛을 만들어낼

　　　　　　　　　　　　　친구와 연인, 그리고 무시무시한 그것

때. 혹은 푸른 나뭇잎에 햇빛이 반사될 때나, 어둠에서 빠져나와 맨정신으로 돌아오는 누군가의 눈에 빛이 다시 감도는 것을 볼 때. 누군가의 중독 치료를 돕고 고맙다는 말을 들을 때 내 마음에 그 빛이 와닿는다. 정작 고마워해야 할 사람은 나라는 걸 그들은 아직 모를 테지만.

이로부터 일 년 후에 만난 여자와 육 년을 연애했다. 신은 어디에나 있다. 통로를 비워놓지 않으면 놓치고 말 것이다.

7장

프렌즈의 베네핏

제일 먼저 모니카가 텅 빈 카운터에 열쇠를 내려놓았다. 다음으로 챈들러. 그다음으로 열쇠를 가지고 있으면 안 되는 조이까지 열쇠를 꺼내자 큰 웃음이 터졌다. 뒤이어 로스, 레이철, 마지막으로 피비까지. 카운터에 열쇠 6개가 놓였다. 이제 무슨 말을 해야 할까?

우리는 하나로 둘러섰다. 피비가 입을 열었다. "이제 끝인 것 같아." 조이가 말했다. "그러게." 잠시 관객을 바라보는 조이의 눈빛에 하마터면 제4의 벽이 부서질 뻔했다. 이어서 그가 말했다. "그런 것 같아…"

하지만 부서질 제4의 벽은 없었다. 사실 늘 그랬다. 우리는 십 년 동안 사람들의 침실과 거실에 존재했으니까. 수없이 많은 사람의 인생에서 빼놓을 수 없는 일부가 되어 있었다. 그래서, 우리는 몰랐지만, 애초에 부술 제4의 벽은 존재했던 적이 없다. 우리 여섯은 지나치게 커 보이는 아파트에 사는 친한 친구들일 뿐이었다. 사람들에게는 거실 텔레비전만했겠지만 말이다.

마침내 아파트를 떠날 차례였다. 주인공 여섯과 모니카, 유아차를 탄 챈들러의 쌍둥이 아기들까지, 우리는 여덟 명이 되어 있었다.

이 마지막 에피소드의 촬영을 앞두고 나는 마르타 카우프만에게 잠시 대화를 청했다.

"나 말고는 다들 신경도 쓰지 않겠지만요," 내가 말했다. "혹시 내가 마지막 대사를 맡아도 될까요?" 모두가 아파트에서 퇴장하는데 레이철이 마지막으로 커피를 마시자고 제안한 건 그래서였다. 내가 〈프렌즈〉의 막을 내리기로 해서.

"좋지." 챈들러가 말했다. 그리고 마지막으로, 완벽한 타이밍에 대사를 뱉는다. "그런데 어디서?"

나는 내가 이 대사를 할 때 슈워머가 지은 표정을 사랑한다. 애정과 장난기가 완벽하게 뒤섞인 표정, 〈프렌즈〉라는 쇼가 매번 세상에 주었던 것과 정확히 일치했다.

그리고 그렇게, 우리 쇼는 끝이 났다.

사실 모두가 〈프렌즈〉를 끝낼 준비를 하고 있었다. 일단 제니퍼 애니스턴이 하차를 결심했다. 한 팀으로 결정을 내려온 우리 모두 멈춰야 한다는 뜻이었다. 제니퍼는 영화 쪽 일을 하고 싶어했다. 나는 그동안 영화를 병행해왔고 〈나인 야드 2〉 개봉도 앞둔 터였다. 참고로 그 영화가 성공하리란 것은 확실했다[당나귀 머리를 삽입할 것]. 하지만 이 세상에 〈프렌즈〉만큼 좋은 직장이 없다고 한들, 2004년의 모니카, 챈들러, 조이, 로스, 레이철, 피비가 이야기를 풀 만큼 풀었다는 사실은 명백했다. 챈들러가 나보다 훨씬 일찍 철이 든 것

친구와 연인, 그리고 무시무시한 그것

도 이해가 갔다. 제니퍼의 의견이 많이 반영되기는 했으나 결국 시즌 10은 가장 적은 에피소드로 막을 내렸다. 또 이즈음에는 모든 캐릭터가 행복해진 후였다. 행복한 사람들이 행복하게 지내는 것을 보고 싶어하는 사람은 없다. 그게 뭐 재밌다고?

때는 2004년 1월 23일이었다. 카운터에 열쇠들이 놓이고, 챈들러 빙을 아주 많이 닮은 사람이 "그런데 어디서?"라고 말하고, 제퍼슨 에어플레인의 〈Embryonic Journey〉가 흘러나오고, 카메라는 아파트 문 뒤쪽을 비춘다. 우리의 제1 조감독이자 친구인 벤이 마지막으로 외친다. "끝입니다." 그와 동시에 거의 모두의 눈에서 간헐천처럼 눈물이 터진다. 우리는 총 237편을 만들었고, 마지막 편의 제목은 참 적절하게도, '마지막The Last One'이었다. 애니스턴은 그야말로 꺼이꺼이 울었다. 나중에는 몸에 수분이 남아 있을까 싶을 정도로. 심지어 맷 르블랑도 울었다. 그러나 나는 아무 느낌이 없었다. 그게 오피오이드 부프레노르핀 때문이었는지, 아니면 그냥 내면이 죽어버려서였는지는 모르겠다(참고로 부프레노르핀은 약효가 뛰어난 해독 약물로 '더 센' 오피오이드로 넘어가지 않게 해주며, 어떤 식으로든 사용자를 변화시키지 않는다. 하지만 아이러니하게도, 세상에서 끊기가 가장 힘든 약물이다. 부프레노르핀이나 서복손은 절대 일주일 이상 사용해서는 안 된다. 그러나 나는 독한 해독 치료가 무서워 무려 팔 개월 동안이나 이 약에 의존했다).

나는 울지 않고 당시 만나던, 하필 이름이 레이철이던 여자친구와 천천히 무대를 거닐었다. 버뱅크에 있는 워너브로스 스튜디오에서 우리는 스테이지 24호를 썼다(쇼가 종영한 후에는 '프렌즈 스테이지'로 이름이 바뀌었다). 우리는 다양하게 작별을 고했고, 빈말인 걸알면서도 조만간 또 보자고 약속했다. 그리고 나와 여자친구는 내차로 향했다.

나는 잠시 주차장에서 지난 십 년을 되돌아봤다. 〈L.A.X. 2194〉에 대해서, 2만 2천5백 달러의 출연료에 대해서, 크레이그 비어코에 대해서 생각했다. 내가 어떻게 마지막으로 캐스팅되었는지에 대해서, 라스베이거스로 떠난 여행에서 함께 붐비는 카지노를 돌아다녔던 일에 대해서, 그때는 누구도 우리를 몰라봤던 것에 대해서 생각했다. 모든 개그와 더블 테이크에 대해서, 머리 형제에 대해서, 나의 가장 유명한, 너무나도 진실된 대사들, 이를테면 "안녕하세요, 챈들러예요. 나는 어색할 때 농담을 한답니다" "스물다섯 살까지 '사랑해'라고 말하면 '아, 망했네!'라는 말만 돌아오는 줄 알았거든" "우리는 감정을 삼키지. 그래서 영원히 불행하더라도 말이야" "이보다 더과분할 수가 있을까?" 같은 것들에 대해서.

시즌 8과 9 사이의 여름이 떠올랐다. 그때 나는 중독치료시설에 있었고, 『피플』은 표지에다 "행복하고 건강하고 핫하다!"라는 문구와 함께 내 사진을 실었다(밑에는 이런 문구가 있다. "〈프렌즈〉의 웃긴남자, 데이트 루머에 입을 열다. '마지막' 시즌, 중독과의 싸움, '무서웠어요. 죽기 싫었어요'"). 그 여름에 나는 맨정신으로 지냈고, 테니스를 많이 쳤다. 시즌 4의 첫날도 생각났다. 내가 중독치료시설에 들어갔다는 사실이 알려진 여름 이후의 일이었다. 첫 대본 리딩이 있는 날, 모두의 시선이 나에게로 쏠렸다. 총괄 프로듀서 중 하나였던 친구 케빈 브라이트는 리딩을 진행하기에 앞서 이렇게 말했다. "여름휴가에 대해 할말 있는 사람?" 나는 어색한 분위기를 깨보고자 조금은 호들갑스럽고 진지하게 "좋아! 나부터 시작하지!"라고 말했다. 그와 함께 방안의 긴장감이 깨졌다. 모두가 위기를 이겨내고 나아진 모습으로 일하러 돌아온 나를 향해 웃으며 박수를 보냈다. 아마 지금껏 내가 했던 농담 중에 가장 영리한 농담이었을 거다.

후반 몇 시즌 내내 제발 챈들러 말투로 말하지 않게 해달라고 제작진을 졸랐던 일에 대해서도 생각했다(스웨터 조끼에서 벗어나고 싶은 것은 당연했고). 챈들러의 그 말투는—이보다 더 거슬릴 수 있을까?—식상할 대로 식상해져 한 번이라도 더 엉뚱한 데 강조점을 둬 말해야 한다면 폭발할 것만 같았다. 결국 나는 시즌 6 이후부터는 대부분 정상적으로 대사를 처리했다.

모니카에게 청혼할 때 울었던 것에 대해서도 생각했다.

그리고 참 나답게, 부정적인 생각들도 떠올랐다.

이제 날마다 이렇게 재미있고 창의적인 일을 하지 않으면, 나는 어떻게 되는 거지?

나에게 〈프렌즈〉는 안전한 공간이자 평온함의 원천이었다. 매일 아침 침대에서 일어나는 이유이자 전날 밤 스스로 자제하는 이유였다. 이 쇼는 우리 인생에 최고 전성기를 맞이하게 해주었다. 날마다 놀라운 소식이 들려왔다. 그런 일을 망치는 사람은 제정신일 리 없다는 것쯤은 나조차도 알았다(그럼에도, 나는 몇 번이나 그런 사람이었다).

그날 밤 선셋대로를 따라 집으로 가는 길, 옆에 앉은 레이철에게 〈나인 야드 2〉를 홍보하는 대형 전광판을 가리켜 보였다. 15미터 상공에 얼굴을 찌푸린 내가 어두운색 정장에 보라색 셔츠, 넥타이 차림으로 브루스 윌리스 옆에 서 있었다. 브루스는 흰 티셔츠에 앞치마, 토끼 슬리퍼 차림이었다. 큼직한 글씨로 이런 홍보 문구가 적혀 있었다. 윌리스… 페리. 서로가 그리웠던 둘. 이번 목표는 더 높다. 나는 영화 스타였다(당나귀 머리에 대해 내가 했던 말을 기억하고들 있겠지?).

〈프렌즈〉가 끝나도 내 미래는 장밋빛일 것만 같았다. 대형 영화의 개봉을 앞두고 있었고, 〈앨리 맥빌〉의 에피소드 두 편, 〈웨스트 윙〉의 에피소드 세 편에 출연하기도 했다. 어느덧 코미디뿐 아니라 진지한 정극 연기로도 경력을 제법 쌓은 셈이었다(〈웨스트 윙〉 출연으로 에미상 후보에 두 번 올랐다). TNT 방송국이 제작한 텔레비전 영화 〈론 클라크 스토리〉도 막 촬영을 끝낸 터였다. 실화를 바탕으로 한 이 작품은 할렘에서도 가장 거친 학교에 발령받은 소도시 교사의 이야기다. 영화 내내 단 한 마디의 농담도 나오지 않았다. 그 진지함에 실성할 것 같았던 나는 급기야 카메라 바깥에서 '론 다크'라는 캐릭터를 창조했다. 그는 술주정뱅이에다 학생들 앞에서 자꾸만 욕을 씨불였다. 어쨌거나 2006년 8월에 방송된 이 영화는 크게 인기를 끌었다. 나는 미국 배우조합상, 골든글로브상, 에미상 후보에 올랐다 (세 번 모두 로버트 듀발에게 상을 내주었다. 그런 변변찮은 배우에게 지다니 믿을 수 없었다).

하지만 말했다시피 〈나인 야드 2〉는 대참사였다. 가까운 가족과 친구들조차 그 영화를 봤을 것 같지 않다. 시사회 때 유심히 둘러보면 사람들이 스크린과 눈조차 마주치지 못하는 게 보였다. 아마 로튼 토마토에서 0점을 받았을 거다.

이로써 할리우드는 미스터 페리를 다시는 영화에 쓰지 않기로 했다.

나는 〈프렌즈〉의 마지막 화 촬영 바로 다음날부터 12단계 치료를 시작하기로 했다. 올바른 방향을 향해 새 삶을 살아보겠다는 의지의 공개적인 표명이었다. 하지만 텅 빈 하루의 텅 빈 캔버스를 마주하려니 무척이나 힘들었다. 다음날 아침 눈을 뜬 나는 생각했다. 제길, 이제 뭐 하지?

제길, 이제 뭘 하냐고? 나는 부프레노르핀에 중독되어 있었고, 새로 들어온 일은 없었다. 텔레비전 역사상 최고로 사랑받은 시트콤을 막 끝내고도 이런 처지라니 우스웠다. 게다가 레이철과의 관계도 흔들리고 있었다. 정서적 친밀감과 물리적 거리 모두 문제였다. 나는 너무 가까워져도, 너무 멀어져도 관계를 망쳤다.

그렇게 나는 또다시 싱글이 되었다.

막대한 돈을 주고 꿈을 이뤄주던 일이 사라지고, 인생에 특별한 사람조차 없어지고 나니, 모든 게 빠르게 미끄러졌다. 꼭 낭떠러지에서 떨어지는 것 같았다. 병든 나의 머릿속에 더 센 약물을 사용하고 싶다는 미친 생각이 다시 움트기 시작했다. 일어날 것 같지 않았던 일이 다시 일어나기까지는 오래 걸리지 않았다. 나는 다시 술을 마시고 약에 손댔다.

남들 눈에 어떻게 비칠지 모르겠지만, 천만다행히도 나는 자살 충동을 느끼는 유형은 절대 아니었다. 한 번도 죽고 싶었던 적은 없다. 오히려 마음 한구석에는 늘 희망 같은 것이 있었다. 하지만, 원하는 만큼의 약을 삼키는 대가가 죽음이라면, 마땅히 죽음을 받아들일 생각이었다. 나의 사고는 이렇게나 뒤틀려 있었다. 두 가지 생각이 동시에 머릿속을 장악했다. 죽고 싶지 않다는 생각과, 원하는 만큼 약을 삼키기 위해 목숨을 걸어야 한다면 겸허히 사라지겠다는 생각. 손에 약을 쥐고서 이러다 죽을지도 모르는데, 하고 생각하다가 기어코 약을 집어삼키던 내 모습이 또렷하게 기억난다.

아주 가늘지만, 무척이나 무시무시한 경계선. 나는 내가 얼마나 술을 마시고 약을 삼키는지 잊고 싶어서 술을 마시고 약을 삼키는 지경에 이르렀다. 그리고 그런 망각에 이르려면 목숨이 위태로울 만큼 많은 술과 약이 필요했다.

또 너무 외로워서 아팠다. 뼛속까지 외로움이 사무쳤다. 겉으로 보기에는 누구보다 운이 좋은 사람 같았으니 내가 불만을 이야기하더라도 닥치라고 면박을 주지 않을 사람은 몇 되지 않았다. 설령 불만을 털어놓더라도… 내 안의 허전함은 무엇으로도 채워지지 않았다. 한번은 새 차를 장만했는데, 그로 인한 기쁨은 닷새 정도 갔다. 나는 이사도 자주 다녔다. 이전 집보다 전망이 더 멋진 새집을 장만하는 기쁨은 포르셰나 벤틀리를 사는 것보다 조금 더 오래가기는 했으나, 거기까지였다. 또 나는 지나치게 내향적인지라 여자와 제대로 된 쌍방의 관계를 맺는 일이 사실상 불가능했다. 차라리 프렌즈 위드 베네핏* 사이로 지내는 편이 훨씬 나았다. 그래야 내가 구제불능이고 부족하다는 생각에 서서히 잠식당하더라도 상대가 눈치채지 못할 테니까.

나는 길을 잃었다. 돌아갈 곳이 없었다. 숨어보려 해도 소용없었다. 알코올의존증 환자는 두 가지를 끔찍이도 싫어하는데, 하나는 현실이고 하나는 변화다. 나에게는 변화가 필요했다. 나는 자살 충동을 느끼지 않았으나, 죽어가고 있었다. 하지만 너무 두려워 아무것도 할 수 없었다.

나에게 필요한 것은 노란색 경고등이었다. 그래서 그날 집에서

---

* Friends with benefit. 연인이 아니라 친구이지만 성관계까지 가능한 사이를 표현하는 말이다.

일어난 일에 대해서는 영원히 고마운 마음이다. 내가 새 삶을 시작하게 해주었기 때문이다. 나는 한번 더 맨정신으로 살아갈 기회를 선물받았다. 문제는 딱 하나였다. 그걸 가지고 뭘 하지? 이전까지는 뭔가를 진득이 해본 경험이 없었다. 이제부터 나는 모든 것에 다르게 임할 작정이었다. 그러지 않으면 죽을 목숨이었다. 죽고 싶지 않았다. 살아가는 법도, 사랑하는 법도 배우지 못한 채 세상을 뜨고 싶지 않았다. 세상을 좀더 이해해보기도 전에 죽을 수는 없었다.

습관성 중독이 내 목숨을 앗아간다면, 엉뚱한 사람을 죽인 꼴이다. 아직 나는 완전한 내가 아니었다. 나는 나라는 사람의 일부분일 뿐이었다(최고의 일부분은 아니었지만). 가장 먼저 달리 임해야 할 부분은 일이었다. 그게 가장 쉬워 보였다. 기꺼이 노력하는 것, 나에게는 유일한 희망이었다. 맨정신으로 있는 시간을 늘리며 다시 나를 추슬렀다. 또 나는 여러 명과 프렌즈 위드 베네핏 관계를 맺다가 그중 한 사람과 천천히 깊어지기 시작했다. 어쩌면 아주 깊은 관계였다. 프렌즈 위드 베네핏이야 익숙했지만, 이런 관계라니? 내가 잘 아는 세계가 아니었다. 언제부턴가 나는 섹스가 끝난 후에도 그 여자가 곁에 머물기를 바랐다. "가지 말고 나랑 영화나 볼래?"

이게 무슨 짓이지? 내가 모든 규칙을 깨부수고 있었다.

처음 만났을 때 그녀는 스물셋, 나는 서른여섯이었다. 사실 나는 그 여자가 스물세 살이라는 것을 애초부터 알았다. 우리가 만난

친구와 연인, 그리고 무시무시한 그것

곳이 그 여자의 스물세 살 생일 파티장이었으니까. 파티 이후에 우리는 너저분한 토요타 차 뒷좌석에서 처음 관계를 가졌다(고급 차들을 사는 데 그 많은 돈을 써놓고 결국 황갈색 코롤라 뒷좌석이라니). 다 끝났을 때 내가 말했다. "나는 이제 여기서 나갈게. 왜냐면 서른여섯 살이거든."

이렇게, 기록적으로 잦은 섹스로 채워진 이 년 동안의 관계가 시작됐다. 조건은 없었다. 둘 다 프렌즈 위드 베네핏의 규칙을 충실히 따랐다. 둘의 이해관계가 맞아떨어진 것이다. 우리는 절대 함께 저녁을 먹지도, 서로의 가족에 대해서 이야기하지도 않았다. 다른 사람들과 함께하는 각자 삶에 어떤 일이 벌어지고 있는지 공유한 적도 없다. 그보다는 문자나 대화로 이런 말을 주고받았다. "목요일 저녁 일곱시 어때?"

처음에 그녀는 거칠었다. 만남 초반에 내가 지금 정장을 입고 있다고 연락한 적이 있다. 내 모습이 나름 괜찮다고 생각해서였다.

"정장 싫은데." 그녀가 말했다.

그녀의 거친 모습 이면을 보기까지는 몇 년이 걸렸다.

아마도 '또하나의 엉망진창 세대'라는 문구를 적어 아빠가 선물한 책이었을 텐데, 연기 교본 어딘가에 이런 문장이 나온다. 새로운 것을 시도하면서 자신의 한계를 넓혀야 한다고. 코미디를 잘하는 배우가 되었다면 방향을 꺾어 드라마 배우도 되어보아야 한다고. 나는 그렇게 하기로 했다. 이대로 은퇴할 수도 없었고, 다 큰 남성이 비디오게임을 하며 시간을 죽이는 데도 한계가 있었다. 하루는 나의 프렌즈 위드 베네핏 파트너가 말했다. "당신은 그냥 술을 마시고 약을 하는 게 아니라, 술을 마시고 약을 하려고 사는 사람 같더라." (내가 말했던가? 그녀는 참 똑똑했다.)

나는 갈림길에 서 있었다. 배우이면서 돈도 많고 유명하지만, 부자가 되고 유명해지는 것에 관심이 없다면 뭘 해야 할까?

그렇다면, (너무 젊은 나이였지만) 은퇴하거나, 스스로 바뀌는 수밖에 없었다.

나는 매니저와 에이전트에게 연락해 앞으로는 드라마 작품만 받겠다고 통보했다.

〈웨스트 윙〉 〈앨리 맥빌〉 〈론 클라크 스토리〉로 드라마 작품을 경험해봤고 좋은 결과도 얻었으니 그리 정신 나간 선택 같지 않았다. 진지한 영화 오디션을 몇 번 보기도 했다. 그러나 배역을 따내지는 못했다. 열심히 독립 영화를 몇 편 찍기도 했으나 역시 성공하지 못했다.

그러던 어느 날 굉장한 대본이 들어왔다.

그렇게 반응이 뜨거운 프로젝트는 처음이었다. 마치 자석처럼 사람들을 끌어당겼다. 에런 소킨이 대본을 쓰고 토머스 슐램이 연출한 〈스튜디오 60〉은 두 사람이 함께 만든, 들어는 봤으려나, 〈웨스트 윙〉이라는 작품의 후속작이었다. 그 작품으로 둘은 에미상을 15개

친구와 연인, 그리고 무시무시한 그것

쯤 탔다. 2005년 가을께 둘이 새 프로젝트에 착수하자 당연히 반응은 폭발적이었다. 시작하기도 전에 그렇게 기대받는 프로젝트는 처음 봤다. NBC와 CBS가 두 사람의 신작을 유치하려고 마치 검투사처럼 달려들었다. 최후의 승자는 편당 3백만 달러 가까이를 투자한 NBC였다. 그해 가을 어디를 가든지 모두가 〈선셋 스트립의 스튜디오 7〉(원제였다)에 관해 이야기했다. 나는 뉴욕에서 〈론 클라크 스토리〉의 촬영을 마무리지으며 세상에서 가장 좋아하는 호텔인 트라이베카의 그리니치호텔에 머무르는 중이었다. 그 유명하다는 대본을 얼른 읽고 싶었다. 하지만 나는 동부 해안에 있었고, 대본이 호텔에 도착하려면 일러도 밤 열시였으니 기다리는 수밖에 없었다.

에런과 토머스는 〈웨스트 윙〉을 통해 텔레비전 시리즈에 대한 미국인들의 시선을 바꿔놓았다. 나로 말하자면 챈들러 빙을 통해 미국인들의 말투를 바꿔놓은 사람이었다. 언뜻 봐도 강력한 조합이었다.

밤 열한시 삼십분, 대본을 읽은 나는 지상파로 복귀할 작품을 결정했다.

주인공은 스튜디오 7의 수석 작가 맷 앨비(듣기로 에런은 나를 생각하며 이 배역을 썼다)와 프로그램 총괄 책임자 대니 트립이었다. 대니 역은 친절하고 재능 있는 브래들리 휫퍼드가 맡았다. 극 중 두 사람은 〈스튜디오 60〉이라는 SNL풍 쇼를 살리기 위해 현장에 투입된다.

촬영 전까지만 해도 우리 작품은 "에미상이 유력한 대작"으로 기대를 한껏 받았다. 소킨, 슐램, 그리고 나까지 있었으니까. 어떻게 망할 수가 있겠나?

맨 처음에 발생한 문제는 돈이었다. 나는 막대한 출연료를 받으며 〈프렌즈〉에 출연했었다. 그만큼의 돈을 다시 받기는 힘들 것이라고 진즉에 알고는 있었지만, 코미디 텔레비전 프로그램을 소재로 한 이 앙상블 쇼에 출연하는 모든 배우가 동등한 출연료를 제안받았다는 사실은 적잖이 당황스러웠다. …대화는 이런 식이었다(소킨의 대본이라 생각하며 읽어주길).

나: 이 작품을 꼭 하고 싶어.

매니저: 이런 쪽으로는 소킨이 최고지.

나: 내 텔레비전 복귀작은 이 작품이 될 거야.

매니저: 딱 하나 문제는 그쪽 제안이야.

나: 제안? 무슨 제안?

매니저: 편당 받게 될 출연료 말이야…

나: 뭐, 그렇겠지. 근데 얼마길래 그래?

매니저: 편당 5만 달러.

나: 〈프렌즈〉 때는 편당 백만 달러를 넘게 받았잖아. 더 올릴 순 없어?

매니저: 힘들 것 같아. 제대로 된 앙상블 쇼로 기획하고 있어서 모두 같은 액수를 받는대.

친구와 연인, 그리고 무시무시한 그것

나: 지금껏 읽은 텔레비전 대본 중 최고작을 거절해야 한다니 믿기지 않는군.

매니저는 포기하지 않았다. 그는 〈스튜디오 60〉이 앙상블 쇼이기는 하지만, 내가 무대에 오르면 나의 캐릭터가 주목받지 않겠냐는 점을 제작진에게 어필했다. 정말 그렇게 되기도 했고. 이렇게 주장하며 장장 육 주 동안 협상한 끝에 앙상블 아이디어는 폐기되었다. 나는 쇼의 간판스타로 홍보되었고, 많게는 17만 5천 달러를 받게 되었다. 일주일에 그만큼을 받는다는 건 놀라운 일이지만, 나로서는 세 단계쯤 내려온 셈이었다. 르블랑은 〈조이〉에 출연해 일주일에 60만 달러를 받았다. 어쨌거나 권력을 쥔 쪽은 작가진이었고(모든 배우는 좋은 대본을 바랄 뿐), 결국 나는 터무니없이 낮은 출연료를 받아들였다(제작진은 나의 좋은 친구인 어맨다 피트를 캐스팅해 배우진을 완성했다).

우리의 파일럿은 내가 평생 본 어느 파일럿과 견주더라도 뒤지지 않았다. 그만큼 훌륭했다. 에너지가 느껴졌고, 텔레비전 작품에서 보기 힘든 날카로움이 있었다. 팬들의 반응도 좋았다. 시작은 그야말로 창대했다(〈프렌즈〉 이후 내가 출연한 작품들은 다들 창대하게 시작해 순식간에 시들해졌다). 그런데 〈스튜디오 60〉의 두번째 에피소드는 시청자 수가 이전 편과 비교해 정확히 반토막이 났다. 더는 아무도 우리 쇼에 관심을 주지 않았다. 그 이유를 이해하기까지는 수

년이 걸렸다.

〈스튜디오 60〉에는 치명적인 결함이 있었다. 훌륭한 대본이나 연출, 연기로도 고칠 수 없는 것이었다. 〈웨스트 윙〉은 설정부터 긴장감을 자아냈다. 핵폭탄이 오하이오주를 정조준하고 있고, 대통령이 이 난장판을 해결해야 한다? 일단 오하이오주 사람들부터 쇼를 챙겨 볼 것이다. 대륙 간 탄도 미사일이 날아와 자기들 목숨이 간당간당해졌을 때 어떤 일이 벌어질지 궁금할 테니까.

쇼 비즈니스의 성패는 농담이 먹히느냐에 달렸다. 이건 나를 포함해 몇 안 되는 사람만 아는 진리다. 우리는 비뚤어지고 이상한 사람들이다. 그러나 오하이오주 캔턴에 사는 사람들은 〈스튜디오 60〉을 보며 생각했을 거다. 그냥 농담 따먹기잖아. 왜 다들 난리지? 별일도 아닌데 대체 왜 저래? 우리의 농담은 〈몬티 파이선〉*에 나오는, 너무 웃겨서 나치마저 죽게 했다는 어니스트 스크리블러의 농담이 아니었다(영국인들은 독일어를 읽지 못해 농담의 위력을 비껴갔다. 그 살인 농담의 독일어는 실제로 엉터리여서 더 웃기다). 록펠러센터** 사람들이나 선셋대로의 코미디 스토어*** 직원들 정도나 챙겨 봤을까, 우리 쇼의 기본 설정은 시청자들에게 공감을 얻지 못했다. 〈웨스트 윙〉에

---

* 1969년에 처음 방영한 BBC 코미디 쇼 〈몬티 파이선의 비행 서커스〉를 말한다.
** NBC 방송국이 있는 건물.
*** 미국의 대표적인 스탠드업 코미디 클럽 중 한 곳.

코미디 쇼를 접합하려던 시도는 끝내 통하지 않았다.

좀더 미시적으로 따져보면, 〈스튜디오 60〉의 작업 환경은 당황스러우리만치 〈프렌즈〉와 달랐다. 〈나인 야드〉와도 딴판이었다. 에런은 철두철미한 현장을 선호한다. 어느 정도냐면, 현장에서 대본을 확인하는 사람이 원래 대사가 "그 사람이 화가 났어"라고 말해주었는데 내가, 혹은 다른 배우가 그걸 "그 사람 화가 났어"라고 줄여서 말하면, 그 장면을 통째로 다시 촬영해야 했다. 토씨 하나 틀리지 않고 대사를 해야 했다(나는 대본 확인을 맡은 제작부 보조에게 '매의 눈Hawk'이라는 별명을 붙였다. 창의력을 발휘해 열심히 연기하는 배우들을 단속해야 하는 건 솔직히 말해 끔찍한 일이 아닌가). 불행히도 대사를 살짝 바꿔 처리한 테이크가 가장 나을 때가 더러 있었는데, 그때도 결국은 대사를 토씨 하나 틀리지 않은 테이크가 채택되었다. 그게 최선이 아니었는데도. 작가 에런 소킨/감독 토머스 슐램 시스템은 절대로 배우를 중심에 놓지 않았다. 마치 셰익스피어의 문장인양 대사를 온전히 처리하는 게 훨씬 더 중요했다. 한번은 세트장에서 누군가 이건 정말로 셰익스피어의 문장이라고 말하는 걸 들은 적도 있다…

전반적인 제작 과정에 대해서도 나와 생각이 달랐다. 나는 아이디어를 제안하는 편이었지만 에런은 전혀 들어주지 않았다. 또 나는 내 캐릭터가 겪는 내면의 변화에 대해서도 의견을 냈으나 환영받지 못했다. 문제는 내가 입만 산 사람이 아니라는 거다. 나한테도 머리가 있다. 특히 코미디 쪽으로 잘 돌아가는 머리가. 에런 소킨은 나보다 훨씬 뛰어난 작가이지만 나만큼 웃기지는 않다(그는 친절하게도 자신이 가장 좋아하는 쇼가 〈프렌즈〉라고 말한 적이 있다). 더구나 〈스튜디오 60〉에서 내 역할은 코미디 작가였다. 내가 나름 재미있는 아이디어라고 생각한 것들을 에런은 백 퍼센트의 확률로 퇴짜를 놓았다. 그건 그의 권리이며, 그가 원하는 대로 현장을 운영하는 걸 뭐라 할 수는 없다. 하지만 그 과정에서 나는 김이 빠졌다(톰 행크스한테 듣기로 에런은 톰에게도 그랬다고 한다).

성공한 텔레비전 쇼 하나에 출연했다고 모든 게 해결되지 않는다는 교훈을 미리 깨친 게 얼마나 다행이었는지 모른다. 우리 쇼의 시작은 화려했다. 파일럿의 시청자 수는 천삼백만 명으로 전체 시청자의 14퍼센트였으니 고무적이었다. 평도 좋았다. 『버라이어티』는 이렇게 호평했다. "에런 소킨의 통렬한 말맛과 초호화 배우진을 데리고 거창한 아이디어를 펼쳐내려는 의지가 엿보이는 시리즈 〈스튜디오 60〉을 응원하지 않을 수 없다." 〈시카고 트리뷴〉은 아예 연서를 띄웠다. "〈스튜디오 60〉은 그냥 괜찮은 정도가 아니라 텔레비전 역사에 길이 남을 작품이 될 잠재력을 지녔다"라나.

그러나 문제는 남아 있었다. 〈스튜디오 60〉은 진지한 쇼를 표방하면서 코미디와 수준 높은 텔레비전 프로를 소재로 다뤘다. 마치 그 두 가지가 국제 정치만큼 중요하다는 듯 비장하게. 나는 얼마 전 디지털 언론사 디 어니언 산하 A.V. 클럽 버티컬에서 〈스튜디오 60〉

친구와 연인, 그리고 무시무시한 그것

에 관해 아주 건설적인 비평을 접했다. 이 쇼가 방영되고 몇 년이 지나 글을 쓴 네이선 라빈은 파일럿이 걸출했다는 데 동의한다.

많은 대중이 그랬듯, 2006년 9월 18일에 파일럿이 방영됐을 때 나는 부푼 기대감을 안고서 쇼를 시청했다. 끝났을 때는 이후 전개될 내용이 몹시도 궁금했다. 몇 달 전 파일럿을 다시 보았다. (…) [그러면서] 가장 깊이 와닿은 부분은 무한한 가능성이 느껴진다는 것이었다. <스튜디오 60>은 무엇이든 될 수 있었다. 뭐든 할 수 있었다. 심지어 기억을 되짚어볼 때 가장 인상적인 배우진과 함께였다. <스튜디오 60>의 파일럿은 다시 보아도 여전히 가능성으로 반짝인다. 처참한 실패로 끝날 운명이었지만.

그러나 라빈 역시 개그를 소재로 한 우리 쇼가 지나치게 진지했다는 점과, 소킨이 쇼를 절대적으로 장악해 다른 사람들이 숨쉴 공간이 없었다는 점을 문제로 지적한다.

이 쇼의 오만함은 에런 소킨이 모든 에피소드를 집필한 것으로까지 이어졌다. 아, 물론 전속 작가들이 이따금 '원안story by' 크레디트에 이름을 올렸으나 본질적으로 <스튜디오 60>은 원맨쇼였다. 소킨의 목소리가 쇼를 장악하고 있다. (…) <스튜디오 60>은 그 나름의 이상한 방식으로 지금까지 회자되고 있다. 걸작이라기보다 거창하고 간간이 매력적인 실패작으로 말이다.

시대도 달라져 있었다. 우리 쇼는 하필 텔레비전이 변화를 맞이한 시기에 나왔다. 〈프렌즈〉나 〈웨스트 윙〉같이 "실시간 방송을 놓치면 볼 수 없는 프로"가 타격을 입기 시작했다. 사람들은 그런 프로를 녹화해 나중에 챙겨 보았다. 이런 변화가 시청률에 영향을 줬고, 우리 쇼는 충분히 좋은 작품이었음에도 작품 자체보다 시청률로 더 화제가 됐다.

첫 시즌이자 마지막 시즌이 끝날 무렵, 시청자들은 대체로 라빈과 비슷한 평가를 내렸다. 시청자 수는 사백만 명으로 급락했다. 전체 시청자의 5퍼센트만이 우리 쇼를 보았다.

보기 좋게 망한 것이다.

나는 이 실패로 충격에 빠지거나 하지 않았다. 말했다시피 텔레비전 쇼가 성공한다고 내 영혼이 채워질 리 없다는 것을 알았다. 그리고 이미 다른 무언가가 내 영혼을 채우는 중이었다.

이 년간의 '프렌즈 위드 베네핏'이 어느새 사랑으로 바뀌어 있었다. 내 인생 중 가장 '평범한' 시절이라 하겠다. 고백하자면 몇 번 삐끗하기는 했다. 옥시콘틴을 2알 먹어 엿새 동안 해독 치료를 받아야 했던 것처럼. 하지만 이제 관계는 무르익었고, 나는 그녀에게 꼭 청하고 싶은 게 있었다.

어느 날 내가 말했다. "이제 애들 놀이는 그만하자. 우리는 서로를 사랑하잖아." 그녀도 부정하지 않았다. 나는 그녀를 아주 많이 사랑하고 있었다. 하지만 우리는 둘 다 일에 집중한다는 핑계로 우리 관계에 관한 이야기를 회피하고 있었다. 나는 여전히 그녀가 나를 떠날까봐 두려웠다. 어쩌면 그녀도 같은 마음일지 몰랐다.

어쨌거나 드디어 그 순간이 찾아왔다.

나는 크리스마스 날에 맞춰 화가에게 거액을 주고 우리 둘의 초상화를 의뢰했다. 우리의 관계는 언제나 섹스와 문자를 중심으로 돌아갔다. 적어도 처음 사 년 동안은 그랬다. 비즈니스 매니저를 통해 확인해보니 우리가 주고받은 문자는 무려 1780통이었다. 그래서 초상화 오른쪽 아래 모퉁이에 그려진 그녀는 늘 그렇듯 〈뉴욕 타임스〉와 물병을 앞에 둔 채 앉아 있고, 왼쪽 아래 모퉁이의 나는 늘 그렇듯 긴팔 티셔츠에 티셔츠를 하나 더 겹쳐 입고서 레드불을 들고 『스포츠 일러스트레이티드』를 읽고 있으며⋯ 서로 문자를 주고받고 있다. 화가는 초상화에다 문자를 상징하는 1780개의 하트를 그려넣어 하나의 아주 커다란 하트 형상을 만들었다. 이런 선물에 이렇게 거액을 쓴 적은 살면서 한 번도 없었다. 그만큼 이 여자를 사랑했고, 내 마음을 전하고 싶었다.

내 계획은 그녀에게 초상화를 선물한 다음 그 질문을 하는 것이었다. 다들 아는 그 질문 말이다. 결말이 어떻게 되었는지는 굳이 말하지 않겠다. 그야⋯ 내가 묻지 못했기 때문이다. 내가 선물을 건네자 그녀는 진심으로 감동해 말했다. "매티, 세상에, 어떻게 이렇게 사랑스러운 하트가 다 있지."

이제 말할 차례였다. "자기야, 사랑해. 나랑…"이라고 말하기만 하면 되었다. 하지만 나는 말하지 않았다. 그간의 두려움이 뱀처럼 머리를 들었다. 그녀를 만나기 일 년 전, 신을 만났으나 충분한 깨달음을 얻지 못했던 그때 그 순간 나를 덮칠 것 같던 그 뱀처럼.

나는 냅다 망할 챈들러 빙 모드로 전환했다.

"와, 와, 와!" 나는 그녀가 예상 못했을 반응을 보였다. "이것 좀 봐!" 마지막으로 한번 더 망할 챈들러 말투를 되살리며.

나는 기회를 놓쳤다. 아마 그녀는 기대했었는지도 모른다. 몇 초면 잡을 수 있는 기회였다. 몇 초면 잡을 수 있었을, 그리고 일생에 단 한 번만 오는 기회. 내가 그때 그 질문을 했더라면 지금쯤 자식을 둘쯤 낳고 전망이 별로인 집에서 살고 있을 수도 있다. 전망 따위 중요하지 않겠지. 나에겐 실컷 바라볼 아내가, 보살필 아이들이 있을 테니까. 그러나 지금 나는 쉰두 살을 먹고 어수선한 바다를 내려다보며 혼자 사는 얼간이가 되어 있다…

나는 묻지 않았다. 너무 두려워서, 망가지고 비뚤어져서. 그녀와 만나는 동안 나는 한눈을 판 적이 한 번도 없었다. 마지막 이 년 동안도 그랬다. 그런데 왜인지 마지막 이 년 동안은 더이상 그녀와 자고 싶지 않았다. 커플 상담을 아무리 받아보아도 왜 내가 그때 그 질문을 못했는지, 왜 내가 이제 그녀를 좋은 친구로만 생각하는지 이유를 찾아낼 수 없었다. 그녀는 나의 친구, 최고의 친구였다. 나는 최고의 친구를 잃고 싶지 않았기 때문에 이 년 동안 부단히 노력했다.

친구와 연인, 그리고 무시무시한 그것

왜 섹스가 끝이 났는지 그때는 알지 못했다. 이제는 안다. 우리 사이가 가까워져서 그녀가 진짜 내 모습을 보게 되면 나를 떠나리라는, 끈질기고 끝없는 두려움이 도졌기 때문이다. 나는 내 진짜 모습이 맘에 들지 않았다. 나이 차도 문제였다. 그녀는 밖으로 나가서 무언가를 하고 싶어했으나, 나는 좀더 안정된 일상을 바랐다.

다른 문제들도 있었다. 커리어에 매진하는 그녀의 삶은 당시 내 삶의 방식과 달랐다. 그 시절에 나는 하는 게 없었다. 사실상 은퇴한 배우였고, 진심으로 다시는 일을 못할 줄 알았다. 돈이야 어마어마하게 많았으니 그저 비디오게임이나 하며 혼자 빈둥댔다.

하지만 이제는 뭘 한담?

기꺼이 노력할 것.

나는 텔레비전 쇼 〈미스터 선샤인〉을 제작했다. 인생에서 중요한 건 도착지가 아니라 여정이라는 이론을 믿는 내가 아직 못해본 일이 바로 작가였다. 그래서 그걸 나의 첫번째 목표로 삼았다. 정말 쓰고 싶은 소재로 방송 프로의 대본을 쓴다는 건 불가능에 가깝다. 일단 사공이 너무 많다. 프로듀서부터 작가들까지 저마다 한마디씩 말을 얹는다. 상상을 스크린에다 실제로 옮겨놓는 일은 소킨 정도나 되어야 가능하다.

〈미스터 선샤인〉은 내 캐릭터, 벤 도너번을 중심으로 돌아간다. 벤은 샌디에이고에서 스포츠 경기장을 운영한다. 앨리슨 재니가 나의 상사 역할을 맡아 연기했다. 벤에게는 몇 가지 중요한 결점이 있는데, 그중 하나가 여자들과 관계를 못한다는 것이다. …심지어 나는 크레디트가 다 올라간 후에 아는 사람만 알아볼 농담도 집어넣었다. 나의 제작사 '안헤도니아(무쾌감증) 프로덕션'의 이름이 나오고, 우리가 직접 제작한 만화 이미지로 롤러코스터를 타는 내가 지루해 죽겠는 표정을 지으며 한숨을 쉬는 장면이 겹쳐진다. 나의 모든 것을 갈아넣은 이 쇼는 이 주 정도 잘되다가 이내 세상 모두에게 외면당했다.

그래도 백지상태에서 텔레비전 쇼를 제작하는 과정을 배웠으니 아주 뜻깊은 경험이었다. 쉬워 보여도 알고 보면 무지하게 힘든 작업이다. 말하자면 수학이나, 다른 인간과 진지한 대화를 나누는 일처럼. 재미있었지만, 텔레비전 쇼 제작은 마라토너의 끈기를 요구했다. 나는 단거리 주자였다. 술과 약을 끊고서 비디오게임에 빠져 살던 부자가 너무 바쁘게 사는 것은 그리 좋은 생각이 아닌 것으로 금세 판명이 났다. 맨정신을 유지하는 것보다 쇼를 제작하는 게 더 중요해지자 순식간에 중독이 재발했다.

나는 또다른 쇼를 만들기 위해 고-온Go-On*했다(아니, 그게 아니고, 프로 제목이 그거였다. 〈고 온〉). 아내의 죽음을 이겨내려고 하는 라디오 스포츠 토크쇼의 진행자가 주인공으로 나온다. NBC는 이 작품을 대대적으로 밀어주었다. 무려 올림픽 기간에 방영했고, 첫 방

---

* '하던 일을 계속하다'라는 뜻.

친구와 연인, 그리고 무시무시한 그것

송을 천육백만 명이 시청했다. 하지만 사별 테라피를 주제로 한 코미디라? 결과적으로 2013년 4월에 방영된 마지막 편의 시청자 수는 이백오십만 명으로 대폭 줄었다. 이번에도 역시나, 내가 주연으로 나온 쇼가 창대하게 시작해 외면당했다. 할일도 없고 사랑할 사람도 없어지자 또 중독이 재발했다. 그래도 이번에는 빠르게 문제를 깨닫고 유타주에 있는 중독치료시설에 들어갔다.

거기서 버턴이라는 상담사를 만났다. 요다처럼 생긴 그는 내가 나의 중독 문제를 둘러싼 드라마와 대혼란을 즐기고 있다고 진단했다. "뭔 소립니까?" 내가 발끈했다. "그것 때문에 내 인생이 망했는데요. 내가 좋은 것을 손에 넣을 때마다 족족 빼앗아갔다고요."

나는 머리끝까지 화가 났다.

하지만 그의 말이 진실이라면?

주머니

나는 뉴욕의 치료 센터 병실에서 오피오이드를 갈망하고 있었다. 해독 치료는 효과가 없었고, 내 몸은 약물을 달라고 절규했다. 의사에게도 상담사에게도 말했으나, 사실 굳이 말로 할 필요도 없었다. 이미 나는 몸부림치고, 벌벌 떨고, 누가 봐도 금단증상을 겪고 있었으니까.

의료진은 아무것도 해주지 않았다. 나는 막막했고, 아팠다. 이제는 스스로 나서야 했다.

전화기를 들어 약속을 잡았다.

센터에는 외출했다가 복귀하면 즉시 소변 검사를 받아야 하는 규칙이 있었다. 나는 건물 밖으로 나가 차량과 접선해 돈을 건넨 뒤 약을 챙기고 그들을 보냈다. 치료 센터로 돌아와서는 곧장 화장실로 가서 소변 검사를 한 뒤에 약을 3알 삼켰다.

천재 아니냐고?

성급한 소리다.

약기운이 돌면서 몸이 다시 서서히 따뜻한 꿀처럼 느껴지고 경

친구와 연인, 그리고 무시무시한 그것

련이 이제야 좀 잦아들려는 찰나, 문을 두드리는 소리가 났다.

아, 씨발. 씨발 씨발 씨발.

상담사와 간호사 하나가 들어왔다.

"시설 밖에서 마약 거래가 있었다는 신고가 들어와서요." 상담사가 말했다. "외투를 좀 보겠습니다."

씨발!

"그래요?" 나는 눈을 동그랗게 뜨며 시치미를 뗐다. "뭐, 확인해봤자 없을 거예요. 결백해요." 하지만 나는 알고 있었다. 그들이 약을 찾아낼 것이며, 나는 전혀 결백하지 않다는 것을.

당연히 내 외투에서 약이 나왔다(내가 나머지를 거기 두었으니까). 그들은 약을 압수해 가면서 이 문제는 아침에 다시 처리하겠다고 했다. 그 말은, 내가 네 시간 정도 더 약에 취해 있을 수는 있지만, 날이 밝으면 대가를 치러야 한다는 소리였다.

다음날 오전 열시, 이 끔찍한 센터의 책임자들이 내 주위로 둥그렇게 모여 섰다. 용건은 간단했다. 퇴소하라는 거였다.

"나를 내쫓는다고요?" 내가 말했다. "내 귀가 잘못된 건가. 여기 중독치료시설 아니에요? 환자가 약을 좀 했다고 뭐 이렇게 놀랄 일입니까? 직원 두 명한테 아프다고 했는데 아무것도 해주지 않았잖아요. 그러면 나더러 어쩌라는 거죠? 제발 좀, 충격받았다는 듯한 표정 집어치워요. 나는 약물중독자예요. 그래서 약을 좀 했습니다. 우리는 그런 인간들이라고!"

몇 번의 전화가 오갔고, 나는 펜실베이니아주의 처음 듣는 치료 시설로 가게 되었다.

그렇게 핀볼 기계 속 공처럼 다른 주로 옮겨졌다. 그나마 나은 점은? 새 시설은 흡연을 허용했다. 나는 도착하자마자 구 개월 만에 처음 담배를 피웠다. 맛이 기가 막히게 황홀했다.

하지만 작은 문제가 있었다. 당시 나는 아티반 6밀리그램에 중독되어 있었는데, 새 시설은 아티반을 처방하는 곳이 아니었다. 뉴욕 치료 센터가 확인할 수 있는 문제였으나 그들은 그러지 않았다. 그간의 경험과 다른 중독자들과의 대화를 통해 알게 된 사실은, 치료시설들은 하나같이 구리다는 것이다. 아프고 절박한 사람들을 작정하고 이용해먹으며 자기들 배만 불리는 곳들이다. 시스템 전체가 부패했고 그냥 개판이다.

내 말을 믿어도 좋다. 나는 전문가니까. 이 '시스템'에 수백만 달러를 갖다 바친 사람이니까.

돈은 나에게 도움이 됐을까, 아니면 해가 됐을까? 약이나 술에 빠져 산다고 내 재산이 바닥날 일은 없었다. 그게 문제였을까?

확인할 길이 없어 다행이다.

친구와 연인, 그리고 무시무시한 그것

8장   오디세이

〈프렌즈〉와 영화들과 육 년의 연애가, 내려가다 올라가고 올라가다 도로 내려가는 일련의 일이 모두 끝난 이후, 육 년간의 나의 오디세이가 시작되었다. 남들 눈엔 어떻게 보였을지 몰라도, 나는 그저 돈 많은 백수가 아니었다. 실은 어느 때보다도 할 게 많았다. 정확히 말하면 산비탈에서 거센 강물로 굴러떨어져 어떻게든 마른 바위를 붙잡아 안전하게 피신하고 싶었다.

〈미스터 선샤인〉과 〈고 온〉 촬영 중간에 유타주 선밸리의 서크로지 중독치료시설에 들어갔다. (혹시 개수를 세고 있다면 이번이 세 번째 중독치료시설이다.) 로지는 유타주 로키산맥 팀파노고스 산기슭에 자리했다. 고백하자면 나는 자연과 썩 친하지 않다. 마음의 평화를 찾고 싶으면 차라리 바다나 해안 풍경을 선호하는 편이고. 그런데 이곳은 감탄이 나오게 아름다웠다. 높은 지대의 옅은 공기는 맑고 배일 듯 청명했다. 칠면조들이 사방을 돌아다니면서 게걸스럽게 먹이를 해치웠다(이따금 날기도 했다. 칠면조가 나는 줄 알았던 사람?). 검독수리도 날아들고, 어떤 날은 말코손바닥사슴이 어슬렁거리며 찾아왔다(아니, 환각이 아니라 정말로 말코손바닥사슴을 봤다니까).

서크 로지는 빼어난 풍경뿐 아니라 정예의 직원들을 자랑했다. 그들은 어설프지 않았다. (얼굴색만 초록색이었다면 맹세하건대 요다와 똑같이 생긴) 상담사 버턴은 실제 나를 괴롭히던 문제들과 내가 지어내어 평생을 이고 다니던 문제들을 해결하는 데 큰 도움을 주었다(내가 '사랑한다'라고 말한 몇 안 되는 사람 중 하나이기도 하다). 나는 잔뜩 겁에 질려 도착했는데(두려움이란 시설 입소의 전제 조건이지만 어쨌거나 대단히 불쾌한 감정이다), 버턴의 부드러운 목소리를 듣자마자 마음이 조금 안정되었다.

"발견하고 공개하고 폐기하라"*는 이곳의 핵심 만트라 중 하나였다. 나는 폐기를 할 생각만으로도 일단 기대가 되었다. 이제는 정말 마지막으로 한번 더, 모든 불운을 떨쳐낼 때였다. 어느덧 나는 12단계 치료의 전문가가 되어 있었다(치료시설에서 중시하는 그 밖에 모든 것에 관해서도 통달한 후였다). … 그래서 서크에서는 새로 입소한 사람들을 돕고 시설 생활을 좀더 재미있게 만드는 데 시간을 썼다. 직접 탁구대를 들었고 빨간 공을 주고받는 게임을 만들었다. 덕분에 입소자들이 얼마간이라도 활기를 되찾으면 그 모습이 나에게 목적의식을 부여했다. 나는 정말로 도움이 되고 싶었다. 그러는 데

---

* 중독의 원인을 발견(discover)하고, 증상의 발현 패턴을 공개(uncover)하고, 부정적인 생각과 태도를 폐기(discard)하라는 중독 치료법.

친구와 연인, 그리고 무시무시한 그것

소질도 있었다.

이 시설에 있으면서 심도 있는 트라우마 치료를 받아야겠다는 생각이 들었다. 어린 시절로 되돌아가 해묵은 고통과 외로움을 길어 올려 작별을 고하는, 무척이나 괴로울 작업을 시작하는 것이다. 트라우마를 준 사건들을 극복한다면 더는 그것들을 감추려 약과 술에 의존하는 일도 없을 테니까.

하지만 버턴의 생각은 달랐다. 그는 내가 중독이 유발하는 드라마를 즐기고 있는 것 같다고 했다. 현실에서 벌어진 거의 모든 일에 그토록 괴로워하면서 이곳 서크 로지에서는 재미있게 잘 지내는 이유를 생각해보라고도 했다.

버턴의 질문은 몹시 모욕적으로 들렸다. 내가 이걸 즐긴다고? 중독과 두려움, 통제력 상실과 명백한 내적 고통으로 점철된 나의 수십 년 세월을 보고도, 어떻게 내가 이걸 즐긴다고 말할 수 있지?

가족과 친구들을 볼 수 있는 주간이 돌아오면 입소자들은 사람들을 시설로 초대했다. 하지만 나는 극구 거부했다. 헤이즐던에 있을 때는 아빠가, 말리부 프로미시스에 있을 때는 엄마가 방문했다. 이때 만나던 여자친구는 숱한 방문 간호사들과 중독 치료 동반자들 곁에서, 해독 치료를 받느라 절규하는 나를 아주 오랜 시간 지켜보았다. 그들에게 또 그런 걸 겪으라고 할 수 없었다. 그들에게 너무 괴롭고 버거우며 불공평한 일이었다. 차라리 한숨 돌릴 시간을 주고 싶었다. 그게 적어도 내가 할 수 있는 일이었다. 제 발로 수렁에 들어갔으니 빠져나오는 것도 나의 몫이었다.

가족과 친구를 만나는 주간의 어느 날, 나는 야외에 홀로 앉아 말코손바닥사슴이 나타나기를, 혹은 칠면조가 푸드덕 날갯짓하며 나무에 오르기를 기다리고 있었다. 기온이 영하로 떨어진 날이라 몹시 추웠지만, 담배가 고팠으므로 단단히 껴입고 나가야만 했다. … 앉아서 말버러를 피우고 있는데 눈이 조금씩 내리기 시작했고, 동시에 깊은 침묵이 내려앉았다. 마치 우주가 가만히 내 생각과 마음에 귀를 기울이듯.

그때 우주는 무슨 소리를 들었을까.

이 시설에 입소하고서 내가 왜 방문객을 마다했는지 따져보다가 망치로 머리를 얻어맞듯 문득 한 가지 생각이 떠올랐다. …가족과 사랑하는 사람들이 이런 지옥을 겪지 않기를 바라면서 왜 나 자신한테는 그러지 않는 거야?

이 생각과 함께, 나는 버턴의 조언이 옳다는 것을 깨달았다. 나는 정말로 혼란을 즐기고 있었다. 이제는 나에게도 한숨 돌릴 시간을 줄 차례였다. 약은 오랫동안 내가 필요한 것을 채워주지 않았다. 그런데도 나는 자꾸만 의지하며 내 목숨을 위태롭게 했다. …과연 무엇을 위해? 탈출? 무엇으로부터의 탈출? 내가 탈출해야 할 것은 술과 약물 중독이었다. 그러기 위해서 술을 마시고 약을 한다는 것은… 글쎄, 논리적으로 성립하지 않았다. 어떻게 보더라도 말이 되지 않았다. 나도 그 정도의 추론은 할 수 있었다. 그러나 그걸 고치기 위

친구와 연인, 그리고 무시무시한 그것

해 무언가를 한다는 것은… 내 능력 밖의 계산을 요구했다. 목숨이 걸린 상황에서도 변화는 여전히 무서웠다.

그래도 나는 마침내, 비록 답을 전혀 알 수 없음에도, 올바른 질문을 던지고 있었다. 삶이란 빨간 공을 주고받고, 공터를 지나가는 말코손바닥사슴을 지켜보는 것처럼 단순한 기쁨으로 이뤄진다는 것을 속으로는 잘 알고 있었다. 이제는 여태껏 나를 해친 것들을 떠나보내야 했다. 이를테면, 여전히 가시지 않은 부모를 향한 분노, 오래전 혼자 버려진 기억, 충분한 사람이 아니라는 자격지심, 진심을 다 바친 후의 결말이 두려워 진심을 두려워했던 마음과 작별해야 했다.

아빠가 우리를 버리고 떠난 것은 아빠도 두려워서였다. 그때 엄마는 어렸고 엄마도 나름대로 최선을 다했다. 나는 이 사실을 마음에 새겨야 했다. 엄마가 고약한 캐나다 총리를 위해 허다한 시간을 바쳐야 했던 건 엄마의 잘못이 아니다. 집에 아이가 있다고 한들 아홉시부터 여섯시까지만 일할 수 없었다. 하지만 과거의 나는 그런 걸 이해하지 못했고, 그래서 지금 이 꼴이 났다…

이제는 앞으로, 그리고 위로 가야 했다. 밖에는 더 큰 세상이 존재했고, 세상은 나의 적이 아니었다. 사실 세상은 나에 대해 어떠한 의견도 없었다. 세상은 짐승들이나 베일 듯 청명한 공기처럼 그냥 존재할 뿐이다. 우주는 중립적이고 아름다우며, 내가 있든 없든 계속된다.

이 중립적인 세상에서도 나는 기어코 내 힘으로 중요하고 의미

있는 공간을 만들어냈다. 눈을 감는 순간에 내가 해낸 일의 목록에 〈프렌즈〉가 꼭 있었으면 했다. 나는 이 사실을 마음에 새겨야 했다. 사람들을 다정하게 대하고, 사람들이 나를 만나는 게 행복한 경험이어야지 세상이 무너질 듯이 나를 두려움에 떨게 하는 일이어서는 안 된다는 것도 마음에 새겨야 했다. 친절하고, 더 열심히 사랑하고, 경청하고, 조건 없이 나를 내주어야 했다. 겁먹은 바보나 할 짓들은 그만하고, 무슨 일이 생기더라도 내가 감당할 수 있다는 사실을 믿어야 했다. 나는 강한 사람이니까.

마침내 눈이 잦아들고, 어슴푸레한 어둠 속에서 난데없이 말코손바닥사슴 한 마리가 조용히 뜰에 들어왔다. 암컷이었는데, 어딘가 서글프면서도 초연한 표정이었다. 마치 세상 모든 것을 다 보고도 동요하지 않는 존재처럼. 배울 점이 있네. 나는 생각했다. 암컷 사슴 뒤로 어린 존재만이 가질 수 있는 에너지로 가득한 새끼 두어 마리가 발을 맞춰 거닐었다. 사슴 가족은 황혼 속에 앉아 있는 나를 빤히 보다가 방향을 틀어 이내 사라졌다.

아마도 이건 우주가 나에게 전하는 교훈인지도 몰랐다. 장대한 우주의 관점에서 나라는 존재는 아무것도 아니었다. 그저 무한의 궤도를 도는 또 한 명의 인간일 뿐이었다.

그걸 배운 것만으로 족했다. 나는 말버러를 비벼 끄고서 빨간 공 게임을 하러 실내로 들어갔다.

친구와 연인, 그리고 무시무시한 그것

나는 한층 해쓱해지고 행복해진 모습으로, 세상으로 나아갈 준비를, 또 여자친구와 영원히 함께할 준비를 하고서 서크 로지를 나왔다. 그러나 당시 만나던 여자친구는 새로워진 매티를 썩 좋아하지 않았다. 내가 예전보다 자신에게 덜 의존하는 것을 달가워하지 않는 듯했다. 아마도 나의 문제가 그녀에게는 안정감을 주었던 모양이다. 이 남자는 절대 나를 떠나지 않을 거야. 자기 문제에 매몰되어 있는 동안은. 여자친구는 내가 나아졌다는 사실을 반기지 않았다. 그리고 그 불운한 진실이 우리 관계에 결정적인 파국을 불러왔다. 조각들을 열심히 맞춰보려 했으나 우리는 결국 실패를 인정하고 헤어졌다. 아주 많이 슬펐다. 그녀는 내가 이 세상에서 가장 아끼는 사람이었지만, 우리 둘은 인연이 아니었다. 옳은 결정이었다고 해서 슬픔이 덜해지지는 않았다.

그러면 이제 또 뭘 한다?

처음에는 의욕적으로 사회운동을 하며 허전함을 메우려 했다. 그렇게 과욕을 부리다가 마지막 남은 순수함마저 잃고 말았다.

2001년, 말리부 프로미시스에 머무를 때였다(마리나 델 레이에서 익명의 알코올중독자들이 펴낸 『빅 북』을 접한 직후의 일이다). 거기서 얼 하이타워라는 자를 만났다. 프로미시스에서 수업을 진행하던 강사였는데, 나는 한눈에 그가 마음에 들었다. 무척이나 재미있었고, 익명의 알코올중독자들에 대해 아는 것도 많았다. 그는 유명인들을 여럿 관리하는데, 다들 차도를 보인다고 했다. 나는 이 사람이 적격이라는 생각이 들어 그에게 스폰서*가 되어달라고 부탁했다 (그는 1980년 이후로 술을 마신 적이 없다고 했다). 커피를 사이에 두고 대화하던 중에 나는 걱정되는 부분을 넌지시 털어놓았다. 어느 날 그가 나에게 대본을 건네며 한번 읽어보라고 하면 어쩌나 싶어서. 그는 말했다. "그, 대본이 있기는 한데, 당신한테 그러진 않을 거예요."

우리의 관계는 이렇게 시작되었다. 나는 그와 함께 단계별 치료에 들어갔다. 고백하자면, 나를 맡아달라고 그를 쫓아다녔다. 얼른 치료 프로그램을 시작해 맨정신으로 살고픈 마음이 굴뚝같아서 날마다 전화를 걸어 함께하자고 졸랐다. 그는 나만큼 자기에게 매달린 사람은 처음이라고 했다. 이후 십 년 동안 그는 나의 스폰서이자 가장 친한 친구였다. 나는 그를 우러러보았고, 그의 말이라면 경청했다. 더구나 우리는 유머 코드가 잘 맞았고 목소리마저 비슷했다. 그 때 나는 모든 게 익명이어야 하는 중독치료시설의 세계에서 이상하게 그가 유명하다는 사실을 간과했다.

하지만 가장 큰 실수는, 내가 그를 신적인 존재처럼 믿었다는 것이다. 관계 때문이든 뭐든 문제가 생기면 곧바로 그에게 연락했다. 그러면 그는 아주 현명한 조언을 건넸다. 나중에는 그가 "미안한

---

* AA의 12단계 치료를 먼저 밟은 경험이 있어 다른 환자들을 돕고 안내하는 사람.

친구와 연인, 그리고 무시무시한 그것

데 매튜, 알래스카로 이사하고 물구나무를 서서 다녀야 해"라고 말하더라도 곧장 앵커리지*로 가는 비행기표를 끊을 만큼 신뢰가 깊어졌다. 만일 그가 "지금부터 석 달 동안 아무것도 먹지 말고 M&M 녹색 알만 골라 먹어야 해"라고 말했다면, 나는 카키색 똥을 누는 사람이 됐을 게 틀림없다.

마음 한구석으로는 스폰서를 둘도 없는 친구로 두는 것이 바람직하지 않다는 것을 인지하고 있었으나, 당시 얼은 나에게 절대적인 존재였다. 나의 아버지이자 멘토였다. 그가 연설하는 자리에도 참석했고(그는 유쾌하고 매우 유능한 연설가였다), 함께 영화를 보러 가기도 했다. 중독이 재발하면 그가 나를 위해 치료 센터를 알아봐주었다. 몇 번이나 내 목숨을 살렸다고 해도 과언이 아니다.

그러다가 우리의 우정은 사업의 형태를 띠게 되었다. 그렇다. 스폰서와 동업을 시작한 거다. 더럽게도 치명적인 실수였다.

얼은 로스앤젤레스 인근에 재활 시설을 짓는 회사를 차렸다. 그가 시설들을 관리할 거라고 했다. 나는 50만 달러를 투자했고, 말리부에 있는 내 집을 재활 시설로 개조해 '페리 하우스'라고 이름 붙였다. 얼과 나는 전미마약법원전문가협회(NADCP)의 대표인 웨스트 허들스턴이라는 대단한 사람의 지시에 따라 워싱턴 DC에 수차례 방문해 의원들을 만나 마약법원 제도의 효력을 열심히 주장했다. 마

* 국제공항이 있는 알래스카주 남부의 항구도시.

약법원은 비폭력적인 중독자들을 처벌 대상에서 제외하여 그들에게 징역 처벌이 아닌 돌봄과 치료의 기회를 제공하는 곳이다. 2013년 5월에 나는 오바마의 '마약 단속 총책'이던 길 컬리코우스키의 추천으로 오바마 행정부의 국가마약통제정책국이 수여하는 '재활 투사 상Champion of Recovery Award'을 받기까지 했다. 『할리우드 리포터』를 보면 그때 나는 이런 농담을 하기도 했다. "만약 잡혀 들어갔다면 얼굴에 문신을 새기고 감방에 있었을걸요."

2013년 7월 〈피어스 모건 라이브〉의 진행을 임시로 맡아 리사 커드로, 로런 그레이엄을 게스트로 맞이했을 때도 중독과 재활 문제를 다뤘다. 나는 앞으로 나아가기 위해 내가 뭘 하고 싶은지 찾는 중이었는데, 쇼를 진행하는 게 제법 편안하게 느껴졌다. 포문은 이렇게 열었다. 나는 피어스 모건이 아니며 딱 봐도 알겠지만 "영국 발음을 구사하지도, 뾰족한 이름*을 지니지도 않았다"라고. 내 말에 리사가 깔깔 웃었다. 혹시 이게 나의 미래일까? 또 나는 곧 나올 자서전 제목은 『아직도 소년』이 될 것이라고 농까지 쳤다.**

이런.

---

* 피어스(piers)와 발음이 같은 단어 pierce는 '뚫다'라는 뜻이다.

** 이 무렵 영국 왕실의 조지 왕자가 태어나 '아들이랍니다!(It's a boy!)'라는 헤드라인이 뉴스를 장식했다. 매튜 페리는 속보를 전달받은 시늉을 하며 "로열 베이비가 아직도 아들(소년)이랍니다(The royal baby is still a boy)"라고 농담을 던진다.

친구와 연인, 그리고 무시무시한 그것

어쨌거나, 이제 나는 토크쇼 진행자이자 상까지 받은 중독자였다. 어쩌다 이런 일이 일어난 거지?

원래 얼은 나와 함께 〈피어스 모건 라이브〉에 출연할 예정이었으나 막판에 의사를 철회했다. 이후 우리는 유럽으로 건너가 마약법원의 필요성을 주장했다. 나는 BBC의 심야 뉴스 프로인 〈뉴스나이트〉에 나가서 이 주제로 토론에도 참석했다. 사회자 제러미 팩스먼은 괴팍하고 게스트에게 무례하기로 유명했다. 몰리 미처 남작 부인은 영국 의회 내 마약정책개혁연구회의 의장으로 출연한 것이어서 나와 전적으로 뜻이 같았다. 그리고 마지막으로 재수없는 피터 히친스*가 토론에 함께했다.

형제는 만인의 사랑을 받는데 자기는 만인의 미움을 받는 놈이라면 어떤 심정일지 감히 상상할 수도 없지만, 피터라면 충분히 그 맘을 알리라 생각한다. 피터의 멋진 형, 누구보다 탁월한 재담꾼이자 작가였으며 논쟁가이자 인생을 즐길 줄 알았던 크리스토퍼 히친스의 죽음은 여전히 사람들의 기억 속에 남아 있다. 크리스토퍼가 잔인한 암으로 세상을 떠난 지 십 년도 더 지났으나 세상은 여전히 그를 애도하고 있다. 하지만 안타깝게도 동생 피터는 우파 이념에다 가부장주의, 도덕적 우월주의를 뒤섞어 잘 알지도 못하는 주제에 함

* 영국의 기독교 보수주의 작가이자 방송인. 무신론계의 거두로 꼽히는 지식인 크리스토퍼 히친스의 동생이다.

부로 말을 얹는다.

〈뉴스나이트〉에 나온 히친스는 마약 복용이 단순히 나약한 도덕의식의 문제라는 괴상망측한 주장을 개진했다("자기 인생을 통제하는 능력을 같잖게 보고 그러지 못하는 것에 핑계나 대는 것이 요즘 어마어마하게 유행하고 있다"라며 비웃었다. 그 모습이 꼭 셰리를 여러 잔 마셔 실성해버린 고모할머니 같았다). 급기야 더욱 괴상망측하게도 중독이 허상이라고 '주장'했다. 나는 남작 부인과 내가 그보다는 나은 논리를 펼쳤다고 생각한다. 사실 그의 논리를 반박하기란 어렵지도 않았다. 그가 어른답게 토론에 응하리라고 생각했던 나의 예상이 엇나간 것은 차치하더라도, 나는 미국의학협회가 이미 1976년에 중독을 질병으로 진단했으며 그러한 평가에 동의하지 않는 사람은 지구상에 히친스 당신뿐이라는 사실을 여러 번 지적했다. 그는 떨떠름해했고, 결국 그날 토론은 히친스의 주장이 얼마나 어리석고 조악한지를 두고 팩스먼과 미처 남작 부인이 실소를 터트리는 것으로 끝이 났다.

히친스: 여러분 주장이 사실이면 사람들이 갑자기 중독자가 아니게 되는 건 무슨 까닭입니까?

나: 글쎄요, 산타가 왔다 가나…

히친스: 그걸 말이라고. 이건 아주 심각한 주제입니다. 이렇게 가볍게 다뤄서야…

친구와 연인, 그리고 무시무시한 그것

그가 나에 대해서나 자기가 거들먹대며 말하는 주제에 대해서 아는 게 전혀 없음이 탄로난 순간이었다.

한편 내가 유럽에서 피터 히친스를 바보로 만들고 마약법원을 열심히 옹호하는 동안, 미국의 페리 하우스는 망해가고 있었다. 사람들의 참여가 저조했다. 결국 비용을 감당할 수가 없어 더 손해보기 전에 부동산을 처분해야 했다.

나는 얼과 점심을 먹는 자리에서 투자금을 돌려달라고 말했고, 지금까지도 답을 듣지 못했다. 갑자기 그는 배우가 되려 한다는 둥 엉뚱한 소리를 늘어놓았다. 뭔가 잘못되고 있었다. 이 모든 것에 크게 충격을 받은 나는 집에 돌아가, 하던 대로, 다시 약에 손을 댔다. 누구의 잘못도 아닌 순전히 나의 책임이지만, 이 일로 나는 중요한 두 가지를 영영 잃어버렸다. 하나는 나의 순수함이고, 다른 하나는 얼 하이타워에 대한 신뢰였다.

얼은 말도 없이 애리조나주로 떠났다. 우리의 우정은 그렇게 끝이 났다. 서로의 삶을 공유하고, 가장 친한 친구가 되고, 마약법원을 적극적으로 찬성하고, 재활 시설을 지은 대가로, 나는 50만 달러와 가장 가까웠던 동료를, 그동안 애지중지했던 나의 순수함을 잃었다. 참담했다.

그동안 나는 꾸준히 텔레비전 드라마의 대본을 집필했는데, 늘 파트너가 있었다. 하이타워와 관계가 어그러진 다음날, 마음이 복잡하고 편치 않았다. 그러다 문득, 그럴 때일수록 창의적으로 살아야 한다는 어느 현자의 조언이 떠올랐다. 그래서 노트북을 열고 무작정 써내려가기 시작했다. 뭘 쓰는지도 모른 채 그저 키보드를 두드렸다. 그러다보니 연극 대본이 나왔다.

나에겐 이런 게 절실했다. 요즘 나는 수준 이하였고, 떳떳이 거울 속 나를 마주할 수 있도록 어떻게든 다시 올라가야 했다.

게다가 CBS 드라마 〈오드 커플〉을 둘러싼 일로 나 자신에게 화도 나 있는 상태였다. 나는 닐 사이먼의 연극을 원작으로 한 동명의 영화를 아주 오래전부터 좋아했으며, 언젠가 그 작품을 텔레비전 드라마로 만들고픈 마음이 늘 있었다. 내 꿈은 2013년에 드디어 CBS가 작품 제작을 승인하며 이뤄졌다. 〈오드 커플〉 전에 내가 참여했던 〈고 온〉은 실패했으나, 이번 작품만큼은 확실히 자신 있었다. 일단 원작이 훌륭했고 배우진도 화려했으니 히트작이 될 조건은 다 갖춘 셈이었다. 그러나 우울증이 내 뒤를 밟았고, 중독 또한 총력을 다해 힘을 키우고 있었다. 〈오드 커플〉을 촬영할 때 나의 모습은 부끄럽기 그지없었다. 우울증이 극심했고, 지각을 밥 먹듯 했으며, 늘 취해 있었다. 결국 총괄 책임자에게 모든 권한을 빼앗겼다. 모든 책임은 나에게 있으며, 동료 배우들과 관계자 모두에게 미안하다는 말을 전하고 싶다.

어쨌거나 그런 참사를 저지르고도 내 손에는 연극 대본이 들려 있었다. 그 불편함, 몸 밖으로 비어져나오는 고통이 느껴질 때면 보

　　　　　　　　친구와 연인, 그리고 무시무시한 그것

통은 약으로 몰아내고 안정을 찾는 편이었다. 그러나 이제는 중독에서 벗어났으니 다시 약에 의존할 수 없었다. 다른 무언가를 찾아야 했다. 나는 열흘 내리 하루 열 시간씩 써서 대본을 완성했다. 내 글을 읽어본 몇 안 되는 사람들의 말을 빌리자면, 나쁘지 않았다. 제목은 '갈망의 끝'이었다. 초안을 완성하기까지는 열흘밖에 걸리지 않았으나 다듬는 데는 꼬박 일 년이 걸렸다.

완성본은 내 눈에도 만족스러웠다. 내가 영감을 받은 작품, 그러니까 넘어서고 싶었던 작품은 「시카고의 성도착증」이었는데, 당장이라도 그 걸작과 맞붙고 싶었다. 내 작품의 의도를 두고 『할리우드 리포터』에 이렇게 말한 적이 있다. "흔히 인간은 변하지 않는다고들 하지만, 내가 보기에 인간은 날마다 변해요. 나는 웃음을 주면서 그런 메시지를 전달하고 싶었습니다." 연극에는 술집에서 사랑을 찾는 네 명의 친구가 나온다. 처음 등장하는 인물은 지극히 자기중심적이며 알코올의존증 환자인 잭인데, 이후로 상황은 점점 더 나빠진다.

성격상 나는 연극 대본을 쓴 것만으로 만족할 수 없었다. 나는 내 연극을 무대에 올리고 나도 직접 무대에 오르기로 했다. 몇 달후, 〈갈망의 끝〉은 런던의 권위 있는 웨스트엔드 극장가에서 초연을 했다. 나는 극작가이자 주연배우인 게 좋았다. 뭔가 잘되지 않는다 싶으면 바로 변화를 줄 수 있었기 때문이다. 밤마다 거나하게 취하는 장면을 연기하기가 괴롭겠다는 생각은 들었다. 틀림없이 나를 핑장히 자극할 테니까. 게다가 인간이 얼마나 밑바닥까지 추락할 수 있는지를 사람들 앞에서 보여야 했다.

800석 규모의 플레이하우스 극장에서 첫선을 보였는데, 표는 금세 매진되었다. 대단한 관객몰이를 했으나 평가는 처참했다. 정확한 역사를 기록하기 위해 말하자면, 7개의 주요 비평 중 6개가 혹평이었다. 런던의 비평가들은 할리우드 배우가 와서 연극을 한다는 것 자체를 달가워하지 않았다. 그래도 연극은 크게 흥행했고, 나는 극작가로 데뷔했다. 마음에 들었다.

그런데 내가 와달라고 사정했으나 끝내 오지 않은 사람이 하나 있었다.

나와 육 년간 연애했으며 그때는 영국인과 만나고 있던 그녀. 두 사람은 일 년의 절반은 런던에서, 나머지 절반은 로스앤젤레스에서 생활했다. 나는 그녀와 쭉 친구로 지냈고, 몇 번 함께 식사하고 문자를 주고받기도 했다. 나는 그녀가 런던에 있다는 것을 알고 〈갈망의 끝〉 공연에 초대했지만, 그녀는 너무 바쁘다는 이유로 거절했다. "미국에서 봐!"라는 문자와 함께. 나는 살짝 상처받았다는 내용의 답장을 보냈다. 아니, 심지어 자기 동네에서 공연중이었다고. 얼마 후 그녀에게서 이메일이 왔다. 곧 결혼을 앞두고 있어서 지금 자기 삶에 친구를 위한 공간은 부족하다고 했다.

나는 답장하지 않았고, 그녀와는 연락이 끊겼다. 결혼 소식을 그렇게 전하다니, 너무 가혹했다. 나라면 절대 못 그랬을 텐데. 그래

친구와 연인, 그리고 무시무시한 그것

도 나는 영원히 그녀를 응원할 것이다. 그녀가 결혼해 행복하게 살고 있어 기쁘다. 그녀의 안녕을 바랄 뿐이다. 영원히.

연극은 런던에 이어 뉴욕에서도 상연했다. 이번에는 재미있지 않았다. 일단 연극의 수위를 낮춰야 했다. 영국인들은 자극적인 대사도 개의치 않았지만, 브로드웨이는 브로드웨이였다. 대사를 수정해야 했고, 농담도 여러 개 포기해야 했다. 결과적으로 뉴욕에서는 비평적으로도, 흥행에서도 모두 실패했다. 〈뉴욕 타임스〉는 맹비난을 퍼부었다. 뭔 뜻인지는 모르겠지만 '통합적'이라나. 뉴욕 상연으로는 6백 달러를 버는 데 그쳤다. 오타가 아니다(런던에서는 파운드, 실링, 펜스로 그 천 배에 달하는 수익을 얻었는데). 그나마 『할리우드 리포터』가 좋게 평해주었다. "적어도 페리는 그동안의 풍부한 텔레비전 코미디 경험에서 배운 게 있음을 증명한다. 유쾌한 농담이 저녁 공연을 가득 채운다(예상이 가다시피 농담의 화자는 대부분 작가 자신이다). (…) 페리는 익히 알려진 대로 웃길 타이밍을 기가 막히게 알고 뛰어난 전달력을 뽐낸다." 하지만 '적어도'라는 말은 제법 쓰라렸다. 나는 〈갈망의 끝〉이 나를 차기 데이비드 마멧*으로 만들어줄 만큼 사랑받지 못하리라는 것을 깨달았다. 그래도 아직 시간은 있다!

* 『시카고의 성도착증』의 극작가.

트라우마 캠프

'트라우마 캠프'라는 게 있다. 그렇다. 나는 캠프에 가봤다. 그렇다. 사실 내가 만들어낸 이름이다.

플로리다에서였다. 그곳이 아니면 어디겠는가? 나는 구십 일간 머무르면서 인생의 트라우마를 한 장면씩 꺼내 되살려보았다. 이 과정은 그룹으로 진행되었다. 사람들은 모두가 까무러치고 구역질하고 벌벌 떨 때까지 각자의 트라우마를 꺼내 보였다. 한번은 인생에서 겪은 트라우마를 간단한 그림으로 그려서 사람들 앞에서 설명해야 했다. 그림을 가리키려는데 손가락이 떨리기 시작했다. 그러더니 곧 온몸이 떨렸고, 그렇게 삼십육 일 동안 경련을 멈추지 못했다. 마치 코앞에서 곰을 마주한 염소 같았다. 곰이 자리를 뜬 후에도 염소는 계속 떨었다.

트라우마 안으로 들어가 그걸 재경험한 다음 트라우마 치료를 끝낼 때가 되면 치료사들이 '마무리'를 해주어야 한다. 환자는 모든 것을 느끼고 방출해야 하고, 트라우마를 마음속에 생생하게 살아 있게 두지 않고 서사로 꿰어내는 법을 익혀야 한다. 그래야 과거처럼

친구와 연인, 그리고 무시무시한 그것

트라우마에 지배당하지 않는다.

참, 그리고 반드시 눈물을 흘려야 한다.

그런데 치료사들은 트라우마 치료를 똑바로 마무리해주지 않았고, 나도 눈물을 흘리지 않았다. 나는 무서웠다. 다시 무대에 오른 기분이었다. 유명인으로 중독치료시설에서 생활한다는 것은 사람들의 상상과는 다른 것 같다. 다들 할일을 하느라 바쁜데 당신이 매튜 페리이든 아니든 누가 신경이나 쓸 것 같아? 나중에는 펜실베이니아주에 있는 중독치료시설에 들어갔는데, 나머지 입소자 여섯 명이 모두 칠십대 노인이었다. 그중 데비가 골칫거리였다. 데비는 나를 제외하면 유일한 흡연자였다. 그래서 담배를 피우러 밖에 나가기만 하면 데비를 마주쳤다. 그런데 데비에게는 기억력이란 게 없었다.

"잠깐, 우리가 아는 사이던가?" 데비는 이렇게 묻곤 했다.

"아뇨, 데비. 아니에요. 하지만 제가 〈프렌즈〉에 나오긴 했어요. 그래서 얼굴이 낯익나봐요."

"아! 그 쇼 좋아하는데." 데비는 꼭 이렇게 말했다.

오 분 후, 데비는 담배를 빨아들이다가 말고 나를 보았다.

"혹시 우리가 고등학교 동창이던가?"

"아뇨, 데비." 나는 할 수 있는 한 가장 친절한 투로 대답했다. "저보다 스물일곱 살이나 많으시잖아요. 아마 저를 〈프렌즈〉에서 보고…"

"아! 그 쇼 좋아하는데." 데비는 반복했고, 대화는 다시 도돌이표였다.

9장 셋이면 친구가 아니라 파국이다

누가 나에게 술을 끊게 도와달라고 부탁하면 나는 마다하지 않는다. 그의 눈에 서서히 생기가 되돌아오는 것을 보는 게 나에게는 신이 존재한다는 증거다. 나는 신과 나름의 관계가 있었으며, 그동안의 일에도 불구하고 신에게 감사할 때가 많았지만, 가끔은 나의 길을 이렇게 험난하게 만들어놓은 그분에게 욕을 퍼붓고 싶다.

약과 술을 다 끊었을 때는 마치 내 앞에 빛줄기가 보이는 듯하고, 간절히 술을 끊고 싶어하는 사람에게 그 빛을 나눠줄 수도 있다. 화창한 태양이 바다에 내리쬐어 아름다운 황금빛 물결로 반짝이는 바로 그 빛. 그런 게 나에게는 신의 의미다(달빛이 물에 비칠 때도 그렇다. 쿵! 나는 그런 것에 껌뻑 죽는다. 로스앤젤레스를 밝히는 도시의 불빛을 내려다보며 부모의 보살핌을 기대하던, 혼자 대륙을 비행하던 다섯 살짜리 남자애도 그랬으니까… 지금도 똑같다).

다른 사람들은 쉽게만 하던데 나는 맨정신을 유지하는 게 왜 그렇게 힘들까? 왜 내 앞에 놓인 길은 장애물투성이인가? 나는 왜 이렇게까지 힘겹게 살고 있는가? 현실은 겪을수록 좋아지는 맛이라면서, 나는 그걸 좋아하게 되기가 왜 이렇게까지 어려울까? 하지만 누군가의 중독 치료를 돕거나 주말 동안 요양소나 콘퍼런스에서 수천 명을 도울 때면, 이 모든 의문이 씻기듯 사라졌다. 마치 하와이의 폭포 아래 서서 아름답고 따뜻한 물에 흠뻑 젖는 느낌이랄까. 나는 이런 데서 신을 본다. 이 점에 대해서는 나를 믿어도 좋다.

나는 성인聖人이 아니다. 우리 중 누구도 아니겠지만 말이다. 그래도 만약 누구든 죽음의 문턱까지 갔다가 살아 돌아오면 이루 말할 수 없는 안도감과 감사함을 느끼지 않을까 생각할 것이다. 하지만 현실은 전혀 그렇지 않다. 오히려 나아지기 위해 가야 하는 눈앞의 험난한 길을 보고 성질이 뻗친다. 또다른 문제도 있다. 내가 왜 살아남았지? 하는 질문이 머릿속을 떠나지 않는다. 나 말고 에크모 시술을 한 다른 네 사람은 모두 죽었는데. 분명 이유가 있어야 했다.

익명의 알코올중독자들 모임에서 보낸 일만여 시간과 사람들의 재활을 돕는 활동은 나에게 그 질문에 대한 답을 어느 정도 알려주었다. 그런 경험들은 나를 밝혀주었고, 그날 주방에서 보았던 작은 황금빛 조각을 나에게 내주었다.

하지만 그 이상의 답이 필요했다. 신이시여, 왜 나를 살리셨나요? 이제 나는 준비가 되었으니, 길을 알려주신다면 따르겠습니다. 우디 앨런은 영화 〈스타더스트 메모리즈〉에서 똑같은 질문을 외계인에게 던진다. 그러자 외계인은 대답한다. "더 웃긴 농담을 해보시지." 하지만 그게 답일 리는 없다.

어쨌거나 나는 준비가 되었다. 그리고 날마다 답을 찾고 있다. 나는 추구자다. 신을 추구한다.

한편 나의 연애사는 딴판이다. 사랑에 있어서는 엘리자베스 테일러*보다도 많은 실수를 저질렀다. 나는 낭만적이고 열정적인 사람이다. 그래서 사랑을 갈망해왔다. 그 갈망은 나조차도 온전히 설명할 수가 없다.

사십대에 접어들고부터는 규칙이 달라졌다. 이제 웬만한 사람과는 자볼 만큼 자봤으니, 바라는 것은 파트너, 팀메이트, 함께 인생을 나눌 동반자였다. 또 나는 언제나 아이들을 좋아했다. 아마 열 살 때 여동생 케이틀린이 태어나고부터였을 것이다. 그다음으로 에밀리가, 윌이, 마지막으로 메이들린이 태어났다. 어이없는 게임을 함께 하면서 동생들과 놀고 그애들을 돌보는 게 좋았다. 어린이의 웃음만큼 세상에서 듣기 좋은 소리는 없다.

그래서 사십대의 나는 진심으로 의지할 수 있고 또 나에게 의지하는 여자친구를 바랐다. 하루는 술과 약을 끊은 지 일 년이 된 것을 자축하기 위해 친구 몇 명과 저녁 자리를 마련했다. 여전히 나의 든든한 친구였던 데이비드 프레스먼이 자기 여자친구의 동생인 로라

---

* 고전 할리우드 시대의 대표 배우로 여덟 번의 결혼과 파란만장한 연애사로 잘 알려져 있다.

를 소개해줬다. 우리는 다 함께 LA 다저스 경기를 보러 갔는데, 그날 내 눈에는 시합도, 경기장도, 핫도그도 보이지 않았다. 야구모자에 가려진 아리따운 얼굴 말고는 세상의 모든 게 지워졌다. 나는 소싯적 페리의 매력을 발산해 눈길을 사로잡으려 애썼으나 그녀는 아름다움을 내뿜으며 사람들과 노느라 여념이 없었다. 내가 챈들러라는 사실에도 별생각이 없어 보였다. 물론 나에게도 무척이나 친절했으나 특별함은 느껴지지 않았다.

그날 밤 집으로 돌아가는 길, 나는 혼잣말로 스스로를 달랬다.

"그래, 실망했겠지. 하지만 모든 여자가 널 좋아하는 건 아니야, 매티." 그렇게 넘겼지만, 그녀를 잊은 건 아니었다. 언젠가 다시 만날 일이 있겠지.

그런데 그런 일이 정말로 일어났다.

이번에 우리는 LA 시내에 있는 스탠더드호텔에서 탁구를 치기로 했다. 나는 포레스트 검프처럼 탁구에 소질이 있는 건 아니지만 그래도 탁구에 관해서라면 좀 안다고 할 수 있다. 〈프렌즈〉 시즌 9의 마지막 화를 본 시청자라면, 적어도 내가 폴 러드를 이길 실력은 된다는 걸 알고 있으리라. 나는 그날 로라가 올지도 모른다는 소식을 들은 터였기에 문가에서 눈을 떼지 못하며 탁구를 쳤다.

마침내 로라가 등장했다. 토네이도에 휩쓸리듯 훅 클럽에 들어온 그녀는 생기 넘치고 유머러스했다.

"여기 있는 사람들은 전부 스스로 죽어야 해." 로라의 말 한마디

친구와 연인, 그리고 무시무시한 그것

에 쿵! 나는 속수무책으로 그녀에게 빠져들었다. 하지만 이번에는 준비가 되어 있었다. 그렇게 그날 밤, 칼 없이 농담으로만 맞붙는 대전이 시작되었다. 알고 보니 나의 새로운 호감 상대는 스탠드업 코미디언이자 잘나가는 텔레비전 프로그램 작가였다. 같이 있으면 할말이 동나지 않으리라는 것은 처음부터 명백했다.

우리는 새해 전야에 첫 데이트를 했다. 친구가 파자마 파티를 연다길래 로라를 데리고 갔다. 이후 우리의 관계는 천천히 발전했다. 로라는 신중했으며, 나는 우리 관계를 위해서라면 뭐든 할 작정이었다. 애정은 무르익었다. 모든 게 잘되어가고 있었다. … 어, 그런데 내 인생이 잘 풀릴 리 없는데?

여기서 롬이 등장한다. 나는 이 년째 맨정신으로 익명의 알코올중독자들 활동에 매진하며, 건강하게 지내고, 사람들을 돕고, 텔레비전 쇼의 대본을 집필중이었다. 행복했고, 감히 말하자면 제법 근육도 붙었다(감히 말하자면 헬스장도 다니고 할 건 다 했다!). 그러다 웨스트 할리우드에서 열리는 AA 회의에서 내 이야기를 나눠달라는 부탁을 받았다. AA의 부탁이니 차마 거절할 수가 없었다. 좌석 없이 서 있어야 했는데도 모임장이 가득찼다(아마 내가 온다는 소문이 퍼졌던 것 같다). 그때만 해도 내 상황은 최근 몇 년만큼 최악은 아니었기에, 나는 그간의 일들을 자세히 털어놓는 것은 물론, 내 몫의 웃음을 주는 데까지 성공했다. 우연히 주방 쪽으로 시선이 갔는데, 한 여자가 창문인지 음식 창구인지 하는 구멍으로 고개를 쑥 내밀고 팔꿈

치를 괴고 있는 게 보였다. 아주 우아한 도자기 인형 같았고 말문이 턱 막히게 아름다웠다. 갑자기 그 공간에 우리 둘뿐인 듯했다. 그때부터 나의 AA 간증은 단 한 사람, 롬을 향했다. 그동안 내가 했던 간증 중에서 최고로 훌륭했다. 대단한 미녀에게 반한 나머지 그녀에게 나의 모든 걸 털어놓고 싶어서였다. 그녀가 나의 모든 것을 알아주길 바랐다.

이후 건물 밖에서 담배를 피우느라 사람들이 모여 있을 때, 우리 둘은 대화를 트며 서로 작업을 걸기 시작했다.

"이제 뭐 하세요?" 그녀가 물었다.

"글을 쓰러 집으로 갑니다. 갑자기 작가가 됐거든요." 내가 말했다.

"그렇구나." 롬이 말했다. "나는 훌륭한 뮤즈예요."

"그럴 것 같아요." 나는 이렇게 말한 다음 자리를 떴지만, 이 묘한 여자에게 무장해제를 당한 후였다.

집으로 가는 길, 나는 스스로를 꾸짖었다.

로라는 어쩌고? 그래, 멋진 로라를 생각해. 날이 갈수록 점점 더 빠져드는 그 여자를 말이야. 그런데 이제 롬도 있단 말이지. 이럴 땐 어떡해야 하지? 어떡하긴, 롬을 잊고 한창 잘 풀리고 있는 로라와의 관계에 집중해야지. 안 그래? 정상적인 사람이면 이런 상황에서 그렇게 행동한다고.

그러나 나는 이미 롬의 마법에 걸려 있었다.

긍정적인 자기 대화에도 불구하고, 결국 나는 결정적이고 치명

친구와 연인, 그리고 무시무시한 그것

적인 실수를 저질렀다. 당시에는 그게 실수인지도 몰랐다. 실수를 저지를 때 그게 실수인 걸 아는 사람이 있기는 할까? 미리 알면 실수를 안 저지르지 않을까?

그래서 나는 정말이지 최악의 실수를 저질렀다. 두 여자와 동시에 만나기 시작한 것이다.

이런 선택은 어떤 상황에서도 권장하지 않는다. 특히 나 같은 사람에게는 더더욱.

나는 스스로 이렇게 되뇌었다. 로라에게도 롬에게도 사귀는 것에 대해 정식으로 말한 적은 없으니 내가 개자식은 아니라고. 그러나 속으로는 부적절한 짓이라는 것을 알았다. 두 사람을 아꼈으며 모양새가 어떻든 간에 누구에게도 상처 주고 싶지 않은 마음은 진심이었다. 나 스스로도 상처받기 싫었다. 로라와는 킹스 경기를 보러 다니며 실컷 웃고 좋은 시간을 보냈다. 동시에 뭐랄까, 순결했다. 두 여자와의 연애는 느리게 진행되었다. 그러나 결국 둘 다 섹스 엠바고를 철회했고, 나는 동시에 두 여자와 본격적인 관계를 맺게 되었다. 굉장했지만 당황스러웠고, 머리가 터질 것 같았다.

동시에 두 여자와 미친듯이 사랑에 빠졌다는 점도 내가 말했던가? 나도 그게 가능한 줄 몰랐다. 인터넷에 검색해 글을 몇 개 읽고 나서야 그런 일이 실제로 일어날 수 있다는 것을 배웠다. 인터넷 정보에 따르면, 두 여자에게 내가 느끼는 감정은 진심이었다. 로라와는 남자친구와 여자친구가 되었고, 롬과는 아직 그 정도까지는 아니었으나, 어쨌든 나는 곤경에 빠져 있었다.

이제 어떡하지? 두 사람과 보내는 시간은 똑같이 좋았다. 나는 두 사람을 다 사랑했다. 그렇게 육 개월을 보낸 후에야 비로소 정신을 차리고 둘 중 한 명을 선택하기로 마음먹었다. 미친 짓은 관두고, 정말로 선택해야 할 때였다. 롬은 열정적이고 관능적이며 웃기고 똑똑했지만, 죽음에 매료된 모습이 나를 혼란스럽게 했다. 로라와는 영화나 가벼운 주제로 이야기를 나눴다. 롬과 있을 때와 달리 로라와 있으면 편안한 느낌을 받았다.

그래서 로라를 선택했다.

무거운 마음으로 롬에게 연락했다. 롬은 처음에는 덤덤하더니 나중에는 샌타모니카대로에 있는 술집 바니스 비너리 주차장에서 용서를 구하는 나를 향해 두 시간 내리 소리를 질렀다. 어딜 가도 그날 내 눈앞의 롬만큼 분노한 사람을 만나기는 힘들 것이다.

그러나 이제는 여러분도 나를 알 것이다. 나는 누군가와 친밀해지는 게 힘든 사람이었고, 로라와도 마찬가지였다. 두려움이 내면을 파고들었다. 로라와 헤어진다는 건 말이 되지 않았다. 그녀는 완벽했다. 우리 사이도 완벽했다. 서로에게 가장 친한 친구였으니까. 그러나 나에게 친밀함은 곧 두려움이었다. 그녀가 나를 더 깊이 알게 되면 내가 믿고 있는 나의 진실을 보게 될 것이 이번에도 뻔했다. 여전히 나는 부족했다. 별 볼 일 없었다. 결국 그녀도 이 사실을 깨닫고 나를 떠날 것이다. 그러면 나는 와르르 무너져 다시는 추스르지

친구와 연인, 그리고 무시무시한 그것

못할 것이다.

다른 선택지도 있었다. 관계를 유지하되 심하게 중독되지 않는 선에서 다시 약을 하는 것. 그러면 두려움으로부터 나를 지킬 수 있었고, 벽을 허물어 그녀와 좀더 가까워질 수 있었다.

약에 다시 의존하는 것은 늘 나에게 혼란을 주었을 뿐이다. 그러나, 어이없게도, 나는 로라와의 상황을 해결하려고 또 한번 약에 손을 뻗쳤다. 순전히 관계를 유지하기 위해서 하루에 한 알씩 약을 먹기 시작했다. 처음에는 아주 성공적이었으나 약이란 게 다 그렇듯 결국 승리는 약의 몫이었다. 육 개월 후에 우리 관계는 난장판이 되었다. 내 상태는 엉망이었다. 로라와는 결국 헤어졌다. 나는 다시 서복손을 복용했고, 다시 재활 시설에 들어갔다. 이번에도 죽을까봐 두려웠다. 롬은 여전히 기회만 생기면 나에게 소리를 질렀고, 로라는 상처와 걱정을 안은 채 나를 떠났다.

참, 잡지에서 봤는데 동시에 두 사람을 사랑한다고 할 때 빠지지 않고 나오는 소리가 있다. 결말이 언제나 똑같다는 것이다.

둘 다를 잃고 마는 결말.

그렇게 나는 말리부의 재활 시설에서 서복손 8밀리그램을 복용하며 살아가게 되었다. 서복손은 효과가 확실한 최고의 해독제였으나, 여러 번 말했다시피 끊어내기가 세상에서 가장 힘든 약이다. 끊어내려니 목숨을 끊고 싶을 정도였다. 아니, 이건 정확한 표현이 아니다. 자살 충동을 느끼기는 했으나 약물 때문이라는 것을 알고 있었으므로 진짜 자살 충동은 아니었다. 그러니까 자살 충동이 느껴질 때 내가 해야 할 일은, 가만히 시간을 흘려보내며 언젠가 기분이 나아지고 자살 충동도 지나가리라는 것을 되새기는 것뿐이었다.

서복손을 끊으려면 일주일에 1밀리그램씩 복용량을 낮춰야 한다. 이틀을 죽을 듯이 앓아서 줄어든 양에 익숙해지고—나의 경우에는 7밀리그램—안정을 찾으면 다시 한번 복용량을 줄인다. 자살 충동은 2밀리그램까지 내려갔을 때부터 일어난다.

복용량이 2밀리그램까지 내려갔을 때, 나는 아마 살면서 가장 이기적이었을 행동을 했다. 다가올 감정이 무서웠고, 그걸 혼자 견디고 싶지 않았다. 그래서 3백 달러어치 꽃다발을 사서 로라의 집으로 가 다시 받아달라고 빌었다. 우리는 소파에 앉아 이 상황에 관해 자세히 이야기를 나눴다. 공포에 압도당한 나는 그녀에게 결혼하자고, 함께 아이도 낳자고 했다.

바로 그때 믿을 수 없는 일이 벌어졌다. 소파에 앉아 있는데 누군가 천천히 현관문을 따는 소리가 들려왔다. …그리고 롬이 들어왔다.

지금 누가 들어온 거야?

어떻게 두 여자가 한집에 있는 거지? 타임머신을 타고 그 순간으로 돌아가 "스리섬 어때?"라고 말할 수 있다면 뭐든 지불하겠다. 물론 농담할 때가 아니었다. 나는 경악해 입이 떡 벌어졌다.

"화분에 물을 줘야겠어." 롬은 이렇게 말하며 뒤쪽 계단으로 올라갔다.

"롬을 좀 보고 올게." 로라도 이렇게 말하며 나를 거실에 두고 떠났다.

로라가 돌아오지 않으리라는 것을 깨달은 나는 서복손 2밀리그램에 중독된 채 다시 말리부로 돌아갔다.

알고 보니 롬과 로라는 익명의 알코올중독자들 모임에서 만났다고 했다. 둘은 서로의 관계를 알고서 급속도로 친해졌다. 짐작할 수 있다시피 둘이 나눈 대화의 상당 부분은 내가 얼마나 개자식인가에 관한 것이었다.

나는 로스앤젤레스에 계속 머물 수 없어 전용기를 타고 콜로라도에 있는 재활 센터로 갔다. 그 시설은 자살 충동 없이 서복손을 끊게 해줄 수 있다고 했다.

하지만 그건 주장에 불과했다. 나는 삼십육 일 내내 자살 충동에 시달렸다. 그러다 뉴욕으로 날아가 아무렇지 않은 척 레터먼 쇼에 출연했다.

또 그걸 용케 해냈다.

칠 년 후, 훨씬 많은 성찰을 한 끝에, 롬과 로라에게 제대로 용서를 구했고, 두 사람 모두 사과를 받아주었다. 놀랍게도 우리 셋은 친구가 되었다. 로라는 조던이라는 멋진 남자와 결혼했다. 롬은 멋진 에릭과 함께 살고 있다.

얼마 전에도 우리 다섯은 우리집에서 함께 식사하며 좋은 시간을 보냈다. 밤 열시쯤 되자 두 커플은 각자 차를 타고 떠났다. 자동차가 협곡을 벗어나 시내로 멀어지는 소리가 들렸다.

뭐든 좋으니 나에게도 상황을 좋게 만들어줄 무언가가 찾아오기를 기다리는 동안, 바깥에서는 코요테 소리만이 다시 들려왔다.

아니, 그건 혼자 남겨져 하룻밤 더 악마들을 물리치려고 애쓰는 나의 소리였다. 승리는 악마에게 돌아갔다. 패배했음을 안 나는 그 악마들을 물리치고 다시 한번 잠을 청해보려 텅 빈 침실로 돌아갔다.

친구와 연인, 그리고 무시무시한 그것

할리우드 폭력 사태

나는 폭력적인 사람이 아니지만 살면서 폭력의 피해자와 가해자가 된 적이 한 번씩 있다.

오래전 캐머런 디아즈가 저스틴 팀버레이크와 막 헤어졌을 때, 나는 그녀와 데이트할 기회가 생겼다.

마침 그때 나는 운동을 열심히 해 팔근육이 꽤 봐줄 만했다. 그 래서 그에 맞춰 데이트 준비에 들어갔다. 팔이 제대로 타도록 소매를 어깨까지 말아올려 오래 걸어다니는 것이었다(프로의 팁: 이렇게 하면 근육이 더 커 보이기도 한다). 그렇다. 순전히 데이트하려고 팔을 태웠다.

우리 둘이 만난 장소는 사람이 많이 모인 어느 디너 파티였다. 그런데 캐머런은 나와 만난 지 얼마 되지도 않아 곧바로 취해버렸다. 나에게는 한 톨의 관심도 없어 보였다. 그러거나 말거나 파티는 계속되었다. 그러다 다 같이 픽셔너리*를 했다. 캐머런이 그림을 그

---

* 그림을 보고 유추해 단어를 맞히는 게임.

릴 차례가 되었다. 내가 재치 있게 한마디하자 그녀가 "아, 좀!" 하며 내 어깨를 쳤다.

아니, 적어도 의도는 그랬을 것이다. 그런데 손이 엇나가는 바람에 내 뺨을 치고 말았다.

"장난해요?" 나는 졸지에 캐머런 디아즈에게 뺨을 맞았고, 두툼한 팔근육은 전혀 도움이 되지 않았다.

벌써 십오 년쯤 지난 일이지만, 이걸 보면 아마 그녀가 나에게 연락할지도 모르겠다. 그러지 않을까?

또 이런 일도 있었다.

2004년, 자선 행사로 열린 크리스 에버트/뱅크 오브 아메리카 프로 연예인 테니스 클래식에 참석하러 크리스 에버트 테니스 아카데미가 있는 플로리다로 날아갔다. 할리우드에 내로라하는 사람들이 대거 참석한 자리였다. 그중에서도 내가 관심 있는 사람은 체비 체이스였다.

체비는 오랫동안 나의 영웅이었다. 영화 〈플레치〉에서 그가 보인 연기는 내 인생을 완전히 바꾸었다. 제법 쌀쌀한 LA의 어느 날 밤, 나는 친한 친구 맷 온드레와 〈플레치〉 시사회에 갔다. 우리는 말 그대로 영화관 통로를 구르며 웃어댔다. 체비는 그 영화에서 농담을 삼백 번쯤 던지는데, 족족 성공했다. 영화를 보고 나와 맷과 정류장에서 버스를 기다릴 때, 내가 그를 돌아보며 아주 진지하게 이런 말을 했던 기억이 지금도 생생하다. "나 이제 앞으로 평생 그런 식으로

친구와 연인, 그리고 무시무시한 그것

말할 거야." 그리고 그 말을 지켰다. 그렇기에 이제 이어질 일화는 체비와 나 모두에게 무척이나 고통스러운 이야기다.

아마 체비에게 더 고통스럽겠지만.

테니스 행사 전날 열린 자선 행사에서 체비가 나에게 다가와 말을 건넸다. "팬입니다." 굉장한 일이었다.

내가 답했다. "맙소사, 저는 그저 선생님의 연기를 훔쳤을 뿐인데요." 우리는 서로 칭찬을 주고받으며 제법 기분좋은 대화를 이어 갔다.

그리고 다음날, 테니스를 치게 되었다.

나의 테니스 실력은 녹슬었다. 오랫동안 테니스를 치지 않아서 그라운드 스트로크 기술을 구사하는 데도 애를 먹었다. 그래도 서브의 힘만큼은 굉장했다. 토너먼트 현장의 속도 기록기에 따르면 시속 180킬로미터로 공을 내리쳤다. 문제는 공의 방향을 나도 정확히 예측할 수 없다는 것이었다. 일반 코트에서야 아무렇지 않지만, 관중 이천 명 앞에서라면 말이 달라진다. 무려 조지 H. W. 부시 전 대통령도 관중석에 있었다…

게임 시작. 내가 먼저 서브를 넣는다. 코트 왼쪽에는 내 파트너가, 맞은편 왼쪽 망 가까이에는 체비가, 멀리 베이스라인에는 체비의 파트너가 자리했다. 나는 체비의 파트너 쪽으로 서브를 넣을 생각이다. 공을 던진 뒤 라켓을 등뒤로 뺐다가 있는 힘껏 공을 내리친다. 그리고 그 공이 체비의 파트너가 아니라 체비 체이스를 향해 곧바로 내리꽂히는 것을 보고 경악한다. 체비는 서비스라인에 서 있다. 내가 공을 친 지점과의 거리는 정확히 18미터. 공교롭게도 야구장의 마운드에서 홈플레이트까지의 거리와 일치한다. 시속 160킬로미터로 공을 친다고 했을 때 초당 대략 44.7미터의 속도로 날아가고, 그렇다면 체이스 씨가 공을 피할 시간은 0.412초밖에 되지 않는다는 소리다.

체이스 씨는 공을 피하지 못했다.

좀더 구체적으로 말하자면, 그의 고환이 공을 피하지 못했다. 그러니까 내가 프로 수준의 속도로 체비 체이스의 급소에다 공을 내리꽂은 것이다.

이후 벌어진 일은 이렇다. 체비는 〈플레치〉에서 의사에게 전립선 검사를 받을 때 지었던 우스꽝스러운 표정을 짓더니 그대로 바닥에 쓰러졌다(다시 말하지만 이천 명 앞에서).

행사는 그대로 끝이 났고, 의료진 넷이 코트로 달려와 체비를 들것에 실어 가장 가까운 병원으로 데려갔다.

내가 나의 영웅에게 이런 짓을 하게 될 운명이라면, 마이클 키턴과 스티브 마틴도 각오하시라.

이 책의 폭력적인 장면은 여기서 끝.

10장

무시무시한 그것

몇 주째 그야말로 당신이 똥을 뿌리고 있는 세트장으로 돌아가야 한다고 상상해보자. 당신은 제정신이 아니었고, 혀가 꼬인 채 대사를 발음하고, 나쁜 판단을 했다. 장소는 뉴욕시, 중독 치료 동반자가 하나도 아니고 둘씩이나 있지만, 당신은 기어코 호텔 룸서비스를 주문한다. 해독 치료 중이어서 떨리는 목소리로. "방 욕조에 보드카 한 병을 놔주세요. 맞아요, 욕조에. 거기 숨겨두세요."

일과를 마치고 지긋지긋한 호텔방으로 돌아와 보드카 한 병을 끝까지 비운다. 이제야 모든 게 제대로 돌아가는 듯하다. 아마도 한 세 시간쯤 지속되리라. 다음날에는 이 모든 걸 처음부터 반복해야 한다. 몸이 떨리지만, 사람들과 이야기를 나눌 때는 전혀 심각하지 않은 척 연기한다. 어김없이 떨리는 목소리로 호텔에 연락해 욕조에 보드카 한 병을 놔달라고 같은 부탁을 한다.

'노미normy'—우리 중독자들은 운좋은 비중독자를 이렇게 부른다—는 아마 평생 이해 못할 것이다. 설명하자면 이렇다. 보드카 한 병을 통째로 마시고 나면 다음날 무지하게 앓는다. 아침에 몇 잔을 마시면 그나마 낫지만, 그때 나는 대형 영화사가 제작하는 영화의 주인공이었으므로 아침에 술을 마실 수 없었다. 아프고, 몸이 떨리고, 속이 다 뒤틀리며 몸을 뚫고 나올 것 같다. 그 느낌이 온종일, 열네 시간 내내 이어진다.

고통에서 벗어날 유일한 방법은 곧 돌아올 밤에 어제와 똑같은 양의 술을, 아니면 좀더 많은 양의 술을 마시는 것이다. 노미는 이렇게 말할 것이다. "그냥 마시지 말지." 하지만 우리 알코올의존증 환자들은 술을 못 마시면 돌아버릴 것 같은 느낌을 받는다. 술을 병째 마시지 못하면 한결 더 아프고 안색이 초췌해진다.

"그러면 영화는 어쩌고?"

상관없어. 일단 마셔야겠어.

"오늘밤만 참아보는 건 어때?"

불가능.

다음 질문하실 분?

지금 나는 댈러스에 와 있다. 메타돈을 하며, 하루에 보드카를 1쿼트씩 마시고, 코카인과 자낙스도 한다. 날마다 세트장에 출근해 의자에서 까무러쳤다가 장면 하나를 위해 일어나 비틀거리며 준비한 다음, 정확히 이 분간 카메라를 향해 악을 쓴다. 그런 뒤 의자로 돌아와 마저 낮잠에 빠진다.

이 무렵의 나는 세계에서 가장 유명한 사람 중 하나였다. 최고의 인기를 누리고 있었다. 그래서 아무리 추한 꼴을 보여도 아무도

친구와 연인, 그리고 무시무시한 그것

뭐라 하지 못했다. 제작진은 영화를 완성해 포스터에 내 이름을 올린 뒤 6천만 달러를 벌고 싶어했다. 그리고 〈프렌즈〉는… 〈프렌즈〉는 더 말할 것도 없었다. 누구도 그 돈 버는 기계를 망치고 싶어하지 않았다.

한번은 〈엘리자베스 헐리의 못 말리는 이혼녀〉를 촬영하다가 문득, 발륨이 도움이 되지 않을까 하는 생각이 들었다. 내가 머물던 복층 호텔방에 의사가 찾아와 발륨을 좀 건네주었다. 전날 밤에 나는 파티용 보드카 한 병을 다 비운 터였다. 손잡이가 달린 그 병 말이다. 의사가 방을 둘러보다가 그 병을 발견하고 초조한 목소리로 물었다. "설마 저걸 다 마셨어요?"

"네." 내가 말했다. "발륨을 여섯 시간이 아니라 네 시간마다 먹어도 되나요?"

의사는 즉시 꽁무니를 빼 나선형 계단을 빠르게 내려가 문밖으로 나갔다. 아마 매튜 페리가 사망하게 될 방에 있고 싶지 않았던 것 같다.

결국 나는 내가 사라지고 있는 것 같다는 제이미 타시스의 말을 듣고 중독치료시설에 들어갔다가 영화를 마무리지으러 다시 나왔다.

〈엘리자베스 헐리의 못 말리는 이혼녀〉를 촬영하던 중에 벌어진 일이었다. 상태가 엉망이었다. 나는 심한 죄책감을 느끼며 모두에게 사과했다. 그래도 마지막 십삼 일 동안의 촬영에서는 꽤 좋은 연기를 했다고 생각한다. 모두가 친절히 대해주었고 최선을 다했으나 사실은 다들 분개했다. 감독도 화가 났다. 내가 그 사람의 영화를 망쳤으니까. 동료 배우 엘리자베스 헐리도 마찬가지였다(이후 그녀는 다시는 영화를 찍지 못했다).

상황을 제대로 바로잡아야 했다. 이건 AA의 가르침이기도 하다. 나는 횡설수설했던 대사를 모조리 다시 녹음했다. 녹음실에서 몇 날 며칠 동안 영화 전체를 다시 녹음했다는 소리다. 스튜디오에서 삐 소리가 세 번 울리면, 화면 속 나의 입 모양에 맞춰 대사를 했다. 의외로 나는 이 일에 소질이 있었고, 다행히 횡설수설했던 대사를 전부 교체할 수 있었다. 또 어느 때보다 열심히 홍보 활동에 참여하며 상황을 바로잡고자 최선을 다했다. 닥치는 대로 잡지 표지와 토크쇼에 얼굴을 비췄다.

그래도 영화는 쫄딱 망했다. 나는 350만 달러를 받고 영화에 출연했는데, 건강 문제이긴 했으나 촬영을 지연시켰다는 이유로 고소당했다. 중재 테이블에는 보험사 직원들이 자리했고, 나는 순순히 65만 달러를 써넣은 수표를 건넸다.

이런 생각을 했던 기억이 난다. 어떻게 살아야 하는지 아무도 나에게 알려주지 않았는데. 나는 구제할 길 없이 망가진 사람, 이기적이고 자기밖에 모르는 사람이었다. 모든 게 나를 중심으로 돌아가야 했고, 언제든 폭발할 준비가 되어 있는 열등감까지 더해졌으니, 실로 치명적인 조합이었다. 열 살 때부터 나는 나밖에 몰랐다. 주변을 둘

친구와 연인, 그리고 무시무시한 그것

러보며 제 앞가림은 알아서 하는 거야, 생각했었다. 나를 온전히 지키기 위해서 지나치게 나에게만 매몰되어 살았다.

AA는 그렇게 살지 말라고 가르친다.

AA의 12단계 치료 중에는 스스로를 도덕적으로 검토해보는 과정이 있다(4단계에 해당한다). 나를 화나게 한 사람들의 이름과 이유를 모조리 써보는 것이다(나는 육십여덟 명의 이름을 적었다. 육십여덟 명!) 그리고 그 관계가 어떤 영향을 주었는지 기록한 다음 누군가와 그 내용을 나눠야 한다(이게 5단계다).

이 치료 과정과 훌륭한 스폰서의 돌봄과 사랑을 통해, 나는 내가 우주의 중심이 아니라는 사실을 깨쳤다. 그러자 안도감 같은 게 들었다. 내 주변에는 나름의 욕구와 관심을 가졌으며 나와 똑같이 소중한 사람들이 있었다.

(지금 고개를 절레절레 흔들고 있다면, 그래 보시라. 죄 없는 자만이 돌을 던지길.)

이제 맨정신을 유지하는 건 내 삶에서 가장 중요한 일이 됐다. 다른 무언가를 맨정신보다 앞세우면, 술을 마실 때마다 그 '무엇'을 잃고 만다는 것을 배웠기 때문이다.

화창한 봄날, 로스앤젤레스의 아름다운 명상 센터인 레이크 슈라인 자아실현회에서 내가 작성한 도덕적 점검 목록을 스폰서에게 읽어주었다. 태평양이 내려다보이는 언덕에 자리한 이곳은 무척이나 평화롭다. 센터에는 호수와 정원, 사원이 있고, 마하트마 간디의 유골 일부를 모신 단지까지 있다. 인도 외에 마하트마 간디의 봉안당이 있는 곳은 여기가 유일하다.

내가 낭독을 마쳤을 때 마침 정원에서는 결혼식이 열리고 있었다. 제일 좋은 옷을 입고 자리한 가족, 웃으며 주례를 보는 목사, 죽음이 갈라놓을 때까지 아플 때나 건강할 때나 함께하겠다는 서약을 기다리며 서로를 향해 미소 짓는 커플이 보였다. 나는 저런 자리에 가지 않은 지 오래였다. 중독은 나의 가장 친한 친구이자 곁을 떠나지 않는 악마였고, 나의 처벌자이자 연인이었다. 무시무시한 존재. 그러나 그날, 전망 좋은 곳에서―당연히 전망은 언제나 좋아야 한다―곧 부부가 될 연인과 근처 어딘가에 모셔진 간디와 함께 있던 나는, 일종의 깨달음을 얻었다. 내가 여기 있는 이유는 이 무시무시한 존재보다 더 큰 무언가를 위해서였다. 나는 사람들에게 도움과 사랑을 줄 수 있었다. 밑바닥까지 내려가봤으니 사람들에게 정말로 도움이 될 이야기를 들려줄 수도 있었다. 사람들을 돕는 게 내 인생의 답이 되어 있었다.

2019년 7월 19일자 〈뉴욕 타임스〉 일면에는 도널드 트럼프와 스토미 대니얼스, 교토 애니메이션 스튜디오에서 일어난 끔찍한 방화 사건, 그리고 '참을 만큼 참은' 푸에르토리코 시민들의 이야기가 실렸다.

나는 아는 소식이 하나도 없었다. 이후 이 주 동안 그랬다. 엘 차

친구와 연인, 그리고 무시무시한 그것

포에게 종신형에 더해 삼십 년 형이 추가되었다는 것도, 캘리포니아 주 길로이에서 열린 마을 축제에서 열아홉 살짜리가 총을 쏴 (자신을 포함해) 세 명의 목숨을 앗아갔다는 것도, 보리스 존슨이 영국 총리가 되었다는 것도 몰랐다.

나는 괴성을 지르며 혼수상태에서 깨어났다. 옆에는 엄마가 있었다. 엄마에게 무슨 일이 일어난 건지 물었다. 나의 결장이 파열됐다고 했다.

"살아 있는 게 다행이야." 엄마가 말했다. "회복이 아주 빠르대. 몇 가지가 달라지긴 하겠지만 너는 무사할 거야. 의사 말론 구 개월 후에 장루주머니를 제거한대."

나는 생각했다. 장루주머니라고? 잘됐네. 여자들이 퍽이나 좋아하겠어.

그리고 말했다. "고맙기도 해라."

이후 나는 돌아누웠고, 이 주 동안 말을 하지도 움직이지도 않았다. 나는 제 발로 죽음 문턱까지 다녀왔다. 몸에 50개나 되는 장비가 주렁주렁 달려 있었고, 걷는 법부터 다시 배워야 했다.

내가 혐오스러웠다. 하마터면 스스로 목숨을 끊을 뻔했다. 그 수치심, 외로움, 후회가 너무나도 버거웠다. 그냥 가만히 누워서 이 모든 현실을 받아들이려 해보았으나 소용없었다. 어차피 엎질러진 물이었다. 사실 나는 죽는 게 무서웠다. 내가 저지른 짓이 무색하게도.

이로써 다 끝이었다. 오피오이드 때문에 매튜 페리 쇼는 막을 내렸다.

병실 안에서 무슨 일이 벌어지고 있는지 이따금 관심을 기울일 수는 있었지만, 그게 다였다. 내가 할 수 있는 건 없었다. 나의 절친한 두 친구 크리스와 브라이언 머리 형제가 몇 번 병문안을 왔고, 삼 주째에는 아빠 쪽 이복동생 마리아가 나를 보러 왔다.

"무슨 일이 있었는지 들을 준비됐어?" 동생이 물었다.

나는 (간신히) 고개를 끄덕였다.

"오빠 결장이 파열돼서 의료진이 산소호흡기를 달았는데 오빠가 그 상태에서 토를 했어. 그래서 담즙과 패혈증을 일으킬 수 있는 것들이 전부 폐로 들어갔대. 에크모 시술로 어떻게 목숨은 건졌어. 이 주 동안 혼수상태였지만."

이 대화 이후로 나는 또 일주간 입을 닫았다. 내가 가장 두려워하던 일이 현실이 되었다는 충격 때문이었다. 그러니까 나를 이렇게 만든 게 바로 나였다. 다행인 점이 하나 있기는 했다. 이 주간 혼수상태로 있느라 자연스레 담배를 끊었다는 것이다.

나는 오피오이드를 복용했다 끊기를 반복했고, 너무 오랫동안 각종 오피오이드를 사용하다보니 일부 사람들만 겪는 부작용을 겪었다. 오피오이드는 변비를 유발한다. 여기서 변비란 말은 너무 시적이다. 내 몸속은 치명적일 만큼 많은 똥덩어리로 가득차 있었다.

거기에다 이제 장 문제까지 생겼다.

친구와 연인, 그리고 무시무시한 그것

혼수상태에 빠지기 전, 고통으로 의식을 잃기 직전에 나는 에린에게 "나를 떠나지 마"라고 말했다. 그때 그 순간 나를 지켜달라는 뜻이었지만, 에린은, 그리고 친구들과 가족은, 이후로도 그 부탁을 문자 그대로 들어주었다. 에린은 다섯 달 동안 병원에서 나를 밤샘 간호했다.

그때 일을 돌이켜 생각해보면 코로나19 이전이어서 참 다행이라는 생각이 든다. 만약 코로나19 시기였다면 다섯 달 동안 병실에 나 홀로 있어야 했을 것이다. 그러나 나는 단 한 번도 병실에 혼자였던 적이 없다. 그건 인간의 외피를 두른 신의 사랑이었다.

어느덧 나와 엄마는 위기에 도가 튼 전문가들이 되어 있었다. 나는 늘 엄마와 함께 〈프렌즈〉에 관해서, 그간 출연한 쇼와 영화에 관해서 이야기하고 싶었다. 엄마의 관심이 고파서였다. 나에게 엄마는 〈프렌즈〉로도 관심을 얻지 못한 유일한 사람이다. 엄마는 이따금 〈프렌즈〉 이야기를 했으나 결코 아들의 성취를 격하게 자랑스러워하지 않았다.

사실 엄마가 나를 얼마나 자랑스러워했든 간에 나는 만족을 몰랐을 것이다. 또, 부모를 탓하려면 일단 그들의 공도 인정할 줄 알아야 하는 법이다. 좋았던 모든 것들을. 나는 엄마 아들로 태어나지 않았다면 절대 챈들러 역을 맡지 못했을 것이다. 엄마 아들로 태어나지 않았다면 8천만 달러를 벌 수도 없었다. 챈들러는 진짜 고통을 감추는 사람이었다. 시트콤에 이보다 더 좋은 캐릭터가 있을까! 진짜 해야 할 말을 하지 않기 위해 사사건건 농담을 던지는 것. 챈들러는 거기서부터 시작되었다. 처음 쇼를 기획할 때는 '다른 사람들의 삶을 관찰하는 사람'으로 설정되었다. 장면이 끝날 때쯤 농담을 던지며 방금 일어난 일을 논평하는 사람이 바로 챈들러였다. 「리어왕」의 바보 광대처럼 대뜸 진실을 말하는 인물. 그러나 모두가 챈들러를 사랑해준 덕에, 챈들러도 중요한 인물로 어엿이 성장했다. 챈들러는 현실에서 내가 이루지 못한 것들을 이뤘다. 이를테면 결혼하고, 아이를 낳고… 그런 내가 잘 알지 못하는 일들을.

나는 열다섯 살에 아빠처럼 엄마를 버리고 떠났다. 키우기 쉽지 않은 아이였고, 그때는 엄마도 어렸는데. 엄마는 언제나 최선을 다했고, 내가 혼수상태에 빠진 다섯 달 동안 나의 병실을 지켰다.

오피오이드 남용 때문에 결장이 파열된 상황에서, 분별력 있는 사람이라면 그 상황을 해결하겠다고 오피오이드를 더 요구하지는 않는다. … 하지만 나는 더 요구했다.

그리고 의사들은 그런 나에게 오피오이드를 주었다.

나는 극도로 우울했고 언제나 그렇듯 기분이 나아지고 싶었다. 볼링공을 넣어도 될 만큼 크게 배를 가르고, 배에 구멍까지 나 있었으니, 진통제를 달라고 할 핑계는 충분했다. 그러니까 정리하자면, 나는 오피오이드로 죽음 문턱까지 다녀와놓고도 이 문제를 해결하려고 의사들에게 다름 아닌… 오피오이드를 달라고 떼를 썼다! 이 사달을 겪고도 정신을 못 차린 셈이었다. 배운 게 하나도 없었다. 여전히 약을 갈망했다.

결장 파열 이후 퇴원했을 당시 내 상태는 무척 좋아 보였다. 그래도 살이 많이 빠진데다 몸도 심하게 상한 터라 장루주머니를 제거하는 수술을 받으려면 최소 구 개월을 기다려야 했다. 나는 집으로 돌아온 다음에도 모두에게 고통이 극심한 척 거짓말하며 계속 진통제를 타냈다. 사실 그렇게까지 고통스럽지는 않았다. 고통보다는 성가심 정도였다. 그러나 의사들은 내 거짓말에 속아 계속해서 아주 많은 양의 오피오이드를 처방했다. 또 나는 자연스럽게 담배도 다시 피우기 시작했다.

이런 게 내 인생이었다.

그리고 잊지 말아야 할 것. 장루주머니는 계속해서, 주기적으로 최소 오십 번은 더 찢어졌다. 그럴 때마다 나는 똥 범벅이 됐다.

장루주머니를 만드는 사람들에게 고한다. 제발 찢어지지 않게 좀 만들어라, 이 개자식들아. 〈프렌즈〉의 나를 보고 웃은 적이 있다고? 그렇다면 내 얼굴에 똥은 묻히지 말아야지.

중독자는 알약이 몸에 들어오면 희열을 느낀다. 하지만 얼마 가지 않아 내성이 쌓이면 똑같은 양의 약을 먹어도 희열을 느끼지 못한다. 중독자는 아주 절실히 희열을 반복해서 느끼고 싶어하므로 원래 한 알이면 충분했던 느낌을 되살리려 2알을 집어삼킨다.

그러다 2알로도 부족해지면 3알을 먹는다.

한때 나는 이 게임에 빠져 하루 55알까지 먹은 적도 있다(〈프렌즈〉 시즌 3의 후반부를 유심히 보길. 내가 아주 비실비실 수척하고 퀭한 모습으로 나온다. 모두의 눈에 자명했으나 누구도 입 밖으로 꺼내지 않은 진실이다).

나는 복통을 꾸며내어 UCLA병원에서 오피오이드를 상습적으로 처방받으면서도 더 많은 양이 필요해 마약 딜러에게 연락했다. 문제는 내가 센추리시티의 센추리 빌딩 40층에 있다는 거였다. 약을 받으려면 40층 아래로 내려가 빈 담뱃갑에 채운 돈을 딜러에게 건네야 한다는 소리였다. 그런 다음 들키지 않고 40층으로 돌아와 약을 삼키면 잠시나마 기분이 좋아질 터였다.

이제는 이 계획을 중독 치료 동반자, 간호사, 에린까지 있는 집에서 해내야 했다. 그러나 나는 계획을 실행에 옮기는 데 전혀 소질이 없었다. 네 번을 시도해 정확히 네 번 들킨 걸 보면 말이다. UCLA 병원 의사들은 난감해하며 중독치료시설에 들어갈 것을 권했다.

나에게는 선택의 여지가 없었다. 의사들이 무엇을 주든지 그것에 번번이 중독되었다. "됐으니까 꺼져요"라고 말했다면 참 통쾌했으련만, 정말 그랬다가는 약이 끊겼을 테고, 나는 아파서 정신을 놓고 말았을 것이다. 결국 나는 몇 달 동안 갇혀 지낼 장소를 내 손으로 고르는, 조금 묘한 선택의 기로에 놓였다. 선택지는 뉴욕 아니면 휴스턴이었다. 나보다 좀더 앞가림을 잘하는 사람에게 선택권이 주

친구와 연인, 그리고 무시무시한 그것

어져야 했던 건 아닐까? 이런 결정을 내리기에 누구보다 자격이 부족했던 나는 뉴욕을 골랐다.

나는 약에 한껏 취한 채로 뉴욕의 치료 센터에 도착하자마자 배를 움켜잡고 고통을 연기했다. 센터는 흡사 감옥 같았지만, 직원들은 하나같이 미소를 띠고 있었다.

"뭐가 그렇게 행복하세요?" 내가 말했다(조금 심술이 나 있었다). 그때 나는 아티반 14밀리그램과 옥시콘틴 60밀리그램을 복용중이었다. 몸에는 장루주머니를 달고 있었다. 담배를 피워도 되냐고 물으니 센터에서는 금연이라는 답이 돌아왔다.

"담배를 못 피우면 여기 못 있겠는데요." 내가 말했다.

"하지만 피울 수 없습니다."

"네, 들었어요. 지금 이 상황에 담배마저 못 피운다는 거잖아요?"

"금연 패치를 드리죠."

"그 망할 패치를 태워 피워도 뭐라 하지 말아요." 내가 말했다.

결국 아티반과 서복손을 계속 처방받고 해독 치료 중에는 흡연할 수 있으나 본관에서는 금연하는 것으로 정리되었다. 그렇다면 앞으로 나흘 더 담배를 피울 수 있다는 뜻이었다. 내가 담배를 피우고 싶다고 하면 직원이 나를 실외로 안내해 내가 뻐끔거리는 동안 곁을 지켰다.

어찌나 든든하던지.

사흘 밤이 지나고, 무척이나 예쁘고 똑똑한 간호사를 만났다. 그녀는 나를 아주 살뜰히 보살폈다. 나는 주기적으로 장루주머니를 갈아주는 그녀에게 최선을 다해 작업을 걸었다. 담배를 피울 수 없는 고통의 시간이 코앞이었던 만큼, 나는 이 멋진 간호사와 외출해 커피를 마실 기회를 만들었다. 기분이 한결 나아졌다. 나는 '중독치료시설에 있는데 뭔 일이 나겠나요'라는 태도로 농담을 던지고 작업을 걸었다. 그리고 다시 센터로 돌아왔다.

센터에 도착했을 때 간호사가 말했다. "부탁이 있어요."

"뭐든요." 내가 말했다.

"예쁜 간호사한테 헛수작 부리는 걸 멈춰주세요."

자기 자신을 말하는 거였다.

맙소사.

"우리 둘 다 안전하고 뒤탈 없게 서로에게 작업을 거는 줄 알았는데요." 내가 말했다.

나는 그 센터에 넉 달 더 있었고, 다시는 그 간호사에게 작업을 걸지 않았다. 그녀 역시 작업을 걸지 않는 나에게 작업을 걸지 않았다. 똥을 뒤집어쓴 나를 여러 번 봐서 그랬을 수도.

본관으로 옮겨 브루스와 웬디 등등 다른 치료사들을 만났지만, 그들에게는 아무런 흥미가 생기지 않았다. 그냥 담배가 고플 뿐이었다. 아니면 담배 이야기라거나. 아니면 담배 이야기를 하며 담배를 피우는 것도 좋았다.

친구와 연인, 그리고 무시무시한 그것

모든 사람이 거대한 담배 개비처럼 보였다.

웬만해서는 병실을 나설 수 없었다. 장루주머니는 걸핏하면 터졌다. 엄마에게 연락해 이곳에 와 나를 구해달라고 부탁했다. 하지만 엄마는 내가 퇴소하면 또 담배를 피울 테고, 그러면 예정된 수술에 큰 차질이 빚어질 거라고 했다. 다음으로는 치료사에게 연락해 제발 여기서 빼내달라고 빌었다. 치료사 역시 엄마와 같은 말을 하며 거절했다.

나는 망했고, 갇힌 신세였다.

극심한 공포가 엄습했다. 꽉 찬 주머니. 또렷한 맨정신. 나를 나와 분리해주는 게 없었다. 어둠 속 괴물을 두려워하는 꼬마가 된 기분이었다. 하지만 괴물은 내가 아니었을까?

그러다 계단이 생각났다. 간호사는? 주변에 보이지 않았다. 치료는? 집어치우라고 해. 나는 지미 코너스가 포핸드 다운 더 라인 공격으로 공을 칠 때와 같은 강도로 냅다 벽에 머리를 박았다. 여러 번의 톱스핀. 직선으로 쿵.

계단에서 있었던 일.

나는 날마다 죽음의 문턱 앞에 있다.

더이상의 맨정신은 남아 있지 않다. 한번 시작하면 절대 되돌아오지 못할 것이다. 한번 시작하면 끝을 보고 말 것이다. 내성이 너무 강해져 아주 많이 채워넣어야 할 것이다.

에이미 와인하우스의 경우와는 다르다. 에이미는 한동안 맨정신을 유지하다가 처음 마신 술로 죽음에 이르렀다. 다큐멘터리에서 그녀가 했던 말에 공감이 갔다. 에이미는 그래미상을 타고서 친구에게 이런 말을 했다. "취하지 않으면 이걸 즐길 수 없어."

유명해지고 부자가 되고 나로 사는 것, 취하지 않으면 그중 무엇도 즐길 수 없다. 취하고픈 마음 없이는 사랑에 관해서 생각할 수도 없다. 그런 감정으로부터 나를 보호해주는 영적 고리가 나에게는 존재하지 않는다. 그래서 내가 추구자인가보다.

하루에 약을 55알씩 먹는 지경에 이르렀을 때 나는 드라마 〈돕식dopesick: 약물의 늪〉의 벳시 말룸처럼 상황을 파악하지 못해 어리둥절했다. 내가 중독된 줄도 몰랐다. 나는 중독치료시설에 입소한 사실이 처음 대중에게 알려진 유명인 중 하나다. 1997년, 미국 1위 쇼에 출연하면서 중독치료시설에 들어갔고, 그 일로 온갖 잡지의 표지를 장식했다. 그런데도 나한테 무슨 일이 벌어지고 있는지 몰랐다. 〈돕식〉에서 벳시 말룸은 헤로인에까지 손을 대고, 그것으로 영영 안녕이다. 벳시는 몽롱하게 미소를 지으며 그대로 죽는다. 내가 언제나 바라는 건 바로 그 미소가 지어질 때의 느낌이다. 벳시는 행복했을 것이다. 하지만 그게 그녀를 죽음으로 이끌었다. 나는 바로 그 행복의 순간을 지금도 바라고 있다. 다만 죽음은 말고. 나는 연결되고 싶다. 나보다 커다란 무언가와 연결되었으면 한다. 그것이야말로 내 인생을 진정으로 구원하리라 확신하기 때문이다.

나는 죽고 싶지 않다. 죽는 게 무섭다.

심지어 나는 약을 찾아내는 데도 영 소질이 없다. 한번은 같이 일하던 사람이 나에게 불법으로 약을 파는 의사를 소개해줬다. 나는 편두통에 시달리는 척했고—사실 내가 가짜 편두통을 진단받으려고 만난 의사만 여덟 명쯤 될 것이다—약을 타내기 위해 사십오 분간의 MRI를 견뎠다. 상황이 아주 안 좋아졌을 때는 마약 딜러의 집에 찾아가기까지 했다. 불법으로 약을 팔던 의사가 세상을 떠나자 그 사람 밑에서 일하던 간호사가 사업을 이어받았다. 간호사에게는 없는 약이 없었다. 나는 약이 필요할 때마다 밸리 지역에 사는 간호사를 찾아갔다. 시종일관 공포에 질린 채로.

간호사는 이렇게 말하곤 했다. "들어와요!"

"싫어요!" 나는 외쳤다. "이러다 둘 다 잡혀가요. 얼른 돈만 받고 나가게 해줘요."

나중에 그녀는 같이 코카인을 하자고 했다. 나는 약만 받고 벌벌 떨며 3알을 곧바로 집어삼킨 뒤에 집까지 차를 몰았다. 두려움을 잠재우려고 약에 취했으니 더더욱 잡혀갈 만했다.

시간이 훌쩍 흘러 센추리시티에 살 때, 나는 약을 구하러 40층 아래로 내려갈 핑곗거리를 열심히 궁리했다. 당시 나는 심하게 아팠다. 배가 다 아문 것도 아니었고, 코로나19 때문에 혼자 지내야 했다. …약을 주는 간호사가 있기는 했으나 그걸로는 더이상 약기운이 돌지 않았다. 결국 마약 딜러에게 연락해 옥시콘틴을 구했다. 약기운을 느끼려면 처방받은 양보다 더 많은 약을 먹어야 했다. 마약은 한 알당 75달러쯤 했다. 나는 일주일에 몇 번이나 딜러에게 3천 달러씩을 건넸다.

하지만 성공할 때보다 걸릴 때가 더 많았다. 나를 담당하던 UCLA 의사는 질릴 대로 질려 더이상 나를 맡지 않겠다고 했다. 그 사람을 탓할 수는 없었다. 내가 먹는 약에 함유된 펜타닐 때문에 내가 죽어가고 있다는 사실을 다들 두려워했으니까(치료 센터에 입소했을 때 실시한 테스트 결과, 당연히 나는 펜타닐 양성이었다).

이 병은… 참으로 무서운 존재다. 중독은 내 인생의 너무 많은 부분을 망가트려버렸고, 나는 웃음조차 나지 않는다. 중독은 관계를 망쳤다. 나로 살아가는 일상도 망쳤다. 나에게는 돈이 한푼도 없는 친구가 있다. 임대료 규제가 적용되는 아파트에 사는 그 친구는 배우로 성공하지 못했고, 당뇨병까지 앓고 있다. 언제나 돈 걱정이지만 일은 하지 않는다. 나는 그 친구와 내 처지를 바꿀 수 있다면 당장이라도 바꿀 것이다. 이 병, 이 중독에서 벗어날 수만 있다면, 내가 가진 돈과 명성, 모든 것을 포기하고, 임대료 규제가 적용되는 아파트에 살며 매일 돈 걱정을 하는 편을 택하겠다.

나는 그냥 병에 걸린 게 아니라 상태가 위중하다. 상상 이상으로 나쁘며, 계속해서 궁지에 내몰린다. 결국 이 병이 나를 죽일 것이다(뭐라도 그래야만 할 것 같다). 로버트 다우니 주니어는 자신이 겪은 중독에 관해 이렇게 말한 적이 있다. "방아쇠에 손가락을 올려놓고 총을 내 입안에 쑤셔넣은 기분인데, 정작 나는 그 금속의 맛이 좋다." 그렇다. 나는 그 기분을 이해했다. 상태가 괜찮은 날에도, 맨정신에 희망이 깃드는 날에도, 그것은 언제나 내 곁에 있다. 여전히 총이 있다.

다행이라고 해야 할지, 이제 나는 세상의 어느 오피오이드로도 취하지 않을 것 같다. 나의 밑바닥은 아주, 아주, 아주 많이 깊어졌다. 뭐든 끊어내려면 상황이 실로 처참해져야 하고, 어마어마하고 무시무시해져야 한다. 〈미스터 선샤인〉을 찍을 때, 나는 쇼를 제작하고 집필하고 주인공으로 출연까지 했다. 집에서 다른 작가가 쓴 대본에 메모를 남길 때면 늘 보드카 한 병을 끼고 일했다. 열세 잔, 열네 잔씩 마셨는데, 집에서 만드는 술이니 특별히 트리플 샷이었다. 열네 잔 이후로는 더이상 취하지 않았다. 그래서 더 마시지 않았다.

지금은 오피오이드로 그와 같은 상황에 이른 게 아닌가 싶다. 더이상 충분하지 않다. 스위스에서는 하루에 오피오이드 1800밀리그램을 쓰고도 약기운을 느끼지 못했다. 그러면 이제 어떡하지? 마약 딜러에게 연락해 약을 있는 대로 다 달라고 해야 하나? 이제 옥시콘틴을 생각하면 평생 장루주머니를 달고 사는 모습이 곧바로 그려진다. 그건 감당하지 못할 것 같다. 그래서 앞으로 오피오이드를 쭉 끊고 살기는 제법 쉬우리라 생각한다. 어차피 더이상 효과가 없으니까. 게다가 첫번째 수술 이후 벌써 열네 번의 수술을 치른 내가 또 한번 수술에 들어간다면 이제는 진짜 수습이 불가능한 장루주머니를 달고 깨어날지도 모른다.

이제는 방법을 찾아내야 한다(말했다시피 다음 단계는 헤로인이지만, 나는 거기까지는 가지 않을 것이다). 내가 특별히 강인해서 술과 오피오이드를 끊은 게 아니다. 그냥 더이상 효과를 못 봐서다. 당장 누군가 집으로 들어와 "옥시콘틴 100밀리그램을 줄게요"라고 한다면 나는 "그걸로는 충분하지 않아요"라고 대답할 것이다.

하지만 문제는 아직 그대로다. 나는 어딜 가든 나이기 때문이다. 나는 언제나 문젯거리와 어둠을, 불운을 데리고 다닌다. 중독치료시설에서 나올 때마다 지역을 옮겨 새집을 구매한 뒤 거기서 살아보는 것도 그래서다.

집을 구경할 때 내가 맨 처음 하는 일이 있었다. 말하자면 나의 버릇 같은 것인데, 집주인의 약 보관함을 열어 훔칠 만한 약이 있는지 확인했다. 하지만 너무 무모한 짓을 할 수는 없다. 딱 적당한 양만 훔쳐야 한다. 너무 많이 훔쳤다가는 틀림없이 들키고 말 테니까. 약병의 유통기한을 확인한다. 유통기한이 지났으면 더 좋다. 유통기한이 많이 지났으면 약을 한 움큼 가져가도 좋다. 새로 산 것이면 1~2알만 먹어야 한다. 일요일에는 하루에 집을 다섯 군데씩 보러 다녔다.

하루 55알씩 약을 먹던 시절에는 눈을 뜨자마자 어떻게든 55알을 모아야 했다. 하루가 꼬박 걸리는 일이었다. 끊임없이 셈을 했다. 집까지 가려면 8알이 필요하다. 집에 세 시간 동안 있을 거니까 4알

더. 저녁 파티에 가야 하니 7알 더. …상태를 유지하기 위해서, 아프기 싫어서, 해독 치료라는 불가피한 일을 치르기 싫어서, 이런 짓을 했다.

집을 내놓은 집주인들이 언젠가 약 보관함을 열어보는 장면을 상상해본다.

"혹시 챈들러가… 설마, 챈들러는 아닐 거야. 챈들러 빙이 그럴리가!"

요즘 나는 집을 보러 다니지 않고 새집을 짓는 중이다. 십팔 개월쯤 전에 내가 문장 하나 완성 못하는 상태가 된 것이 발단이었다. 너무나도 무기력했고 끔찍했다. 의료진과 엄마와 사람들이 모두 달려들어 말조차 못하는 나를 돌봤다. 그때 나는 제정신이 아니었다. 무언가를 해야만 했다.

센추리시티에 있는 2천만 달러짜리 펜트하우스에서, 나는 약을 하고 텔레비전을 보고 몇 달 된 여자친구와 섹스를 했다.

어느 날 밤, 여자친구와 함께 약에 취해 정신을 잃었다가 일어나보니 발치에 엄마와 키스 모리슨이 서 있었다. 나는 생각했다. <데이트라인>에 출연한 건가? 나는 그렇다 치고, 엄마는 왜 있지?

그때 엄마가 내 여자친구를 보며 말했다. "나가줘야겠다."

엄마의 그 말이 내 삶을 구원했다.

아빠도 내 삶을 여러 번 구원했다

아빠가 마리나 델 레이에 데려다줬을 때(제이미 타시스가 눈앞에서 내가 사라지고 있는 것 같다고 한 이후에), 나는 남은 평생 다시는 재미를 느끼지 못할까봐 죽을 듯이 두려웠다. 삼 주쯤 지났을 때, 마르타 카우프만과 데이비드 크레인에게 연락해 이제 회복했으니 〈프렌즈〉에 복귀하겠다고 했다.

"언제쯤 복귀할 수 있는데요?" 그들은 말했다. "돌아와요. 강행군이 될 거예요. 이 주 안에 시작해야 해요."

그러나 나는 여전히 몹시 아팠다. 어깨너머로 대화의 분위기를 읽은 아빠가 마르타와 데이비드에게 연락했다.

"계속 이런 식이면 당신들 프로에서 우리 아들은 빠질 겁니다." 아빠는 이렇게 말했다.

아빠가 나의 아빠로서 아빠다운 일을 해준 것에 얼마나 고마운지 모른다. 그러나 나는 골칫거리가 되고 싶지 않았다. 마르타와 데이비드는 할일을 했을 뿐이었다. 그들은 최정상의 텔레비전 쇼를 제작하는 사람들이었고, 주인공 둘이 결혼을 앞두고 있었다. 내가 이대로 사라져서는 안 되었다. 나는 그저 모든 게 괜찮기를 바랐다. 그러다 마리나 델 레이에서 프로미시스로 시설을 옮기게 되었고, 이십팔 일 넘게 더 치료받아야 한다는 이야기를 들었다. 다 낫기까지는 몇 달이 걸릴 거라고 했다.

이 주 후, 나는 보조 치료사의 차를 타고 말리부에서 〈프렌즈〉 세트장으로 출근했다. 도착하니 제니퍼 애니스턴이 다가와 말했다.

친구와 연인, 그리고 무시무시한 그것

"나 너한테 화가 났었어."

"있잖아," 내가 말했다. "내가 무슨 일을 겪었는지 알면 나한테 화낼 수 없을걸."

그 말을 끝으로 우리는 포옹했고, 나는 해야 할 일을 했다. 모니카와 결혼식을 마친 다음, 다시 치료 센터로 옮겨졌다. 〈프렌즈〉와 내 연기 인생의 정점에서, 아이코닉한 쇼의 아이코닉한 순간에, 나는 보조 치료사가 모는 픽업트럭에 타 있었다.

그날 밤 선셋대로의 모든 신호등이 파란불은 아니었다.

나는 누구와도 연인이 될 수 없다. 버티려고 애쓰고 있지만 동시에 버려질지 모른다는 두려움에 사로잡혀 있다. 하지만 그 두려움의 실체는 없다. 지난 오십이 년간 그 멋진 여자친구들을 만나면서 먼저 버림받은 적은 아주 오래전 딱 한 번뿐이었으니까. 그동안 내가 다른 여자들에게 준 상처가 그보다 크지 않냐고 말할 수도 있겠지만… 그녀는 나에게 전부였다. 하지만 내 안의 이성은 현실을 외면하지 않는다. 그녀는 고작 스물다섯 살이었고, 좋은 시간을 보내고 싶었을 뿐이다. 우리가 데이트한 기간은 몇 달밖에 되지 않았으나 나는 내면의 벽을 모두 허물었다. 이번만큼은 진짜 나 자신으로 살겠다는 결심을 하며.

그러나 그녀가 이별을 통보했다.

물론 그녀가 내게 무언가를 약속했던 적은 없다. 또 당시 내가 미친놈처럼 술을 마셔댔던 것도 사실이다. 그러니 그녀를 탓하지 않는다.

몇 년 전 연극 리딩 자리에서 그녀를 만났다. 하필 그녀가 맡은 역은 내 아내였다.

"잘 지내?" 리딩 전에 그녀가 말을 걸었다. 나는 괜찮은 척했으나 사실은 지옥 같았다. 거기서 나와, 말도 섞지 마. 나는 생각했다. 그냥 멀쩡한 척해.

"나는 파트너랑 애들을 키우고 있어." 그녀가 말했다. "잘살고 있지. 만나는 사람은 있어?"

"없어." 내가 답했다. "찾는 중."

그녀한테 차인 후로 아무도 만나지 않았다는 소리로 들렸을까 봐 지금은 그렇게 말한 것을 후회한다. 하지만 사실이다. 아직 누군가를 찾는 중이다.

연극 리딩이 끝나자, 그녀는 더이상 나의 아내가 아니었고, 나는 드디어 지옥에서 빠져나왔다. 그녀는 옛날 모습 그대로였다.

요즘은 신을 믿지만 뭐랄까, 그 믿음을 자꾸만 차단당하는 것 같다. 그리고 내가 복용하는 약 때문에 모든 것으로부터 차단당하고 있다.

그래서 요즘은 이런 질문을 해본다. 혹시 서복손 때문에 신과의 관계가 차단당한 건 아닐까?

친구와 연인, 그리고 무시무시한 그것

맨정신을 유지하는 데 고질적으로 애를 먹는 이유이기도 한 나의 중대한 문제 중 하나는 영적인 관계가 형성될 때까지 충분히 오래 불편함에 시달리도록 나 자신을 내버려둔 적이 없다는 데 있다. 신이 개입해 나를 고칠 새도 없이 서둘러 알약과 알코올로 나를 달랜다.

얼마 전 호흡 수업을 들었다. 삼십 분 동안 아주 열정적이고 불편한 방식으로 숨을 쉬어야 한다. 그러다보면 눈물도 나고 헛것도 보이고 약간 몽롱해진다. 나로서는 공짜로 취할 수 있으니 더없이 좋다. 그런데 서복손은 그런 감정마저 차단한다. …내가 만나본 의사 중 절반은 최소 일 년 동안 서복손을 복용하라고 했다. 어쩌면 평생 그래야 할 수도 있고. 그러나 나머지 의사들은 내가 그 약물을 사용하는 한 엄밀히 말해 중독에서 벗어났다고 말할 수 없다고 한다(서복손을 아예 끊어내기란 무척 힘들다. 다른 약물을 끊기 위해 사용하는 약이라는 점에서 아이러니하다고 할 수 있다. 얼마 전 정맥주사를 맞을 때 서복손이 정해진 양보다 0.5그램 덜 들어간 적이 있다. 나는 심한 고통과 공포를 느끼며 투약량을 다시 늘려야 했다. 서복손을 끊는다는 건 끔찍하다).

헤로인을 맞으면 오피오이드 수용체가 자극받아 몸에 약기운이 돈다. 그러다 약기운이 가시면 오피오이드 수용체도 더이상 자극을 받지 않으므로 한동안 맨정신이 유지되고, 다음날쯤 오피오이드 수용체에 또 자극을 가하면 다시 취하고, 같은 일이 반복된다. 서복손은 다르게 작용한다. 수용체를 에워싸서 사라지지 않는다. 즉, 수용체를 이십사 시간 내내 해친다는 소리다.

내가 왜 행복하지 못한지에 관하여 세운 가설 중 하나는, 내가 이 수용체를 망가트렸다는 것이다. 서복손이 내 안의 도파민을 대체해버린 거다. 도파민은 무언가를 즐길 때, 이를테면 일몰을 보고, 테니스를 치고, 굿샷을 날리고, 좋아하는 노래를 들을 때 나온다. 그런데 나의 오피오이드 수용체는 되돌릴 수 없을 만큼 심각하게 망가진 게 틀림없는 듯하다. 내가 늘 시무룩한 건 그래서다.

췌장염을 고칠 때처럼 저절로 나아지게끔 나의 오피오이드 수용체를 좀만 내버려둔다면, 아마 나는 다시 행복해질 수 있겠지.

나는 주방에서, 그 밖에 모든 공간에서 신을 보았다. 그랬기에 나보다 더 큰 존재가 있음을 믿는다(일단 내 힘으로는 식물을 키우지도 못하고). 모든 것이 무사할 수 있는 건 사방에 존재하는 사랑과 너그러움 덕분이다. 또 나는 죽음 이후에 무언가가 있다는 것을 안다. 멋진 세계로 건너가리란 것을.

나와 같은 술과 약물 중독자들은 단순히 기분이 더 나아지고 싶어서 취한다. 적어도 나는 그렇다. 내가 바란 것은 언제나 그것이었다. 기분이 안 좋다가도 술을 몇 잔 걸치면 괜찮아졌다. 그러나 병이 깊어지고 나서는 더, 더, 더, 더, 더, 더, 더 많이 마셔야 기분이 나아졌다. 맨정신의 막에 구멍이 뚫리면, 알코올의존증이 틈새를 비집고

　　　　　　　친구와 연인, 그리고 무시무시한 그것

들어와 말을 건넨다. "이봐, 나 잊지 않았지? 다시 보니 반갑군. 딱 저번에 마신 것만큼만 줘봐. 아니면 너를 죽이거나 미치게 만들어버릴 거야." 그러면 기분이 나아지고 싶다는 강박적인 마음이 사라지지 않는다. 거기에 갈망까지 더해지면, 남는 것은 한 방향에서 시작되어 좀처럼 옅어지지 않는 멍뿐이다. 음주 문제를 겪는 사람 중에 간단히 술을 끊었다가 사회생활을 하는 선에서만 술을 마셔도 괜찮은 사람은 없다. 이 병은 점점 심해질 뿐이다.

『빅 북』이 말하는 술이란, 교활하고 종잡을 수 없으며 강력하다. …나는 여기에다 술은 참을성이 대단하다는 말을 덧붙이고 싶다. 손을 들고 "나한테 문제가 생겼습니다만"이라고 말하면 중독은 이렇게 받아친다. "이런, 그런 말을 할 정도로 멍청하게 굴다니 잠깐 물러나주지…" 나는 석 달간 중독치료시설에 있으면서 생각한다. 나가면 또 절어 살겠지만 그러기 위해 여기서 구 일은 더 참을 수 있어. 중독은 손가락을 두드리며 때를 노릴 뿐이다. AA에서 자주 하는 말이 있다. 중독자가 모임에 참여하고 있을 때 중독은 바깥에서 한 손으로 팔굽혀펴기를 하며 중독자가 나오기를 기다리고 있다고.

나는 몇 번이나 죽을 뻔했고, 밑바닥을 칠수록(참고로 죽음은 밑바닥 중의 밑바닥이다) 오히려 더 많은 사람을 도울 수가 있다. 그래서 내 삶이 활활 불타고 있을 때 나는 사람들을 도울 수 있었고, 사람들도 나에게 도와달라고 손을 내밀었다. 2001년부터 2003년까지, 그 이 년은 내 생에서 가장 행복한 시간이었다. 사람들을 도왔고, 맨정신을 유지했으며, 강인한 시절이었다.

맨정신을 유지하면 좋은 점이 또 있다. 어느 정도는 그 점을 위해 싱글이었다고 할 수 있다. 클럽에 가서 술을 마시지 않자 기적이 일어났다. 그러니까 새벽 두시에 클럽에서 여자에게 "안녕하세요?"라고 말을 거는 맨정신의 남자만큼 인기 있는 존재는 없다고 하겠다. 나는 그 이 년 동안 인생 어느 때보다 많은 여자와 잤다.

그러나 중독은 참을성이 대단하다. 언제부턴가 모임을 한두 번 빼먹기 시작한다. 금요일 밤 모임쯤은 안 가도 되겠지…! 이런 생각에 빠져들다보면, 종잡을 수 없고, 강력하고, 참을성이 대단한 알코올의 존중이 슬며시 다가온다. 갑자기 모임을 아예 안 가게 된다. 모든 걸 이해했다는 확신이 들기 때문이다. 이제 이런 건 필요 없어. 다 알고 있으니까.

중독자들은 악인이 아니다. 우리는 그저 기분이 좋아지고 싶은 사람, 병에 걸린 사람일 뿐이다. 기분이 나빠지면 기분좋아질 게 필요한데, 라는 생각이 들 뿐이다. 그냥 그게 전부다. 나는 지금도 술을 마시고 약을 하는 것을 좋아하지만, 그것이 일으킬 문제 때문에 더는 하지 않는다. 이제 나는 병의 말기에 이르러, 죽음에 가닿을 수도 있기 때문이다.

얼마 전 엄마가 나에게 자랑스럽다고 했다. 내가 쓴 영화 시나리오를 읽어봤다면서 말이다. 나는 평생 엄마에게서 그 말을 듣고 싫었다.

그랬다고 고백하자 엄마가 말했다. "이제 좀 용서해주면 안 돼?"

"용서했어요." 나는 말했다. "당연히 용서하죠."

과연 엄마는 이 모든 일을 겪게 한 아들을 용서해줄지⋯

나처럼 이기적이고 게으른 인간도 바뀔 수 있다면 누구든 그럴 수 있다. 어차피 다 까발려진 마당에 더 감출 비밀도 없다. 인생의 이 시기에 와 있는 요즘에는 입에서 감사의 말이 쏟아져나온다. 죽었어야 마땅하지만 죽지 않고 살아 있기 때문이다. 분명 이유가 있을 테다. 이유가 없다는 건 도무지 말이 되지 않는다.

이제는 무난한 것들에는 마음이 가지 않는다. 가시밭길이 아닌 길은 따분하고, 흉터에 흥미가 동한다. 흉터는 솔직한 이야기를 담고 있으며, 전쟁을 치렀다는 증거이기 때문이다. 나는 처절하게 싸워 전쟁에서 승리했다.

이제 내 몸에는 많은 흉터가 남았다.

첫 수술을 받고 퇴원해 욕실에서 셔츠를 벗은 순간, 왈칵 눈물이 났다. 흉터에 속수무책으로 무너진 거다. 인생이 끝났다고 생각했다. 삼십 분쯤 후, 정신을 차리고 셔츠를 입은 다음 마약 딜러에게 연락했다. 무슨 일이 있냐고 묻는 그는 마약 딜러라기보다 사회복지사나 성직자 같았다.

사흘 전, 열네번째 수술을 받았다. 첫 수술이 있고 사 년 후의 일이다. 나는 이번에도 울었다. 앞으로 더 많은 수술을 받을 테니 익숙해질 필요가 있다. 나는 평생 이럴 것이다. 남은 인생 내내 구십대의 장을 가지고 살아가겠지. 사실, 수술받고 울지 않은 적이 없다. 단 한 번도.

그래도 마약 딜러에게 연락하는 짓은 관뒀다.

이제 나의 배에는 흉터가 아주 많아서 고개를 살짝 내리기만 해도 내가 전쟁을, 그것도 자해의 전쟁을 치러왔음을 알 수 있다. 한번은 셔츠를 입어도 되는, 아니, 천만다행히도 입어야 하는 할리우드 행사에 갔는데, 마틴 신*이 말을 건네왔다. "성 베드로가 천국에 가려고 노력하는 사람들에게 뭐라고 말했는지 압니까?" 내가 멍하게 쳐다보자 한때 대통령이었던 자가 이렇게 말했다. "베드로가 '당신에게 흉터가 있는가?'라고 묻자 대부분은 아주 자랑스럽게 '아뇨, 없어요'라고 대답하죠. 베드로는 되물어요. '왜 없는가? 살면서 맞서 싸울 것이 없었단 말인가?'"

(마틴 신을 비롯해 알파치노, 숀 펜, 엘런 디제너러스, 케빈 베이컨, 체비 체이스, 로버트 드니로는 내가 직접 만나본 '유명인 클럽'의 동료 회원들이다. 공항이나 행사에 갔을 때 또다른 유명인이 다가와 마치 구면인 것처럼 인사를 건네면 가입할 수 있는 작은 비공식 조직이다.)

흉터, 흉터… 내 배의 흉터는 꼭 중국 지도처럼 생겼다. 그리고

* 〈웨스트 윙〉에 대통령 역할로 나온 배우.

　　　　　　　　친구와 연인, 그리고 무시무시한 그것

더럽게 아프다. 애석하게도 요즘 내 몸은 옥시콘틴 30밀리그램도 우스워한다. 경구용 약은 이제 전혀 통하지 않는다. 그나마 도움이 되는 건 정맥주사로 투약하는 약물인데, 집에서는 할 수 없으니 하려면 병원에 가야 한다.

2022년 1월의 내 몸에는 15센티미터 길이의 절개 부위에 철심이 박혀 있다. 바로 이것이 무시무시한 것의 축복을 받은 자의 삶이다. 담배마저 피울 수 없다. 담배를 피우지 않고도 상황이 미쳐 돌아가지 않는다면 운이 좋은 날일 거다. 담배를 끊으면 살이 찐다. 요즘 나는 살이 너무 붙어서 거울을 보면 뒤에 한 명이 더 있나 싶을 정도다.

맨정신으로 있으면 살이 찐다. 담배를 끊어도 살이 찐다. 그게 규칙이다.

나는 내 친구들, 프레스먼이나 비어코, 또는 그 누구와도 내 처지를 바꿀 의향이 있다. 그들은 무시무시한 것을 상대할 일이 없기 때문이다. 자신을 죽이려 드는 뇌를 달고서 평생을 사느라 분투하지도 않는다. 그럴 수만 있다면 나는 모든 걸 포기할 수 있다. 다들 믿지 않겠지만, 진심이다.

내 삶은 더이상 불타지 않는다. 이런 아수라장 속에서도 감히 말해본다. 나는 어른이고, 좀더 진실해졌다. 방안의 사람들을 굳이 배꼽 빠지게 웃길 필요도 없다. 그냥 똑바로 일어나 나가기만 해도 충분하다.

곧장 벽장으로 들어가는 게 아니기를 바라며.

나는 좀더 차분해졌다. 좀더 진실한 나, 좀더 유능한 나다. 좋은 영화 배역을 원한다면 당장 대본을 써볼 수도 있다. 해낼 수 있을 것이다. 나는 충분하니까. 충분한 것 이상이지. 이제는 괜히 '척'을 할 필요가 없다. 내가 누군지 알렸으니까. 앞으로는 느긋하게 앉아 즐길 시간이다. 그리고 진정한 사랑을 찾을 것이다. 진짜 인생을 살 것이다. 두려움에 질질 끌려가는 인생이 아니라.

나는 나다. 그것만으로 충분하다. 언제나 그랬다. 예전에는 이해하지 못했다. 이제는 이해한다. 나는 배우이자 작가이며 한 명의 사람이다. 좋은 사람. 나 자신과 타인이 잘되기를 바라며 그러기 위해 계속 노력할 수 있다. 내가 여전히 이곳에 있는 데는 이유가 있다. 그리고 그 이유를 헤아리는 것이 나에게 남은 숙제다.

어쨌거나 이유는 밝혀질 것이다. 서두르거나 조급해하지 않아도 된다. 내가 여기 존재한다는 것, 그리고 사람들을 돌본다는 것, 거기에 답이 있다. 이제 나는 세상이 나를 위해 무엇을 준비해놓았을지, 또 나는 세상을 위해 무엇을 할 수 있을지 기대하며 눈을 뜬다. 살아갈 이유는 그것으로 충분하다.

앞으로도 계속 배우고 싶다. 가르치고 싶다. 그게 나의 원대한 소망이다. 동시에 많이 웃고, 친구들과 재밌게 시간을 보내고 싶다. 한 여자에게 정신없이 빠져들어 사랑을 나누고 싶다. 아빠가 되고 싶고, 엄마와 아빠의 자랑이 되고 싶다.

친구와 연인, 그리고 무시무시한 그것

요즘은 미술에 관심이 생겨 작품을 수집하기 시작했다. 뉴욕 경매에서 뱅크시 작품도 샀다. 전화를 걸어 낙찰받은 것이다. 뱅크시를 직접 만나본 적은 없으나, 만약 집에 불이 나더라도 뱅크시 작품은 반드시 구하겠노라고 꼭 말해주고 싶다. 신경이나 쓸지 모르겠지만(아마도 뱅크시라면 직접 불을 지르지 않을까).

나는 살면서 많은 걸 이루었지만 아직 해야 할 게 훨씬 많이 남았다. 그래서 날마다 신난다. 캐나다에서 온 소년은 모든 꿈을 이루었으나 다 잘못된 꿈들이었다. 하지만 자포자기하는 대신 달라졌고, 새로운 꿈들도 생겼다.

지금도 계속 새로운 꿈을 발견하고 있다. 내가 바라보는 전망 속에, 밸리에, 바다에 반사되어 반짝이는 햇빛 속에, 바로 그곳에 꿈이 있다.

누군가 타인에게 선을 베풀 때 나는 신을 본다. 그러나 자신이 가지지 않은 것을 내어줄 수는 없다. 그래서 나는 날마다 더 나은 사람이 되려고 노력한다. 그러다 누군가에게 내가 필요한 순간이 찾아오면, 모든 걸 다 바쳐 우리가 지금 이곳에 존재하는 본분을 행한다. 바로 타인을 돕는 일.

흡연 구역

어느 멋진 날, 신과 나의 치료사가 합심해 내 안에서 약에 대한 욕망을 기적처럼 제거하기로 했다. 1996년부터 나를 괴롭혀온 그 욕망.

치료사가 말했다. "다음번에 옥시콘틴이 하고 싶거든 평생 장루주머니를 달고 살아가는 모습을 상상해보세요."

신은 아무 말도 하지 않았다. 사실 그럴 필요도 없었다. 신은 신이니까. 그저 존재했다.

구 개월 동안이나 장루주머니를 달고 살아봤기에 치료사의 말은 타격을 주었다. 이 사람 말에 타격을 입었을 때는 즉각적으로 조치하는 게 현명하다. 그의 조언 덕에 기회의 창이 아주 살짝 열렸고 나는 기어서 창밖으로 나왔다. 창 건너편에는 옥시콘틴 없는 삶이 있었다.

옥시콘틴 다음 단계의 약물은 헤로인이다. 나는 그 약물 이름만 들어도 늘 무서웠다. 그 두려움이 내 목숨을 살렸음은 의심의 여지가 없다. 분명히 나는 헤로인에 푹 빠져서 절대 자제하지 않았을 테고, 결국 목숨을 잃었을 것이다. 그게 두려웠다. 나는 헤로인을 할 줄 모르며 알고 싶지도 않다. 가장 암울했던 시절에도 헤로인은 고려 대상이 아니었다.

헤로인을 하지 않으니 내가 바라는 약은 옥시콘틴뿐이었고, 그러므로 이제 약에 대한 나의 갈망은 사라졌다고 해도 과언이 아니었다. 다시 찾으려 한다 해도 찾지 못할 테고, 굳이 찾아다니지도 않았다. 가벼워진 느낌이 들었다. 자유로웠다. 중독의 짐을 드디어 벗어던진 것이다. 나를 죽이려 들던 뇌의 특정 부위가 사라졌다. 뭐, 아주 빠르게는 아니었지만.

얼마 전 열네번째 위장 수술을 받았다. 이번에는 복벽을 뚫고 돌출한 탈장을 제거하는 수술이었다. 고통이 심했기에 옥시콘틴을 처방받았다. 우리 중독자들은 순교자가 아니다. 고통이 심할 때는 진통제를 처방받아야 한다. 다만 신중해야 한다. 약이 든 통이 절대 나에게 주어져서는 안 되고, 언제나 타인에 의해 제공되고 처방되어야 한다. 나의 배에는 새로운 흉터가, 이번에는 15센티미터 길이의 절개선이 생겼다. 이게 무슨 일이지? 결장이 터져서 볼링공을 넣어도 될 만큼 심하게 배를 가르기까지 했는데, 더 큰 흉터가 생기다니?

수술 이후에 약을 먹자 고통은 사라졌으나 뭔가 다른 증상이 나타났다. 소화기관이 다시 마비되는 것 같은 느낌이 들었다. PTSD라고 들어보셨는지? 그럴 때는 곧장 응급실로 가야 했다. 가면 배변을 유도하는 약을 처방받거나, 당장 수술대에 올라야 한다는 것을 나는 잘 알았다. 그리고 수술을 받으면 장루주머니를 달고 깨어날 가능성이 농후했다. 두 번이나 그랬으니 또 그런다 해도 이상하지 않았다.

영구 장루주머니를 달고 마취에서 깨는 일이 없게 내가 할 수 있는 일은? 옥시콘틴을 끊는 것이다. 그런데 나는 이미 옥시콘틴을 끊었다. 그러니 자유였다. 이 사실이 나에게 얼마나 큰 의미였는지 이루 말할 수 없다. 이후로는 약을 하고 싶은 마음이 들지 않는다. 1980년 뉴욕 레이크플래시드 동계 올림픽에서 대학 아이스하키 선수들이 지독한 러시아 선수들을 이겼을 때 해설자 앨 마이클이 외쳤던, 불멸의 그 말을 여기 써먹어야겠다.

"기적을 믿으십니까? 이게 바로 기적이죠!!!!!!!"

지금도 그때 경기를 보면 소름이 끼친다. 이번에는 나에게 그런 기적이 찾아왔다.

나는 언제나 신이 인간에게 감당 못할 시련은 주지 않는다는 가설을 믿는 쪽이었다. 이번에 신이 나에게 준 시간은 삼 주였다. 삼 주간의 자유. 그리고 내 앞에 낯설고 중대한 과제를 내밀었다.

그동안은 무시했었다. 아무 일도 없는 척, 아니면 그냥 언젠가 없어지겠거니 하며 외면했다.

잠들려고 누우면 쌕쌕거리는 숨소리가 들렸다. 어떤 날은 소리가 너무 커서 잠들 수 없었다. 어떤 날은 약한 대신 오래 이어졌다. 소리의 정체를 알아보기로 마음을 먹었을 때는 ─왜냐면 신은 내가 준비되었다고 생각했으니까 ─덜컥 겁이 났다. 기관지염이거나 항생제로 치료할 수 있는 병이기를 바랐지만, 속으로는 최악의 결과를

친구와 연인, 그리고 무시무시한 그것

상상하며 긴장했다.

나를 담당하던 호흡기 전문 의사를 만나려면 일주일을 기다려야 했다. 그래서 나는 일주일 동안 눕기만 하면 소름 끼치는 소리를 들으며 견뎌야 했다. 그것도 가장 취약하고 외로운 한밤중에. 일주일이 참 더디게 흘렀다. 가끔은 똑바로 앉아 담배를 피우며 쌕쌕거리는 숨소리가 가시길 바라보았다. 나는 이렇게나 머리가 안 좋다.

마침내 약속한 날이 밝았다. 나는 늘 함께인 에린과 병원에 가서 호흡 검사를 받았다. 이 분 동안 튜브에다 있는 힘껏 호흡을 뱉었고, 이후 진료실에서 결과를 기다려야 했다. 나는 에린에게 함께 있어달라고 했다. 안 좋은 소식일까봐 무서웠다. 자, 지금 우리가 바라는 결과는 기관지염이다. 기적은 이미 삼 주 전에 일어났으니 안 좋은 소식이면 더 도망갈 곳도 없었다.

한참을 기다린 끝에야 의사가 힘차게 진료실로 걸어들어와 자리에 앉더니, 오랜 흡연 때문에 폐가 많이 손상되었으며 당장, 그러니까 오늘부터 담배를 끊지 않으면 내가 예순에 사망할 것이라고 선고했다(사안의 위중함을 생각하면 다소 태연한 투였다). 그러니까 지금 중요한 건 기관지염이 아니었다.

"아뇨. 훨씬 더 심각한 문제입니다." 의사가 말했다. "그래도 조기에 발견했으니 금연에 성공한다면 팔십대까지도 거뜬히 살 수 있어요."

어안이 벙벙하고, 몸이 굳을 만큼 두렵고, 제때 발견해 다행스럽기도 하고. 병원을 나와 차로 가는 동안 머릿속에 이 모든 생각이 휘몰아쳤다. 우리는 한동안 가만히 앉아 있었다. 이 차가 들로리안 타임머신*이어서 1988년으로 돌아갈 수 있다면 좋으련만. 그럴 수 있다면 삶을 잡아먹는 이 해로운 물건을 애초에 집어들지 않을 것이다.

나는 애써 기운을 차렸다.

"뭐," 내가 입을 뗐다. "고민할 것도 없네. 오늘까지만 담배를 피우고 내일 아침 일곱시부터 죽는 날까지 담배를 끊겠어."

이전에도 구 개월 동안 담배를 피우지 않은 적이 있었는데, 과정은 실로 처참했다. 세상에서 가장 착한 에린은 자기도 함께 담배를 끊겠다고 했다.

한동안 전자담배는 피워도 되었지만 결국은 그것과도 멀어져야 했다.

다음날 아침 일곱시는 너무나도 빨리 찾아왔다. 이제 우리집에는 단 한 개비의 담배도 남아 있지 않았다. 나는 죽어라 전자담배에 매달렸다. 그동안의 경험으로 비추어보건대 금연의 최대 고비는 사나흘째에 찾아왔다. 칠 일째까지 참는다면 고비는 넘긴 셈이었다.

금연은 상상하는 것만큼 힘들다. 나는 방에 죽치고 앉아서 전자담배를 피웠고 끔찍한 기분이 제발 가시기를 기다렸다. 하지만 나는

* 영화 〈백 투 더 퓨처〉에 나오는 자동차 모양 타임머신.

　　　　　　　　　　친구와 연인, 그리고 무시무시한 그것

용기 있는 사람이니까. 해낼 수 있을 터였다.

그런데 칠 일째가 지나서도 끔찍한 기분이 가시지 않았다. 상상을 초월할 정도로 담배가 고팠다. 구 일째 되는 날, 결국 견디지 못하고 방에서 나와 말했다. "담배를 피우고 싶어요." 상주하던 간호사들은 내가 약을 못하게 막는 게 일이었지 금연까지 관리하지는 않았으므로 나에게 담배를 주었다. 내가 뭘 하고 나서 기분이 끝내줬다고 말하면 완전 뿅갔다는 소리다. 그러니까, 라스베이거스에서 빨간색 머스탱을 끌고 돌아갈 때만큼.

그런데 그날 밤 8개비의 담배를 피울 때는 그런 느낌이 들지 않았다. 피울수록 기분이 더러워졌고, 더럽게도 두려워졌다('더럽다'라는 표현을 두 번 쓰는 건 좋은 문장이 아니지만, 지극히 의도적이다).

나는 쉰두 살이다. 지금 이 책을 처음 펼쳐 들고 이 페이지를 연 게 아니라면 아마 당신은 앞으로 남은 인생을 길게, 또 좋게 보내려는 것이 나의 계획임을 이미 알고 있으리라. 그러려고 노력도 했다! 구 일 동안 담배를 끊고 침대에만 누워 있었으니까.

마약 역사에 나오는 모든 마약을 끊을 수 있는 내가, 담배를 끊기가 이렇게나 힘들다고? 지금 장난해?

아무래도 하루 만에 60개비에서 0개비로 줄이는 건 무리였다. 나는 더 나은 계획을 세우기 전까지 흡연량을 차츰 줄여가기로 했다. 이후 며칠에 걸쳐 60개비에서 10개비로 줄이는 데 성공했다. 유의미했지만 잊지 말아야 할 게 있었다. 금연에 내 목숨이 걸려 있었

고, 하루라도 빨리 0개비로 만들어야 했다. 10개비 미만으로 줄이려
는 노력은 헛고생이었다.

　　여기서 위대한 최면술사 케리 게이노어가 등장한다. 예전에도
그의 도움을 받아 금연을 시도했으나 실패했었다. 그러나 이번에는
상황이 많이 달랐다. 그날 케리 게이노어 앞에 앉은 나에게는 금연
이 절실했다. 진심으로 담배를 끊고 싶었다. 아니, 그래야만 했다. 나
는 아직 진짜 사랑을 모른다. 내 아이의 푸른색 눈을 들여다보지도
못했다. 게다가 폐 공기증에 걸려 산소 탱크와 호흡기를 달고 살아
야 하는 건 생각도 하기 싫었다. "안녕하세요. 매튜 페리입니다. 여기
제 호흡기와도 인사하시죠."

　　그나저나 정신 상태가 나 같은 사람도 최면에 빠질 수가 있나?
머릿속에 생각이 끊이질 않고 환청도 들리는데… 나조차도 내 맘을
통제 못하는데 최면술사라고 그게 되려나? 나는 흡연을 사랑했다.
어떤 때는 흡연이 삶의 유일한 이유였다. 담배를 더 피우려고 밤늦
게까지 깨어 있기도 했다. 게다가 이제 남은 것은 흡연뿐이었다. 그
마저도 없으면 나를 나로부터 분리해주는 건 아무것도 없었다. 주
방에서 신이 나를 찾아온 그날, 나는 영영 술을 끊었다. 얼마 전에는
장루주머니 때문에 잔뜩 겁을 먹어 영영 약을 끊었다. 정말 내가 그
랬다고? 어떻게 그럴 수 있었지? 하지만 담배를 못 피우면 사는 이
유가 없는데?

　　시작은 썩 좋지 않았다. 약속 장소로 가서 초인종을 누르니 아

　　　　　　　　　　　　　　친구와 연인, 그리고 무시무시한 그것

주 근사한 사람이 문을 열어주었다. 내가 인사를 건넸다. "안녕하세요. 케리를 만나기로 했는데, 여기 있나요?"

집을 잘못 찾아온 모양인지 케리는 없었다. 챈들러 빙이 자기 집 초인종을 누른 그 사람의 심정은 어땠을까…

다른 집 다섯 채를 더 지나서야 자기 집 앞에서 나를 기다리는 케리를 보았다. 나는 겁에 질려 있었다. 내 인생은 말할 것도 없고, 마지막 남은 동아줄마저 아슬아슬했다.

케리의 사무실은 세계 최고 몸값의 최면술사를 생각했을 때 떠올릴 법한 모습과는 달랐다. 갖가지 서류와 사진들, 니코틴 반대 표지들이 여기저기 흩어져 있었다. 자리에 앉자마자 그는 '흡연은 죄악이다'라는 논지의 주장을 펼치기 시작했다. 알아, 안다고요. 본론으로 들어가죠.

나는 내 상황이 얼마나 절박한지를 설명했고, 그는 세 번을 만나야 한다고 했다. 아무래도 특별 케이스인 게 분명했다. 대화를 마무리하고 몸을 뒤로 젖히자 그가 십 분간 최면을 시도했다.

하지만 아무 느낌도 오지 않았다.

다음 만남까지는 담배를 계속 피워도 되었고, 그래서 참 좋았지만, 나의 폐를 위해서, 그리고 케리를 위해서, 하루 10개비를 유지했다(내가 그랬듯 하루에 세 갑씩도 피울 수야 있으나, 몸이 갈망하는 니코틴을 얻는 데는 10개로 충분하다. 나머지 50개비는 습관일 뿐이다).

두번째 만남에서 케리는 무시무시한 방법을 총동원했다. 다음에 피울 담배가 목숨을 앗아가지 않으리라는 생각은 순진했다(그렇게 생각하지도 않았지만). 나는 언제라도 담배를 피우다 심장마비에 걸릴 수 있었고, 주변에 911에 신고해줄 사람이 없으면 그대로 세상을 떠날 수도 있었다. 한 대만 더 피워도 폐가 영구적으로 망가질 수 있었고, 그러면 나는 남은 평생 산소 탱크를 갖고 다니며 숨을 쉬어야 할 것이다(장루주머니보다 더 최악이잖아. 이렇게 생각했으나 입 밖으로 꺼내진 않았다). 다음날 아침에 숨쉬는 것을 포기하면서까지 담배를 피워야 할까? (질문에 대한 답은 알고 있었다.)

케리가 두번째로 최면을 시도하기 전에 나는 미칠 듯 질주하는 머릿속 생각을 털어놓았다.

"선생님이 저한테 최면을 걸 수 있을지 모르겠어요." 내가 말했다.

케리는 다 안다는 듯이 미소를 지었다. 아마 그런 말을 천 번은 들어봤을 것이다. 그러더니 다시 누우라고 했다.

나도 그의 편이었다. 최면에 걸리고 싶었다. 그러나 아무리 생각해도 이게 효과가 있는지 확신이 들지 않았다. 사무실을 나와 하던 대로 다시 하루에 10개비씩 담배를 피웠으나, 어딘가 달라져 있었다. 담배를 피울수록 공포가 밀려들었다. 적어도 케리는 흡연에 대한 공포를 주입하는 데는 가히 거장다운 솜씨를 부렸다. 무언가 정말로 달랐다.

드디어 마지막 만남 날이 왔다. 이제 끝이었다. 이후로는 담배

친구와 연인, 그리고 무시무시한 그것

와 영원히 작별해야 했다. 나는 담배를 끊으려고 할 때마다 지독하게 고생했다고 케리에게 고백했다. 약을 끊는 것보다 힘들었다고. 담배를 못 피워 정신 나간 짓도 제법 해보았다(참고: 머리, 벽). 금단 증상이 무섭기도 했다.

케리는 참을성 있게 듣더니 자기는 아주 많은 사람의 금연을 도왔노라고 차분하게 대답했다. 사람들의 반응은 한결같다고 했다. 첫 이틀 동안 조금 불편하다가 이후로 괜찮아진다고, 다만 이상하게 니코틴에 손이 가지 않는다고, 전자담배도 더이상 끌리지 않는다는 것이다.

나의 경험과는 전혀 다른 이야기였기에, 그에게 그 점을 지적했다.

"예전에는 금연을 바랐던 적도 없고, 나와 함께 제대로 된 방법으로 시도해본 적도 없어서 그래요." 그의 말이 옳았다. 예전에 나는 금연을 바란 게 아니었다. 그 점은 분명했다.

나는 다시 몸을 젖혀 누웠고, 그가 나에게 최면을 걸었다. 이번에는 느낌이 달랐다. 아주 편안했고 잠이 쏟아졌다. 케리가 나의 무의식에 직접 말을 건네자 질주하던 생각들이 멈추기 시작했다.

그걸로 끝이었다.

일어나 한번 안아봐도 되냐고 물으니 케리는 마다하지 않았다. 그렇게 나는 비흡연자로 새롭게 태어나 그의 사무실을 걸어나왔다. 영원히, 무슨 일이 있어도 비흡연자로 살아가리라. 집에 돌아와보니 니코틴 제품과 전자담배가 싹 치워져 있었다(케리에 따르면 전자담배도 일반 담배만큼이나 순식간에 내 목숨을 앗아갈 수 있단다).

저녁 여섯시가 되었다. 나의 임무는 아홉시 반까지 담배를 피우지 않고 버티는 것이었다.

그런데 뭔가 달라져 있었다. 더이상 담배를 피우고 싶지 않았다.

첫째 날과 둘째 날은 살짝 불편했다. 이후로는 케리가 말한 대로 정말 불쾌감이 사라졌다. 금단증상도 전혀 없었다. 전혀. 그냥 담배를 피우고 싶지 않았다.

최면이 성공한 것이다. 케리가 어떻게 나의 금단증상을 없앴는지, 심지어 최면을 통해 의학적 변화를 일으켰는지는 지금도 수수께끼다. 그러나 굳이 묻고 싶지 않았다.

물론 하루에도 최소 오십 번쯤 담배를 찾곤 했지만 그건 습관성 행동일 뿐이었다. 달라진 점은 또 있었다. 쌕쌕거리는 숨소리가 사라졌다. 케리 게이노어가 나를 구원했다. 나는 비흡연자가 되었다.

이건 또하나의 기적이었다. 주변에 휙휙 스쳐지나가는 기적들이 넘쳐나 그중 하나에 얻어걸린다 해도 이상하지 않았다. 이제 나는 더이상 약을 하고 싶지도, 담배를 피우고 싶지도 않다.

금연 십오 일 차에 접어들었다. 보기에 한결 밝아졌고 실제 기분도 나아졌으며 피클볼* 게임 도중에 쉬어야 하는 횟수도 적어졌다. 눈에 활기가 돌았다.

그러다 일이 터졌다. 땅콩버터를 바른 토스트를 한 입 물었다가 윗니가 빠진 것이다. 그렇다. 몽땅 다. 곧바로 치과의사에게 갔다. 어

　　　　　친구와 연인, 그리고 무시무시한 그것

쨌거나 배우인데 치아가 입에 온전히 달려 있어야지 청바지 주머니 속 봉지에 담겨 있는 건 좀 아니지 않나. 그런데 그런 재앙이 나에게 찾아왔고, 대대적인 공사가 필요했다. 치과의사는 아래턱에 박아놓은 임플란트를 포함한 내 치아를 모두 뽑은 뒤 의치로 갈아 끼웠다. 하루이틀 아플 수 있으나 애드빌이나 타이레놀로 버틸 수 있다고 했다. 그러나 그건 〈흡혈 식물 대소동〉에서 스티브 마틴이 훌륭하게 연기한 사디스트 치과의사나 할 법한 말이었다.

실제 통증이 며칠이나 갔냐고?

십칠 일.

애드빌이나 타이레놀로 고통을 참을 수 있었느냐고?

전혀.

고통에 못 이겨 담배를 피우게 되기까지 며칠이나 걸렸냐고?

사흘.

나는 그 정도로 심한 고통을 견디면서 담배까지 끊을 위인은 못 되었다. 기적이 찾아왔건만 내가 마다하며 "됐어요, 나를 위한 게 아니에요"라고 말하는 심정이었달까.

이 자리를 빌려 이 모든 사태의 책임자인 치과의사에게 몇 마디 해야겠다. "꺼져라. 이 재수없는 개자식. 넌장맞을 패배자 새끼야."

이제 좀 분이 풀리네.

---

* 배드민턴. 테니스와 비슷한 라켓 스포츠. 플라스틱 공과 패들을 사용한다.

이 사건이 있고부터 나는 말 그대로 케리 게이노어를 스토킹하기 시작했다. 시간이 될 때마다 그를 만났고, 그런 다음에는 담배를 한 갑 사서 딱 한 대만 피운 뒤 나머지는 수도꼭지를 틀어 물에 적시기를 반복했다. 케리에게는 절대 숨기지 않았다. 요즘 어떤지를 곧이곧대로 털어놓았다. 다행히도 그는 아픈 곳을 더 쑤시는 사람은 아니었다. 나는 온갖 만트라를 중얼댔고, 흡연에 대한 공포가 심각해졌다. 담배를 한 모금 피울 때마다 두려움이 피어났다.

그러면서도 계속해서 담배를 피웠다.

예전처럼 담배를 피우고 싶지 않은 마음이 영 되살아나지 않았다. 그래서 적극적으로 유혹에 맞서야 했다. 담배가 고파질 때면 얼린 포도를 집어먹고 이십 분간 트레드밀을 달렸다. 새된 목소리로 "신이시여, 담배를 피우고 싶습니다!"라고 말하며 트레드밀을 걷고 또 걸어 45킬로그램을 감량하는 내 모습을 그려보며.

전자담배도 피울 수 없었다. 패치도 안 됐다. 그렇다고 거짓말도 답이 아니었다(뭔 소용이겠는가?). 나는 나흘을 버티다가 결국 담배를 피우고, 다시 끊기를 반복했다.

그러나 포기할 생각은 없었다. 포기할 수가 없었다. 인생이 참으로 고되었으니 담배를 피울 자격이 있다. 영화 시나리오를 썼으니 담배를 피울 자격이 있다. 중독자에게 괜한 희망을 주는 이러한 생각은 즉시 떨쳐버려야 했다.

그러다 케리와의 아침 만남을 이틀 연속으로 잡아보자는 묘안이 떠올랐다. 다음날 아침에 케리를 만나야 하면 담배를 피울 수 없을 테니까. 힘든 밤이었지만 최선을 다해 담배를 참았고, 다음날 기묘하게 생긴 케리의 사무실로 걸어들어가 짧게 대화를 나눈 뒤 또 한번 최면에 걸릴 준비를 마쳤다.

이제는 자리를 바꿔 내가 그의 역할을 할 수도 있을 것 같았다. 매우 수상하게 생긴 아동용 파란색 플라스틱 컵에 미지근한 물을 담아 내가 그에게 내밀 수도 있는 것이다. 그러나 이날은 둘째 날이었다(작은 승리의 날). 그는 나에게 최면을 걸어서 또 한번 겁을 주었고 다음주 약속을 잡은 뒤 나를 돌려보냈다. 집에 돌아온 나는 악마의 놀이터가 될 지루함이 끼어들 틈 없게 바쁜 일상을 보냈다.

지루함, 그리고 서른 살에 내 마음을 아프게 했던 그 여자 생각은 절대 막아야 했다.

하루에 55알을 먹던 바이코딘도 끊은 후였으므로 이 역겹고 고약한, 동시에 더없이 평화롭고 놀라운 습관이 내 의지를 꺾게 둘 생각은 없었다. 흡연과 숨쉬기, 둘 중 무엇을 선택할 것인가? 숨쉬기는 우리가 당연하게 여기지만 실로 기적과 같은 일이다.

나는 담배 덕에 이미 심하게 앓아보았다. 그리고 담배는 여러분에게도 나쁘다. 농담처럼 들리겠지만 잊지 말아줬으면 한다. 나는 배우로서 활동을 재개해야 했고(사고 이후로 연기를 하지 않았다), 집필하고 홍보할 책도 있었다. 손에 담배가 있으면 홍보가 제대로 될리 없었다. 이 상황은 먹는 것으로도 극복할 수 없었다. "술, 마약, 담배를 끊으세요! 비결은 이렇습니다. 밤마다 초콜릿 케이크 여섯 조각을 먹으면 돼요!" 내가 전달하고픈 메시지는 이런 게 아니었다.

나는 금연 십오 일 차라는 기록을 넘어서야 했다. 그걸 지나면 담배가 더이상 그립지 않은, 후련한 편안함에 이를 터였다. 예전에 해봤으니 또 해낼 수 있었다. 새 사람으로 온전히 다시 태어나는 것이다. 새 사람은 초면이지만 좋은 사람 같았고, 야구방망이로 자신을 때리는 짓도 마침내 관둔 듯했다.

그 사람이 참으로 궁금했다!

친구와 연인, 그리고 무시무시한 그것

11장   배트맨

쉰두 살을 먹고도 여전히 싱글일 줄이야, 예쁜 아내를 웃길 작정으로 아이들에게 엉터리 단어를 알려주고, 그 말을 반복하며 종종대는 작고 귀여운 아이들과 재미있고 어이없는 놀이를 하는 게 내 일상이 아닐 줄이야, 한 번도 상상해본 적이 없다.

　나는 오랫동안 내가 충분하지 못하다고 생각했으나 이제는 아니다. 딱 적당한 것 같다. 그러나 여전히 아침마다 눈을 뜰 때면 꿈과 잠기운에 취해 내가 정확히 어디 있는지도 모르겠는 몽롱한 순간이 잠깐 찾아오는데, 바로 그때 나의 복부와 흉터 조직이 떠오르곤 한다(나는 마침내 바위처럼 단단한 복근을 갖게 되었으나 윗몸일으키기 덕분은 아니다). 이윽고 침대 밖으로 다리를 쭉 뻗어 까치발을 하고 욕실로 간다. 왜냐면… 참, 어차피 깰 사람은 없지. 그래, 이보다 더 싱글일 수는 없다. 욕실 거울을 들여다본다. 혹시나 모든 것에 대한 답을 거기서 볼 수 있을까봐. 이해하기까지 너무나도 오래 걸린 두려움 때문에 내가 놓쳐버린 멋진 여자들에 대해서는 너무 깊이 생각하지 않으려 한다. 이런 생각에 너무 빠져서는 안 된다. 백미러를 너무 오래 들여다보면 기어코 추돌 사고가 나기 마련이다. 그러나 나는 여전히 동반자를, 연인을 갈망한다. 내가 까다롭거나 한 것은 아니다. 키는 157센티미터쯤, 흑갈색 머리에 똑똑하고 웃기고 분별력 있는 사람. 아이들을 좋아하고, 하키를 눈감아주고, 피클볼을 배울 의향이 있는 사람.

그거면 된다.

팀메이트.

거울을 빤히 들여다보고 있으면 내 얼굴이 서서히 사라지기 시작한다. 그러면 테라스로 나가 전망을 바라볼 시간이다.

바깥에 나가 바라보면 절벽 아래 고속도로가 나 있고, 내가 스폰서 앞에서 스스로를 도덕적으로 검토했던 의료 센터가 있다. 캘리포니아 갈매기들이 빙빙 돌다가 쏜살같이 아래로 내려가면 가장자리가 파란 청회색 빛깔 바다에 잔물결이 인다. 나는 늘 바다가 무의식을 거울처럼 비춘다고 생각했다. 산호초, 선명한 색깔의 물고기들, 포말, 굴절되어 반짝이는 햇빛은 아름답지만, 거기에는 어둠도 있다. 상어와 살벤자리, 끝없는 심연은 휘청이는 어선을 언제라도 집어삼킬 준비를 하고 있다.

무엇보다 나는 바다의 드넓음에서 평온함을 얻는다. 바다의 드넓음과 힘으로부터. 바다는 영원히 헤맬 수 있을 만큼 드넓고, 거대한 유조선도 거뜬히 띄울 만큼 강하다. 광활한 바다에 비하면 우리는 아무것도 아니다. 바다 끝자락에 서서 파도를 막아보려 한 적이

친구와 연인, 그리고 무시무시한 그것

있는지? 파도는 우리가 뭘 하든 멈추지 않고 계속 친다. 우리가 아무리 아등바등 애를 쓴다 한들 바다는 우리가 얼마나 무력한지를 알려준다.

바다를 보고 있으면, 내가 살아온 대부분의 나날이 갈망은 물론 평화와 감사로, 여태껏 내가 무엇을 지나왔으며 어디에 와 있는지에 대한 깊은 이해로 가득차 있음을 깨닫는다.

우선 나는 패배가 아니라 승리에 항복했다. 이제는 더이상 약과 술을 끊으려는 불가능한 전쟁의 진창 속에 있지 않다. 아침에 커피를 마시면서 버릇처럼 담배를 피우려는 충동을 느끼지도 않는다. 깨끗해진 감각을 느낀다. 새로워졌다는 감각. 친구들과 가족도 모두 같은 말을 한다. 예전에 나에게서 볼 수 없었던 밝음이 느껴진다고.

AA의『빅 북』마지막에 실린 부록을 보면 '영적 경험'이라는 제목의 글에 이런 문장이 나온다.

신규 회원의 달라진 모습은 회원 자신보다 그의 친구들이 훨씬 먼저 인지하는 경우가 많다.

이날 아침, 그리고 테라스에 나가는 매일 아침, 나는 신규 회원과도 같다. 술도, 약도, 담배도 하지 않는 '달라진 모습'이 나를 충만하게 채우고 나에게 힘을 불어넣는다. …밖에 서서 한 손에는 커피를, 다른 손에는 아무것도 없이, 바다 저멀리 부서지는 파도를 바라보고 있으면 내 안에서 물결치는 파도가 느껴진다.

감사함의 파도가.

날이 더 밝으면 바다는 은빛에서 연한 청록색으로 바뀌고, 감사함의 파도는 내가 그 안에서 아는 얼굴들과 사건들, 파란만장한 내 삶의 순간들을 이루는 작은 표류물을 볼 수 있을 때까지 몸집을 키운다.

나는 살아 있어서, 그리고 사랑하는 가족과 함께여서 진심으로 감사하다. 가족의 존재는 절대 사소하지 않았고 오히려 무엇보다 중요했다. 흩뿌려지는 물줄기 속에서 나는 엄마의 얼굴을 보았고, 위기의 순간에 도리어 힘을 내어 책임을 다하고 더 나은 상황을 만들어내는 엄마의 대단한 능력에 대해 생각했다(키스 모리슨은 나에게 이런 말을 한 적이 있다. "네 엄마와 사십 년을 살았는데, 너를 향한 놀라운 애정이 네 엄마 삶의 중심이더구나. 네 엄마는 언제나 너를 생각해. 우리 사이가 진지한 관계로 들어선 1980년에 네 엄마가 나에게 평생 못 잊을 말을 했다. '매튜와 나 사이에는 누구도 들어올 수 없어. 매튜는 내 인생에서 언제나 가장 중요한 존재일 거야. 당신도 그걸 받아들이도록 해.'" 그건 사실이다. 나는 단 한 순간도 엄마의 사랑을 느끼지 않은 때가 없었다. 우리가 가장 어두운 터널을 지나던 순간에도. 만약 무슨 일이 생긴다면 내가 가장 먼저 연락할 사람도 바로 엄마다). 또 나는 무지하게 잘생긴 아빠의 얼굴도 보았다. 정확히 말하자면 나의 아빠이자 올드 스파이스 광고 속 선원의 얼굴이었다. 두번째 이미지는 수평선 너머 저멀리로 흐려진 지 오래였지만. 내가 심하게 아팠을 때 엄마 아빠가 한 공간에 있는 것을 견뎌야 했던 일과, 그 행동이 보여준 사랑은 무엇인가에 대해서도 생각해본다. 두 분은 서로의 짝이 아니었다. 지금은 이해한다. 그러니 두 분이 다시 결합하기를 빌며 분수대에 던졌던 동전들을 전부 회수할 수 있다면 참 좋을 것 같다. 두 분은 운이 좋게 각자의 짝을 만나 재혼했다.

엄마 아빠의 얼굴 위로 여동생들의 얼굴이 어른거린다. 남동생의 얼굴도. 모두 나를 향해 방긋 웃고 있다. 병원에 있을 때도, 내가 현란한 말솜씨로 그애들을 웃겨주었던 캐나다와 로스앤젤레스에서도, 그 웃음을 봤다. 동생들은 단 한 번도 책임을 다하지 않은 적이 없고 나에게 등을 돌린 적이 없다. 그런 사랑은 감히 상상할 수조차 없다.

조금 덜 중요하지만 짜릿한 이미지들이 세찬 물결에서 솟아났다. 7열에 앉은 내가 보드 쪽에서 재빨리 수비하라고 세컨드 라인 선수들을 향해 고래고래 소리를 지르며 응원했던, 2012년 스탠리컵에서 LA 킹스가 우승한 순간. 팀이 아슬아슬하게 플레이오프에 진출한 것도 전부 신의 계획이었다고 짐작한 나의 다소 이기적인 생각. 그때 나는 오랜 연애를 막 끝낸 후였고, 킹스가 막판까지 올라온 것은 신이 나에게 이런 말을 하기 위해서였다고 제법 확신했다. "그래, 매티. 힘든 거 안다. 그러니 삼 개월 동안 즐기면서 기분전환할

거리를 주마." 그리고 정말 그런 일이 일어났다. 복수심으로 타오르는 죽음의 천사들처럼 맹렬하게 플레이오프를 통과한 끝에 킹스가 결승 6차전에서 데블스를 꺾었다. 스테이플스 센터에서 열린 마지막 게임은 근 이십 년간의 스탠리컵 게임과 차원이 달랐다. 2피어어드가 시작된 지 일 분 만에 LA 킹스는 4 대 0으로 앞서나갔다. 나는 모든 게임을 직관했다. 심지어 비행기를 타고 경기장에 갔고 친구들도 몇 명 데리고 다녔다.

내가 응원하는 스포츠 팀의 빙상 경기장이 물속으로 가라앉더니, 다른 얼굴들이 떠오른다. 나의 가장 오랜 친구들인 머리 형제, 수백만 명의 마음을 움직인 웃긴 말투를 함께 창조해낸 나의 친구들. 그리고 크레이그 비어코, 행크 아자리아, 데이비드 프레스먼… 그 친구들의 웃음만이 내가 취하고픈 약이던 시절이 있었다. 그레그 심프슨 선생이 나의 연극 데뷔작에 나를 캐스팅하지 않았다면, 나는 이 친구들을 만나지도, 성공을 거두지도 못했을 것이다. 단 한 번의 선택이 무엇으로 이어질지는 절대 알 수 없다. …그러니까 여기서 교훈은, 기회를 놓치지 말자는 거다. 어떤 결과를 얻을지 모르니까.

내가 얻은 결과는 어마어마했다. 눈을 감은 뒤 숨을 깊게 들이마셨다. 다시 눈을 뜨니 〈프렌즈〉의 친구들이 나를 둘러싸고 있었다 (그들이 아니었다면 내가 맡을 작품은 〈노 프렌즈〉 뭐 그런 거였겠지). 슈위머는 혼자 많은 돈을 벌 수 있었음에도 한 팀을 자처해 모두가 매주 백만 달러를 벌 수 있게 해주었고, 덕분에 우리 관계는 더 끈

친구와 연인, 그리고 무시무시한 그것

끈해졌다. 리사 커드로, 살면서 나를 이렇게 많이 웃긴 여자는 없었다. 코트니 콕스, 이토록 아름다운 여자가 나 같은 남자와도 결혼할 수 있다는 것을 미국에 보여주었지. 제니퍼, 날마다 그 얼굴을 몇 초 더 보게 허락해주었고. 맷 르블랑은 뻔한 캐릭터를 쇼에서 가장 웃긴 캐릭터로 만들어냈다. 우리 사이는 여전히 전화 한 통이면 닿을 수 있는 거리다. 리유니언 때 나는 누구보다 많이 울었는데, 내가 한 짓이 있어서이기도 하고 오늘 내가 느끼는 감사함을 그때도 느꼈기 때문이다. 이 밖에도 모든 스태프, 제작진, 작가진, 배우, 관객, 수많은 얼굴이 뒤섞여 하나의 기쁨의 얼굴이 된다. 마르타 카우프만, 데이비드 크레인, 케빈 브라이트, 그들이 아니었다면 〈프렌즈〉는 무성영화에 그쳤을 것이다("이보다 더 무성영화일 수 있을까?"). 그리고 팬들, 한결같이 〈프렌즈〉를 지켜봐주고 좋아해주는 팬들의 얼굴이 지금도 말없는 신처럼 나를 돌아보고 있다. 마치 내가 여전히 버뱅크의 스테이지 24호에 있는 것처럼. 그들의 웃음은 오랫동안 나에게 목적의식을 불어넣었고, 지금 이곳 협곡에도 울려퍼지며 그 모든 세월을 지나 여전히 내 귀에 들리는 듯하다…

또 내가 세상에서 가장 멋진 직장을 난장판으로 만들지 않게 도와준 모든 스폰서와 중독 치료 동반자와 의료진도 떠올려본다.

물가를 쳐다보며 아주 나지막이 읊조린다. "어쩌면 내가 그리 최악은 아닌지도 몰라." 그리고 커피를 좀더 따르려고 안으로 들어간다.

집안에는 에린이 있다. 에린은 필요한 순간에 늘 내 곁에 있다. 나는 밖에서 무슨 생각을 했는지 에린에게 말하지 않지만, 그녀 눈을 보니 이미 알고 있는 듯도 하다. 하지만 에린은 아무 말도 하지 않는다. 가장 친한 친구는 그런 거다. 에린, 에린, 에린… 중독치료시설에서 결장이 파열됐을 때 나를 살린 건 에린이었다. 그리고 지금도 날마다 나를 살리고 있다. 에린이 없다면 어떻게 됐을까. 그 질문에 대한 답은 절대 알고 싶지 않다. 에린은 담배를 피우고 싶어 몸이 근질거리는 게 훤히 보이는데도 약속을 깨지 않는다. 당신을 위해 무언가를 함께 끊어줄 친구를 찾아보시길. 그게 우정을 얼마나 돈독하게 하는지 놀랄 것이다.

이제 해는 중천에 떴고, 완벽한 서던캘리포니아의 하루가 절정에 이른다. 아주 멀리 배들이 보인다. 눈을 찡그리면 잔잔한 바닷물에서 유유자적하는 서퍼들도 보이는 듯하다. 아직도 감사함의 파도가 내 주변에 물결치고 있다. 더 많은 얼굴이 떠오를수록 파도는 더더욱 세진다. 내가 좋아하는 우디 앨런의 영화 속 인물들, 텔레비전 드라마 〈로스트〉, 피터 가브리엘, 마이클 키턴, 존 그리셤, 스티브 마틴, 스팅, 나를 처음 초청해준 데이브 레터먼, 대화해본 사람 중 가장 지성이 넘쳤던 버락 오바마. 산들바람을 타고 라이언 애덤스의 〈New York, New York〉 피아노 연주 버전이 들려온다. 2014년 11월 17일 카네기홀에서 녹음된 버전으로. 이 업계에 있어 참 운이 좋

친구와 연인, 그리고 무시무시한 그것

앴음을 새삼 깨닫는다. 멋진 사람들을 만났을 뿐 아니라, 피터 가브리엘의 〈Don't Give Up〉이 나에게 그랬던 것처럼 사람들에게 영향을 줄 수 있었으니까(그가 케이트 부시와 껴안는 뮤직비디오에 관해서는 말하지 않기로 하자. 아무래도 그건 봐주기가 힘들다). 기회를 거머쥐는 배우들을 생각하려는데 또 갑자기 얼 하이타워가, 나쁜 모습이 아니라 좋은 모습으로 번쩍 나타나고, 그러다 그의 얼굴이 현재 나의 스폰서인 클레이로 바뀐다. 그는 나를 자주 혼내는 사람이다. 나를 살린 UCLA 의료 센터의 의사들과 간호사들도 생각난다. 나는 담배를 피우다 또 걸려 이제는 그 병원에서 환영받지 못한다. 케리 게이노어는 진짜 마지막으로 피우는 담배가 계속 생겨나지 않도록 도와주었다. 그리고 이 모든 것 뒤에는 빌 윌슨이 있다. 그가 AA를 설립한 덕에, 날마다 수없이 많은 사람이 목숨을 건졌다. 그리고 그가 만든 AA는 절대 아픈 곳을 더 쑤시지 않고 언제나 빛을 비추어준다.

치과의사들에게도 감사하다. …아니지, 잠깐, 치과의사들은 싫다.

뒤편의 먼 언덕에서 아이들이 웃는 소리가 희미하게 들려온다. 내가 세상에서 가장 좋아하는 소리. 나는 테라스 테이블에서 피클볼 패들을 들고 연습 삼아 몇 번 휘둘러본다. 얼마 전까지는 피클볼이 뭔지도 몰랐고, 다시 스포츠란 것을 할 수 있을 만큼 몸이 나아지리라고 생각하지 못했다. 테니스 라켓을 휘두른 지도 오래됐다. 하지만 새로 태어난 매티는 언젠가 오후의 지중해 연안 리비에라에서 샛

노란색 플라스틱 피클볼을 치는 날이 오기만을 기다린다.

나의 몽상에 에린이 끼어든다.

"매티," 주방 문가에서 에린이 말한다. "더그한테서 전화가 왔어." 더그 채핀은 1992년부터 나의 매니저로 일하고 있다. 연예계의 많은 사람이 그랬듯, 그 역시 내가 어느 구멍에서든 빠져나오려고 할 때마다 참을성 있게 기다려주었다. 드디어 다시 일할 수 있게 되다니? 글을 쓰게 되다니? 그런 게 가능하리라고 누가 생각이나 했을까.

어느덧 내 눈에는 눈물이 그렁그렁하다. 바다는 꿈처럼 멀어진 듯 보인다. 나는 눈을 감고, 이번 생에서 내가 배운 것들에 깊은 감사함을 느낀다. 배에 남은 흉터는 내가 싸울 만한 가치가 있는 삶을 살았다는 증거다. 갈등하고 투쟁하는 동지들을 도울 수 있었던 것 또한 감사한 일이다. 참 멋진 선물이다.

이제 내 망막에 아름다운 여자들의 얼굴이 번쩍인다. 내 인생에 들어온 멋진 여자들. 나에게 생기를 불어넣고 내가 가장 멋진 모습일 수 있게 나를 변화시킨 그들에게 다시금 감사하다. 첫 여자친구 가브리엘 보버는 나에게 문제가 있다는 걸 말해주고 처음 중독치료 시설로 보내주었다. 아름답고 매혹적인 제이미 타시스는 내가 사라지지 않게 해주었다.

처음이 되어준 트리샤 피셔에게, 레이철에게, 가장 어두웠던 시절 밝게 빛나는 빛이 되어준 뉴욕 간호사에게도 감사하다. 내가 마

친구와 연인, 그리고 무시무시한 그것

음을 활짝 열었을 때 나를 떠난 여자에게도 감사하다. 두렵다는 이유로 먼저 이별을 고한 모든 여자에게도 정말로 감사하다. 고맙고, 미안하다.

참, 그리고 지금 나는 솔로다.

다음 연애에서는 두려움 때문에 실수하지 않을 것이다. 그건 확실하다. 다음이 언제가 될지는 모르지만…

해가 중천에 떴으니 그늘로 들어가야 할 때다. 전망을 뒤로하고 들어가려니 아쉽다. 전망이 나에게 어떤 의미인지는 누구도 이해하지 못할 것이다. 이런 세상의 하늘에 떠 있는 나는, 또다시 한 명의 부모와만 살아갈 동반자 없는 어린이가 더는 아니다.

삶은 계속된다. 하루하루가 기회다. 날마다 기적과 희망, 일과 발전의 가능성이 찾아온다. 내가 쓴 영화 시나리오에 강한 흥미를 보인 A급 여배우가 아직도 확답을 주지 않았는지 궁금해지는군…

안으로 들어가려다 문턱에서 멈춰 선다. 내 인생은 이러한 관문의 연속이었다. 캐나다에서 LA로, 엄마에게서 아빠에게로, 〈L.A.X. 2194〉에서 〈프렌즈〉로, 맨정신에서 중독으로, 절망에서 감사함으로, 사랑에서 실연으로. 그러나 나는 인내를 배우고 있으며, 천천히 현실의 맛을 알아가는 중이다. 주방 테이블에 앉아 연락 온 게 없는지 휴대전화를 들여다본다. A급 여배우는 아직이다. 하지만 아직 시간은 있다.

요즘 내 삶은 이렇다. 잘 흘러가고 있다.

내가 쳐다보자 에린도 웃어 보인다.

주방에 있으면 언제나 신이 생각난다. 신은 주방에서 내 앞에 나타나 내 삶을 구원했다. 신이 얼마나 놀라운 존재인지 느낄 수 있게 나의 통로를 비워놓기만 하면, 신은 언제나 그 자리에 나타난다. 이 모든 것에도 불구하고 신이 여전히 우리 인간에게 모습을 드러낸다는 게 잘 믿기진 않지만, 신은 우리를 혼자 두지 않는다. 그게 중요하다. 언제나 사랑이 이긴다.

사랑과 용기보다 더 중요한 건 없다. 이제 나의 원동력은 두려움이 아니라 호기심이다. 내 주변에는 나를 지지해주는 멋진 사람들이 있다. 그들이 날마다 나를 구원한다. 나는 지옥이 뭔지 안다. 지옥에는 분명한 특징들이 있고 나는 그중 무엇도 바라지 않는다. 그러나 적어도 그것에 맞설 용기는 있다.

나는 어떤 사람이 될까? 어떤 모습이건, 마침내 인생의 맛을 알게 된 사람으로서 의연히 받아들일 생각이다. 그 맛을 알기까지 나는 처절하게도 싸웠다. 그러나 결국은 패배를 인정하는 것이 승리하는 것이었다. 무시무시한 것, 그러니까 중독은 혼자 맞서 싸우기에는 너무나도 강력하다. 하지만 하루하루, 함께라면, 물리칠 수 있다.

내가 하나 옳았던 점이라면 절대 포기하지 않았다는 것, 두 손 다 들고 "이 정도면 됐어. 더는 못해. 당신이 이겼어"라고 말하지 않았다는 것이다. 그랬기에 지금도 꼿꼿이 서서 앞으로 다가올 무언가를 기다리고 있다.

친구와 연인, 그리고 무시무시한 그것

언젠가 당신에게도 중요한 임무가 주어질지 모르니 준비하시기를.

어떤 일이 벌어지든지 이렇게만 생각하시라. 배트맨이라면 어떻게 할까? 그리고 그렇게 하면 된다.

감사의 말

윌리엄 리커트, 데이비드 크레인, 마르타 카우프만, 케빈 브라이트, 메건 린치, 케이트 호이트, 더그 채핀, 리사 카스텔러, 리사 커드로, 앨리 슈스터, 가브리엘 앨런에게, 대단한 마크 모로 박사에게 특히 감사하다. 그리고 제이미, 다정하고 누구보다 멋진 제이미에게 감사하다. 죽는 날까지 당신을 그리워하고 생각할 거야.

친구와 연인, 그리고 무시무시한 그것

Matthew Perry Foundation

매튜 페리 재단은 중독으로 어려움을 겪고 있는 사람들을 돕기 위해
애쓴 매튜 페리의 뜻깊은 유산과 변함없는
헌신을 기리기 위해 설립되었습니다.

매튜 페리 재단에 대한 자세한 정보와 새로운 변화를 만드는 데
동참할 방법을 알고 싶으시다면 아래 사이트를 방문하세요.

www.matthewperryfoundation.org.

옮긴이 **송예슬**

대학에서 영문학과 국제정치학을 공부했고 대학원에서 비교문학을 전공했다. 옮긴 책으로는 『매니악』『GEN Z』『킨포크 아일랜드』『눈에 보이지 않는 지도책』『사울 레이터 더 가까이』『스트라진스키의 장르문학 작가로 살기』등이 있다.

친구와 연인, 그리고 무시무시한 그것

초판 인쇄 2024년 10월 2일
초판 발행 2024년 10월 28일

지은이 매튜 페리
옮긴이 송예슬

펴낸곳 복복서가㈜
출판등록 2019년 11월 12일 제2019-000101호
주소 03720 서울특별시 서대문구 연희로 28길 3
홈페이지 www.bokbokseoga.co.kr
전자우편 edit@bokbokseoga.com
마케팅 문의 031) 955-2689

ISBN 979-11-91114-65-2 03840